Albrecht Gralle

Das goldene Zeichen

Historischer Roman

BRUNNEN
Verlag Giessen · Basel

www.brunnen-verlag.de
Lektorat: Eva-Maria Busch
Umschlagmotiv: Shutterstock
Umschlaggestaltung: Ralf Simon
Satz: Die Feder GmbH, Wetzlar
Druck: GGP Media GmbH, Pößneck
ISBN 978-3-7655-1711-2

Die Liebe, mein Freund, ist eine
unheilbare Krankheit, deren Besserung
von der Behandlung abhängt.
Sie ist ein angenehm empfundenes Leiden
und eine ersehnte Qual.
Jedoch, wie mag es einem ergehen,
der im Herzen diese Liebe geborgen hat,
die heißer war als Tamariskenkohle
und seine Seele gegen ihren Willen von dem
abgekehrt hat, was sie ersehnte, weil das,
was sie wünschte, verboten war?
Wahrlich, er verdient am Tage der
Auferstehung Freude zu erleben!

Ibn Hazm Alandalusi, Cordoba 1030 n. Chr.

Historische und heutige Namen

Angelland – England
Babenberch – Bamberg
Bonna – Bonn
Coln – Köln
Confluenze – Koblenz
Duizum – Köln-Deutz
Haestingas – Hastings/Südengland
Megunze oder Magenza – Mainz
Lundene – London
Rhin – Rhein
Treveris – Trier
Welschnuss – Walnuss
Wormez – Worms

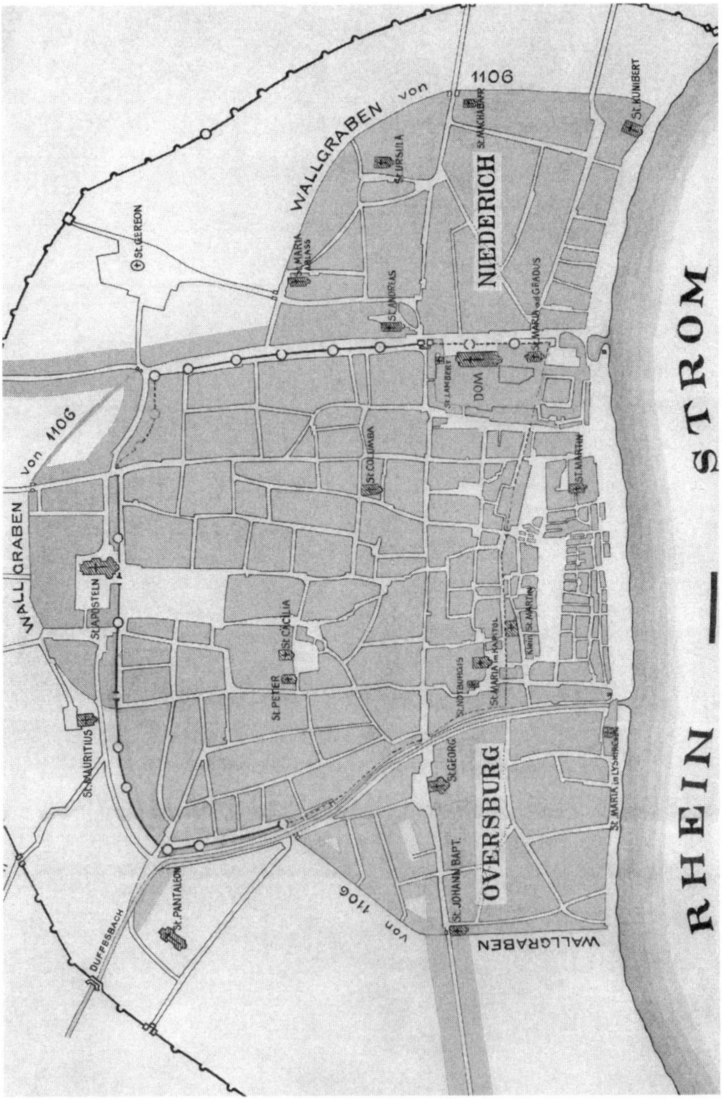

Köln nach der Stadterweiterung von 1106

Kapitel 1

Coln, Anno Domini 1105

Als es Anfang November schneite, tanzten die Kinder barfuß auf der Gasse herum und fingen die dicken Flocken mit ihren rosa Zungen auf.

Am nächsten Tag banden sie sich alte Lumpen um die Füße und trugen Holzbündel auf dem Rücken.

Halb Coln war auf den Beinen, um jedes verfügbare Brennholz aufzusammeln. Denn allen war klar: Die üblichen Holzvorräte würden dieses Jahr nicht reichen, wenn man schon im November heizen musste. Wer nicht frieren wollte, musste sich sputen, solange noch etwas Brennbares zu finden war. Jedes Stück Holz war gut, auch das Treibholz auf den Flussauen.

Es hatte Winter gegeben, die so mild waren, dass die Kochfeuer ausreichten, um die Kälte zu überstehen, aber dieses Jahr schien anders zu werden. Nur die reichen Bürger würden in ihren Häusern sitzen und gutes colnisches Kupfer für einen Sack Holzkohle bezahlen.

Eben trat Fiona aus einem Haus, zusammen mit zwei anderen Frauen. In der rechten Hand hielt sie ein paar Lederriemen, um Holzbündel zu schnüren. Es hatte aufgehört zu schneien, und der Schnee war in den schattigen Gassen zu einem festen Teppich getrampelt worden. Nur auf den Dächern, die nach Süden zeigten, bildeten sich Risse in der weißen Decke. Über Nacht waren Eiszapfen gewachsen.

Fiona blieb stehen und atmete die kühle Luft ein. Über ihr spannte sich ein weißer Himmel, der ein paar blaue Löcher erkennen ließ. Sie zog ihren Mantel enger um die Schultern, bückte sich und band ihre Holztrippen um die Schuhe. Da sah sie aus den Augenwinkeln, wie jemand auf sie zukam, der ein Pferd hinter sich herführte. Sie erblickte unter einem wollenen Mantel Lederstiefel, die an der Spitze weiße Schneeränder zeigten. Langsam richtete sie sich auf.

Vor ihr stand ein Mann, ungefähr einen Kopf größer als sie selbst, der sie offen und direkt anschaute, sodass sie ihre Augen niederschlug.

»Seid gegrüßt, edle Frau«, hörte sie eine angenehme Männerstimme. »Ihr müsst Fiona sein, die Frau des Herrn Audoin nach der Beschreibung, die ich habe. Und mein Name ist Berward von Trossingen.«

Fiona riskierte einen kurzen Blick, sah ein glatt rasiertes Gesicht, eine schwarze Haarsträhne unter der Mütze. Sie ärgerte sich, dass sie so schnell ihren Kopf gesenkt hatte, obwohl es durchaus üblich war, dass Frauen als Erste die Augen niederschlugen, wenn ein Mann sie betrachtete.

»Ich grüße Euch ebenfalls. Bin ich schon so berühmt, dass man mich an meinem Aussehen erkennt, trotz der engen Haube, die meine Haare verdeckt?« Der leichte Spott in ihrem Tonfall war nicht zu überhören.

»Ich weiß nicht. Ich kenne Euch nur durch die Erzählung, die mir Audoin gab. Und als ich Euch nicht in seinem Haus antraf, wurde ich hierhergewiesen. Ich habe Nachrichten von ihm und wäre dankbar, wenn ich ein paar Worte in Ruhe mit Euch wechseln könnte.«

Fiona wandte sich um und sah, dass ihre beiden Begleiterinnen neugierig stehen geblieben waren.

»Nun, eigentlich wollte ich gerade das Haus verlassen, aber – das ist wohl ein Grund die Trippen wieder auszuziehen.«

Sie warf einer der Frauen die Lederriemen zu und sagte bestimmend: »Ihr müsst ohne mich gehen!«

Die beiden nickten, riskierten noch einen schnellen, neugierigen Blick auf den Fremden und sein Pferd und setzten sich langsam in Bewegung.

Ohne ein Wort zu sagen, bückte sich Fiona und band ihre Holztrippen wieder ab.

»Folgt mir!«, sagte sie zu dem Mann. »Ich zeige Euch zuerst den Weg zum Stall.«

Der Fremde nickte und wurde zu einer Holztür geführt, die nach dreimaligem Klopfen von einem Jungen geöffnet wurde.

»Dieser Mann«, sagte Fiona zu ihm, »ist heute unser Gast. Versorge sein Tier!«

Nachdem das Pferd über einen Innenhof zum Stall gebracht wurde und Berward einen größeren Lederbeutel vom Sattel genommen hatte, ging Fiona weiter und führte ihren Gast zu einem Raum, der nur mäßig geheizt war. Ein paar Bänke und Tische standen darin.

»Habt Ihr keine Magd, die Euch die Trippen auszieht und Euch bedient, wie es der Frau eines Herrn Audoin zusteht?«, fragte der Fremde erstaunt.

»Ich hatte früher eine Magd. Aber jetzt regeln wir alles unter uns Frauen. Ich bitte Euch, nehmt in der Nähe des Feuers Platz. Es ist zwar schon heruntergebrannt, aber ich hoffe, es macht Euch nichts aus, mit Euren eigenen Händen ein paar neue Holzscheite aufzulegen. Eure Stiefelspitzen brauchen dringend Schweinefett. Beides kann ich Euch nicht bieten. Aber einen Becher Bier, den werde ich für Euch holen.«

»Ist das hier ... eine Art Nonnenkloster?«, fragte er.

»Nein.« Fiona blieb stehen und blickte ihn kurz an. »Wir sind nur eine Gemeinschaft von Frauen, die sich selbst Regeln gegeben haben: Gebetszeiten, gemeinsame Arbeit. Wir sind ...«, sie schien zu überlegen, »... genau in der Mitte zwischen Nonnen und Ehefrauen. Jede von uns bleibt in der Gemeinschaft, solange sie will. Ich bin gleich zurück.«

Als Fiona kurz darauf mit einem Brett zurückkam, auf dem

je ein Krug mit Bier und Wasser stand sowie eine Schale mit Brot und geräuchertem Fisch, da sah sie, dass ihr Gast gerade dabei war, das Feuer neu zu entfachen. Seinen Umhang und seine Mütze hatte er ohne Diener selbst ausziehen müssen und über eine Bank gelegt. Wahrscheinlich eine Zumutung für so einen vornehmen Herrn, aber er hatte es immerhin getan.

Sie stutzte. Ein süßlicher Geruch lag in der Luft. Ob das mit diesem Mann zusammenhing?

Fiona nickte anerkennend, als sie sah, dass der Gast einen kleinen Tisch schon vorsorglich neben das Feuer platziert hatte. Sie stellte das Brett dort ab.

»Ich sehe, Herr, Ihr macht Euch nützlich.«

Berward richtete sich auf und ließ sich auf der Bank neben dem Feuer nieder. »Nun, es gab zwei Möglichkeiten: entweder auf einen Diener zu warten, den es anscheinend hier nicht gibt, und im Mantel hier sitzen zu bleiben und irgendwann zu frieren, oder den Mantel auszuziehen und das Feuer selbst zu entfachen.«

Fiona lächelte. Der Mann gefiel ihr.

Sie sprach einen lateinischen Tischsegen und lud Berward mit einer Geste ein, es sich schmecken zu lassen.

»Gott segne Eure Ankunft in Coln, und er möge Euch durch das bescheidene Mahl stärken«, sagte sie.

»Habt Dank.«

Zunächst war außer dem Knistern des Feuers und den Essgeräuschen nichts zu hören. Fiona hütete sich, die Unterhaltung als Erste zu beginnen. Sie lockerte das Gebinde am Kinn etwas, weil es allzu stramm saß und das Reden erschwerte. Schließlich wischte sich Berward mit einem Stück Brot die Fischkrümel von den Händen, warf es auf den Boden und fuhr sich mit dem linken Handrücken über den Mund.

»Audoin erzählte mir auch«, sagte er, noch kauend, »dass Ihr einmal mit dem jetzigen Erzbischof verlobt gewesen seid.«

Fiona schüttelte den Kopf. »Nein, so kann man es nicht sagen. Unser Erzbischof Friedrich und ich ... Nun, wir kannten uns schon als Kinder, und es war beschlossene Sache, dass wir eines Tages heiraten sollten. Erst nach der Verlobung entschloss er sich, ein geistliches Amt zu wählen und wir ... entlobten uns.«

»Audoin sagte mir aber, Ihr wart noch verlobt, als er zum Diakon geweiht wurde.«

Auf Fionas Stirn entstand ein Unmutsfalte.

Audoin, dieser Schwätzer!

»Es gab gewisse Überschneidungen«, sagte sie mit betont ruhiger Stimme. »Alle hielten mich damals für tot, und es schien nicht nötig zu sein, sich von einer Toten zu entloben.«

»Also seid ihr keine Bischofsbraut«, sagte Berward halb im Scherz.

Fiona zögerte, weil sie daran dachte, dass sie sich auch nach der Entlobung durchaus als Braut Friedrichs gefühlt hatte. Aber das ging niemanden etwas an.

»Nein. Ich bin keine Bischofsbraut, sondern eine verheiratete Frau. Audoin ist mein Mann, auch wenn er es vorgezogen hat, in Basileia zu wohnen.«

Sie schwieg und nippte an ihrem Becher mit Wasser.

Was will er eigentlich von mir? Nur ein paar Grüße des weit entfernten Gatten überbringen?

»Eure neue Gemeinschaft hier hat dann wahrscheinlich die Unterstützung des Erzbischofs, nehme ich an?«

»Ja, das hat sie allerdings, sonst könnten wir uns nicht so frei bewegen. Obwohl ...« Sie zögerte.

»Obwohl?«, half Berward nach, weil er neugierig geworden war.

»Obwohl es einigen Bürgern Colns nicht passt, dass sich Frauen zu einem neuen Orden zusammenfinden, ohne richtige Nonnen zu sein. Es macht sie ... unruhig.«

Berward sagte nichts darauf, schien sich aber seinen Teil zu denken. Er trank noch einen kräftigen Schluck, rülpste und kam nun mit seinem eigentlichen Anliegen.

»Nun«, begann er und fuhr sich durch seine dunklen Haare. »Wie gesagt, ich bin gekommen, um Nachrichten über Euren Mann weiterzugeben, die ...«, bei diesen Worte blickte er an Fiona vorbei zur gegenüberliegenden Wand, »die ... nicht angenehm für Euch sein werden.«

»Ich erwarte keine angenehmen Nachrichten von Audoin«, sagte sie und presste ihre Lippen zusammen. »Wenn Ihr Audoin angeblich so gut kennt, müsstet Ihr auch wissen, dass wir nicht im Frieden auseinandergegangen sind, sondern dass er sich von mir getrennt hatte, mir aber den verheirateten Stand weiterhin gewährte. Ich vermute, dass er dort, wo er wohnt, sicher ein oder zwei, vielleicht auch drei oder vier Damen um sich hat, die ihn bewundern.«

Ganz konnte Fiona die Schärfe aus Ihren Worten nicht herausnehmen, sodass ihr Gast verwundert aufblickte.

»Ja. Eure ... ähm ... Trennung ist mir bekannt«, sagte er. »Dennoch redete Audoin immer mit großem Respekt von Euch.«

»So? Tat er das? Immerhin eine gute Eigenschaft von ihm. Was hat er denn noch von mir erzählt?«, forschte sie weiter.

Hoffentlich nicht, dass ich die Gabe habe, gelegentlich die Gedanken anderer zu erkennen.

»Hauptsächlich, wie er Euch kennengelernt hat.«

»Es wäre sicher sehr erbaulich, es einmal aus seiner Sicht zu hören.«

Fiona zögerte und fuhr dann fort: »Es sind also Grüße, die Ihr mitgebracht habt?«

Berward schüttelte den Kopf. »Nicht nur. Wie gesagt: traurige Nachrichten.«

»Ich höre.«

»Um es kurz zu sagen: Audoin ist tot.«

Das war nun doch überraschend für Fiona. Erschrocken

starrte sie ihren Gast an. Die Unterhaltung war bis zu diesem Zeitpunkt in einem Ton gehalten worden, der den Eindruck erweckt hatte, Audoin lebte noch.

»Er ist … er ist tot?«, fragte sie zur Sicherheit nach.

»Ja, tot und ordnungsgemäß begraben.«

Berward bückte sich und holte aus dem ledernen Reisesack ein Dokument heraus, das zusammengerollt und versiegelt war. Auf der Außenseite des Pergaments stand Fionas Name.

Sie nahm die Rolle in die Hand, brach das Siegel und entrollte das Schriftstück. Auf Latein stand schwarz auf weiß der Todestag ihres Mannes und dass er infolge einer schweren Krankheit verstorben sei und seine Seele im Paradies weilen möge. Unterschrieben hatte die Rolle der Bischof von Basileia.

Fiona las mehrmals die Worte auf dem Pergament und bewegte die Lippen dabei.

»Mit diesem Schriftstück seid Ihr nun die Besitzerin des Grundstücks und des Hauses von Audoin hier in Coln.«

Fiona blickte auf. »Hatte er sonst keine männlichen Verwandten?«

Berward schüttelte den Kopf. »Niemand. Und er hat ausdrücklich mit Brief und Siegel verfügt, dass Ihr Alleinerbin sein solltet, um mögliche Verwandte auszuschließen, von denen er nichts wusste.«

»Und sein Besitz in Basileia?«

»Ja, er hatte dort Besitz und Ländereien«, sagte Berward. »Aber durch seinen großzügigen Lebenswandel war er vielen Geld schuldig geblieben. Der Erlös der Ländereien und seines Hauses in Basileia diente dazu, die Schulden zu begleichen.«

Wieder griff Berward in den Lederbeutel und gab ihr ein anderes Pergament, das eine genaue Auflistung der nicht unbedeutenden Ländereien enthielt und als Gegenrechnung die Forderungen seiner Gläubiger.

Fiona ließ das Blatt sinken und sagte: »Das sind allerdings … weitreichende Neuigkeiten. Ich bin nun also … Witwe.«

»Richtig«, nickte ihr Gast und sagte mit einem charmanten Lächeln: »Und keine hässliche Witwe.«

Fiona blickte Berward überrascht an, weil sie mit seiner Bemerkung nicht gerechnet hatte, sagte aber nichts dazu.

Die üblichen Höflichkeitsfloskeln, die Männer so machen.

»Also, meine aufrichtige Anteilnahme«, fing Berward an. »Möge der Verstorbene in Gottes Armen ruhen.«

»Amen«, sagte sie.

»Und noch etwas.« Noch einmal griff er in seinen Reisesack und holte eine runde, silberne Dose heraus, die am Rand verziert war. Er stellte sie neben den Bierkrug.

»In dieser Silberdose«, sagte Berward, »liegt Audoins Herz. Er wollte, dass es in Coln bestattet würde und bat mich, Euch das zu überbringen. Ich war sein bester Freund.«

Deshalb der süßliche Geruch, der wahrscheinlich von den Salben und Kräutern kommt!

Fiona schüttelte den Kopf. »Bisher habe ich nur von Königen und Bischöfen gehört, dass ihr Herz an einem anderen Ort bestattet wurde, aber nicht von ... von gemeinen Adligen.«

Berward hob die Schultern. »Er bat mich darum, also habe ich ...«

Er ließ den Satz offen und überließ es Fiona sich vorzustellen, ob er selbst das Herz herausgeschnitten hatte oder die Leichenwäscherin.

Sie sah die Silberdose mit gemischten Gefühlen an.

Das ist also alles, was von Audoin übrig geblieben ist.

Berward stand auf. »Es ziemt sich, Euch in Eurer Trauer allein zu lassen. Ich werde mich zurückziehen und morgen noch einmal bei Euch vorsprechen, wenn es Euch recht ist.«

Fiona blickte den Gast fragend an. »Gibt es denn noch mehr Nachrichten?«

»In gewissem Sinne, ja. Aber, ich denke, Ihr habt für heute genug gehört.«

Er nahm seinen Mantel und seinen Reisesack, warf ihn sich

über die Schulter und schloss umständlich die Fibel, die den Stoff an der Schulter zusammenhielt. Wahrscheinlich war er es nicht gewohnt. Dann murmelte er einen Gruß und verließ den Raum, um sein Pferd zu holen.

Fiona, die Berward verabschiedet und zum Tor begleitet hatte, setzte sich wieder neben das Feuer und starrte in die Flammen. Diese Nachricht von Audoins Tod ging ihr nach. Sie hätte nicht gedacht, dass es sie so erschütterte, denn es gab Zeiten, in denen sie Audoin nur gehasst hatte. Seine überhebliche, spöttische Stimme, die Art, wie er sie behandelt hatte, und seine Enttäuschung, dass Fiona nie schwanger geworden war. Aber das war ihr ganz recht gewesen. Von ihm wollte sie kein Kind haben. Es hätte sie doch nur ständig an ihn erinnert.

Sie schielte nach der runden Silberdose, in denen sich die Flammen spiegelten. Zögernd nahm sie die Dose in die Hand und kräuselte ihre Nase. Eine seltsame Idee, das Herz ihres Mannes in Coln begraben zu lassen!

Vorsichtig drehte sie an dem Deckel, der teilweise mit Wachs verschlossen war, und versuchte, nicht einzuatmen. Mit einem Ruck öffnete sich die Dose. Etwas Weißes flog heraus. Fiona erschrak und starrte auf das Ding, das neben einem Tischbein lag: etwas, das in Leinen eingewickelt war und diesen unangenehmen süßlichen Duft verströmte.

»Das soll also ein Herz sein?«, murmelte sie. »Ein Fleischklumpen, in ein Tuch gehüllt!«

Sie griff schnell mit der Rechten nach dem irdischen Überrest ihres Mannes, er entglitt ihr und fiel wieder auf den Boden. Beim zweiten Versuch packte sie fester zu, legte das Herz auf den Tisch, öffnete die Lederriemen, mit denen das Tuch verschnürt war, und sah ein fahles Stück Fleisch, von dem Adern herabhingen. Unter dem süßlichen Geruch, nahm sie jetzt einen leichten Duft wahr, der sie an verfaultes Fleisch erinnerte.

Schnell schlug sie das Tuch über das Herz, umwand das

Ganze mit dem Lederriemen, tat es in die Silberdose und presste den Deckel darauf. Einen Augenblick verharrte sie, dann schlug sie das Kreuzeszeichen über Audoins totes Herz und griff zu dem Wasserkrug. Hastig ließ sie das restliche Wasser über ihre Hände rinnen. Sie hatte diesen Brauch oft bei den Juden in Coln gesehen, und er hatte ihr gefallen. Es sah so aus, als könnte man sich von unangenehmen Dingen reinigen und freimachen.

Nein, sie würde keine großen Umstände machen. Ein Priester würde ein Requiem lesen, und mit ein paar feierlichen Worten würden sie Audoins Herz in ein Grab senken, möglichst weit weg am Rande des Grundstücks. Vielleicht könnte man einen Baum auf die Stelle pflanzen.

Fiona stellte die Herzdose mit den anderen Dingen auf das Tablett zurück. Im Haus wollte sie das silberne Gefäß jedenfalls nicht aufbewahren. Sie würde im Garten ein vorläufiges Grab machen und einen schweren Stein darauflegen, damit Audoins Herz nicht von Tieren gefressen wurde.

Was aber wollte Berward noch von ihr? Hatte Audoin vielleicht eine letzte Bitte geäußert, die erfüllt werden musste? Und wo wohnte Berward überhaupt? Im Bischofspalast? Oder bei den Mönchen in Duizum, jenseits des Rhins?

*

Der nächste Morgen hing grau und schwer über der Stadt. Rauch aus den Kaminen und Feuerstellen hatte sich wie ein zusätzliches Tuch darübergebreitet. Der Schnee, der in der Nacht gefallen war, lag noch auf den Gassen und zeigte die Spuren der Frühaufsteher.

Nach der Andacht wurde Fiona gemeldet, der Herr, der gestern hier gewesen sei, wolle sie wieder sprechen.

Diesmal erschien er ohne Pferd. Seine Unterkunft musste also nicht weit von dem kleinen Anwesen der Schwestern liegen. Berwards Begrüßung bestand aus einem Husten. Offenbar war er solch einen Rauch nicht gewöhnt.

Fiona führte ihn in den Raum, der ihr und den Frauen als Versammlungsraum diente. Von der Morgenandacht her war noch etwas Wärme zurückgeblieben; die Pergamenthäute vor den Fenstern hielten sie eine Weile fest.

Fiona fiel auf, dass Berward bessere Kleidung angelegt hatte. Wollte er einen guten Eindruck machen? Ein Blick auf seine Schuhe zeigte ihr, dass jemand, womöglich sogar er selbst, die Schneeränder beseitigt hatte. Sie musste unwillkürlich lächeln.

Als er sich auf eine Bank in der Nähe des erloschenen Kamins setzte und einen Begrüßungstrunk ablehnte, sagte er gleich, fast entschuldigend: »Ihr werdet Euch wahrscheinlich wundern, warum ich Euch zweimal aufsuche …«

Er wartete auf eine Antwort, aber als Fiona schwieg, fuhr er fort: »Mein Anliegen heute hätte sich nicht mit der Botschaft vertragen, die ich Euch gestern überbrachte.«

»Nun«, sagte Fiona aufmunternd. »Ihr macht mich neugierig.«

Er blickte sie an und redete gleich weiter: »Audoin hat des Öfteren von Euch gesprochen und, wie ich schon gestern sagte, erwähnte er nichts Nachteiliges. Im Gegenteil, er hat Eure Schönheit gepriesen.«

»Das muss wohl ein anderer Audoin sein, den Ihr mir beschreibt«, sagte Fiona spitz. »Ich kann mir, ehrlich gesagt, diesen edelmütigen Audoin nicht so richtig vorstellen.«

Berward räusperte sich, merkte wohl, dass seine Schmeicheleien eher Misstrauen erregten und fügte hinzu: »Ein- oder zweimal, das muss ich zugeben, hat er auch eine abfällige Bemerkung fallenlassen, aber – wie soll ich es sagen – ich war auf jeden Fall gespannt, Euch zu begegnen. Ja, mein Herz, neigte sich sogar Euch zu, obwohl ich Euch noch nie gesehen hatte.«

O nein, ich ahne schon, was jetzt kommt!

»Herr Berward! Das Herz ist ein wankelmütiges und … wie

ich seit gestern weiß, ein stinkendes Etwas«, sagte Fiona. »Man sollte sich nicht zu sehr darauf verlassen.«

Berward lachte laut auf. »Ja, genauso hat Audoin Euch zuweilen beschrieben: eine Frau, die manchmal unmittelbare Äußerungen wagt. Wo waren wir stehengeblieben? Nun, wie gesagt, ich hatte durch Audoins Bemerkungen eine gute Meinung von Euch, und als ich gestern hier war und Euch mit eigenen Augen sah, wurde mir eine Sache deutlich …«

Dass du um meine Hand anhalten willst, weil deine Liebe zu mir unfassbar groß ist …

Berward räusperte sich und blickte Fiona mit seinem strahlendsten Lächeln an. »Um es kurz zu sagen: Meine Liebe zu Euch ist … unendlich groß, und ich möchte nach einer angemessenen Trauerzeit um Eure Hand anhalten. Ich weiß, dass dieses Ansinnen so kurz nach der furchtbaren Todesnachricht überraschend für Euch sein muss …«

Nun, so überraschend auch wieder nicht, mein Lieber. Ich bin nicht dumm, allerdings verstehe ich nicht, warum du dich an mich binden willst …

»Deshalb«, sagte Berward, »erwarte ich auch gar nicht, dass Ihr mir in diesem Augenblick Eure Meinung sagt, sondern ich möchte, dass Ihr mit Eurer Familie mein Anliegen besprecht. Schließlich muss Euer Vater die Zustimmung geben. Ich selbst war noch nie verheiratet und sehe in Euch meine zukünftige Frau. Denkt also darüber nach.«

»Darüber muss ich nicht nachdenken!« Fiona sagte den Satz laut und impulsiv. »Ich bin nicht bereit für eine Ehe. Unsere Gemeinschaft braucht mich. Ich werde meine Frauen nicht im Stich lassen, um selbst ein bequemes Leben zu führen.«

Berward stand auf und sagte: »Ich werde Coln für ein paar Wochen verlassen und in Basileia sein. Dann könnt Ihr in Ruhe über mein Ansinnen nachdenken. Es ist immer gut, über solche Entscheidungen ein paar Nächte zu schlafen. Er neigte den Kopf, murmelte einen Gruß und verließ den Raum.

»Auch wenn ich tausend Nächte darüber schlafe, werde ich zu keinem anderen Ergebnis kommen. Sucht Euch eine Andere!«, rief sie ihm hinterher, war sich aber nicht sicher, ob er sie noch gehört hatte.

Fiona hörte die Tür zufallen und spürte ihren Ärger noch nachklingen. Gleichzeitig breitete sich eine leichte Röte über ihr Gesicht und ihre Schultern. Immerhin hielt ein Mann um ihre Hand an und wäre bereit, sie nach der Trauerzeit zu heiraten. Er hatte keine Vorteile bei dieser Heirat. Sie war keine reiche Witwe. Und er war ein gut aussehender Mann, der aufmerksam und bereit war, Neues zu lernen. Das hatte sie gestern beobachtet.

Und – was beachtenswert war – er hatte sie zuerst gefragt, bevor er mit ihrem Vater verhandelte. Es war ihm also wichtig, ihre Zustimmung zu haben. Das würde nicht jeder Bewerber machen.

Sie könnte Coln verlassen, müsste Friedrich nicht dauernd begegnen und wäre eine geachtete Frau in Basileia. Nachdenklich blickte sie auf ihre rechte Hand und drehte sie hin und her.

So alt sieht meine Hand nicht aus und es wäre ein zweiter Versuch, Kinder zu bekommen. Aber nein! Es ist unmöglich. Ich will nicht!

Kapitel 2

Nach dem Abendläuten, das in der winterlich verschneiten Stadt gedämpfter, dichter und näher klang, fast als säße man in einer Halle mit Wandbehängen, sah man die Frauen aus dem neuen Orden ihr Anwesen verlassen und auf die nächste Kirche zugehen.

Sie trugen keine einheitliche Tracht. Aber da die Mäntel dunkelbraun oder dunkelblau waren, sah es doch so aus, als kämen sie aus einem Kloster.

Der Abend war früh hereingebrochen und hatte zudem feuchtkalte Luft mitgebracht. Es fing wieder an zu schneien.

Fiona, die den Tag über mit Nähen beschäftigt gewesen war und den weniger gebildeten Frauen beim Lesen und Schreiben geholfen hatte, ließ jetzt ihren Gedanken freien Lauf. Sogleich kamen ihr Berward und sein Antrag in den Sinn.

Er hatte doch nur, so überlegte sie, von Audoin etwas über sie erfahren. Sie hatten sich gestern eine Zeit lang gesehen und ein paar Worte gewechselt. Wie konnte er nach so kurzer Zeit sicher sein, dass sie seine Frau sein sollte? Offenbar hatte Audoin auch erzählt, dass sie sich nicht alles gefallen ließ und alles andere als ein zahmes Lämmchen war. Trotzdem hatte ihn das nicht abgeschreckt. Merkwürdig.

Welche Vorteile erhoffte er sich denn von einer Ehe mit ihr? Es war fraglich, ob sie noch Kinder bekommen würde. Sie war nicht mehr ganz jung und bisher nicht schwanger geworden. Außerdem fand sie sich selbst nicht schön.

Die Gruppe hatte die Kirche St. Georg erreicht, und alle klopften den Schnee sorgfältig ab. Mit feuchten Mänteln in einer kalten Kirche zu sitzen, war nicht angenehm.

Am Eingang drängten sich die Leute aus der Umgebung, die zur Abendandacht kamen. Fiona erkannte das eine oder andere vertraute Gesicht.

Es hatte sich so eingespielt, dass dieses Gotteshaus die Kirche ihres kleinen Ordens geworden war. Die meisten wussten das und blickten die Frauen freundlich an. Gelegentlich gab es zwar Sticheleien, aber da die Frauen sich im Dienst für andere einsetzten, Kranke besuchten und Unterricht erteilten, hatten sie wenig Feinde. Es gab allerdings Männer, die ihren Unmut offen äußerten. Sie sagten, es sei besser, wenn Frauen heirateten, als dass sie sich zusammenschlössen, ohne eine richtige Äbtissin zu haben und ohne einem bekannten Orden anzugehören. Wenn das geduldet würde, käme nur Ungutes dabei heraus.

Normalerweise saßen Fiona und ihre Frauen auf der rechten Seite in der Mitte. Und auch jetzt hatte man ihnen ein paar Plätze frei gehalten.

Die Abendliturgie begann. Fiona ließ sich in den Rhythmus der lateinischen Psalmgebete fallen:

»... nec dormitet qui custodit te – er schläft nicht, der dich behütet«, sang der Priester. Und die Gemeinde antwortete: »Ecce non dormitabit neque dormiet qui custodiet Israhel – siehe, weder schläft noch schlummert er, der Israel behütet ...«

Es war wohltuend, die altbekannten Worte zu hören, die wie ein murmelnder Bach aus ihrem Mund strömten und sie beruhigten. Fiona beobachtete, wie eine ihrer Schwestern sich zur Sitznachbarin beugte und etwas flüsterte.

Langsam schritt der Priester zum Ambo und las die vorgeschriebenen Worte aus der Heiligen Schrift. Fiona kannte den Mann nur zu gut. Pater Conrad war nicht gerade ihr Lieblingspriester. Groß und dürr wirkte er, und seine Augenbrauen verliehen den dunklen Pupillen einen bedrohlichen Ausdruck. Wenn er eine Abendandacht zelebrierte, dann blickte er die Frauen des neuen Ordens nie direkt an. Es war fast, als ob sie für ihn nicht existierten. Ab und an hörte Fiona nach der Andacht auch spitze Bemerkungen aus seinem Mund.

Von einem Kaufmann, mit dem ihre Familie befreundet war, wusste sie, dass Pater Conrad sich einmal darüber beschwert hatte, er solle Frauen betreuen, die sich offen gegen Gottes Gesetze stellten – und das auch noch mit Genehmigung des Erzbischofs. Frauen hätten kein Recht, sich einfach so zusammenzutun, meinte er. Das müsste in Rom geprüft werden. Und erst dann sollte ihnen ein klosterähnliches Leben erlaubt werden. Denn was war von einem frommen Leben zu halten, wenn man nicht der Welt entsagte, sondern mitten im Alltag Gott dienen wollte? Und überhaupt: Warum konnten sich die Frauen nicht einem bekannten Orden anschließen?

Anfangs hörte Fiona deshalb nur mit halbem Ohr hin, als die Schriftlesung begann. Aber dann fesselte sie der lateinische Text. Sie bekam nicht alle Feinheiten mit, aber den groben Inhalt. Es ging um Mose, der auf dem Berg Sinai war, der herunterstieg und dann passierte etwas, das sie nicht verstand. Vielleicht würde es der Priester in seiner Auslegung erwähnen.

Zum Glück redete er nach der Lesung fränkisch, was nicht selbstverständlich war. Aber es war eine Bitte, die Fiona geäußert und die sie mit Friedrichs Unterstützung durchgesetzt hatte, dass bei der Abendandacht eine kleine Auslegung auf Fränkisch erfolgte, damit die Frauen, die kein Latein verstanden, wenigstens etwas mitbekamen. Sehr zum Ärger von Pater Conrad, der sich dafür Zeit nehmen musste, um den lateinischen Text auszulegen. Er tat es mit knirschenden Zähnen.

»Als Mose vom Berg herabstieg«, sagte er und wandte sich an die Zuhörer, wobei er, wie üblich, an den Ordensfrauen vorbeisah, »so haben wir eben im vierunddreißigsten Kapitel gelesen, passierte etwas Seltsames mit ihm.«

Fiona war jetzt ganz Ohr, denn das wollte sie unbedingt wissen.

»Moses Gesichtshaut glänzte«, fuhr der Priester fort, »weil

er mit Gott geredet hatte. In manchen Übersetzungen steht hier, dass ihm sogar Hörner gewachsen seien, aber das scheint eine Wortverwechslung zu sein.«

Conrad räusperte sich. »Es wird übrigens nicht berichtet, dass Miriam, die Schwester des Mose, oder irgendeine andere Frau von Gottes Glanz berührt wurde. Ist doch die Frau nur der Spiegel für den Glanz ihres Mannes …«

Du hast wohl noch nie den Heiligenschein über der Statue der Maria gesehen, dachte Fiona erbost.

»Der Glanz«, fuhr Pater Conrad fort, »der vom Gesicht des Mose ausging, leuchtete so stark, dass man ein Tuch nehmen musste, um seinen Kopf zu verhüllen. Es kam den Israeliten so vor«, sagte der Priester, »als hätte Mose ein Gesicht, aus dem die goldenen Strahlen der Sonne schienen. Es war ein Heiligenschein, das Zeichen der Gegenwart Gottes.«

Ein Raunen ging durch die Menge und aus einer Ecke sagte jemand: »Ein goldenes Zeichen!«

Das Wort wurde aufgegriffen und flüsternd weitergegeben: »Ein goldenes Zeichen … ein goldenes Zeichen …«

Conrad, der das störende Flüstern mitbekommen hatte, beugte sich vor.

»Was wird da geflüstert?«, rief er ins Kirchenschiff, während sich seine Augenbrauen in der Mitte zusammenzogen.

»Mose trug ein goldenes Zeichen auf seinem Gesicht!«, rief ein Mann.

»Wer hat das gesagt?«, fragte der Priester zurück.

Die Zuhörer blickten sich an. Schließlich drehten sich ein paar Köpfe zu den Frauen des neuen Ordens um.

Conrad sagte nichts dazu, nur sein Mund wurde schmal. Er wartete, bis sich die Leute wieder beruhigt hatten und fuhr fort: »Wie ich schon gesagt hatte: Das Leuchten war das Zeichen der Gegenwart Gottes. Wie nah muss Gott dort oben auf dem Berg gewesen sein, dass man es im Gesicht des Mose ablesen konnte.

Würde ein Fremder, der durch unsere Stadt geht, auch an unseren Gesichtern ablesen können, ob wir in der Gegenwart Gottes leben oder nur an unsere täglichen Geschäfte denken? Sicher gibt es einige unter uns, deren Gesichter niemals leuchten würden.«

Diesmal streifte Pater Conrad Fiona und ihre Frauen mit einem kurzen Blick und Fiona dachte: *Vielleicht ist es doch nicht so gut, wenn der Bibeltext von Pater Conrad ausgelegt wird.*

Ein leises Gemurmel erhob sich.

»Ja, ich weiß«, sagte Conrad mit erhobener Stimme, »einigen werden diese Worte nicht gefallen, aber so ist es nun einmal. Von manchen Menschen geht ein Glanz aus, von anderen nicht. Manche tragen das goldene Zeichen unsichtbar, manche nicht.«

Von dir wird sicher niemals ein Glanz ausgehen!

»Auch in unserer Stadt gibt es Berge«, sagte Pater Conrad, »die vom göttlichen Glanz umgeben sind. Es sind keine sichtbaren Berge, sondern diese Berge zeigen sich nur denen, die Gott lieben. Es sind erhabene Momente der Glückseligkeit, wenn Gott uns in der Eucharistie begegnet. Mögen dann wenigstens unsere Augen leuchten, wenn wir mit dem Herrn im Gebet verbunden sind. Amen.«

Es folgte ein weiteres Psalmgebet und das Vaterunser.

Als der Pater in der Sakristei verschwunden war, standen die Besucher auf und gingen zum Ausgang. Einige steckten die Köpfe zusammen und tuschelten. Fiona und ihre Schwestern verließen schweigend die Kirche und traten auf den Vorplatz, der in der Zwischenzeit von einer fingerdicken Schicht aus Neuschnee bedeckt war. Ein schwacher Lichtschein, der aus einem der Kirchenfenster fiel, brachte den Schnee zum Glänzen.

Fiona dachte an das Gesicht des Mose, das geglänzt hatte, nur weil er mit Gott zusammen gewesen war.

»Das leuchtende Gesicht, ein Zeichen aus Gold«, murmelte

sie. »Und Mose selbst schien es nicht bemerkt zu haben, sodass andere ein Tuch über seinen Kopf warfen.«

Sie zog ihren Schleier über die Haube und blickte nach oben in den dunklen Himmel, während sie den Fußstapfen ihrer Schwestern folgte. Dabei spürte sie, wie die Nässe durch die dünnen Lederschuhe drang. Allmählich schob sich wieder Berwards Gesicht in ihre Gedanken hinein und verdrängte die Ereignisse in der Abendandacht.

»In zwei oder drei Wochen«, flüsterte sie weiter, »wird Berward wahrscheinlich wissen wollen, was ich über seinen Antrag denke. Ich werde eine Nacht darüber schlafen und mit meinem Bruder und meinem Vater reden. Mein Vater wird begeistert sein, wenn seine verwitwete Tochter so schnell einen angenehmen Mann gefunden hat. Und mein Bruder Walter?

Ach, die beiden sind doch nur froh, wenn die alleinstehende Fiona mit dem Unsinn eines neuen Ordens aufhört, ordnungsgemäß verheiratet ist, keinen Ärger macht und viele Kinder zur Welt bringt! Und was ist mit Friedrich? Wie viel bedeutet er mir wirklich?«

Als Fiona mit den anderen das Haus betrat, hörte sie Stimmen aus dem Versammlungsraum. Sie öffnete die Tür und sah, dass die meisten Frauen, die bei der Andacht gewesen waren, vor dem Feuer saßen und sich unterhielten. Jemand hatte wohl noch Holz auf die Glut gelegt.

Als die Frauen merkten, dass Fiona im Türrahmen stand, wurden sie still.

»Nun, worüber habt ihr gerade geredet?«, fragte sie.

Die Frauen blickten betreten zu Boden.

»Über mich vielleicht?« Da niemand etwas sagte, fuhr Fiona fort, während sie sich auf einen freien Platz setzte: »Also habt ihr über mich geredet. Stimmt es, Angelika?«

Eine junge Frau, die sich gerne im Hintergrund hielt, blickte Fiona erschrocken an. Schließlich nickte sie wortlos.

»Und was habt ihr denn so Wichtiges zu bereden?«

Neben Fiona raschelte es und eine Frau, die klein und dick war und auf den Namen Ariana hörte, sagte in etwas barschem Tonfall: »Wenn eine Frau zweimal Besuch von einem fremden, gut aussehenden Mann bekommt, ist es wohl nicht verwunderlich, wenn wir uns darüber unterhalten, oder nicht?«

Fiona lächelte.

»Ja, das habe ich mir gedacht. Und was vermutet ihr?«

»Wir vermuten das Übliche«, sagte die Dicke.

»Und das wäre?«

»Dass dein Mann gestorben ist, das hat sich inzwischen herumgesprochen. Und deshalb vermuten wir, dass der Fremde nach einer angemessenen Zeit dich heiraten will. Aber was soll dann aus uns werden?«

»Ach«, sagte Fiona. »So weit seid ihr schon?«

»Ja, man muss die notwendigen Dinge schon einmal vorbesprechen.«

»Und wenn ich nun gar keine Absicht habe, das Angebot von Berward anzunehmen?«

Die Frauen blickten sie überrascht an.

»Ein wohlhabender Mann will dich heiraten und du lehnst ab?«

»Warum nicht?«, fragte Fiona zurück. »Meine Erfahrungen mit der Ehe waren nicht gerade überzeugend.«

»Das hast du aber nicht allein zu entscheiden«, fing eine andere Frau an. »Wenn du Witwe bist, hat dein Vater wieder die Vollmacht über dich. Und er wird nur froh sein, dich versorgt zu sehen.«

»O ja, er wird sich die Hände reiben und sich freuen, dass seine alte Tochter in geordnete Verhältnisse kommt und nicht in so einem Frauenhaufen endet.«

Ein paar der Frauen lachten. Jemand legte Holz nach und es wurde heller, als die Flammen an den Scheiten leckten.

»Glaubt mir«, fing Fiona an. »Ich habe keine Absichten zu heiraten. Und mein Vater wird mich nicht zwingen. Ihr kennt ihn nicht. Sicher, er hätte das Recht dazu. Aber – er liebt mich zu sehr, als dass er mich zwingen würde …«

»Oh«, sagte Angelika mit leiser Stimme. »Bei diesem Mann, der euch besucht hat, muss man nicht unbedingt unglücklich werden.«

Von den Bänken kicherte es.

»Genug!«, rief Fiona. »So schnell wird nicht geheiratet. Jetzt, wo wir unseren Orden gegründet haben, wäre es doch unsinnig, zu heiraten. Es gibt noch so viel zu tun …«

»Wir haben ja noch nicht einmal einen Namen!«

»Wie wär's mit: Der Orden vom goldenen Zeichen?«, schlug die Dicke vor.

»Man müsste es lateinisch ausdrücken …«, sagte Fiona und überlegte. Schließlich fuhr sie fort: »Signum aurum – Das goldene Zeichen. Klingt nicht schlecht. Und wir könnten gleichzeitig Pater Conrad eins auswischen, der doch tatsächlich den dummen Ausspruch gemacht hat, dass nur männliche Gesichter glänzen können, wenn sie …«

»Wenn sie auf dem Abort sitzen und es kommt nichts«, sagte Thekla, eine pausbäckige Frau, die sich bisher an der Unterhaltung nicht beteiligt hatte.

Die Frauen prusteten los.

»Oder … oder wenn sie …«, rief eine dünne Stimme, und überschlug sich dabei, »wenn sie im Schweiße ihres Angesichtes Nachkommen zeugen!«

Das Lachen steigerte sich.

Fiona klatschte in die Hände. »Genug!«, rief sie. »Lasst uns zu Bett gehen.«

»Kannst du uns nicht noch eine Geschichte erzählen von deiner Sammlung heiliger Menschen?«

»Ja, Fiona! Bitte!«, kam es von allen Seiten.

Fiona überlegte. »Gut. Eine Geschichte.«

Die Frauen setzten sich zurecht. Eine legte ihren Kopf in den Schoß der anderen. Das Feuer war so weit heruntergebrannt, dass es sich nicht lohnte, noch ein Stück Holz daraufzulegen.

»Also hört her!«, sagte Fiona und fuhr fort: »Die Mägde der heiligen Anastasia waren drei Schwestern und sehr schön. Sie hießen: Agapete, Thionia und Irenia. Da sie durch die heilige Anastasia zu Christinnen geworden waren und von ihrem Glauben nicht abwichen, sperrte der römische Statthalter die Mädchen in einen Raum, in dem Küchengeräte aufbewahrt waren: Töpfe, Pfannen, Schöpfkellen, Kessel und andere Dinge.

Er hatte mit ihnen aber noch anderes vor. Er war ein sinnlicher Mann und wollte sich an den Mädchen vergreifen, denn sie waren, wie gesagt, sehr schön und anmutig. Tag und Nacht begehrte er sie. Endlich hielt er es nicht mehr länger aus, ließ die Tür aufschließen und betrat den Raum. Da standen die drei in ihrer unschuldigen Schönheit und starrten ihn an, in der Hoffnung, die Freiheit zu erlangen. Aber er versuchte mit süßen Worten sie zu überreden, damit sie ihn küssten und umarmten.

Sie wichen zurück, denn sie dachten, dass es beim Küssen und Umarmen nicht bleiben würde. Außerdem war der Statthalter klein und dick und schwitzte vor Aufregung ...«

»Und wenn er groß und schön gewesen wäre ... so wie Berward?«, rief eine vorwitzige Stimme dazwischen.

»Ruhe, Thekla«, zischten die anderen.

Jemand gluckste, aber Fiona ließ sich nicht beirren und fuhr fort:

»Wo war ich nur? Man verliert den Faden, wenn man unterbrochen wird.«

»Der Statthalter wollte sich auf die Mädchen stürzen!«

»Ja, richtig. Die Jungfrauen beteten, aber der Statthalter sah in ihnen weiterhin nur Objekte zur Befriedigung seiner eigenen Lust.

Da passierte etwas Ungeheures. In seiner blinden Begehrlichkeit griff er nach einem Besen und den Töpfen und dachte, die Küchengeräte seien die Jungfrauen. Er fing an, den Besen zu umarmen und die rußigen Töpfe zu küssen.

Wie erstarrrt standen die Mädchen in einer Ecke und schauten dem seltsamen Schauspiel zu und wie Gott ihr Flehen nach Schutz so seltsam erhört hatte.

Als der Statthalter seine Lust an den Küchengeräten gestillt hatte, stürmte er hinaus, ganz schwarz vor Ruß, mit zerrissenen Kleidern.

Die Diener, die draußen gewartet hatten und ihren Herrn in dieser seltsamen Aufmachung sahen, erkannten ihn nicht und glaubten nichts anderes, es sei ein Dämon, der aus der Kammer geflohen war. Sie griffen ihn, verprügelten ihn und ließen ihn draußen auf der Straße liegen.

So erhörte Gott, der Herr, das Gebet der seligen Mägde der heiligen Anastasia!«

Fiona stand auf: »Und nun, meine Schwestern. Eine gute Nacht!«

Kapitel 3

Am nächsten Morgen saßen die Frauen bei ihrem einfachen Frühstück, während der dunkle Himmel sich allmählich in ein fahles Grau verfärbte und die Hähne sich heiser schrien.

Bei den Mahlzeiten herrschte Schweigen, das gehörte zu ihren Regeln. Fiona brach eine Brotscheibe in Stücke und ließ sie in die Schale mit Sauermilch fallen. Langsam und nachdenklich löffelte sie die eingeweichten Stücke. Was würde wohl ihr Vater sagen, wenn sie ihm vom Tod ihres Mannes und von Berwards Antrag erzählte. Wahrscheinlich hatte er es schon gehört. Solche Dinge verbreiteten sich immer schnell. Bestimmt würden seine Augen leuchten – bei der Aussicht, dass seine verwitwete Tochter sich wieder vermählte. Dass ihr Mann sich auf und davon gemacht hatte – unter dem Vorwand, an einem Kreuzzug teilzunehmen – das war allgemein bekannt gewesen. Berward sorgte nun für die Ehrenrettung. Er hatte alle guten Argumente auf seiner Seite. Wen kümmerte es, was Fiona dachte?

Eine Schwester stand auf und sprach die Schlussbenediktion. Damit riss sie Fiona aus ihren Grübeleien. Aber auch für die anderen Frauen war dies das Signal, dass sich jede an ihre Arbeit begab.

Fiona wollte als Erstes in ihr Elternhaus gehen, um mit ihrem Vater zu sprechen. Sie hoffte insgeheim, dass sie auch Walter, ihren Bruder, dort antraf, denn dann könnte sie die lästige Hochzeitsfrage ein für alle Mal klären. Je früher sie kam, desto besser.

Sie öffnete die Tür und blickte hinaus. Es hatte in der Nacht nicht geschneit, aber der Frost hatte den Schnee hart werden lassen. Also holte sich Fiona vorsorglich die hölzernen Trippen, die man sich unter die Schuhe band. Die zusätzlichen Holzsohlen würden ihre Lederschuhe vor den scharfen Eiskrusten schützen.

Obwohl die Sonne noch nicht aufgegangen war und eine graue Dämmerung über den Dächern hing, waren schon Leute unterwegs: Frauen mit Weidenkörben auf den Schultern gingen zum Waschen an den Fluss; ein Mann schlurfte vorbei, der sich ein Bündel gegerbtes Leder auf den Rücken geschnürt hatte. Und jetzt zwängte sich sogar ein Ochsenfuhrwerk durch die enge Gasse, das große, unbehauene Steinblöcke geladen hatte. Fiona musste warten, bis es vorbeigerumpelt war.

Sie war erst wenige Schritte gegangen, da hörte sie aufgeregte Stimmen. Menschen liefen eilig zusammen. Irgendetwas musste passiert sein. Fiona überholte ein paar Pilger, die die Morgenstunde nützen wollten und eine Litanei beteten, dann zwängte sie sich durch die Menge.

Mit allem hatte die Kaufmannstochter gerechnet, aber nicht mit dem, was sie dort sah: Mitten auf der Gasse lag ein Kind auf dem Rücken und rührte sich nicht. Es musste ein Mädchen sein, denn seine langen, aufgelösten Haare bedeckten teilweise das Gesicht und breiteten sich auf dem Pflaster aus wie ein Tuch. Unter den Schultern hatte sich eine Blutlache gebildet. Als Fiona noch näher trat, fiel ihr auf, dass jemand rund um das Gesicht des Kindes mit gelber Farbe Strahlen auf das Pflaster gemalt hatte. Neben dem kleinen Körper stand eine Öllampe aus einfachem Ton und brannte auf kleiner Flamme – als wäre sie zur Totenwache aufgestellt worden.

Wie ein aufgeschreckter Bienenschwarm summte es zwischen den Menschen hin und her. Fiona hörte Wortfetzen: »… keinen Schrei gehört … lautlos … das Mädchen ist tot … seltsame Schriftzeichen …«

»Wieso seltsame Schriftzeichen?«, erkundigte sie sich.

Als sie seitlich an dem leblosen Körper vorbeiblickte, sah sie Buchstaben, die auf dem Kopf standen.

»Lasst mich durch«, sagte sie laut und schob noch ein paar Schaulustige beiseite. Jetzt konnte sie die Buchstaben sehen, die jemand mit gelber Farbe auf die Steine gemalt hatte.

Fiona entzifferte langsam: »Signum aurum.« Während sie es las, fühlte sie, wie ihr das Blut ins Gesicht schoss.

Hilfe! Das Wort von der Abendandacht! Was hatte es hier zu suchen?

»Was bedeuten diese Worte?«, fragte ein Mann, der sich wie die Übrigen scheu zurückhielt, als ob von dem Kind ein Fluch ausginge.

»Sie heißen: Goldenes Zeichen!«, sagte Fiona und trat dicht an den Körper heran.

»Vorsicht!«, keifte eine alte Frau. »Das Kind ist verhext.«

Aber Fiona ließ sich nicht abhalten. Sie schlug das Kreuzeszeichen, strich dem Mädchen die Haare aus der Stirn und legte ihre Hand auf seine Wange. Das Fleisch darunter war kalt. Zur Vorsicht berührte Fiona das Mädchen auf der Brust, um zu fühlen, ob es atmete.

»Es ist tatsächlich tot!«, sagte Fiona und fragte in die Menge hinein: »Seit wann liegt das Kind auf der Straße?«

»Das wissen wir nicht«, sagte eine junge Frau. »Es muss in der Nacht passiert sein.«

»Wie heißt das Kind? Und wo sind die Eltern?«

»Ich glaube sie heißt Magdalena. Man holt gerade ihre Eltern.«

»Wie schrecklich. Und wer hat die Öllampe hierhergebracht?«

Die Frau seufzte. »Soweit ich weiß, stand sie schon von Anfang an neben dem toten Mädchen!«

Fiona richtete sich auf und überlegte gerade, ob sie weitergehen oder noch bleiben sollte, da hörte sie aus der Entfernung einen schrillen Schrei und ein Schluchzen.

Das wird die Mutter sein.

Sie trat zur Seite und beobachtete bewegungslos, wie eine Frau, in ein braunes Tuch gehüllt, sich auf das Kind warf und das Mädchen hin und her schüttelte. Dabei fiel die Öllampe um und erlosch.

»Wach auf, Lena! Du sollst aufwachen!«

Fiona wandte sich an die junge Frau, mit der sie geredet hatte. »Kennst du die Familie?«

Sie nickte wortlos.

»Versuch doch, die Mutter mit ihrem Kind nach Hause zu geleiten.«

Fiona konnte dieses Elend nicht mit ansehen und wandte sich ab. Als sie ihren schneenassen Rocksaum hob und den Platz verließ, hörte sie die Stimme eines Mannes: »Goldenes Zeichen? Das hat doch gestern jemand in der Kirche gesagt! Waren es nicht sogar die Schwestern des neuen Ordens? Und wie …« Der Rest des Satzes ging in dem lauter werdenden Gemurmel unter.

Nur schnell weg. Irgendwohin gehen, wo ich sicher bin.

Die letzten Schritte zum Wohnturm ihrer Familie legte Fiona im Laufschritt zurück. Zugleich überstürzten sich ihre Gedanken.

Wer macht so etwas? Ist das eine Verhöhnung der Mosegeschichte? Die angedeuteten Strahlen auf dem Pflaster, die trübe Öllampe daneben? Was für eine schreckliche Vorstellung muss ein Mensch haben, der so etwas tut!

Als sie schwer atmend vor dem Eingangstor stand und darauf wartete, dass ihr Klopfen gehört wurde, kamen ihr weitere Gedanken in den Sinn:

Wenn sich der Mörder daran erinnert hat, dass diese Worte in der Abendandacht gesagt wurden, in der Andacht, die auch von den Schwestern des neuen Ordens besucht wurde, dann …

Sie wagte nicht weiterzudenken. Und Ariana hatte gestern sogar noch vorgeschlagen, »*Das goldene Zeichen*« als Namen für ihren Orden zu verwenden. Ein Schauder überfiel sie.

Fiona überließ ihren nassen Mantel Hildrun, der Magd, und begab sich in den zweiten Stock des Wohnturms, wo die Kaufmannsfamilie de Ponte lebte. Walter und ihr Vater saßen noch beim Frühstück.

Durch die Pergamenthäute, die vor die Fensterlöcher gespannt waren, fiel ein fahles Licht auf die geweißten Wände. Im Kamin brannten mehr schlecht als recht einige Holzscheite, und Fiona fing an zu husten, weil der Rauch nicht gut abzog.

Den beiden Männern schien der Qualm aber nichts auszumachen. Sie waren offensichtlich guter Laune, saßen am Tisch und aßen einen Brei aus Mangold, Lauchzwiebeln und gehacktem Ei. Dazu gab es geräucherte Forelle mit Brot. Dampfend stand ein Krug mit heißer Honigmilch daneben.

»Ach, Fiona!«, begrüßte sie der Vater. »Komm, setz dich. Hast du schon gegessen?«

»Ja, ich ...«

»Einen kleinen Bissen wirst du doch noch vertragen!«

Fiona wagte nicht, abzulehnen. Sie wollte die gute Laune ihres Vaters nicht schon vor dem Gespräch verderben. Sollte sie nun erst von der Kinderleiche berichten oder gleich mit dem Heiratsantrag loslegen?

Während die Magd ein Holzbrett, eine Tonschale und ein Messer brachte, stieß Walter seinen Vater an. »Sieh sie dir an, deine Tochter, wie gut sie aussieht. Kein Wunder, dass die Männer immer noch verrückt sind nach ihr.«

Sie wissen es also schon. Nun, dann kann ich mir die vorsichtigen Worte sparen.

»War Berward aus Basileia hier?«, fragte sie.

Walter grinste und trank einen kräftigen Schluck aus seiner Schale.

»Ja, gestern, du hast es erraten. Er brachte gute Nachrichten, nicht wahr?«

»Findest du es eine gute Nachricht, dass mein Mann gestorben ist?«

Fionas Stimme klang schärfer, als sie beabsichtigt hatte.

»Nein, natürlich nicht. Obwohl ... nun, wir sind nicht gerade erschüttert, wenn ich ehrlich sein soll. Einer wie er, der seine Frau im Stich lässt und ...«

»Er hat mir immerhin den Stand einer verheirateten Frau gewährt ...«

»Ja, ja!« Walter nickte und bekam einen zynischen Zug um den Mund. »Während er das Weite gesucht hat, um sich in Basileia mit anderen Frauen zu vergnügen. Auf solch einen Schwager verzichte ich gerne.«

»Fiona, meine Tochter«, ließ sich jetzt der Vater mit einem warmen Ton in der Stimme vernehmen. »Wir sind nicht in guter Stimmung, weil Audoin tot ist, sondern weil sein Freund Berward mich um deine Hand gebeten hat, wenn die Trauerzeit vorbei ist. Ein guter und vermögender Mann, der ...«

»Woher weißt du, dass er gut und vermögend ist?«

»Man sieht das einem Mann an. Glaub mir, in meinem Leben bin ich den unterschiedlichsten Männern begegnet. Ich habe eine Nase dafür, wer nur so tut oder wer es ernst meint. Selbstverständlich werde ich auch noch Erkundigungen einziehen.«

Fiona griff zu der leeren Tonschale, die die Magd gebracht hatte und goss sich etwas von der warmen Honigmilch ein. Mit der Spitze des Messers spießte sie ein Stück Fisch auf und tunkte es in den Gemüsebrei mit Ei. Sie kaute und schluckte.

»Nun, Vater, nehmen wir einmal an, dass er wirklich ein guter Mensch ist und vermögend. Was ich nicht verstehe: Warum ausgerechnet ich? Es gibt in Basileia bestimmt sehr viele Frauen, die zum Heiraten taugen. Aber er kommt her, sieht mich kurz, spricht mit mir und weiß plötzlich: Diese Frau möchte ich heiraten! Seltsam! Das gefällt mir nicht. Vielleicht ist er gar nicht vermögend und hat es nur auf meine Mitgift abgesehen?«

Walter schüttelte den Kopf, wischte seine feuchten Finger an der Tischplatte ab und sagte etwas zu laut: »Fiona! Warum musst du immer gleich das Schlimmste annehmen? Du merkst es vielleicht nicht selbst, wie schön du immer noch bist. Manche Frauen scheinen über ihre eigene Schönheit nicht im Bilde zu sein und es ist …«

»Auch in Basileia gibt es schöne Frauen«, unterbrach sie ihn.

Der Vater räusperte sich und sagte: »Für mich klingt die Anfrage Berwards gar nicht so ungewöhnlich. Berward, der viel mit Audoin zusammen war, hat über ihn von dir gehört. Und auch wenn dein Mann sich von dir getrennt hatte, nahm er doch die Erinnerung an dich mit an seinen neuen Wohnsitz. Du hast ihm damals gefallen und im Abstand vergisst man manchmal die schlechten Tage. So ist Berward neugierig auf dich geworden. Als er dann kam und dich traf, war er darauf vorbereitet, eine ungewöhnliche Frau vorzufinden.«

Er blickte Fiona an, sodass sie die Augen senkte, und fügte hinzu: »Was du sagst, klingt so, als ob du sein Angebot zurückweisen willst?«

Fiona hob die Hände in einer Art hilfloser Geste.

»Ihr wisst beide, dass wir eine neue Gemeinschaft gegründet haben. Wir stehen ganz am Anfang – und da soll ich jetzt aufhören, heiraten und mein früheres Leben wieder aufnehmen? Nein, das will ich nicht!«

Walter, der mit zusammengezogenen Augenbrauen zugehört hatte, schlug mit der Faust auf den Tisch.

»Jetzt geht das wieder los. Diese … dieser Frauenhaufen. Es ist nicht einmal ein richtiger Orden. Wenn ihr schon so etwas tun wollt, warum schließt ihr euch nicht den Benediktinerinnen an? Aber nein, meine teure Schwester möchte nicht das Herkömmliche machen, sondern etwas Neues gründen.«

Der Vater hob die Hand. »Es ist gut, Walter. Wir wissen, dass du diese neue Gemeinschaft ablehnst und …«

»Wie die meisten in Coln.«

»Nicht die, die unsere Dienste mit Freuden in Anspruch nehmen und uns Segensworte hinterherrufen«, warf Fiona dazwischen.

Walter fegte das Argument zur Seite. »Ach was. Den Armen kann man genauso gut als verheiratete Frau helfen.«

»Nun, jedenfalls ist Fiona noch nicht entschieden, Berward zu erhören. Sie braucht noch Zeit, um …«

»Ich brauche keine Zeit, Vater«, sagte Fiona heftig. »Und das habe ich ihm auch gesagt!«

»Du hast *was* zu ihm gesagt?«, fragte Walter mit lauernder Stimme nach.

Fiona blickte an ihm vorbei in die Ecke des Zimmers, wo die Feuerzungen im Kamin loderten.

»Ich habe sein Angebot nicht angenommen.«

»Und was hat er darauf erwidert?«, fragte ihr Vater zurück. Sie spürte einen ärgerlichen Unterton in der Stimme.

»Nun, er ist nicht darauf eingegangen und hat gesagt, ich solle trotzdem ein paar Nächte darüber schlafen. Er … er würde nach Basileia zurückgehen und nach einiger Zeit wiederkommen.«

»Da hast du's!«, polterte Walter los und blickte seinen Vater an. »Der Mann gefällt mir. Er gibt nicht so schnell auf und lässt sich durch die Laune eines Weibes nicht aus der Ruhe bringen. Zum Glück liegt die letzte Entscheidung nicht bei ihr.«

Fiona sprang auf und rief erbost: »Das sind keine Launen, Walter! Ich weiß, was ich will.«

»Ja, du willst offenbar keine Kinder.«

»Das stimmt nicht! Ich wollte all die Jahre welche. Aber offensichtlich hat Gott meinen Schoß verschlossen.«

»Dann heirate! Vielleicht schließt der Herr deinen Schoß auf, wenn ein anderer Mann mit dir zusammenliegt.«

»Nicht jetzt.«

Walter blickte seine Schwester zornig an.

»Beruhigt euch«, ließ sich der Vater vernehmen. »Und setz dich, Fiona. Was gesagt wurde, ist gesagt. Wir kommen im Augenblick damit nicht weiter. Ich bin nicht der Mann, der seiner Tochter einen Mann aufzwingt, obwohl ich das Recht dazu hätte.«

Fiona setzte sich. Da fiel ihr das Ereignis von diesem Morgen wieder ein.

»Habt ihr schon von dem toten Mädchen gehört?«, fragte sie. Es war eine gute Gelegenheit, das Thema zu wechseln.

»Ein totes Mädchen?« Walter sah seinen Vater an.

»Ach nein, das könnt ihr wahrscheinlich noch nicht gehört haben. Es ist ja erst heute früh gefunden worden.«

Sie schilderte die Szene, ließ aber den Strahlenkranz und die Buchstaben weg, die der Mörder auf das Straßenpflaster gemalt hatte.

»Ein Kind ist ermordet worden und jemand hat eine Öllampe danebengestellt!«

Einen Augenblick war es still.

»Seltsame Dinge sind das«, meinte das Oberhaupt der Familie nachdenklich. »Was hältst du davon, Walter?«

»Vielleicht eine Familienfehde, ein ... ein Verrückter, der vom Teufel besessen ist. Jemand, der ...«

In diesem Augenblick ging die Tür auf und die Magd, die das Geschirr gebracht hatte, stürmte herein. Die drei blickten überrascht auf.

»Hältst du es nicht mehr für notwendig, anzuklopfen, Hildrun?«, fragte de Ponte streng.

»Entschuldigt, Herr, aber die Nachrichten sind so schrecklich, dass ich in meiner Aufregung ...« Hildrun verschluckte sich und hustete.

»Setz dich und erzähle!«, befahl de Ponte.

Hildrun setzte sich an das äußerste Ende der Bank und stotterte: »Nachdem ... nachdem ich das Geschirr hereingebracht hatte, bin ich zum Fluss gelaufen, um Wasser zu holen. Und da ... da erzählten gerade die Leute, dass ein Mann auf dem Rhin gesehen worden ist. Nicht in einem Boot, sondern er trieb an das Ufer. Aber ... aber das Merkwürdige daran war, dass er ganz aus Eis gewesen ist, durchsichtig wie Glas, und dass er ... dass jemand in das Eis mit Blut Worte eingeritzt hat, die in der Morgendämmerung leuchteten. Es hat bestimmt ganz unheimlich ausgesehen.«

»Wer war er? Ist er bekannt?«

Hildrun schüttelte den Kopf. »Nein. Niemand kennt ihn. Man weiß nicht einmal, ob er ein Mensch aus Fleisch und Blut ist. Einige sagten, er sei ein gefallener Engel. Aber passt auf, es wird noch unheimlicher. Als man den Mann aus Eis genauer ansah, da sah man deutlich die Worte aus Blut, die im Dunkeln leuchteten ...«

»Aber es war doch schon hell!«, warf Fiona ein.

»Das macht doch nichts!«, sagte Walter. »Was stand denn nun darauf? Was hatte man eingeritzt?«

»Auf dem vereisten Mann standen überall die Worte *signum aurum.*«

»Was?« Fiona stand langsam auf. »Bist du sicher, Hildrun?«

Die Magd nickte eifrig. Man merkte ihr an, dass sie es ein wenig genoss, im Mittelpunkt zu stehen.

»Ich habe die Worte auf dem ganzen Weg zurück immer und immer wiederholt.«

»Signum aurum!«, murmelte Walter, »goldenes Zeichen ... Was bedeutet das?«

»Ja, und die Leute sagten, sie sagten, ein Mädchen wurde ermordet auf der Gasse und ... und dasselbe Wort war auf die Straße gemalt.«

Fiona biss sich auf die Lippen.

Walter drehte sich zu Fiona um. »Davon hast du gar nichts gesagt.«

»Goldenes Zeichen«, sagte Fionas Vater. »Das verstehe ich nicht. Was hat der Tod mit einem goldenen Zeichen zu tun?«

Hildrun kam jetzt richtig in Bewegung und sagte eifrig. »Oh, das ist kein großes Geheimnis. Überall wird gerade herumerzählt, dass das Wort in der Abendandacht fiel. In der Kirche, wo auch der neue Orden hingeht. Viele sagen, dass die Frauen etwas damit zu tun haben, dass ein Fluch auf ...«

Hildrun stockte, weil ihr plötzlich einfiel, dass Fiona zu diesen Frauen gehörte. Sie wurde rot und stand auf.

»Das ist alles«, sagte sie rasch und wollte gehen.

»Halt, halt, Hildrun«, rief Walter und hielt sie fest »Du kannst hier ruhig alles sagen, was du auf der Gasse gehört hast. Hab keine Scheu. Es ist immer besser zu wissen, was erzählt wird.«

Man sah Hildrun an, dass es ihr unangenehm war, im Beisein von Fiona den Gassenklatsch zu erzählen.

»Es ist in Ordnung, Hildrun«, sagte Fiona. »Für mich ist es ohnehin besser zu wissen, was die Leute reden.«

»Nun gut.« Hildrun setzte sich wieder auf das eine Ende der Bank.

»Was ich gehört habe, ist ... aber es muss ja nicht der Wahrheit entsprechen ...«

»Nein, muss es nicht«, ermutigte Fiona die ängstliche Magd.

»Also, man sagt, dass dieser Frauenorden, der eigentlich kein richtiger Orden ist, Gottes Zorn herausfordert. Deshalb ... deshalb gibt es diese Tote und den Mann aus Eis und die seltsame Schrift. Schließlich soll das Wort *signum aurum* von den Frauen selbst stammen ...«

»Das stimmt nicht!«, warf Fiona ein. »Ich war ja selbst dabei, als das Wort aufkam.«

»Du warst selbst dabei und hast vorhin kein Wort dazu gesagt!«

In Walters Stimme klang Unverständnis.

»Ich … ich hielt es nicht für so wichtig. Gestern Abend bei der Vesper sprach Pater Conrad über Mose, dessen Gesicht leuchtete, als er vom Berg Sinai stieg. Das war ein Zeichen der Nähe Gottes. Da sagte jemand plötzlich: »*Ein goldenes Zeichen.*« Das Wort wurde nur aufgegriffen, aber meine Frauen haben es nicht gesagt. Ich habe alle gefragt. Es ging aber durch die Reihen, sodass Pater Conrad sich gestört fühlte, seine Predigt unterbrach und fragte, was geschehen sei. Und weil er in unsere Richtung blickte, sah es so aus, als ob es aus unseren Reihen stammte. Und mit diesem Eindruck gingen die Leute auch nach Hause.

Das liegt aber nur daran, dass Pater Conrad uns gegenüber immer misstrauisch ist. Er geht wie selbstverständlich davon aus, dass jede Störung, die in der Messe passiert, von uns kommt.«

»Nun, da haben wir es!«, rief Walter. »Meine Schwester gründet einen neuen Orden, der unter dem Zorn Gottes steht und durch den Menschen sterben!«

»Eine gemeine Verleumdung, nichts weiter!«, sagte Fiona ärgerlich. »Keine unserer Frauen würde ein Kind umbringen oder einen vereisten Mann in den Rhin stoßen. Ganz abgesehen davon, dass Männer aus Eis nicht bluten.«

»Kennst du deine Frauen wirklich so gut?«, hielt ihr Walter entgegen. »Da ihr keine so strengen Regeln habt und alle aufnehmt, die kommen, wisst ihr auch nicht viel über diese Frauen. Und wenn nun eine dabei ist, die sich verstellt und dem Teufel dient?«

»Unmöglich!«

Fionas Augen blitzten und auf ihren Wangen bildeten sich rote Flecken. Gerade wollte sie etwas Scharfes entgegnen, da hörten sie wie die Tür leise ins Schloss gedrückt wurde. Unbemerkt hatte Hildrun das Streitgespräch der Geschwister genutzt, um sich unauffällig zu entfernen.

»Ich denke«, ließ sich Fionas Vater vernehmen, »das Beste

ist, wenn Fiona den Erzbischof aufsucht und ihm die Lage schildert. Vermutlich wird er ja von den Vorkommnissen schon erfahren haben.«

Fiona biss sich auf die Lippen. Gerade das, was sie am wenigsten wollte, verlangte ihr Vater nun von ihr. Aber es blieb ihr wohl nichts anderes übrig. Erzbischof Friedrich war ihr ehemaliger Verlobter, der die Verbindung seinerzeit gelöst hatte, weil er das geistliche Amt einschlagen wollte.

Sie musste ihre Gefühle hinunterschlucken und sie, so gut es ging, verstecken. Denn wem nützte es, wenn eine alte Liebe, die nicht totzukriegen war, wieder auflebte? Für sie selbst würde es neue Qualen bedeuten und auch für Friedrich wäre es sicher unangenehm.

So mied sie jede Begegnung mit ihm ... Und gleichzeitig sehnte sie sich danach, ihn zu sehen, seine Stimme zu hören, seine Hand zu berühren, die wahrscheinlich nun in einem vornehmen Handschuh steckte.

»Gut«, sagte sie, »dann werde ich jetzt gleich zu ihm gehen.«

»Du ... hast ihn lange nicht gesehen«, sagte Walter.

»Ja, denn ich bin ihm aus dem Weg gegangen.«

»Ist er dir so ... so widerwärtig?«

Fiona erhob sich. Walter mochte ein ganz netter Kerl sein, wenn er sich nicht gerade über irgendetwas aufregte. Aber von dem, was zwischen Männern und Frauen passierte, hatte er keine Ahnung. Er wusste offenbar nicht, dass Frauen alles taten, um ihre geheimsten Gefühle zu verbergen. Meistens sagten sie das genaue Gegenteil, von dem, was sie fühlten. Lügen war in diesem Fall erlaubt.

»Ja«, nickte sie in Walters Richtung. »Widerwärtig ist ein zutreffendes Wort.«

Kapitel 4

Das Fenster mit dem Holzgitter und den grünen, quadratischen Glasplättchen kannte sie noch. Eben war die Wintersonne zum Leben erwacht und warf einen grünen Schatten auf den Steinboden. Die gewebten Stoffe an den Wänden waren inzwischen durch Seide ersetzt worden, sodass die Farben der Ornamente frischer und feiner wirkten und dem Raum das Düstere nahmen. Das hatte sicher Friedrich so angeordnet.

Fiona überlegte. Vor fast zehn Jahren war sie zuletzt hier gewesen. Zusammen mit Walter. Damals hatte Erzbischof Hermann noch gelebt. Es war die Zeit, als die Kreuzzüge begonnen hatten und die Juden in Coln verfolgt wurden. Zehn lange Jahre war das nun schon her …

Im Kamin brannte ein Feuer. Offensichtlich zog der Ofen besser als der bei ihrem Vater, denn es hing kein Rauch unter der Decke. Stattdessen roch es nach einem dieser neuen Gewürze, die sich reiche Leute leisten konnten: dunkelbraune Stangen, so lang wie ein Zeigefinger. Wenn man ein bisschen davon in den Honig mischte, bekam er einen unwiderstehlichen Geschmack. Fiona mochte den Duft.

Jetzt, wo sie in Friedrichs Wohnung war, wusste sie wieder, wie stark ihre Gefühle für ihn waren. Es war doch nur ein Kuss gewesen, ein Kuss zwischen zwei Verlobten. Und später, als sie sich entloben mussten, weil er Bischof wurde, da war es ein Abschiedskuss gewesen. Trotzdem, die Flamme brannte weiter in ihr, und sie merkte jetzt, dass die Seele keine Zeit und keinen Raum kannte. Sie war zeitlos, alterslos und immer noch durchtränkt von der Liebe zu ihm.

Warum kam sie nicht los von ihm? Sie würden nie ein gemeinsames Leben führen können. Es war sinnlos, an dieser Liebe festzuhalten. Wollte sie überhaupt von ihm loskommen? Auf jeden Fall wollte sie ihre Gefühle mit aller Macht vor ihm verstecken. Denn sie wusste nicht, wie es ihm in der Zwischenzeit ergangen war. Womöglich bedeutete sie ihm gar nichts mehr? Vielleicht hatten seine geistlichen Geschäfte die Liebe erstickt? Wahrscheinlich wäre es für ihn am besten, denn ihre gemeinsame Liebe hatte sowieso keine Zukunft, nachdem er dem Zölibat verpflichtet war.

Als der Diener, der sie hereingeführt hatte, gegangen war, drehte Friedrich sich um und blickte Fiona an. Ein Blick, der bis auf den Grund ihrer Seele drang.

Friedrich hatte sich kaum verändert. Etwas schmaler im Gesicht war er geworden. Der leichte, rote Mantel, mit einer Fibel zusammengehalten, unter dem eine gelb gefärbte Tunika hervorblitzte, ließ ihn irgendwie erhaben erscheinen. Fiona wurde dadurch befangener, als sie es ohnehin schon war. Er trug keine weißen Handschuhe. Hatte er sie vorher abgelegt?

»Ich habe fast erwartet, dass du kommst, nach allem, was heute passiert ist«, sagte er mit seiner leisen, tiefen Stimme. »Nun bist du also da. Wie lange ist es her, dass wir allein in einem Raum zusammen waren?«

Sie ging zu einem der Stühle mit angedeuteter Lehne, blieb aber davor stehen und sagte, indem sie einen Wandbehang betrachtete und es vermied, ihn anzusehen: »Es werden wohl fünf Jahre sein. Mein Vater gab mir den Rat, dich …«, sie stockte bei diesem viel zu vertraulichen Wort, überwand sich aber. Alles andere wäre lächerlich gewesen.

»… dich aufzusuchen. Allein wäre ich wahrscheinlich nicht auf den Gedanken gekommen. Aber ich denke, es ist … angebracht.«

Was soll ich sagen, wenn er mich fragt, ob ich ihn noch liebe? Aber – diese Frage wird er nicht stellen. Warum klopft mir das

Herz bis zum Hals wie bei einem vierzehnjährigen Mädchen? Zu dumm!

»Die Zeiten haben sich geändert, Fiona. Der Erzbischof hat in Coln nicht mehr so viel Macht wie früher. Die Bürger sind stärker geworden. Bei einem Mord und anderen Verbrechen wird jetzt eher der Stadtvogt herangezogen. Aber ich bin trotzdem froh, dass du gekommen bist ...«

Er ist froh, er ist froh ... Ist das Höflichkeit oder freut er sich wirklich? Was gäbe ich darum, jetzt seine Gedanken lesen zu können, wie es mir früher manchmal gelang. Aber diese Gabe zeigte sich leider immer nur, wenn ich sie nicht brauchte.

»Setz dich, Fiona. Oh, ich habe vergessen, dir etwas anzubieten, aber ich will nicht, dass mein Diener unsere Unterhaltung stört.«

Fiona setzte sich.

»Ich komme gerade vom Frühstück und brauche nichts.«

Meine Stimme klingt viel zu angespannt und zittrig. Ich muss mich beherrschen!

Der Erzbischof setzte sich nicht auf den reich verzierten Bischofsstuhl, der auf einem erhöhten Podest stand, sondern ließ sich auf dem anderen Besucherstuhl nieder.

Fiona streifte ihn mit einem dankbaren Blick. Seine Bescheidenheit hatte also unter dem Amt noch nicht gelitten. Oder wollte er ihr nur möglichst nahe sein? Aus den Augenwinkeln sah sie seine weißen Seidenstrümpfe, die unterhalb der Wade gebunden waren, damit sie nicht rutschten. Irgendwie passten sie nicht zu den schlichten, schmucklosen Lederschuhen.

»Man hat mir vorhin von den zwei Toten berichtet oder von einem toten Mädchen und einem Mann aus Eis und von dem Gerücht, das in unserer Stadt umgeht. Dein neuer Orden soll etwas damit zu tun haben, was ich natürlich nur für ein Gerücht halte. Kannst du mir erklären, was es genau mit diesem goldenen Zeichen auf sich hat?«

Von unten klang Stimmenlärm nach oben. Fiona blickte kurz zum Fenster hinüber und dachte, dass wahrscheinlich irgendein Hindernis die Straße blockierte. Dann erzählte sie ihm alles ganz ausführlich. Und während sie redete, fiel ihr die Ungeheuerlichkeit auf, die die Ereignisse für sie bedeuteten. Wenn sich das herumspräche, dann wäre der Orden in Gefahr und sie selbst auch.

»Signum aurum«, sagte Friedrich mehr zu sich selbst. »So ein schönes Wort und solche elenden Taten! Wer macht so etwas?«

»Das kann nur jemand sein, der dem Orden schaden will«, sagte Fiona heftig. »Es muss jemand sein, der bei der Abendandacht dabei war und der gemerkt hat, dass es so aussah, als ob dieses Wort von uns kam. Er hat diese Morde durchgeführt, um uns zu schaden. Ein klarer Fall! Es gibt ja viele, die uns ablehnen: Pater Conrad, selbst mein eigener Bruder ...«

Friedrich fuhr herum: »Glaubst du etwa, dass Pater Conrad dahintersteckt? Das wäre allerdings ...«

Fiona hob abwehrend beide Hände hoch. »Nein, nein! Das wäre wirklich abwegig. Er lehnt uns ab, aber so etwas traue ich ihm nun doch nicht zu!«

Friedrich fuhr sich über sein glatt rasiertes Kinn: »Die Umstände sind rätselhaft. Die Öllampe neben dem Mädchen und das Eis bei dem zweiten Mord haben sicher eine Bedeutung. Der Stadtvogt wird mich bestimmt heute noch aufsuchen, um seine Pläne mit mir zu besprechen. Wenn ich etwas unternehmen will, dann müsste ich jetzt sofort handeln. Und ich weiß auch schon, was ich tun werde.«

Er blickte Fiona an und lächelte. Sie wurde rot und lächelte zurück.

Er ist mir immer noch zugetan, seine Augen haben mich ein wenig zu lange angesehen. Ich könnte tagelang hier sitzen und mit ihm sprechen. Ganz gleich, was es ist.

»... und so habe ich mich entschlossen«, sagte Friedrich gerade, »Egwin zu benachrichtigen und seinen Abt zu fragen, ob er kommt, um uns bei der Aufklärung dieser seltsamen Vorfälle zu helfen. Ich befürchte nämlich, dass der Stadtvogt sich nicht viel Mühe geben und den Gerüchten glauben wird.«

Überrascht hob Fiona den Kopf.

»Egwin?«

»Ja, unseren schlauen Mönch aus Angelland. Ich habe seinen Scharfsinn und seine Klugheit schätzen gelernt, als damals der Petrusstab gestohlen wurde und zwei Männer sterben mussten.«

In Fionas Gedächtnis tauchte das Gesicht von Egwin auf, jener Mönch mit der gepflegten Tonsur, die manchmal ein wenig nach Pferdeurin roch, wenn er sein Schuppenmittel anwandte. Sie mochte ihn, diesen Benediktiner mit dem ausländischen Akzent, dem seine Eitelkeit peinlich war und der wie ein Jagdhund einer Fährte nachspürte.

»Aber wird das nicht zu lange dauern, bis ein Bote Haestingas an der angelischen Küste erreicht und Egwin hier angelangt sein wird?«, fragte Fiona. »Wer weiß, was dann in der Zwischenzeit noch alles passiert sein wird?«

Friedrich nickte. »Ich würde nicht nach ihm schicken, wenn er jetzt in Haestingas wäre. Vier Wochen Warten auf seine Ankunft wäre wirklich zu lang. Aber da ich einen regen Briefwechsel mit Egwins Abt angefangen habe, weiß ich, dass sich eine Abordnung seines Ordens gerade auf einer Pilgerreise nach Treveris befindet, wo ein Kreuznagel und die wundertätige Sandale des Apostels Andreas verehrt werden. Ich vermute, dass Egwin dabei ist, denn er spricht das Fränkische fließend.«

»Ja ... von Treveris nach Coln ist es wirklich nicht mehr weit, man muss nur die Mosella flussabwärts fahren und dann noch ein kurzes Stück von Confluenze. Das kann man in ein paar Tagen schaffen.«

»Ich werde gleich heute Morgen einen berittenen Boten nach Treveris schicken.«

»Und wenn …«, begann Fiona, zuckte aber zusammen, denn am Fenster war ein Geräusch zu hören, als ob ein Stein dagegengeworfen worden wäre. War das Stimmengewirr von unten nicht auch lauter geworden?

Friedrich stand auf, nahm den Rahmen mit dem Glasgitter aus der Fensteröffnung, stellte ihn gegen die Wand und blickte hinunter.

Sobald Friedrichs Gesicht zu erkennen war, wurde es auf der Gasse etwas ruhiger. Aber dann schienen sich die Menschen einen Ruck zu geben und riefen einen Satz, der so laut war, dass auch Fiona ihn hören konnte: »Fluch dem neuen Frauenorden! Fluch dem neuen Frauenorden!«

Fiona stand ruckartig auf und wurde noch eine Spur blasser.

Während Friedrich Luft holte, um etwas gegen diese ungeheuerliche Behauptung zu sagen, riefen Einzelne jetzt hinauf: »Fiona de Ponte ist schuld! Was sie tut, ist gegen die Ordnung! Liefert sie uns aus! Wir wissen, dass sie bei Euch ist!«

Fiona starrte mit großen Augen auf das Fenster und drückte sich gegen die Wand, um von unten nicht gesehen zu werden.

»Das wird nicht geschehen«, antwortete der Erzbischof mit fester Stimme. »Sie steht unter meinem Schutz!«

»Dann gehen wir zum Stadtvogt. Er wird das Richtige tun.«

Ein lautes Gemurmel erhob sich, aus dem Friedrich so etwas wie »seine Verlobte« herauszuhören meinte. Die Menge zerstreute sich schließlich und es wurde ruhiger. Die Leute würden ihre Drohung wahr machen, damit musste man rechnen.

Friedrich griff nach dem Glasrahmen und setzte ihn wieder in die Fensteröffnung. »Du hast gehört, was sie geschrien haben?«

Fiona nickte schweigend und sagte heiser: »Es war nicht zu überhören: *Fluch dem neuen Frauenorden*. Sie … Sie bringen tatsächlich diese Morde mit mir und meinen Frauen in Verbindung. Warum sollten wir Menschen töten? Kinder? Und wo, bitte schön!, sollen wir einen Mann aus Eis herholen? Wir haben genügend andere Dinge zu tun!«

Friedrich seufzte: »Das ist nur der Anfang, Fiona. Es werden mehr werden. Sie suchen einen Schuldigen. Irgendetwas muss ich tun, bevor der Stadtvogt an meine Tür klopft ... es ist auch zu deinem Besten.«

Fiona lachte auf. »Willst du mich und meine Frauen in den Kerker sperren?«

Friedrich sagte nichts dazu, sondern lief mit großen Schritten auf und ab.

»Vielleicht ist das gar nicht das Schlechteste.«

»Was sagst du da?«

»Ich denke an einen Kerker, der nicht so schlimm sein wird. Ich könnte dich dort regelmäßig besuchen, von Amts wegen. Das Essen wird von meinem Tisch sein. Und falls ein weiterer Mord passiert, ist sofort jedem klar, dass euer Orden daran unschuldig ist ... Schließlich seid ihr ja eingesperrt ... Und die Leute haben das Gefühl, dass ich etwas zu ihrer Sicherheit getan habe.«

»Beim heiligen Jakobus, ich wage mich jetzt kaum alleine auf die Straße, um zu meinen Frauen zurückzugehen!«

»Das brauchst du auch nicht.«

Er ging zu einem Regal, in dem leere, zusammengerollte Pergamentstreifen lagen, zog einen kleineren heraus, stellte ein Gefäß mit Tinte und Feder daneben und sagte: »Schreib ein paar Zeilen für deine Frauen. Ich hoffe, dass eine von ihnen wenigstens lesen kann. Teile ihnen mit, sie sollen ein paar notwendige Dinge zusammenpacken und auf schnellstem Weg hierherkommen. Dann werde ich sie und dich einsperren. Wenn der Stadtvogt kommt, kann ich beweisen, dass die Leute vor euch sicher sind. Wir warten ein paar Tage oder Wochen ab, bis sich alles beruhigt hat, und schicken euch zurück. Währenddessen wird hoffentlich Egwin eintreffen und mir helfen, den Schuldigen zu finden. Das ist mein Plan. Was hältst du davon?«

Fiona ließ sich auf den Stuhl fallen und hielt beide Hände vor ihr Gesicht. Nach einer Weile blickte sie hoch: »Du hast recht. Das scheint mir im Augenblick das einzig Richtige zu sein.«

Sie stand auf und setzte sich zum Schreiben an den kleinen Tisch. Während die Feder über das Pergament kratzte, rief Friedrich seinen Diener und erklärte ihm, dass er sofort zu dem Haus des neuen Ordens gehen sollte, um dort ein Schriftstück abzugeben. Es sei sehr wichtig.

Fiona war mit dem Scheiben fertig. Aus einer Dose, die auf dem Tisch stand, streute sie etwas Sand über das Blatt, damit die Tinte trocknete, rollte es anschließend zusammen und sah zu, wie Friedrich einen Lederriemen darumband und heißes Siegelwachs auf den Knoten tropfte. Zuletzt drückte er seinen Ring in die weiche Masse.

»Und nun, geh!«, befahl er dem Mann, der daraufhin eilig das Zimmer verließ.

Als der Diener gegangen war, blieb Friedrich noch einen Augenblick stehen. Er schaute Fiona an und sagte: »So und jetzt zeige ich dir deinen Kerker. Komm mit!« Es hätte nicht viel gefehlt, und er hätte ihre Hand ergriffen, denn sein Arm zuckte kurz in ihre Richtung. Aber stattdessen kratzte er sich hinter dem Ohr.

Es ging einen schmalen Gang entlang, Stufen nach unten, wieder geradeaus und eine Wendeltreppe hinab, dann standen sie in einem düsteren Flur. Unter dem Mantel griff Friedrich nach einem Schlüsselbund und schloss eine Tür auf.

Als Fiona vorsichtig über die Schwelle trat, blieb sie verblüfft stehen. Der Raum war hässlich und roch muffig. In einer Ecke raschelte es, vermutlich huschte dort eine Ratte. Durch ein winziges quadratisches Loch an einer Seite fiel ein Streifen Licht in die Zelle. Und es war elend kalt in dem Raum. Friedrich lachte, als er Fionas entsetzten Ausdruck sah.

»Keine Angst, Fiona, das ist nur euer Raum, bis der Stadtvogt kommt. Sobald er euch in diesem finsteren Loch gesehen hat und gegangen ist, werden deine Frauen und du eines der Zimmer im ersten Stock bewohnen. Dort ist es sehr viel angenehmer.«

Er drehte sich um. »Jetzt muss ich dich eine Zeitlang allein lassen. Aber es ist zu deiner eigenen Sicherheit!«

Fiona nickte. »Ich weiß. Geh nur!«

»Also bis nachher.« Er zögerte einen Augenblick, dann legte er Fiona seine Hand auf die Schulter. »Ein wenig sind wir immer noch verbunden.«

Fiona sagte nichts, weil sie wusste, dass sie jetzt ihren Gefühlen nicht nachgeben durfte. Es würde nur zu neuen Schmerzen führen und zu einer Sehnsucht, die doch niemals gestillt werden konnte.

Früher hatte einmal jemand zu ihr gesagt: »In der Hölle wird man mit dem Feuer der Sehnsucht gefoltert.« Damals hatte sie das nicht verstanden. Inzwischen schon.

»Ich bin froh«, sagte sie, »dass ich meinen Mantel dabeihabe. Es ist doch sehr kalt hier unten.«

Friedrich nickte, trat aus dem Raum und verschloss die Tür. Dann verhallten seine Schritte in den weitläufigen Kellergängen.

Fiona blickte sich um. Auf dem Boden lag eine ausgebeulte Strohmatratze, die aber nicht zum Hinlegen einlud. Wer wusste schon, was für ein Mensch vorher darauf gelegen hatte. Jemand mit Ungeziefer vielleicht, das nur darauf wartete, den nächsten Schläfer auszusaugen. Ein roh gezimmerter Hocker diente als Sitz und in einer Ecke stand ein Holzeimer, in den man seine Notdurft verrichten konnte.

»Eben noch beim Frühstück in unserem Wohnturm«, sagte sie zu sich selbst, »und jetzt im Gefängnis. Und warum? Weil ich angeblich zwei Menschen umgebracht haben soll. Verrückt!

Wie kann man einen Mann aus Eis überhaupt umbringen? Und das Ganze nur, weil zwei lateinische Worte neben diesen Toten gestanden hatten! Die Macht der Worte!«

Allmählich kroch die feuchte Kälte durch ihren Mantel. Fiona wickelte ihn enger um die Schultern, ging in dem schmalen Raum hin und her, um sich warmzuhalten. Aus der Ferne hörte sie Stimmen, Schritte. Türen fielen ins Schloss. War der Vogt schon gekommen? Vielleicht wäre es dann besser, wenn er sie zusammengekauert auf dem Hocker sitzend vorfand? Aber sie würde schon rechtzeitig hören, wenn die Männer kamen.

Sie ging wieder auf und ab und ließ ihre Gedanken in alle Richtungen wandern. Es war aufregend gewesen, mit Friedrich im selben Raum zu sein – nach all den Jahren. So selbstverständlich miteinander zu reden, seine Stimme zu hören, das Klopfen des eigenen Herzens zu spüren! Sie liebte ihn immer noch und rief sich jedes Wort, das sie gewechselt hatten, ins Gedächtnis zurück, um herauszuhören, ob er ihr gegenüber gleichgültig gewesen war oder nicht.

Dass er ihr zum Schluss die Hand auf die Schulter gelegt hatte, war ein deutliches Zeichen gewesen, ganz bestimmt. Und sie hatte auch genau gesehen, dass er ihre Hand anfassen wollte und sich stattdessen am Hals gekratzt hatte. Und das bedeutete ja wohl, dass auch er sie immer noch liebte.

»Friedrich liebt mich, Friedrich liebt mich«, flüsterte sie, »caritas numquam excidit – die Liebe hört niemals auf …«

Ist das wirklich so? Es gibt doch auch Menschen, bei denen die Liebe aufhört und manchmal sogar in Hass umschlägt! Ist unsere Liebe denn eine besondere Liebe?

Wieder tauchte das tote Mädchen vor ihren Augen auf und verdrängte alle romantischen Liebesgedanken. Fiona schüttelte sich. Es war einfach rätselhaft. Die Lampe, das Wort … und kurze Zeit später der Mann aus Eis. Was bedeutete das? Sollte es ein geheimes Zeichen sein? Aber was wollte der Mörder damit ausdrücken?

Fiona blieb stehen. Da waren deutliche Schritte und laute Stimmen zu hören. Sie kamen näher. Schnell raffte sie ihren Mantel zusammen und ließ sich auf dem Hocker nieder.

Der Schlüssel kreischte im Schloss, die Tür flog auf und es sah aus, als ob ein Haufen Kleider durch die Luft flatterten. Kleider mit Geschrei und Lärm. Es war nicht der Vogt, sondern einige ihrer Ordensschwestern waren gekommen, die alles stehen und liegen gelassen hatten, um Fiona zu sehen und sich selbst in Sicherheit zu bringen.

»Ist es nicht furchtbar, was vor unserer Tür passiert!«, rief Thekla empört. »Man gibt uns die Schuld am Tod dieser beiden Menschen. Ich kannte das Mädchen! Oh, wenn ich den Kerl zu fassen kriege, erwürge ich ihn mit meinen eigenen Händen.«

»Pass auf, dass du nicht selbst erwürgt wirst«, mahnte Angelika mit ihrer leisen Stimme.

Fiona machte sich aus den Umarmungen frei, sandte einen verzweifelten Blick zu Friedrich, der lächelnd im Türrahmen stand und fragte die Frauen: »Sind denn alle da?«

»Nein!«, antwortete Ariana. »Es fehlen noch drei. Aber wir haben dafür gesorgt, dass sie die Botschaft bekommen und so schnell wie möglich hierherkommen!«

»Hat eine von euch den Mann aus Eis gesehen?«, fragte Fiona. »Denn mir kommt das alles reichlich seltsam vor.«

»Ja, ich habe ihn gesehen«, sagte Angelika, »aber es war kein Mann aus Eis. Ich kam von St. Maria und wollte zum Markt, da sah ich, dass viele Leute zum Ufer strömten. Zuerst dachte ich, dass ein besonders großes Schiff am Hafen angelangt sei, aber dann hörte ich aufgeregte Stimmen und etwas von einem Toten und bin den Leuten gefolgt.

Es war schauderhaft. Auf der Flussaue, unter einer Weide, lag ein Mann auf einem breiten Brett, das so groß war wie zwei Türen. Stricke waren um ihn herumgebunden, und er war über und über mit blutigem Schnee bedeckt. Ich sah seine Hand, die bläulichweiß aus dem Schnee herausragte …« Angelika stockte kurz, als sie sich die Szene noch einmal vorstellte.

»Weiter!«, drängten die anderen.

»Man rief, dass man ihn losbinden sollte«, fuhr Angelika fort. Ihre Wangen hatten sich durch das Erzählen gerötet. »Ein paar Beherzte schoben den gefrorenen Schnee zur Seite, machten die Stricke los und hoben den Toten von seinem Brett. Der … der Mann war … er war vollständig nackt. Man konnte alles sehen und ich wandte mich zuerst ab.«

»Was?«, rief Ariana spottend, »du hast noch nie einen nackten Mann gesehen?«

»Doch, schon … meinen … meinen Bruder, aber der war erst zwölf. Und meinen alten Vater beim Waschen … Ich wusste nicht, dass so viel Haare …«

»Nun, lasst sie zu Ende erzählen«, sagte Fiona streng.

»Ich blickte wieder hin, weil die Leute plötzlich still wurden. Ich … ich wunderte mich, warum sie so still wurden, und dann sah ich es selbst. Auf dem Brett waren mit gelber Farbe überall die Worte *signum aurum* gemalt, schon halb abgewaschen, aber noch zu erkennen. Ich dachte noch: Seltsam, dass die Farbe im Wasser nicht ganz abgegangen ist … Und dann erschrak ich, weil diese Worte in der Andacht gefallen waren und … und ein paar Frauen schrien, dass unser Orden etwas damit zu tun hatte. Mein Herz schlug schneller und ich ging ganz langsam zurück und hoffte nur, dass die Leute mich nicht erkannten. Als ich dann in unser Haus ging, habe ich von dem toten Mädchen gehört. Wir waren alle erschrocken, schlossen die Türen von innen ab und verhielten uns ganz ruhig, bis jemand laut klopfte.

Wir taten erst so, als hörten wir das Klopfen nicht. Doch dann rief der Mann, der klopfte, es sei eine Botschaft des Bischofs an uns. Und da machten wir auf und lasen den Brief.«

»Angelika las ihn, wir anderen konnten ihn nicht lesen!«, warf Thekla ein und tätschelte Angelika die Wange.

Friedrich, den die Frauen ganz vergessen hatten, räusperte sich: »Gut. Also der Mann aus Eis ist nicht mehr ganz so geheimnisvoll, wie wir dachten. Er ist oder war ein Wesen aus Fleisch und Blut. Trotzdem ist es merkwürdig, dass jemand die Leiche mit Schnee zugedeckt und sie auf ein Brett gebunden hat. Ich lasse euch zunächst hier in diesem ... etwas ungastlichen Raum, bis der Stadtvogt euch gesehen hat, dann werde ich euch woanders hinbringen, wo es wohnlicher aussieht. Vorerst muss ich euch aber einschließen.«

Friedrich neigte seinen Kopf, murmelte einen Gruß, vermied es, in Fionas Richtung zu blicken und verschloss die Tür. Dann ging er mit schnellen Schritten nach oben, um bereit zu sein, den Stadtvogt zu empfangen.

Kapitel 5

Bi drochtnung of St. Peter – beim Leben des Heiligen Petrus!«, sagte Egwin und schüttelte sich. »Diese Essig aus Treveris ist wirklich eine starke Essig!«

Er stand zusammen mit Bruder Nikolaos neben einem Eichenfass, das man zur Hälfte mit Buchenspänen gefüllt hatte, die zuvor mit altem Essig befeuchtet worden waren.

Obenauf lag ein Brett mit winzigen Löchern, über das die Mönche vor einer Woche Apfelwein gegossen hatten und nun den fertigen Essig aus einem Hahn am unteren Ende zapften.

Bruder Nikolaos lachte, sodass es im Gewölbekeller des Klosters widerhallte: »Das ist ja auch nichts zum Trinken. Wir machen damit Gemüse haltbar und verwenden den Essig bei Fieber und Erkältungskrankheiten.«

»Muss sein sehr wirksam«, nickte Egwin und strich über seine sauber ausrasierte Tonsur. »Wenn ich mir vorstelle, dass ich eine Krankheit bin, ich würde sofort fliehen, wenn der Essig kommt.« Er kratzte sich am Hinterkopf und fuhr fort: »Ich überlege gerade: Könnte diese Essig auch gut sein gegen Schuppen?«

»Gegen Schuppen?« Nikolaos wiegte den Kopf hin und her. »Ich glaube eher nicht, denn zu viel Essig macht die Haut trocken ... Natürlich, wenn du eine fettende Haut hast, könnte es helfen. Das kommt ganz darauf an.«

Egwin griff unter seine Kutte und zog ein kleines Tongefäß mit Korken hervor.

»Erlaubst du, dass ich einen Biss davon mitnehme?«

»Einen Biss?«

»Einen Teil.«

»O ja. Ihr seid unsere Gäste und wir haben von Eurer Bierherstellung schon viel dazugelernt, wenn ich das ...« Nioklaos verstummte, neigte den Kopf und lauschte. »Ich glaube, dass ich deinen Namen gehört habe. Wahrscheinlich wirst du gesucht!«

»Gut, lass uns steigen nach oben in die klare Luft des weißen Winters.«

Egwin füllte sein Gefäß mit Apfelessig, verschloss es sorgfältig, während er Nikolaos folgte, der die Stufen nach oben stieg und murmelte: »... in die klare Luft des weißen Winters ... diese Mönche aus Angelland scheinen mit den Worten zu spielen.«

Nikolaos öffnete die Tür, die nur angelehnt war und in die Klosterküche führte, die direkt an das Refektorium anschloss. Gerade sah er einen dunklen Mantel in der Tür verschwinden.

»Wir sind hier!«, rief er.

Der Mantel wirbelte herum. »Ah, Bruder Nikolaos. Ich suche gerade unseren Gast, Bruder Egwin. Er soll ...« Der Mönch stockte, weil die Kellertür aufging und der Gesuchte selbst erschien.

»Da bist du ja«, sagte er und verneigte sich. »Dein Abt hat nach dir geschickt. Du sollst unverzüglich zu ihm kommen.«

Egwin zog die Augenbrauen nach oben.

Nikolaos klopfte Egwin auf die Schulter. »Ich hoffe, es ist nichts Schlimmes!«

»Ja, das hoffe ich auch.« Er eilte zur Tür und trat hinaus in die winterliche Landschaft. Die Obstbäume des Klosters waren wie gestern immer noch vom Schnee bestäubt und der Weg, der zum Hauptgebäude führte, war zum Teil gekehrt worden und mit Asche bestreut. Unter Egwins Sohlen knirschte es, als er hinüberging. Kurze Zeit später stand er in dem bescheidenen Raum des Pförtners, der ihn in das erste Stockwerk wies.

»Was kann das zu bedeuten haben?«, überlegte Egwin, während er die Steintreppen nach oben stieg. »Warum schickt unser Abt nach mir?«

Als er vor der Tür stand und anklopfte, hörte er ein schwaches: »Entrate.«

Auf zwei Stühlen saßen die beiden Äbte, der eine, Abt Berengoz aus Treveris, der andere, Abt Aedelwald aus Haestingas. Sie waren noch im Gespräch vertieft.

»Und ich wiederhole es noch einmal, verehrter Abt«, sagte Berengoz gerade, »lass dir nicht alles gefallen, wenn gewisse Adlige sich an deinen Besitztümern vergreifen. Ich führe im Augenblick sehr eindringliche Gespräche mit unserem Kaiser Heinrich IV., damit er mir unser Eigentum zurückgibt, das er sich vor Jahren angeeignet hat.«

Aedelwald nickte und meinte: »Vielen Dank, du ermutigst mich sehr.« Jetzt erst wandte er seinen Kopf in Egwins Richtung, der still das Ende des Gesprächs abgewartet hatte.

»Ah, da bist du ja, Bruder Egwin.«

Egwin blieb in der Mitte des Raumes stehen, neigte seinen Kopf und begrüßte die beiden Männer. Dann schwieg er, denn es wäre ungehörig gewesen, als Untergebener die Unterhaltung zu beginnen.

»Wir haben heute einen Brief erhalten, den ein berittener Bote aus Coln brachte. Erzbischof Friedrich von Schwarzenberg, den ich durch unseren Briefwechsel gut kenne, bittet mich darum, dich so schnell wie möglich nach Coln zu entlassen. Es sind dort schreckliche Dinge geschehen. Ein Kind und ein Mann sind ermordet worden. Und alles hängt noch mit einem Fluch zusammen und einem Frauenorden. Verwickelte Verhältnisse, schreibt er. Er braucht dringend den Rat eines Mannes, der sich in Coln durch seinen Scharfsinn bewährt hat.«

»Nach Coln soll ich gehen?«, murmelte Egwin, und in seinem Inneren tauchte blitzartig Idas Gesicht auf. Ida … die ehemalige Magd Fionas, in die er sich damals heimlich verliebt hatte … ob sie noch in Coln lebte? Und wie würde sie sich verhalten, wenn er plötzlich vor ihr stünde?

»Nun, ich sehe, dass dich die Nachricht nicht gerade in eine freudige Stimmung versetzt, aber das ist gut. Denn ein Mönch sollte nicht seinen Stimmungen folgen, sondern dem, was ihm befohlen wird. Ich werde dich zwar vermissen, weil du das Fränkische fließend sprichst, aber mit Latein können wir uns hier immer verständigen. Von daher habe ich entschieden, dass du nach Coln gehen kannst. Offensichtlich werden dein Scharfsinn und deine Neugier dort gebraucht, zwei Eigenschaften, unter denen ich gelegentlich leide, wenn ich mit dir zu tun habe.

Sorge bereitet mir nur, dass ich dir keinen anderen Bruder mitgeben kann. Es ist im Allgemeinen nicht der Brauch, dass ein Benediktiner allein reist, weil es gegen unsere Regel verstößt. Aber was soll ich tun? Die Reise ist zum Glück nicht weit, wenn du mit dem Schiff stromabwärts fährst. Und in Coln unterstellst du dich dem Erzbischof, den du ja von deinem früheren Aufenthalt her kennst.«

Der Abt machte eine Pause und sah Egwin an, der grübelnd vor ihm stand.

»Du scheinst jedenfalls einen tiefen Eindruck auf den Erzbischof gemacht zu haben, dass er bei diesem schwierigen Fall deinen Rat sucht. Also, geh! Die Sache scheint dringend zu sein. Lass dir von der Küche Brot und Wasser mitgeben.«

Egwin neigte seinen Kopf, sagte: »Christus benedicat te« und blieb stehen.

»Nun, was ist?«, fragte Abt Aedelwald.

»Verzeiht, verehrter Vater, ich hatte mich darauf gefreut, in Treveris zu sehen die Reliquien: die Schuhsohle des Apostels Andreas und den Nagel vom Kreuz Christi. Ich hätte sie gerne berührt. Aber wenn ich nun abreisen muss, bevor wir die Messe feiern ...« Er ließ den Satz unvollendet.

Vater Berengoz, der Abt von St. Maximin in Treveris lächelte. »Ich denke, wenn es dein Abt erlaubt, werde ich dich nachher persönlich zu der Reliquie begleiten. Und dann kannst du mit dem Segen des heiligen Andreas nach Norden reisen.«

»Habt Dank, ehrwürdiger Vater«, sagte Egwin erleichtert. »Ich werde dann schon einmal gehen zur Nordseite des Domes und auf Euch warten.«

»Ja, tu das, Bruder.«

Egwin drehte sich um und wollte gehen.

»Und ...«, rief Aedelwald hinterher, »noch etwas, Bruder Egwin.«

Der Mönch blieb stehen.

»Ich möchte genauestens unterrichtet werden, was in Coln passiert. Schreib jeden Tag ein paar Zeilen für mich auf. Wir kommen dann später in Coln vorbei und reisen gemeinsam nach Haestingas zurück. Falls du Unkosten hast, sprich mit Friedrich darüber. Ich werde sie ihm später ersetzen.«

Langsam machte Egwin die Tür zu, stieg die Treppe hinunter und trat durch die Pforte wieder nach draußen. Draußen blendete ihn das helle Winterlicht. Ein kalter Wind fuhr in seine Kapuze und blähte sie auf.

Er machte sich auf den Weg zur Andreaskapelle. Da das Benediktinerkloster St. Maximin außerhalb der antiken Stadtmauer gebaut worden war, lag noch ein gewisser Fußmarsch vor ihm, bis er den ummauerten Domhof erreichte. Die Kirche war sehr alt. Berühmte Männer lagen hier begraben: Bischof Valerius und Eucharius. Eucharius soll einmal mithilfe des Petrusstabes einen Toten zum Leben erweckt haben. Man sagte sogar, dass die Gebeine des Apostels Matthias im südlichen Teil der Stadt ruhten. Matthias, der dreizehnte Apostel, der den Verräter Judas ersetzt hatte. Es gab Gerüchte, dass seine Knochen entdeckt worden seien. Aber noch hatte man den Sarkophag nicht gefunden ... Und dann die Vorstellung, dass Kaiser Konstantin hier eine Zeit lang residiert hatte ... Egwin war ganz in Gedanken versunken.

Als er aufblickte, weil er Geräusche hörte, erschrak er. Keine zehn Schritte vor ihm kam ein Weißgekleideter auf ihn zu. Nicht nur der Körper war in eine weiße Albe gehüllt, auch der

Kopf war mit Tüchern umwickelt, sodass nur die Augen zu sehen waren.

Wer war das? Ein Geist? Oder ein Kranker, der seine Geschwüre nicht zeigen wollte? Aber dann hätte er nicht offen auf den Wegen gehen können. Er kam näher, nickte Egwin schweigend zu und ging weiter. Auf seinem Rücken trug er einen hellen Sack, aus dem es weiß stäubte.

Dann fiel es Egwin ein. In Franken, so hatte man ihm erklärt, würden die Vorbereitungen für die Hostien sehr ernst genommen. Dieser weiß vermummte Mann musste der Hostienbäcker gewesen sein, der von der Mühle kam und die handverlesenen Getreidekörner gemahlen hatte. Alles musste sehr sorgfältig und feierlich getan werden. Niemand durfte ihn stören, und er war während seiner Arbeit von allen Pflichten befreit. Egwin blieb stehen und blickte ihm nach, wie er im Schnee kaum noch zu erkennen war.

Überhaupt schien hier alles heilig zu sein. Auch das Nordtor, durch das er gerade schritt, hatte einen heiligen Einsiedler beherbergt. Simeon hieß er, und man sagte, er habe Wunder gewirkt.

Jetzt tauchte die kleine Seitenkapelle auf, in der die Sohle des Apostels Andreas in einem kostbaren Schrein aufbewahrt wurde. Die Tür der Kapelle stand offen und Egwin setzte sich auf eine Bank, um auf den Abt zu warten, der ihm die Reliquien zeigen würde, die unter Verschluss waren.

In der Kirche war es dämmrig und von der letzten Messe hing noch ein Hauch von Weihrauch in der Luft. Egwin ließ seine Gedanken schweifen und dachte an seinen neuen Auftrag. Menschen waren also ermordet worden. Nun, das war nicht so ungewöhnlich. Deswegen würde Friedrich nicht nach ihm schicken. Es mussten ungewöhnliche, rätselhafte Umstände sein, die ihn bewogen hatten, um seine Hilfe zu bitten. Ein neuer Frauenorden sollte mit diesen Morden zusammenhängen? Warum war es Friedrich so wichtig, dass jemand von außen kam, um eine verworrene Geschichte aufzulösen? Ob vielleicht Fiona damit zu tun hatte? Ja, sie hätte die Kraft und den Mut, einen Frauenorden zu gründen. Ob Friedrich sie immer noch liebte?

Und wie war es mit ihm? Was bedeutete ihm Ida, die ehemalige Magd von Fiona? Er hatte eine Zeit lang Herzklopfen gehabt, wenn er an sie dachte, aber das war jetzt über fünf Jahre her. Ihren Abschiedsbrief, den sie damals für ihn hatte schreiben lassen, hatte er sorgfältig aufbewahrt. Es war fast eine Art Liebesbrief gewesen.

Nun, wie dem auch sei, er musste vielleicht noch heute oder spätestens morgen früh mit einem Schiff die Mosella flussaufwärts fahren und dann von Confluenze aus weiter nach Coln reisen. Ein wenig schmeichelte es ihm schon, dass ein Erzbischof seine Dienste verlangte. Bei allem Schrecklichen, das wusste Egwin, würde es ihm Freude machen, ein Rätsel zu lösen und den Schuldigen zu finden.

Egwin wartete. Der Abt kam nicht. Wo blieb er so lange? Hatte er die Zeit vergessen?

Endlich waren Schritte zu hören. Er drehte sich um und erkannte den Abt. Jetzt würde er, Egwin, die Sohle des Apostels sehen und anfassen können. Und den Nagel vom Kreuz Christi ... Ob man vielleicht noch winzige Blutspuren daran erkennen konnte?

»Sei gegrüßt, Bruder!«, sagte der Abt. »Ich musste zuerst den Bischof treffen, denn nur er hat die Schlüssel für den Reliquienschrein.«

Er holte einen Schlüsselbund heraus. Dann ging er zu einer Nische, die mit einem Eisengitter verschlossen war, und öffnete eine Tür, die in den Angeln quietschte.

»Hilf mir, den Kasten herauszutragen.«

Egwin staunte: Der rechteckige Kasten war eine Elle lang und mit Gold und Elfenbein verziert. Er stand auf vier Füßen. Oben auf der Elfenbeinplatte war ein Fuß aus Gold mit einer goldenen Sandale zu sehen.

Vorsichtig drückte der Abt gegen die obere Platte und schob sie ein Stück zur Seite. Dann schlug er das Kreuzeszeichen und murmelte ein Gebet. Mit klopfendem Herzen blickte Egwin ins Innere des Kastens. Er erblickte ein Stück Ledersohle und daneben die kostbare Umhüllung des Nagels Christi.

Vorsichtig berührte er die Sohle, in der vielleicht immer noch der Schweiß des heiligen Andreas steckte. Er spürte, wie ihn ein Schauder erfasste.

»Könntet Ihr den Nagel herausholen, bitte?«, fragte er zaghaft.

»Normalerweise machen wir das nur bei besonderen Anlässen, bei einer Prozession oder einem wichtigen Schwur. Aber da du vor einer schwierigen Aufgabe stehst, werde ich eine Ausnahme machen.«

Der Abt hob die etwa handtellergroße Umhüllung des Nagels heraus und legte sie auf den Altar. Die Hülle war viereckig, mit Gold und Edelsteinen verziert und an den Seiten mit Emaille verstärkt. Oben ließ sich ein Deckel aufklappen.

Berengoz öffnete den oberen Teil und zog vorsichtig einen langen, verrosteten Nagel heraus, dessen Spitze leicht gebogen war. Behutsam legte er ihn neben die Hülle. Der Unterschied konnte nicht größer sein: hier die kostbare Hülle und daneben ein alter, verrosteter Nagel!

Egwin sank auf die Knie und flüsterte: »Sich vorzustellen, dass er in der Hand Christi gesteckt hat!«

Scheu streckte er seine Hand aus und berührte das kalte Metall. Dann führte er seine Hand an den Mund und küsste das, was vielleicht an heiligen Stoffen von der Berührung hängen geblieben war.

Stumm betete er Psalm zweiundzwanzig, den Christus am Kreuz gebetet hatte: »Mein Gott! Warum hast du mich verlassen?«

Berengoz sprach leise mit, dann legte er seine Hände auf den knienden Mönch und segnete ihn.

Eine Weile blieb Egwin auf seinen Knien, und erst, als diese zu schmerzen begannen, erhob er sich langsam und sah zu, wie der Abt die Reliquien vorsichtig wieder einschloss. Gemeinsam schleppten sie den Kasten in die Nische. Die Tür wurde wieder sorgfältig verriegelt.

Egwin nahm die Hand des Abtes, küsste den Ring und verließ die Kirche.

*

Gleich nach den Morgengebeten, als es noch dunkel war, machte sich Egwin auf, um ein Schiff oder Boot zu finden, das ihn nach Confluenze bringen sollte. Zu dieser Zeit war das Nordtor noch geschlossen. Egwin musste an der halb verfallenen Stadtmauer entlanggehen, die noch von den Römern stammte und teilweise ausgebessert worden war.

In der Nacht war die Temperatur tüchtig gefallen. Egwin hatte sich zum Schutz gegen die Kälte zusätzliche Lumpen um die Füße gebunden und ein wollenes Tuch um Schulter, Hals und Kinn geschlungen. Seine kalten Hände hatte er in die weiten Ärmel gesteckt.

Obwohl es noch so früh war, fing die Stadt an, aufzuwachen. Kleine Feuer brannten vor den Häusern und das unvermeidliche kreischende Geräusch der Handmühlen war zu hören, in denen die Körner für den Morgenbrei zerkleinert wurden. Hunde jaulten. Teilweise war der Schneematsch auf den Wegen in der Nacht gefroren und so uneben, dass Egwin ein paarmal fast gestolpert wäre.

Schließlich tauchten wie dunkle Klumpen die Umrisse der kleinen Halbinsel vor dem Sternenhimmel auf – und gleich danach kam der Hafen, der sich bis zu der alten Römerbrücke hinzog, die immer noch in Gebrauch war.

Egwin hatte sich gefragt, ob bei der Kälte überhaupt Schiffe und Boote unterwegs waren. Aber schon nach der nächsten

Biegung sah er Lichter, die auf dem Wasser tanzten, und hörte Stimmen, die Befehle brüllten.

Er gesellte sich zu einer Gruppe, die abwartend vor einem Steg stand, der in den Fluss hineingebaut war. An einem Pfosten war eine Fackel angebunden, die ein spärliches Licht spendete.

»Gott segne euch«, sagte Egwin. »Ich suche nach einem Schiff oder Boot, das nach Norden fährt, bis Confluenze.«

»Da kommst du nicht vergebens«, sagte eine helle Männerstimme, die von einem langen Kerl herrührte, der wegen der Kälte hin und her ging. Er wies mit dem Arm flussaufwärts: »Dort drüben liegt unser Schiff, aber es ist noch nicht fahrtüchtig. Das Eis auf Deck muss noch entfernt werden, sonst holen wir uns blaue Flecken. Es fährt sogar weiter den Rhin flussaufwärts …«

»Etwa bis nach Coln?«, fragte Egwin.

»Ja. So ist es. Und noch weiter bis zur Rhinmündung.«

»Nun, das kommt mir recht. Ich muss schaukeln bis Coln«, sagte Egwin erfreut und blies in seine klammen Hände.

»Du kommst wohl nicht von hier, was?«, fragte der Mann zurück, der sich über die seltsamen Worte gewundert hatte.

»Ich stamme von der Insel der Angeln und mein Kloster befindet sich an der Küste bei Haestingas.«

»Warum reist du dann bis Coln?«

»Ich … werde dort andere Brüder besuchen …«

»Dann bist du wohl ein Benediktiner?«

»Du hast getroffen den Hammer auf den Nagel!«

Der Mann lachte. »Ein Mönch, der allein reist, ist ungewöhnlich. Bist du überhaupt ein richtiger Mönch oder hast du dich nur verkleidet, um uns auszurauben?«

Der Dünne blickte sich um und hoffte auf zustimmendes Gemurmel. Aber die anderen Wartenden brummten nur unwillig über diese unsinnige Annahme.

Egwin stieg die Zornesröte ins Gesicht, aber keiner konnte

es sehen. Nur mühsam beherrscht gab er zurück: »Ich werde in Coln dringend gebraucht und in Notfällen dürfen wir auch reisen nur mit uns selbst und Gott.«

»Ein Mönch, der dringend gebraucht wird! Hört euch das an! Wirst du vielleicht zum Bierbrauen gebraucht?«

Er lachte. Aber keiner lachte mit.

»Darauf werde ich nichts sagen«, entgegnete Egwin scharf, »denn ich kenne viele Geheimnisse, wie man gutes Bier braut, aber wenn einer spricht so unverschämt wie du, werde ich meine Geheimnisse für mich behalten.«

»Siehst du, Roland!«, sagte eine laute Frauenstimme. »Durch deine ungeschickte Art, hast du den Mönch beleidigt. Sonst hätten wir heute zumindest noch ein gutes Rezept über das Bierbrauen erhalten können!«

»Ja, ja, rede nur. Ich glaube dem Mönch kein Wort. Sein Zögern hat ihn verraten. Und wenn nicht ...«

Aber der Dünne konnte seine unausgesprochene Drohung nicht wahr machen, denn die Wellen klatschten jetzt gegen die Ufersteine. Vor ihnen tauchte aus dem Dunkel die Silhouette eines mittelgroßen, behäbigen Schiffes auf. An Deck brannten ein paar trübe Lampen. Nur wenige Ruder trieben das Schiff voran, da es mit der Strömung fuhr.

Egwin war dankbar für diese Unterbrechung und betrat mit den anderen den Steg, um auf das Schiff zu klettern.

Auf nach Coln! Was würde ihn dort erwarten? Ein Mörder oder weitere Morde? Die heimliche Liebe zu einer Magd? Vor allem aber die Freundschaft zu Friedrich, der inzwischen zum Erzbischof aufgestiegen war.

Kapitel 6

Als Egwin in Coln aus dem Schiff stieg und sich umschaute, merkte er, dass ihm die Stadt vertraut und fremd zugleich war. Dort, wo er herkam, in Haestingas, schneite es fast nie. Und so erkannte er zwar im Colner Hafengelände Häuser und Tore wieder, doch waren sie wie Fremde, die sich in weiße Mäntel gehüllt hatten und so taten, als hätten sie ihn noch nie gesehen.

Es war später Nachmittag, die Wintersonne näherte sich schon dem Horizont, hatte ihre Kraft verloren und warf einen rotgoldenen Schein über die Schneedächer.

Egwin blieb kurz stehen und blickte sich um: Schwer beladene Karren brachten ihre Lasten über ein paar Planken in den geräumigen Bauch eines Schiffes, das auf den Wellen schaukelte. Ein hölzerner Kran schwenkte gerade seinen Arm über das Wasser und weiter hinten riefen sich Männer irgendetwas zu. Die unvermeidlichen Bettler zankten sich um ein paar Münzen, die ihnen jemand zugeworfen hatte. Zwei Kinder rannten um die Wette.

Egwin fröstelte, warf seinen Leinensack mit den wenigen Habseligkeiten über die Schulter und machte sich auf den Weg zur Bischofsresidenz, die er von seinen früheren Besuchen noch gut kannte. Aber bevor er mit seinem Freund, dem Erzbischof, sprach, wollte er sich ein eigenes Bild von dem machen, was in Coln passiert war.

Er griff unter die Kutte, holte ein paar kleine Münzen hervor und ging zu dem jüngeren Bettler, dessen Beine klein und verformt aussahen. Er hatte sich in der Nähe der Hafenmauer niedergelassen und war gerade dabei, seine Habseligkeiten zusammenzusuchen. Als Egwin neben ihm stehen blieb, blickte er auf.

Der Mönch lächelte und warf die Münzen auf ein Tuch, das auf dem Boden lag. Die Augen des Bettlers wanderten zwischen den Münzen und Egwin hin und her.

»Oho, ein Benediktiner, der zu viel Kupfer hat!«

»Ich habe nicht zu viel Kupfer, mein Freund«, sagte Egwin, »wahrscheinlich hast du heute Abend mehr Geld als ich. Aber wenn du es nicht haben willst, dann …«

Mit einer blitzschnellen Bewegung griff der Bettler die Münzen und steckte sie in eine Tasche unter dem Hemd. »Hast du irgendwelche Münzen gesehen?«

Egwin lachte. »Schon recht.« Er blieb stehen und der Bettler sah ihn misstrauisch an.

»Willst du etwas von mir? Soll ich für dich beten?«

»Beten kann ich tun bei mir selbst«, sagte Egwin, »aber du kannst mir anders helfen.«

»Soll ich für dich einen Mord begehen oder eine junge Frau holen …?«

»Nun, das ist nicht das, worum ein Mönch normalerweise bitten sollte.«

»Gewiss, gewiss. *Sollte.* Aber zwischen nicht sollen und wollen ist manchmal kein großer Unterschied.«

Ein kluger Bettler, dachte Egwin, *der sicher schon bessere Tage erlebt hat.*

»Nein, keinen Mord und keine Frauen. Ich bin ein neugieriger Mönch und da ich hier fremd bin, brauche ich Neuigkeiten wie Brot und Fleisch. Mein Kopf lebt davon. Also: Ist irgendetwas hier passiert, das erwähnenswert wäre?«

Der zerlumpte Mann lachte und hustete dabei.

»Du bist wirklich ein Fremder, sonst wüsstest du, was hier passiert ist. Denn die Leute reden seit Tagen von nichts anderem mehr.«

Egwin schaute ihn aufmunternd an und ließ sich auf der Mauer nieder. Zum Glück war sein Mantelstoff dick und hielt die Kälte ab.

»Es sind in den letzten Tagen viele Menschen gestorben, wie es Gott ursprünglich nicht für sie vorgesehen hatte«, sagte der Mann und stülpte dicke Lederpolster über seine Knie, die er mit Schnüren festband.

»Und wie sind sie gestorben?«

»Es ist alles sehr rätselhaft«, flüsterte der Mann und schaute sich um. »Ich weiß nicht, ob ich dir das erzählen sollte ... Nachher findest du mich mit aufgeschnittener Kehle im Wasser. Es geht ein böser Geist in Coln um.«

Der Bettler schwieg und schien auf etwas zu warten. Seufzend griff Egwin wieder unter den Mantel und warf noch ein paar Münzen auf das Tuch.

»Vielleicht helfen diese Münzen, den bösen Geist zu vertreiben? Mehr habe ich aber nicht zum Verschenken. Wenn es hier in Coln sowieso alle wissen, werde ich unter Umständen noch einen anderen finden, der mich ...«

»Schon gut, schon gut, ich verstehe!«

Mit einer geschickten Bewegung griff der Krüppel die restlichen Münzen und ließ sie ebenfalls in seine Tasche gleiten.

»Es fing mit dem Mord an einem Mädchen an. Neben der Toten stand eine brennende Öllampe und daneben waren die Worte *Signum aurum* auf den Boden gemalt ...«

»Signum aurum ... goldenes Zeichen«, murmelte Egwin.

»So ist es. Es folgte ein Toter, den man aus dem Rhin holte, der auf einem Brett festgebunden und mit Schnee bedeckt war. Dieselben Worte. Gestern fand man eine Frau in einer Eispfütze liegen. Ihr Oberkörper lag im Wasser und ihre Beine waren mit Sand bedeckt, in denen Zweige steckten. Wieder standen die Worte in gelben Buchstaben daneben. Und der Mörder hatte bei dem Mädchen und der Frau einen Strahlenkranz mit gelber Farbe um den Kopf gemalt, eine Art Heiligenschein.«

»Nur bei den Frauen?«

»Bei dem Mann vielleicht auch, aber das Wasser hat die Farbe wahrscheinlich weggewaschen.«

»Und das – dieser Strahlenkranz sollte sein das goldene Zeichen? Merkwürdige Morde!«

»Nun«, brummte der Bettler. »Das ist nun wiederum gar nicht so merkwürdig. Die Worte von dem goldenen Zeichen stammen von einem neuen Frauenorden, der sich eigene Gesetze gibt. In einer Abendandacht tauchte das Wort zum ersten Mal auf. Viele vermuten, dass der Zorn Gottes über diese Frauen ausgegossen wurde. Wahrscheinlich schreibt der Teufel höchstpersönlich die Worte neben die Toten ...«

»Hm«, machte Egwin. »Entweder rafft der Zorn Gottes diese Leute dahin oder der Teufel hat es gemacht. Man muss sich entscheiden. Vielleicht steckt aber auch ein Mensch dahinter ...«

Der Bettler schüttelte entschieden den Kopf. »Dass Menschen durch andere sterben, das ist nicht ungewöhnlich, aber diese eigenartigen goldenen Zeichen, die die Toten begleiten, und die lateinischen Worte legen die Vermutung nahe, dass die Hölle sich unter uns aufgetan hat und Coln verschlingen will. Es ist nur gut, dass die Frauen im bischöflichen Kerker gefangen gehalten werden.«

»Ah! Sind sie das? Und kennst du ihre Namen?«

»Warte mal, die Anführerin ist eine angesehene Kaufmannstochter und heißt Fiona.«

»Oh!«, entfuhr es Egwin.

»Kennst du sie?«

»Ich habe von ihr gehört.«

»Also, ich verstehe das nicht. Die Frauen des neuen Ordens sind sehr hilfsbereit, sie pflegen Kranke, geben Almosen, teilen Essen aus. Auch ich habe von ihnen schon eine gute Lauchsuppe bekommen, in der immerhin dünne Speckstreifen schwammen. Warum sollten sie Menschen umbringen und diesen Satz auf die Straße oder auf die Leichen malen? Das ergibt für mich keinen Sinn.«

Der Bettler schwieg, schlang die Lumpen enger um seinen dürren Körper und probierte, ob die Kniepolster gut saßen.

»Mehr weiß ich nicht«, sagte er dann. »Mach dir selber einen Reim daraus. Mir wird es hier zu kalt.« Mit diesen Worten ließ er sich auf das Straßenpflaster fallen und humpelte auf den Knien davon. Seine dünnen, verkrüppelten Waden mit den Füßen schleiften hinterher und hinterließen eine Spur im Schneematsch.

Nachdenklich ging Egwin weiter, in Richtung des Osttores. Allmählich begriff er, warum Friedrich nach ihm geschickt hatte. Es waren nicht einfach nur ein paar rätselhafte Morde, die man aufklären konnte oder auch nicht. Fiona und ihr neu gegründeter Orden war auf merkwürdige Weise in diese Geschichte verwickelt. Wenn man den oder die Mörder nicht fand, würde Fiona mit ihren Frauen hingerichtet werden.

Doch halt – was denn *wenn man*? Eigentlich hieß es doch: Wenn er, Egwin, diese Morde nicht aufklärte, dann würde Fiona sterben. So einfach war das. Ihm schauderte bei diesem Gedanken. Fast wäre er mit einem Gaukler zusammengestoßen, der auf einem zweirädrigen Karren, Stangen, Tücher und Gerätschaften hinter sich her zog, die laut über die Steine klapperten.

Am Tor wurde Egwin durchgewunken. Seine benediktinische schwarze Kutte erregte kein Misstrauen. Sicher dachten die Torwächter, er wäre mit der Fähre über den Fluss gekommen und stamme aus dem Kloster Duizum.

Als Egwin in die engen Gassen von Coln eintauchte und sich nach Norden, zum Dom hin, wandte, vorbei an der Kirche St. Martin, staunte er, was hier alles in der Zwischenzeit gebaut worden war. Ihm kam es vor, als würde die Stadt immer enger und dicker werden. Wie ein Fettwanst, dessen Kleider über dem Bauch spannen und bei einer raschen Bewegung jederzeit reißen könnten.

Den Gestank, der aus einer Färberei drang, kannte er aus Haestingas. Was ihn weit mehr anzog, war der Geruch von Bier und frisch gebrühten Würsten, der aus der Taverne neben dem Eisenwarenhändler kam. Egwin lief das Wasser im Mund zusammen. Bestimmt wäre das ein idealer Ort, um Neuigkeiten zu erfahren. Kurz entschlossen drängte er sich durch die Gäste und setzte sich an einen Tisch, an dem noch ein winziger Platz frei war.

Ein einsamer Benediktiner ohne Begleitung in einer Taverne war allerdings so ungewöhnlich, dass sein Nachbar ihn neugierig betrachtete und sagte: »Na, wie ich sehe, haben Mönche auch Hunger und Durst, wenn sie unterwegs sind. Du bist aber ganz schön mutig, dass du dich so allein in eine verruchte Taverne wagst.«

Egwin nickte. »Ja, es ist sonst nicht meine Gewohnheit. Und mein Orden sieht es nicht gern, wenn wir aufsuchen die Tavernen. Aber ich habe gerade hinter mir eine Reise und möchte mich aufwärmen, bevor ich weitergehe.«

Zu dem Wirt, der gerade vorbeikam, sagte er: »Ich würde gerne trinken ein Becher Dünnbier. Ich komme nämlich aus Angelland und die Reise macht durstig. Leider habe ich nicht die richtige Münze dabei und …«

»Is' schon gut!«, begann der Mann neben ihm, ein untersetzter älterer Herr mit gepflegtem Bart und einem blauen Mantel, der auf einen teuren Stoff schließen ließ. »Ich zahle heute für den Mönch«, wandte er sich an den Wirt. »Also, ein Konfent – und bring ihm noch von den Colner Brühwürsten etwas mit. Ich hoffe, dass es mir der Himmel lohnen wird.« Er wandte sich an Egwin: »Wenn du für mich nachher einen Reisesegen sprechen tätest, dass ich wohlbehalten zurückkomme … Denn ich muss morgen in aller Frühe rhinaufwärts.«

»Das will ich nachher gerne tun«, erwidert Egwin und sah, wie der Wirt verschwand, um das Bestellte zu holen. »Aber was bedeutet eigentlich Konfent?«

»So nennen wir unser Dünnbier.«

»Nun, möge es Gott Euch vergelten, dass Ihr mir zu trinken und zu essen gebt.«

»Ja«, nickte Egwins Spender. »Das hoffe ich auch, dass Gott meine Werke sieht, die ich an seinen Dienern verrichte. Wie heißt es im Evangelium so schön: ›Thesaurizate vobis thesauros in caelo.‹«

Egwin hob die Augenbrauen und sagte: »Oh, ich sehe, Ihr seid ein gelehrter Mann, wenn Ihr wisst, dass man sich Schätze im Himmel sammeln soll. Das ist nicht jedem klar heuzutage, wo man Geld und Gold zusammenraffen tut.«

»Du sprichst ein seltsames Fränkisch, Mönch. Aber nun gut, wenn du aus Angelland kommst ...« Er betrachtete Egwin von der Seite und fügte hinzu: »Allerdings ist es seltsam, dass sich ein Benediktiner bis nach Coln verirrt.«

»So seltsam ist das nicht«, sagte Egwin und nahm dankbar das Bier mit den Würsten an, die in einer heißen Brühe schwammen. Er trank einen Schluck und biss in die Wurst. *Mein Gott, für diese Würste allein hat sich die Reise schon gelohnt.*

»Wie gesagt, so seltsam ist es nicht«, wiederholte Egwin kauend seinen Satz. »Da Coln Handelsbeziehungen nach Angelland und sogar bis zu den keltischen Gebieten hat, kommt es immer wieder vor, dass Mönche hierherreisen. Vor ungefähr zehn Jahren war ich schon einmal hier, als die Kreuzritter wollten die Juden abschlachten und der Petrusstab gestohlen wurde.«

»Ach wirklich?«, sagte der Mann. »Ich erinnere mich gut an diese Zeit. Ein furchtbares Jahr war das. Aber wenn du mich fragst, die Juden haben es nicht anders verdient. Sie verlangen zu hohe Zinsen von uns. Manchmal direkt unverschämt.«

Egwin hatte die erste Wurst mit Appetit gegessen und spülte mit Bier nach. Plötzlich stutzte er. Am gegenüberliegenden Tisch saßen drei Männer und unterhielten sich lautstark, aber es klang weder fränkisch, noch angelisch oder lateinisch. Egwin meinte so etwas, wie: »siasair suide éoin …« gehört zu haben. Das klang keltisch und das Wort *Vogel* kam darin vor. Er selbst sprach das Keltische zwar nicht, aber er kannte den Klang und manche Worte, weil sein Großvater vom Westzipfel der Insel stammte, wo diese Sprache gesprochen wurde.

Er wandte sich wieder seinem Gönner zu. »Was sagtet Ihr eben?«

Ich sagte: »Die Juden haben es nicht anders verdient. Sie verlangen zu hohe Zinsen von uns. Manchmal direkt unverschämt.«

Egwin schnalzte mit der Zunge und schüttelte den Kopf: »Nicht alle Juden sind Geldverleiher und nicht alle sind Wucherer. Unter ihnen gibt es, wie bei uns auch, gute und schlechte Menschen. Und wie ich aus meinem früheren Besuch noch weiß, lebt oder lebte hier ein jüdischer Rabbi, dessen Weisheit wurde gerühmt allgemein. Aber, sagt mir, warum kennt Ihr Euch in der Heiligen Schrift so gut aus?«

Der Mann lachte und trank einen Schluck Bier. »Ich wusste, dass dich das beeindrucken würde. Aber das täuscht. Ich habe mir ein paar lateinische Redensarten beigebracht und streue sie gelegentlich in die Unterhaltung ein.«

Egwin räusperte sich. »Ihr seid ja offenbar ein Ortsansässiger und ich bin gerade mit dem Schiff von Treveris gekommen, wo sich einige von meinen Leuten noch aufhalten. Gibt es etwas Neues hier, das ein bescheidener Mönch sollte wissen?«

Der Mann mit dem blauen Mantel blickte sich unauffällig um und senkte seine Stimme, was allerdings unnötig gewesen wäre, denn die anderen Gäste machten solch einen Lärm, dass Egwin sich anstrengen musste, um überhaupt etwas zu hören. Unwillkürlich beugte er sich vor.

»Es gibt allerdings etwas Neues«, raunte der Mann ihm zu. »Ein neu gegründeter Frauenorden hat drei Morde begangen. Die Frauen gehören zu keinem bestehenden Kloster, sondern haben sich eigene Regeln gegeben, was an sich schon ein Frevel ist. Und der Bischof duldet dieses gottlose Vorgehen auch noch …«

»Erzbischof Friedrich?«

»Ja. Du kennst ihn?«

»Flüchtig, von meinem ersten Aufenthalt. Damals war er noch nicht Erzbischof.«

»Gib einem Haufen Frauen, die keine Männer haben, etwas Freiheit – und schon passieren die schrecklichsten Dinge.«

»Was genau ist denn passiert?«

»Oh, man sollte diese Verbrechen gar nicht in den Mund nehmen, sonst fängt die Zunge an, zu verfaulen …«

»Nun, dann behaltet sie für Euch«, sagte Egwin, der genau wusste, dass der Mann dann erst recht etwas sagen würde.

Wieder blickte sich sein Sitznachbar um und flüsterte: »Ein Mädchen wurde von einer brennenden Öllampe erschlagen, ein Mann verwandelte sich in Eis und starb und eine nackte Frau kroch aus dem Uferschlamm und schlürfte eine Pfütze leer. Aber, weil sie kein Menschenblut trinken konnte, wich alle Kraft von ihr und sie starb am Ende.«

Egwin schüttelte sich. »Grauenhaft«, sagte er und biss herzhaft in die zweite Brühwurst.

»Sagt, guter Mann«, begann der Mönch, »gibt es hier Kelten aus Walisien oder von der grünen Insel? Ich meine, ich hätte an dem Nebentisch diese Sprache gehört.«

Sein Tischgenosse blickte zu den drei Männern hinüber.

»Ja, das mag wohl sein. Die Rothaarigen treiben gelegentlich Handel hier.«

Egwin stand auf. »Nun, ich muss gehen weiter und bedanke mich aus tiefstem Herzen für Euer großzügiges Geschenk, einem armen Mönch zu essen und zu trinken zu geben und …«

»Dein Segen, Mönch.«

Egwin legte die Hand auf die Schulter des Mannes und sprach den aaronitischen Segen. Dann nickte er dem Colner noch einmal aufmunternd zu und verließ die Taverne.

Draußen empfingen ihn die einsetzende Dämmerung und ein feiner Eisregen, der seine Gesichtshaut zum Prickeln brachte. Mit vorsichtigen Schritten stelzte Egwin über die teilweise vereisten Steine und näherte sich dem Dom und der angrenzenden Residenz des Erzbischofs.

Auf sein Klopfen hin wurde zwar geöffnet, aber er erfuhr, dass der Erzbischof nicht im Hause sei, sondern sich in einer Sitzung in der Nähe von St. Martin aufhalte.

Egwin bedankte sich und suchte die Kirche auf, in der Hoffnung, dort auf Friedrich zu stoßen. Mittlerweile war es schon ganz dunkel geworden und nur an zwei Hauswänden brannten Fackeln. Aber der Turm von St. Martin war nicht zu verfehlen. Egwin sah, dass die Kirche zwar dunkel war, aber in einem angrenzenden Gebäude fiel durch einen schlecht geschlossenen Fensterladen ein Streifen Licht auf die glänzenden Steine.

Er beschloss zu warten und schlenderte vor der Kirche auf und ab. Mit der Zeit kroch ihm aber die feuchte Kälte in die Kleidung und er versuchte, schneller zu gehen, um sich warm zu halten. Gerade, als er sich dazu durchgerungen hatte, doch lieber in der Bischofsresidenz in einem geschützten Raum zu warten, ging die Tür auf. Einige Männer in geistlichen Gewändern traten auf den Vorplatz.

Egwin löste sich aus dem Schatten eines Hauses und näherte sich Friedrich, den er an der Haltung erkannte. Die Farben der Gewänder waren in der Dunkelheit nicht mehr gut zu unterscheiden.

Friedrich stutzte einen Augenblick, als ein fremder Mönch auf ihn zukam, aber als sein Diener die Fackel hob, erkannte er das vertraute Gesicht Egwins. Über sein Gesicht huschte ein Lächeln, als er Egwin in die Arme schloss.

»Das ist Bruder Egwin«, erklärte Friedrich den anderen Bischöfen, die sich über die herzliche Begrüßung wunderten. »Er ist Benediktiner und kommt von der großen Insel. Vor fast zehn Jahren war er schon einmal hier, um den verschwunde-

nen Bischofsstab zu finden und zwei Morde aufzuklären …«
Friedrich verabschiedete sich von den anderen und sagte: »Nun, ich hoffe, dass Egwin uns auch diesmal helfen wird, mehr Licht in die Geschehnisse zu bringen, die uns in Coln beschäftigen.«

Die Geistlichen nickten Egwin zu und gingen ihrer Wege.

Besonders freundlich waren die Stimmen der Männer nicht gewesen, fand Egwin. Und auch ihre Mienen, die er im zuckenden Fackelschein erkennen konnte, hatten abweisend ausgesehen. Offensichtlich hielten sie nichts von angelischen Mönchen, die angeblich Colner Angelegenheiten lösen wollten.

»Du musst ganz durchgefroren sein, Egwin«, meinte Friedrich mitleidig. »Und mach dir nichts aus den Männern. Sie sind reserviert, aber nicht unbedingt feindselig.«

Egwin zuckte mit der Schulter. »Durchgefroren bin ich nicht gerade, ehrwürdiger Vater, aber es würde nicht schaden, zu nehmen ein warmes Plätzchen.«

»Wenn du mich im Beisein der anderen *ehrwürdiger Vater* nennst«, raunte Friedrich Egwin zu und zog ihn mit sich, »dann lasse ich das gelten. Aber wenn wir allein sind, kommt diese Anrede nicht infrage. Nenne mich Friedrich, wie früher auch!«

Egwin nickte. »Gut, wenn Ihr … wenn du meinst.«

Der Diener, der mit einer Fackel vorausging, drängte die Entgegenkommenden ruppig zur Seite, damit sein Herr, der Erzbischof, Platz zum Gehen hatte.

Als sie wenig später die Eingangshalle betraten, sagte Friedrich: »Ich habe dir wieder das kleine Zimmer vom letzten Mal gegeben. Da bist du ungestört und kannst in Ruhe deine Gebetszeiten einhalten.«

War das gutmütiger Spott oder ernst gemeint?, überlegte Egwin, aber er konnte im Gesicht Friedrichs nichts erkennen, was spöttisch aussah. Obwohl Friedrich bestimmt wusste, dass er,

Egwin, mit dem Einhalten der Gebetszeiten seine Schwierigkeiten gehabt hatte.

Der Bischof machte sich an seinem Schlüsselbund zu schaffen und überreichte Egwin einen langen Schlüssel.

»Wir sehen uns nach den Vespergebeten in meinem Zimmer.«

Egwin sah Friedrich hinterher, wie er rasch den Flur entlangging. Seine Schritte hallten von den getünchten Wänden wider. Als Egwin aufgeschlossen hatte und sein Zimmer betrat, sah er rote Glut in einer Eisenschale, die auf einem Dreibein stand. Die glimmenden Holzkohlestücke verbreiteten eine angenehme Wärme. Es roch nach Rauch.

Draußen läuteten die Glocken gerade zur Vesper. Egwin warf einen prüfenden Blick aus dem Fenster, in dem noch die letzten Reste der untergehenden Sonne zu sehen waren, stellte sich mit dem Gesicht in die entgegengesetzte Richtung und murmelte das vorgeschriebene Psalmengebet. Dann verließ er seine Klause, um mit Friedrich die Lage zu besprechen.

Aber es waren nur ein paar Augenblicke, die die beiden Männer im Zimmer des Bischofs verbrachten, denn Friedrich drängte zur Eile. Der Mönch sollte so schnell wie möglich mit den gefangenen Frauen sprechen, um gleich darauf mit der Arbeit beginnen zu können.

Neben Egwin standen auf einem Brett Schüsseln bereit: geräucherter Schweinebauch, gekochter Kohl mit Möhren und Zwiebeln. Eine fürstliche Mahlzeit für Gefangene.

»Lass uns gehen«, sagte Friedrich. »Ich habe den Diener für heute entlassen. Es ist besser, wenn wir ungestört sind.« Er wollte nach dem Brett greifen, aber Egwin war schneller und nahm ihm das Essen ab. Es schickte sich nicht, dass ein Erzbischof Frauen bediente.

»Ich werde dir unterwegs erzählen, was hier passiert ist«, sagte Friedrich und öffnete die Tür.

»Nicht nötig!« Egwin lächelte. »Ich weiß Bescheid.« Mit ein paar kurzen Sätzen umriss er, was er bisher herausgefunden hatte.

Überrascht blieb Friedrich stehen. »Wie machst du das? Du bist doch eben erst angekommen und weißt schon alles über die drei Morde?«

»Meine Neugier«, erklärte Egwin und ging weiter ... »Hier entlang?«

»Die Treppe. Ein Stockwerk tiefer.«

Sie stiegen die Stufen hinunter.

»Ich habe mich mit einem Bettler unterhalten und einen Becher Bier in einer Taverne zu mir genommen. Da erfährt man so manches.«

»Oho, ich sehe, dass du dich sehr freizügig über Kirchengebote hinwegsetzt. Ein einzelner Mönch in einer Taverne ... das sieht man nicht so oft.«

»Ja, das habe ich gemerkt. Aber ein freundlicher Mann bezahlte für mich, und von ihm erfuhr ich weitere Einzelheiten. Die Berichte des Bettlers und die des Mannes in der Taverne wichen allerdings stark voneinander ab.«

»Nun bin ich mir sicher«, sagte Friedrich. »Ich habe den richtigen Mann für diese Aufgabe gewählt. Hier ist die Tür.«

Der Erzbischof zögerte kurz: »Ich habe die Frauen ohne Wissen des Stadtvogtes in einen besseren Raum gebracht. Das Verlies im Keller konnte ich ihnen auf Dauer nicht zumuten.« Er holte seinen Schlüssel und schloss auf.

Der Raum war zwar nicht üppig ausgestattet, aber gegenüber dem vorigen wirkte er wie ein Palast. Bequeme Matratzen mit gewebten Decken lagen auf dem Boden. An den Wänden lief an der Oberkante ein Fries um das ganze Zimmer. Holztische und Bänke waren vorhanden. Und an einer Seite war eine kleine Tür, die zu einem Nebenzimmer führte, in dem man seine Notdurft verrichten konnte. Auf einem der Tische standen ein Krug und eine Schale, die zur Reinigung dienten, sowie zahlreiche Becher. An den Wänden waren Fackeln befestigt. Eine der Frauen zündete eben eine an.

Sobald die Männer den Raum betraten, verstummten die Frauen und drehten sich nach den beiden um.

»Egwin!«, rief Fiona und kam auf den Mönch zu. Sie nahm seine Hände und lächelte ihn an. »Du kommst gerade zur richtigen Zeit. Es wird für uns immer schwieriger. Was für ein Zusammentreffen guter Ereignisse!«

Egwin lächelte auch und sagte: »Mein Besuch ist nicht so zufällig, wie du denkst, Fiona. Frie ... der Erzbischof, der wusste, dass einige von meinen Leuten sich in Treveris aufhielten, hatte nach mir geschickt.«

Fiona wandte sich dem Bischof zu. »Ach ja, ich erinnere mich, Ihr hattet von dieser Möglichkeit gesprochen, ehrwürdiger Vater!«

Egwin hörte ein wenig Spott hinter der Anrede. Wahrscheinlich war es abgemacht, dass Fiona mit ihrem früheren Verlobten vor anderen höflicher reden und nicht das vertrauliche Du wählen sollte. Zwei der Frauen, Thekla und Angelika, sagten nichts und schauten Fiona nur fragend an.

»Ja«, meinte sie. »Egwin, ein Benediktiner aus Angelland, hat uns viel geholfen, als er das erste Mal nach Coln kam. Ursprünglich sollte er neue Schriften studieren, stattdessen war er mehr damit beschäftigt, zwei Morde aufzuklären, einen eigentümlichen Schatz zu finden und den Bischofsstab, der verloren war, zurückzubringen.«

»Verzeiht, Fiona, wenn ich Euch korrigiere. Nicht stattdessen, sondern zusätzlich. Ich habe durchaus auch meine Zeit damit verbraucht, zu studieren Colnische Buchstaben.«

Fiona musste unwillkürlich lächeln, der letzte Satz hatte zu drollig geklungen. »O ja, das glaube ich. Und nun – du weißt vielleicht schon, was geschehen ist: Wir sind angeklagt, drei Menschen getötet zu haben und einen Fluch auf Coln heraufzubeschwören.«

»Aber soweit ich das mitbekommen habe«, sagte Egwin, »ist der dritte Mord geschehen, als Ihr und Eure Frauen eingesperrt wart. Also könnt Ihr unmöglich es gewesen sein.«

Friedrich räusperte sich. »Das scheint den Stadtvogt nicht zu beeindrucken. Man wirft Fiona und ihrem Orden vor, dass sie ihre Helfershelfer haben, dass sie mit dem Teufel im Bund stehen und auch aus dem Gefängnis heraus töten können.«

»Oh«, Egwin kratzte sich hinter dem Ohr. »Das sieht nicht gut aus.« Er schwieg und schielte zu den Schüsseln hinüber, die die beiden Frauen auf dem Tisch verteilt hatten.

Fiona schätzte seinen Blick richtig ein. Sie rief: »Wir unterhalten uns hier – und Egwin hat eine lange Reise hinter sich und ist bestimmt hungrig und durstig. Lasst uns etwas essen und ...«

Fiona kam nicht dazu, den Satz zu Ende zu sprechen, denn jemand hämmerte wild gegen die Tür.

Friedrich, der vorsichtshalber den Riegel vorgeschoben hatte, zog ihn zurück. Schwer atmend betrat sein Diener den Raum, verbeugte sich kurz und stammelte: »Ehrwürdiger Vater! Es ist schon wieder jemand getötet worden. Ein ... ein toter Mann, einer der Wächter vom Nordtor mit Namen Immo hängt an einem Seil vor dem Dom. Und auf seinem weißen Gewand sind mit gelber Farbe Kreise, Halbkreise und Kreuze gemalt und die ... die unseligen Worte: *Signum aurum*!«

Kapitel 7

Als der Diener gegangen war, senkte sich Stille über den Raum. Es war, als ob die vier toten Menschen wie stumme Zeugen in den vier Ecken des Zimmers standen. Egwin fühlte die Spannung und seine Kopfhaut kribbelte, aber er schüttelte die düsteren Gedanken ab.

»Also: vier Tote, die alle unter dem goldenen Zeichen starben. Rätselhafte Umstände: Öllampe, Schnee und Eis, Zweige über den Füßen und ein Erhängter mit aufgemalten Kreisen und Kreuzen. Ich möchte sammeln in aller Ruhe jede Einzelheit. Ich brauche ein Stück Pergament und eine Feder. Aber vorher muss ich etwas essen. Auch ein Mönch lebt nicht von der Luft.«

Die nüchternen Worte Egwins taten allen gut. Die lähmende Stille wurde abgelöst von dem Glucksen des Biers, das in Becher gefüllt wurde, und dem Klappern der Holzlöffel auf Brettern und Schüsseln. Friedrich hatte auf einem Tisch eine weitere Öllampe angezündet und ein Stück Pergament aufgetrieben. Feder und Tinte waren vorhanden.

Währenddessen murmelte Egwin einen lateinischen Tischsegen und langte zu. »Eure Colner Brühwürste hatte ich schon die Ehre gehabt, zu genießen«, mampfte er mit vollem Mund. »Und das hier«, er wies auf den geräucherten Schweinebauch, »ist für einen Mönch ein Festessen. Gepriesen sei der heilige Benedikt, der angeordnet hat, dass reisende Mönche nach den Worten des heiligen Evangeliums dürfen essen von allen Speisen, die ihnen vorgesetzt werden. Allerdings muss ich aufpassen, nicht zu fallen in die Sünde der Völlerei.«

»Wir werden schon aufpassen!«, sagte Fiona schmunzelnd, nahm den größten Teil des Geräucherten und verteilte davon für ihre Frauen Portionen in kleine Schüsseln.

Eine Weile herrschte Ruhe im Raum, nur gelegentliche Essensgeräusche waren zu hören und das Knistern eines kleinen Feuers, das in einer Eisenschale brannte. Dann schob Egwin entschlossen seine Schüssel zur Seite, rülpste laut, sprach eine Schlussbenediktion und setzte sich an den vorbereiteten Tisch.

»Ich möchte gleich anfangen. Wer weiß, wenn wir zögern zu lange, passiert vielleicht noch ein weiteres Mord.«

Die andern stimmten zu. Und so holte Egwin sein Messer unter der Kutte hervor, schnitt den Federkiel schräg ab, tunkte die Feder ein und sagte: »Und nun von Anfang an. Alles, was euch einfällt, auch von den Tagen, die davor lagen!«

Fiona begann mit dem Besuch Berwards und dem Tod ihres Ehemanns.

»Aha, das Herz Audoins liegt also bei Euch begraben …«, murmelte Egwin und kritzelte ein paar Buchstaben auf das Pergament. »Ich denke, dass ich werde es mir ansehen später.«

»Wieso?«, fragte Friedrich. »Was hat Audoins Herz damit zu tun?«

»Ich weiß nicht«, begann Egwin. »Ich will nur nichts auslassen. Es ist wie bei einem Mosaikboden. Du musst alle Steine betrachten, um das Muster zu sehen.«

»Welche Leute wollen dem neuen Orden schaden?«, fragte Egwin weiter, aber es war mehr eine Frage, die er sich selbst stellte. Halblaut fuhr er fort: »Da ich Fiona kenne, gehe ich nicht davon aus, dass sie ihrer eigenen Gemeinschaft schaden will. Aber die anderen Frauen kenne ich nicht. Es könnte durchaus sein, dass eine von ihnen …«

Aber da hatte Egwin in ein Wespennest gestochen. Mit einem entrüsteten Aufschrei standen Thekla und Ariana auf, die mit Angelika bei Fiona wohnten, und kamen drohend auf Egwin zu, der etwas erschrocken auf seinem Hocker zurückwich. Angelika war sitzen geblieben. Sie hätte sich niemals getraut, einem Mönch entrüstet entgegenzutreten.

»Bitte! Es war nur eine Möglichkeit. Ich muss alles aussprechen!«

Fiona war ebenfalls aufgestanden und versuchte, die beiden aufgebrachten Frauen zu beruhigen. Als alle sich gesetzt hatten, nahm Egwin den Faden wieder auf.

»Wer noch kann schaden der neuen Gemeinschaft?«

»Pater Conrad!«, meldete sich Ariana. »Er hat schließlich an dem bewussten Abend den Text ausgelegt und von einem Zeichen gesprochen ... Durch ihn kam es ja zu dem unglückseligen Wort.«

»Aber trauen wir Pater Conrad solch gemeine Morde zu?«, fragte Fiona. »Ich ... ich mag ihn nicht, das ist wahr, aber so etwas zu tun, das erfordert eine Bosheit, die ...« Sie ließ den halben Satz unvollendet im Raum stehen.

Egwin schrieb weiter Stichworte auf, schaute hoch und sagte: »Ich habe Bischöfe erlebt, die fähig waren zu morden, also warum nicht ein Priester? Wenn er überzeugt ist, dass er Gott damit einen Gefallen tut, dann ist er bereit zu jedem Opfer.«

»Mein Bruder«, sagte Fiona leise.

»Was sagt Ihr?«, fragte Egwin.

»Ich will nur nichts auslassen«, antwortete Fiona. »Mein Bruder lehnt meine Arbeit entschieden ab. Aber er würde niemals so etwas tun.«

Egwin hatte Fionas Gesicht beobachtet, kratzte sich mit dem Federkiel an seinem Ohr und sagte: »Vielleicht er selbst nicht. Aber er könnte Freunde haben, die seine Meinung kennen und die ihm – ohne ihn zu fragen – einen Gefallen tun wollen.«

Fiona sagte nichts dazu und Egwin fuhr fort: »Jemand, der in dieser Abendandacht dabei war und beobachtet hat, dass der Frauenorden verdächtigt wurde, die Predigt zu stören, müsste es wohl sein.«

»Nicht unbedingt«, ließ sich Friedrich aus dem Hintergrund vernehmen. »Jemand könnte ihm von dem Vorfall berichtet haben.«

Egwin nickte. »Das stimmt. Und das ist schwierig, denn dann erweitert sich der Kreis der Leute, die verdächtig sind.« Er seufzte. »Aber warum eine Öllampe? Warum Schnee und Eis, Zweige an den Füßen? Warum ein Erhängter mit bemaltem Gewand? Ist es Zufall? Ist eine Ordnung erkennbar? Ist es nur Verwirrung, damit der Orden zu einem ... einem Ungeheuer wird, das man töten muss?«

Er wandte sich an Friedrich, der neben der Tür saß und im dämmrigen Raum Fiona aus der Ferne betrachtete. Niemand fiel es weiter auf, nur Egwin bemerkte es, weil er rasch in Friedrichs Richtung geblickt hatte. Er lächelte unmerklich und sagte: »Ehrwürdiger Vater!«

»Ja?« Friedrich zuckte zusammen und blickte Egwin an.

»Was glauben die Leute? Wollen sie immer noch Fiona und ihre Frauen ausgeliefert haben?«

Friedrich nickte düster und fuhr leise fort: »Sobald ich durch die Gassen gehe, passiert es immer wieder, dass Menschen auf mich zukommen und von mir verlangen, den Frauenorden aufzulösen und die Frauen wegzuschicken oder gar töten zu lassen. Ich weiß nicht, wie lange ich noch meine Hand über sie halten kann.«

»Das sieht allerdings übel aus!«, sagte Egwin. »Also müssen wir alles daransetzen, um zu finden den geheimnisvollen Mörder. Und beweisen, dass nur er es kann gewesen sein.«

Er stützte den Kopf in die Hände, brütete vor sich hin und wandte sich dann an Friedrich: »Ehrwürdiger Vater. Was ich noch wissen möchte: Unternimmt der Stadtvogt irgendetwas in dieser Angelegenheit?«

»Nein. Er ist davon überzeugt, dass die Frauen dahinterstecken. Oder er möchte, dass es so ist, damit er die Sache abschließen kann.«

Das Feuer in der Eisenschale war heruntergebrannt. Thekla nahm ein paar Holzkohlestücke aus der Vorratskiste und legte sie in die Glut. Vorsichtig blies sie hinein, bemüht, nicht zu viel

Asche in die Luft zu wirbeln. Durch den Fensterladen hörte man die regelmäßigen Schläge der Kirchenglocken, die zur Komplet läuteten.

Egwin schreckte auf: »Meine Gebetszeit! Ich werde mich zurückziehen.«

Er stand auf und ging in Richtung der Tür, dann blieb er stehen.

»Nein!«, sagte er plötzlich. »Wieso bin ich nicht schon früher darauf gekommen?«

Er drehte sich zu Bischof Friedrich um und sagte mit veränderter Stimme. »Ich muss unbedingt den Mann sehen, der ermordet wurde. Und, wenn es geht, die anderen Toten auch. Aber ich fürchte, man hat sie schon begraben.«

»Wann willst du gehen?«, fragte Friedrich.

»Wann?« Egwin wirkte erstaunt. »Sofort. Ich brauche Euren Diener, er weiß wahrscheinlich, wo der Tote ist.«

Der Erzbischof erhob sich. »Ich gehe mit.«

Egwin neigte den Kopf. »Wie Ihr wünscht. Das wird die Suche erleichtern. Aber vorher werde ich halten meine Gebetszeit. Vielleicht in verkürzter Form.«

Eine Viertel Kerzenlänge später verließen drei Männer die Bischofsresidenz und traten in die dunklen Gassen Colns. Ganz dunkel war es allerdings nicht. Ein Halbmond stand am sternenklaren Himmel, und aus manchen Häusern flackerte ein gelbes Licht. Leute mit Windlaternen waren unterwegs oder mit Fackeln. Friedrichs Diener trug ebenfalls eine in der linken Hand, während die rechte auf seinem Schwertknauf lag. Man musste damit rechnen, dass lichtscheue Gestalten ihren Weg kreuzten.

Zielsicher schritt der Mann vor Friedrich und Egwin aus und trat einmal blitzschnell gegen eine vorbeihuschende Ratte. Schließlich hielt er vor einem engen Haus, das sich in die Lücke zwischen zwei behäbige Gebäude gezwängt hatte. Licht schien aus einem Fenster und Egwin meinte Klagelaute von innen zu hören. Ihn fröstelte und er war froh über den dicken, angelischen Stoff seiner Kutte. Erst nach mehrmaligem Klopfen wurden Schritte hörbar und in der Tür ging ein Guckloch auf. Ein Männergesicht erschien und eine leise, misstrauische Stimme fragte, was die Besucher wollten.

»Ich bin der Erzbischof«, sagte Friedrich knapp. »Lasst mich ein. Wir haben von dem Tod Immos gehört und ein ... ein kluger Mönch möchte den Toten sehen.«

Wortlos schloss der Mann das Fenster und öffnete die Tür. »Folgt mir! Aber lebendig machen könnt Ihr ihn auch nicht wieder.«

»Merkst du es«, flüsterte Friedrich, »wie gering manche Leute den Erzbischof achten? Er hat mich nicht einmal gegrüßt. Einer meiner Vorgänger wurde von den Colnern sogar mit Schwert und Spießen bedrängt.«

Die drei Männer gingen den Flur entlang und stiegen eine steile, ausgetretene Treppe nach oben. Je höher sie kamen, desto lauter wurden die Geräusche. Jemand weinte, während zwei Männerstimmen lachten. Einer stimmte ein Trinklied an.

»Hier!«, sagte der Mann knapp, wies auf die Tür und verschwand im oberen Flur.

Friedrich klopfte laut gegen das Holz. Das Jammern hörte auf, während das Trinklied erst nach und nach verstummte. Eine Frau mit verweinten Augen öffnete und blickte fragend auf den späten Gast.

»Ich bin der Erzbischof und komme, um nach dem Toten zu sehen!«

»Der Erzbischof!«, rief sie, »der Erzbischof in meinem Haus!« Sie ging in die Knie und küsste den Ring an Friedrichs Hand. Den Mann mit der grölenden Stimme herrschte sie an: »Ruhe Einhard! Der Erzbischof ist hier!«

»Siehst du«, flüsterte Egwin. »Es gibt aber auch Leute, die dir entgegenbringen Achtung!«

»Immer gleich Ruhe, wenn hohe Herren kommen«, brummte Einhard, der Sänger. »Soll der Bischof nur kommen. Warum soll ich mit Singen aufhören, wenn man einen Becher Totenwein bekommt?«

»Es ist nicht gut, Trinklieder bei einem Toten zu singen«, sagte Friedrich scharf. Zu seinem Diener gewandt fuhr er fort: »Zünde den Weihrauch an!«

Dieser gehorchte und nach einigen Augenblicken erfüllte der würzige Geruch das Totenzimmer. Der Bischof schwenkte das qualmende Gefäß hin und her.

Jetzt erst traten Friedrich und Egwin näher. Die Bahre hatte man auf dem Tisch abgestellt. Darauf lag ein Mann, das Gesicht zur Decke gerichtet, die Augen geschlossen. Friedrich fing an, Psalm 130, einen der Totenpsalme, zu beten: »De profundis clamavi ad te, Domine – Aus der Tiefe rufe ich, Herr, zu dir …«

»Weihwasser!«, sagte er, nachdem er zu Ende gebetet hatte, und der Diener reichte ihm ein Tongefäß. Friedrich zog den Holzpfropf heraus und besprengte den Toten mit dem heiligen Wasser.

Daraufhin sagte er: »Verschließt ihm den Mund, wie es Sitte ist.«

Die Frau holte einen Lappen und band dem Toten den Mund zu, was nicht so einfach war, weil die Totenstarre schon eingesetzt hatte. Alle verfolgten stumm die Handlungen.

»Ich habe einen Benediktiner mitgebracht«, begann Friedrich, »der den Toten näher untersuchen will und Fragen hat. Denn das Morden in Coln muss aufhören!«

»Ja, ehrwürdiger Vater, wie Ihr sagt: Es muss aufhören. Erst das Mädchen, dann der Mann im Schnee und die Frau mit der Erde und jetzt Immo. Er hat niemandem etwas getan. Was soll ich ohne ihn machen?« Wieder schluchzte sie laut auf.

»Ist der Tote dein Mann«, ergriff Egwin das Wort.

»Ja, ja, mein Mann. Heute Nachmittag war er noch draußen, um Holz zu sammeln, und dann kam er nicht wieder. Später sagte man mir, dass er vor dem Dom hängt. Ein furchtbarer Anblick.«

»Und das Gewand, das er trug … Wo ist es? Man sagte mir, es seien Zeichen darauf gemalt gewesen?«

»Ja, die verfluchten Zeichen und das Wort *signum aurum* soll darauf gestanden haben.«

»Soll?«

»Man hat es mir vorgelesen.«

»Hat er das Gewand noch an?«

Die Frau schüttelte verwundert den Kopf. »Wo denkt Ihr hin? Dieses Teufelsgewand habe ich ihm ausgezogen und es verflucht. Morgen werde ich es verbrennen. Wir haben ihn gewaschen, wie es Sitte ist, und ihm sein eigenes Totenhemd angezogen.«

»Kann ich sehen das bemalte Hemd?«

»Sehen? Ihr könnt es mitnehmen. Dann bin ich es los!«

»Wir nehmen es nachher mit.«

Egwin drehte sich zu dem Diener um. »Leuchte mir mit der Fackel! Ich muss den Toten sehen können.«

Als der Lichtschein auf den Kopf des Toten fiel, merkte Egwin an der blauen Verfärbung, dass der Mann langsam erstickt war.

»Vermutlich vorher betäubt und dann in der Dunkelheit aufgehängt«, murmelte der Mönch.

»Die Füße!« Das Licht glitt über das Hemd zu den Füßen.

»Sie sind sauber und dunkelrot«, sagte Egwin zu Friedrich.

Egwin wandte sich an die Witwe: »Waren die Füße vor dem Waschen so sauber oder erst nach dem Waschen?«

Die Frau unterbrach ihr Jammern und schien nachzudenken. »Nein, nein, schon vorher. Immo hatte seine … seine alten Schuhe mit Stroh ausgestopft wegen der Kälte.«

»Hatte Immo Feinde?«

»Nun«, seufzte sie, »auch nicht mehr als andere. Keine richtigen Feinde.«

Egwin bog seinen Rücken gerade.

»Dreht ihn auf den Bauch!«

»Wir sollen ihn auf den Bauch …?«

»Tut, was der Mönch euch befielt«, sagte der Erzbischof.

Die Witwe und der Sänger, der stark nach Wein roch, drehten den Toten auf den Bauch. Egwin versuchte, die Würde des Toten zu bewahren, und schlug das Kreuzeszeichen über der Leiche. Dann schob er das Hemd hoch, nickte zu dem Diener hinüber, der ihm leuchten sollte, und untersuchte den Rücken.

»Hier sind ein paar Kratzer unter dem linken Schulterblatt«, murmelte er, »wahrscheinlich beim Schleppen des Toten entstanden.«

Er sah sich die Schenkel und Beine an, dann richtete er sich auf.

»Ich habe alles gesehen, was ich wollte sehen«, sagte er zu Friedrich und zu der Frau: »Du kannst ihn wieder drehen auf den Rücken.«

Sie brachten den Toten wieder in die Rückenlage und blieben stehen.

»Jetzt brauchen wir nur noch das Gewand«, meinte Egwin. Niemand rührte sich.

»Der Mönch will das Hemd haben, das dein Mann trug«, half Friedrich nach.

»Ja, ja. Nehmt es mit. Keiner wird es tragen wollen. Auch wenn ich es hundertmal wasche.« Sie rannte aus dem Zimmer zu einer Ecke im Flur und brachte ein Stück Stoff. »Hier! Bringt es weg!«

Friedrich und Egwin verabschiedeten sich und gingen die Stufen wieder hinunter. Wie aus dem Nichts erschien der Mann von vorhin, der ihnen die Tür aufgemacht hatte, und schloss wortlos hinter ihnen ab.

Aufatmend blieb Egwin stehen.

Von oben hörten sie wieder die laute Stimme des Mannes

von vorhin und den Satz: »Eine schöhöne Witwe bist du!« Kurz darauf kreischte die Frau.

Egwin schüttelte den Kopf und sagte zu dem Diener: »Leuchte einmal. Ich will sehen die aufgemalten Zeichen!«

Während der Diener mit der Fackel näher trat, breitete Egwin das Hemd auf dem Boden aus. Mit einem breiten Pinsel oder einem Stück Stoff, den man in Farbe getaucht hatte, waren Kreise, Halbkreise und kleine Kreuze zu sehen. Auf der anderen Seite standen die beiden bekannten Wörter: *Signum aurum.*

»Was bedeuten die Kreise und Kreuze?«, fragte Friedrich.

»Ja, was bedeutet das?«, wiederholte Egwin und blickte in den schwarzen Himmel. Dann lachte er.

»Warum lachst du?«

»Weil ein Blick in den Himmel oft Klarheit bringt.«

»Wieso?«

»Kreise, Halbkreise und kleine Kreuze. Es könnten Sonne, Mond und Sterne sein …«

Fiedrich blickte genauer hin. »Ich weiß nicht. Es gibt ja doch nur eine Sonne und einen Mond. Hier sind aber viele Sonnen und drei Monde aufgemalt. Eine Geheimschrift vielleicht? Oder ist es nur dazu da, damit sich zwei Männer wie wir zu viele Gedanken machen?«

»Möglich ist auch das.«

Sie gingen weiter und folgten dem Diener, dessen Fackel im Rhythmus der Schritte Licht über die Hauswände zucken ließ. Zwei Männer, die eine Last auf dem Rücken trugen und Friedrich erkannten, verbeugten sich und murmelten einen Gruß.

Nach einer Weile sagte Friedrich: »Egwin, du hast einen anstrengenden Tag gehabt, trotzdem möchte ich dich bitten, vor den Nachtgebeten einen Schluck Wein mit mir einzunehmen. Meine Sorge wächst mit diesen rätselhaften Morden. Lass uns in Ruhe überlegen, wie wir in den nächsten Tagen vorgehen sollen. Denn wenn der Stadtvogt misstrauisch wird und die

Frauen in sein eigenes Gefängnis bringt, weiß ich nicht mehr, wie ich ihnen helfen soll …«

»Vor allem Fiona.«

»Ja. Vor allem Fiona.« Er verstummte.

»Du trägst sie immer noch in deinem Herzen?«, fragte Egwin mit leiser Stimme.

»Woher weißt du das?«

»Ich habe dich beobachtet, wie du Fiona angesehen hast.«

Friedrich sagte nichts und schob die Hände in die weiten Ärmel seines Mantels.

»Ja, du hast recht. Ich trage sie immer noch in meinem Herzen und … und werde sie nicht los. Gut, manchmal in der Hitze der Aufgaben, die ich erfüllen muss, denke ich nicht an sie. Aber sobald ich zur Ruhe komme, steht ihr Gesicht vor meinen Augen. Damit muss ich wohl leben. Aber ich kann nicht zulassen, dass man sie für etwas bestraft, das sie nicht getan hat.«

Seine leise Stimme wurde lauter, als er sagte: »Wer ist dieser elende Kerl, der so mit dem Leben von Menschen umgeht und die Schuld auf den neuen Orden legt? Was will er damit bezwecken?«

Sie waren wieder am Dom und dem angrenzenden Wohnhaus des Bischofs angelangt.

Als der Bischof die Tür aufschloss, sagte er zu dem Diener. »Ich brauche dich heute nicht mehr. Du kannst dich zur Ruhe begeben. Stell uns nur noch zwei Becher mit verdünntem Wein auf mein Zimmer und erneuere die Holzkohlen im Raum unseres Gastes.«

»Wie Ihr wünscht, ehrwürdiger Vater.« Er eilte voraus.

Als die beiden Männer das warme Zimmer des Bischofs betraten, standen schon zwei Becher auf dem Tisch. Sie setzten sich.

»Ein bequemes Leben führe ich hier«, sagte Egwin und lachte. »In Haestingas lädt mich der Abt nicht abends zum Wein ein.«

Friedrich nahm einen Schluck und schüttelte den Kopf.

»Du führst hier kein bequemes Leben, Egwin. Denk daran, dass die Verantwortung auf dir ruht, vielleicht sogar das Leben dieser Frauen.«

Auch Egwin nippte an seinem Becher. Dann setzte er ihn ab und räusperte sich.

»Gerade fällt mir noch eine Kleinigkeit ein«, begann er.

»So?«

»Ja. Ich weiß nicht, ob uns das weiterbringt ... Aber als ich in der Taverne saß, bemerkte ich drei Männer aus Walisien, die lautstark sich unterhielten. Ich verstand nicht, was sie sagten, aber ich erkannte die Sprache.«

»Nun, das ist nicht ungewöhnlich«, sagte Friedrich. »Sie kommen wahrscheinlich aus Morgannwg, einem walisischen Bezirk, der im Osten an das Land der Angeln grenzt. Man sieht hier häufiger Leute aus dieser Gegend. Einige von ihnen sind dunkelhaarig und klein, andere groß mit rotem Haar.«

»Ich weiß«, nickte Egwin. »Ein Onkel von mir, der in meine Familie eingeheiratet hat, stammt aus diesem Volk. Ich mochte ihn, denn er erzählte mir viele alte Geschichten, eine Sammlung, die er die *Vier Zweige des Mabinogi* nannte. Es sind alte, heidnische Stoffe, die von walisischen Mönchen niedergeschrieben worden sind in ihrer eigenen Sprache, dem Kymrischen. Aber mein Onkel hat sie mir auf angelisch so oft erzählt, dass ich sie fast auswendig kann.«

»Die vier Zweige des Mabi ...?«, wiederholte Friedrich.

»Mabinogi.«

»Ist das ein Mann? Eine Gestalt?«

»Nein, nein. Eher das kymrische Wort für Erzählung. Die Hauptfigur ist ein Fürst namens Pwyll, der im Westen Walisiens lebte.«

»Nun, das hört sich so an, als ob es tiefe Geschichten sind.«

»Ja, ja, das sind sie zweifellos. Vielleicht ergibt sich die Gelegenheit, den einen oder anderen Zweig der Geschichte einmal vorzutragen.«

»Ja, das würde ich begrüßen.«

»Nun, wie gesagt. Mir fielen diese Leute in der Taverne auf, weil sie so erregt gesprochen hatten. Aber vielleicht ging es nur um die Bezahlung des Biers. Wer weiß?«

Es entstand eine Pause und jeder hing seinen Gedanken nach. Schließlich nahm Friedrich einen großen Schluck, setzte den Becher ab und sagte: »Wie sollen wir vorgehen? Hast du eine Idee?«

Egwin schüttelte den Kopf. »Noch nicht so richtig. Die Einzelheiten dieser Morde schwirren in meinem Kopf herum wie eine Schar Fledermäuse. Jemand will uns zum Narren halten, Angst verbreiten und diesem neuen Orden schaden. Er wird vermutlich nicht eher Ruhe geben, bis diese unglücklichen Frauen verurteilt oder getötet worden sind. Aber ... aber das können wir nicht zulassen!«

»Nein! Und ich kann unmöglich die Menschen in Coln alle bewachen lassen. Das geht nicht. Ich kann nur einen Hirtenbrief schreiben, der in allen Kirchen vorgelesen wird, und eindringlich die Zuhörer ermahnen, nie allein irgendwo hinzugehen. Und bei Dunkelheit immer ein Messer griffbereit in der Hand zu halten.«

Egwin nickte. »Wenn ich wenigsten könnte eine Ordnung bei diesen Morden erkennen ... Eine Ordnung, und sei sie noch so boshaft, das brächte uns weiter und wir könnten einen fünften Mord verhindern.«

Friedrich schwieg und leise, mehr zu sich selbst, fuhr Egwin fort: »Öllampe, Schnee, Zweige an den Füßen, Kreise und Kreuze auf dem Hemd ... einfach rätselhaft!«

Er gähnte.

Friedrich lächelte und sagte: »Ich glaube, Egwin, dass du dir deine Ruhe verdient hast. Bald ist die Zeit der Nokturnen, der Nachtgebete.«

»Du hast recht. Ich werde in mein Zimmer gehen. Manchmal ist es so, dass der Engel des Schlafs schenkt neue, überraschende Gedanken.«

Friedrich stand gleichzeitig mit Egwin auf, nahm eine Fackel von der Wand und gab sie ihm, damit er den Weg zu seinem Zimmer finden konnte.

Die Männer verabschiedeten sich. Noch ganz in Gedanken ging Egwin den Flur entlang. Neben seiner Tür steckte er die Fackel in eine Eisenhalterung, schloss die Tür auf und war überrascht, dass es noch so warm war. Aber dann erinnerte er sich, dass der Diener des Bischofs die Holzkohlen erneuert hatte. Eine Aufmerksamkeit, die er in Haestingas vermissen würde.

Überhaupt dieser Diener. Er schien sehr zuverlässig zu sein. Seinem Herrn sehr ergeben. Und wenn er gut zuhörte, bekam er sicher vieles mit, was eigentlich nicht für seine Ohren bestimmt war. Man müsste ihn für sich gewinnen.

Während Egwin mit einem Bronzekamm seine Haare kämmte, damit sie sich in der Nacht nicht noch mehr verfilzten, hörte er einen langen, durchdringenden Schrei, der plötzlich verstummte. Mit zwei Schritten war er beim Fenster, stieß den Holzladen nach außen und beugte sich hinaus. Unten sah er einen Mann mit Fackel schnell vorbeigehen. Er lauschte, aber es war nichts zu hören, außer dem Gegacker von Hühnern, die aus dem Schlaf geschreckt worden waren. Sorgfältig verschloss er den Laden.

Wieder ein neuer Mord? Oder nur der Schrei eines Menschen, der schlecht geträumt hat oder von einem hungrigen Tier angefallen wurde?

»Besser, ich bete jetzt schon die Nokturnen, sonst verschlafe ich sie«, murmelte er. Er legte den Kamm beiseite und stellte sich in Richtung Osten. Nachdem er fünf Vaterunser gebetet hatte, fuhr er mit den Worten des Leitverses fort: »Bewahre uns, o Herr, wenn wir wachen, behüte uns, wenn wir schlafen, auf dass wir wachen mit Christus und ruhen in Frieden …«

Kapitel 8

Mit allem hatte Egwin gerechnet, aber nicht damit, dass am nächsten Tag nichts passierte. Es gab keine neuen Ereignisse. Und auch das Wort *signum aurum* tauchte nirgends auf.

Er hatte vermutet, der nächtliche Schrei sei ein Zeichen gewesen, dass irgendetwas geschehen sei. Ein neuer Mord vielleicht. Aber es gab keine Toten.

So weit bin ich schon, dass ich auf einen Mord warte! Mein Gott, was ist mit mir los?

Eines war Egwin klar: Er musste noch heute damit anfangen, Gespräche zu führen. Er wollte auf jeden Fall Fionas Familie sehen und dem Bruder auf den Zahn fühlen ... oder besser gesagt: den Freunden des Bruders. Dann würde er den Priester aufsuchen, der die verhängnisvolle Predigt über das goldene Zeichen gehalten hatte. Unter einem Vorwand könnte er mit ihm in Verbindung kommen und herausfinden, wie tief seine Ablehnung gegenüber dem neuen Orden wirklich war.

Als Egwin sich am Nachmittag auf den Weg zu Familie de Ponte machte, sah er einen Jungen, der am Straßenrand mit einem Zweig Striche in den hellen Schlamm zog. Wie Kratzer auf der Haut.

Abrupt blieb er stehen. Ein Teil seines Gedächtnisses meldete sich bei diesem harmlosen Kinderspiel. Ja, jetzt kam die Erinnerung: der Tote von gestern! Auf dem Rücken unter dem linken Schulterblatt waren Kratzer zu sehen gewesen, die er nicht weiter beachtet hatte. Und wenn es nun keine zufälligen Kratzer waren? Wenn jemand absichtlich Zeichen in die Haut geritzt hatte? Er musste Gewissheit haben!

Egwin drehte sich um, stieß mit einem Mann zusammen, der gegerbtes Leder über der Schulter trug, und rannte zur Bischofsresidenz zurück. Mit ein paar knappen Worten erklärte er Friedrich seinen Gedanken, fragte nach dem Diener, der den Weg kannte, und eilte mit ihm zu dem Haus des Toten. Im letzten Augenblick hatte er sich eine Wachstafel mit Holzrahmen eingesteckt und einen Griffel.

Wieder machte der wortkarge Mann auf und wieder klopfte Egwin an die Tür der Witwe. Hoffentlich war sie da!

Die Frau war zu Hause, schüttelte aber verständnislos den Kopf, als Egwin mit seinem Anliegen herausrückte. »Wir haben ihn schon eingenäht«, wehrte sie ab.

»Dann muss man öffnen die Naht wieder. Es dauert wirklich nicht lange.« Für alle Fälle hatte Egwin eine Münze eingesteckt und gab sie der Frau.

»Nun, dann tut, was Ihr nicht lassen könnt«, murrte sie.

»Wir brauchen nicht aufzutrennen die ganze Naht. Ich muss nur auf dem Rücken etwas nachsehen.«

Zusammen mit dem Diener räumten sie die kleine Kerze zur Seite, die aus Schweinetalg gemacht war und in einem abgebrochenen Becher stand, drehten den Mann um und Egwin tastete mit der Hand nach dem linken Schulterblatt. Als er es gefunden hatte, machte er einen kleinen waagrechten Schnitt in das Leichentuch und zog den Stoff zur Seite.

Der Diener hatte schon die Kerze genommen und hielt sie über die Stelle.

»Hier sind die Kratzer!«, flüsterte Egwin und schaute sie genau an.

»Hm, sie könnten zufällig sein, aber zwei dieser Kratzer ähneln sich. Ich werde sie abmalen.«

Zu dem Diener gewandt sagte er: »Halte den Stoff so auf, damit ich kann kopieren die Kratzer.«

Als Egwin fertig war, brachten sie den Mann wieder in die alte Position zurück und stellten die Kerze daneben. Der Mönch schlug das Kreuzeszeichen über dem Toten, dann verabschiedeten sie sich.

Als sie wieder auf der Gasse standen, sah Egwin den Diener an und fragte: »Wie heißt du eigentlich?«

»Mauritius.«

»Höre, Mauritius. Ich stelle dir jetzt eine Frage. Du hast gesehen, dass ich diese Kratzer kopiert habe. Was müsste deiner Meinung nach als Nächstes kommen, damit sich eine folgerichtige Handlung daran anschließt?«

Mauritius fuhr sich über die Stirn und sagte: »Ihr habt ... diese Kratzer auf eure Wachstafel gemalt, weil ihr hofft, sie hätten irgendeine Bedeutung.«

»Ja, das stimmt.«

»Aber, um herauszubekommen, ob sie eine Bedeutung haben, müssten wir noch einen zweiten von diesen Ermordeten sehen. Wenn ein anderer Tote dieselben Kratzer auf dem Körper hat, womöglich sogar unter dem linken Schulterblatt, dann kann das kein Zufall sein.«

Egwin nickte: »Ich sehe, du hast bekommen von Gott deinen Kopf nicht umsonst. Wir werden uns also noch einen Toten ansehen müssen, der wahrscheinlich schon begraben ist. Dazu brauchen wir die Genehmigung des Bischofs, die wir bestimmt bekommen werden, und einen Krug mit Essig und zwei Lappen. Du weißt warum?«

Mauritius nickte: »Der Gestank!«

Egwin fand heraus, dass der unbekannte Tote, den man auf einem Brett voller Schnee und Eis entdeckt hatte, auf einem Friedhof unweit des Doms beigesetzt worden war. Kurz darauf betraten sie den ummauerten Friedhof über das Beinbrechgitter. Solche Gitter brachte man seit Kurzem an den Eingängen an, um Tiere vom Friedhof fernzuhalten. Er hoffte, der Gestank möge sich noch in Grenzen halten.

Als sie am Beinhaus vorbeikamen, waren durch das offene Fenster Schädel und Knochen zu sehen, die man ausgegraben hatte, um Platz für neue Leichen zu haben.

»Wie sollen wir bloß finden den Mann?«, fragte Egwin etwas ratlos.

»Ich habe den Priester danach gefragt. Er sagte mir, dass der Totengräber Bescheid wissen müsste.«

Egwin schüttelte den Kopf und sagte: »Mauritius, du bist einer der wenigen Menschen, der die Gabe hat, zu denken nach vorne.«

Auf Mauritius' Gesicht erschien ein kurzes, verlegenes Lächeln. »Mein Dienst bei dem Erzbischof zwingt mich, im Voraus zu denken und mich zu fragen: Was wird er als Nächstes tun? Und so komme ich dazu, manche Dinge zu handhaben, die anderen erst später auffallen.«

Er nahm einen Leinensack von der Schulter, der einen verschlossenen Tonkrug mit Essig enthielt, eingewickelt in zwei Lappen.

»Also, dann sollten wir zuerst suchen den Totengräber. Wo finden wir ihn?«

Der Diener überlegte: »Normalerweise wohnen die Totengräber auf dem Friedhof. Ich denke, der angebaute Raum neben der kleinen Kirche wird wohl seine Behausung sein.«

Und so war es auch. Nach mehrmaligem Klopfen öffnete ein alter Mann mit ausgemergeltem Gesicht die Tür. Sein Kopf, der ein wenig an einen Totenschädel erinnerte, war mit Tüchern umwickelt, als habe er eine Verletzung. Wahrscheinlich sollten ihn die Tücher gegen die Kälte schützen, obwohl es gar nicht mehr so kalt war.

»Seid gegrüßt, meine Herren. Braucht ihr ein Grab?«, nuschelte der alte Mann, dessen Mund aus Zahnlücken zu bestehen schien.

»Nein, wir brauchen deine Arme und deine Schaufel, um einen Toten auszugraben!«

»Oh! Das ist ein ungewöhnlicher Auftrag, normalerweise grabe ich die Toten ein – wie Blumensamen. Aber unter uns: Irgendwann werdet auch ihr ein Grab brauchen.«

»Da hast du recht. Aber im Augenblick brauchen wir das andere.«

»Nun, so ohne Weiteres geht das nicht. Ich kenne euch nicht. Dann könnte ja jeder kommen und sagen: Ich will diesen oder jenen Toten ausgraben und nach Hause nehmen.«

Damit hatte Egwin gerechnet und er holte das Pergament unter seinem Mantel hervor. »Von nach Hause nehmen, war nie die Rede. Wir wollen dir nichts wegnehmen und kommen mit den Vollmachten des Erzbischofs.«

»Ah.«

Der Totengräber nahm stirnrunzelnd das Blatt entgegen, drehte es ein paar Mal in den Händen und sagte dann zu Egwin: »Lies es vor.«

Der Mönch musste ein Grinsen unterdrücken. Aber er hielt sich zurück. Einem Totengräber, der nicht lesen konnte, hätte er irgendein Schreiben vorlegen können.

»Hiermit beauftrage ich den Benediktinermönch Egwin aus Haestingas, einen bestimmten Toten auszugraben. Es handelt sich um den Ermordeten, der auf einem Brett unter einer Schnee- und Eisdecke gefunden wurde. Dies alles dient dazu, dass die Verbrechen an den Tag kommen.« Unter dem Schreiben waren die Unterschrift und das erzbischöfliche Siegel zu sehen.

»Ja, das Siegel erkenne ich. Ich werde bei Gelegenheit den Erzbischof fragen, ob das alles seine Richtigkeit hatte. Wenn nicht, werde ich euch meine Toten auf den Hals hetzen.«

Er machte dabei ein Geräusch, das sich wie trockener Husten anhörte, aber wohl eine Art Lachen sein sollte.

Er scheint die Toten als sein Eigentum zu betrachten, dachte Egwin.

»Nun, dann also an die Arbeit, wenn sogar der Erzbischof es befiehlt.«

Der Totengräber verschwand in seiner engen Behausung, schien irgendwelche Vorbereitungen zu treffen und kam mit einer Schaufel heraus. Egwin sah, dass er sich auch die Hände mit Lappen umwickelt hatte.

»Die Schaufel bewahre ich unter meinem Bett auf«, sagte der Mann. »Ein sicherer Ort. Denn ohne Schaufel kein Grab. Ihr versteht, was ich meine.«

»Ja«, nickte Egwin. »Wer schaufelt, der lebt.«

»Oh«, sagte der Totengräber und kicherte in sich hinein. »Das muss ich mir merken. Wer schaufelt, der lebt. Das ist gut.«

Sie gingen zu einem großen Grabhügel, unter dem mehrere Leichen lagen.

»Das kalte Wetter hilft uns, dass die Toten nicht ganz so stark stinken«, murmelte der Mann.

»Wir haben auf alle Fälle Essig und Tücher dabei.«

»Oh, das ist gut. Das müsste ich auch haben.«

»Wir werden dir den Essig überlassen«, sagte Egwin großzügig.

»Gut, gut, gut. Das ist hervorragend«, nickte der Mann und stieß mit der Schaufel in die halb gefrorene Erde.

»Es geht zwar etwas schwer, aber die Kälte hat in den letzten Tagen etwas nachgelassen. Und die Vorschrift, dass die Toten eine halbe Elle unter der Erde liegen sollen, wird nicht immer so strikt befolgt. Niemand kommt, um es nachzumessen.« Wieder hörte man sein trockenes, verhaltenes Lachen.

»Auch wir werden nicht nachmessen«, sagte Egwin augenzwinkernd, »denn jeder weiß, wie wichtig ein guter Totengräber ist.«

Neben dem Grab wuchs der Erdhaufen, während der Alte, angefeuert durch die Komplimente, die Egwin freizügig verteilte, ins Reden kam und von seiner verstorbenen Frau erzählte.

»Ja, ja«, nickte er. »Sie hat von mir ein schönes Grab bekommen, ein eigenes, sehr, sehr teures.«

»Oh«, meinte Egwin. »Wie kommt es, dass ein armer Totengräber so ein teures Grab kaufen kann?«

»Ja, ja, das geht, aber …«, er blickte sich um und flüsterte dann: »Ich erzähle es Euch, weil ihr so großzügig seid und unter dem Siegel der Verschwiegenheit.«

»Sei versichert«, begann Egwin feierlich, der das Gespräch immer unterhaltsamer fand, »dass ich schweigen werde wie ein … ein Grab.«

»Wie ein Grab! Das ist gut!«, hustete der Mann.

»Also, hört er. Als meine Frau starb, starb zu gleicher Zeit ein Reicher, der sich in einem schönen Holzsarg in einem eigenen Grab bestatten ließ. Und nun ratet mal, wer in diesem Holzsarg liegt?« Der Totengräber grinste schelmisch.

»Nun«, sagte Egwin und tat unbedarft. »Ich hoffe doch, dass der Reiche immer noch dort liegt, oder … hast du aus Versehen die Leichen … du weißt schon?«

»Sprechen wir das Wort nicht aus. Ich sehe, Ihr begreift die Zusammenhänge schnell und es ist …«

Hier stockte der Mann mit der Schaufel und rief: »Aha! Hier haben wir schon den richtigen Mann. Er liegt ganz oben, ein Neuer ist in dieses Grab in letzter Zeit nicht gekommen. Ich hatte nur Gräber für Reiche, die ein eigenes Grab haben und ganz vornehm in einem Sarg liegen. Aber das nützt ihnen auch nichts.«

»Nein«, wiederholte Egwin. »Dem einen jedenfalls nützt es überhaupt nichts, der unglücklicherweise verwechselt wurde.«

Der Totengräber krümmte sich vor Lachen.

Tatsächlich sahen Egwin und der Diener ein Stück dunkelbraunen Stoff, der früher vielleicht weiß ausgesehen hatte, aber jetzt mit Lehm verschmiert war.

»Augenblick!«, rief der Alte und wehrte Egwin ab, »ich räume die restliche Erde weg, dann ziehen wir ihn an dem Stoff heraus.«

Ob nun der Leichnam doch stärker verwest war oder die

anderen Toten, die schon länger in der Erde lagen, teilweise frei geschaufelt worden waren, Egwin merkte plötzlich, wie ein Schwall von süßlich stechendem Geruch an seiner Nase vorbeizog. Er konnte Mauritius nur noch zurufen: »Schnell, den Essig!« Der hatte aber als vorausschauender Mann schon zwei Tücher mit Essig getränkt und hielt ihm sofort eines vor Mund und Nase.

Egwin schwankte hin und her und atmete den sauren Geruch des Essigs begierig ein.

»Ah, hier haben wir ein wenig zu tief gegraben, scheint mir«, sagte der Totengräber und verzog sein Gesicht. Mit kühnem Schwung warf er eine Schaufel mit Erde in ein Loch, das weiter hinten eingebrochen war und für den üblen Gestank gesorgt hatte.

Inzwischen hatte Egwin sich erholt, hielt mit der Linken das Tuch vor die Nase und zog mit dem Diener kräftig an dem Stoff. Die verhüllte Gestalt eines Körpers kam zum Vorschein.

»Er liegt schon auf dem Rücken!«, keuchte Egwin und tastete nach den Schulterblättern.

Mit seinem Messer schnitt er in den Stoff und verlängerte den Riss mit der Hand. Dann richtete er sich auf und schaute Mauritius an.

»Ich glaube, es sind ähnliche Kratzer!«, flüsterte er.

Er holte seine Wachstafel, verglich die Striche und versuchte, die neuen so genau wie möglich nachzumalen.

»Sie weichen zwar etwas voneinander ab, aber an derselben Stelle ähnliche Kratzer … das kann kein Zufall sein!«

Er atmete tief aus, ließ die Hand mit dem Essigtuch sinken und sagte zu dem Totengräber: »Wir haben genug gesehen. Du hast uns sehr geholfen. Und sei versichert, dass ich die Arbeit des Totengräbers von nun an zu schätzen weiß.«

Er nickte Mauritius zu, der dem Totengräber ein paar Münzen reichte, die dieser mit verblüffender Schnelligkeit unter sein Hemd steckte.

»Ich hoffe, ihr habt nichts Ungebührliches getan«, murmelte der Mann und stützte sich auf den Stil der Schaufel. »Geheime Zeichen unter den Schulterblättern …«

»Nun, das ist nichts im Vergleich mit dem, was ein gewisser Witwer machte, der seine tote Frau mit einem reichen Mann verwechselte.«

Der Angeredete hob kurz die Augenbrauen, dann stieß er sein Hustenlachen hervor und nuschelte: »Ja, ja, seltsame Geschichten gibt es.«

»Gott sei mit dir«, verabschiedete sich Egwin, »und mit deiner harten Arbeit. Er schenke dir am Tage des Herrn die Auferstehung aus den Toten.«

Egwin wandte sich um und sagte zu dem Diener. »Und nun zurück zum Erzbischof. Das wird für ihn sein eine große Neuigkeit. Vielleicht führen uns diese Zeichen zu dem Mörder. Obwohl es seltsam ist, dass er absichtlich hat hinterlassen verräterische Spuren.«

Fiedrich war nicht gleich zur Stelle, als sie zurückkamen. Er hatte eine Unterredung mit einigen älteren Priestern, die zu seiner Diözese gehörten und noch verheiratet waren, wie es in früheren Zeiten der Brauch gewesen war. Einige von ihnen wollten sich nun scheiden lassen, andere wollten ihre Ehefrauen behalten.

Egwin nutzte die Zeit, um die Zeichen zu verbessern, die er auf dem Friedhof in aller Eile eingeritzt hatte. Er hatte die Kratzer unter dem Schulterblatt noch genau vor Augen, verglich sie mit den Kopien auf der Wachstafel und schrieb sie mit Kohle auf ein Stück Holz.

Als Friedrich endlich kam, wurde es draußen schon dunkel. Mauritius zündete Lampen an.

Mit kurzen Worten erzählte Egwin von seinem Fund und zeigte Friedrich die Zeichen. Es waren drei, die aussahen wie ein X mit zwei offenen Häusern:

Friedrich betrachtete sie und sagte: »Das ist kein großes Geheimnis.«

»Wieso?« Egwin riss die Augen auf.

»Für mich sehen sie wie hebräische Buchstaben aus. Ich hatte während meines Studiums in Babenberch einige Monate lang die hebräischen Buchstaben studiert. Außerdem habe ich eine Bibliothek und irgendwo wird darin sicher ein hebräisches Alphabet zu finden sein. Ich bin gleich zurück.«

Der Erzbischof stand auf, verließ den Raum und kam nach kurzer Zeit zurück. Unter dem Arm einen in Leder gebundenen Codex.

»Hier!«

Er legte das Buch auf den Tisch neben das Holz mit den Kohlezeichnungen und blätterte zu der Stelle, an der die hebräischen Buchstaben zu finden waren.

»Siehst du?« Friedrich deutete mit dem Finger darauf. Dieses **א** ist kein X sondern die vereinfachte Form des ersten Buchstabens: Alef. Und die beiden anderen Buchstaben **ב ב** sind die folgenden: Beth. Also: Alef, Beth, Beth. Aber was das nun bedeuten soll, das kann ich nicht sagen. Du müsstest zu den Juden gehen. Ich weiß, dass Joel, der Sohn von Rabbi Baruch, immer noch in Coln wohnt. Du erinnerst dich? Baruch wurde seinerzeit zu Unrecht angeklagt, den Stab des Petrus gestohlen zu haben.«

Egwin nickte: »O ja, ich erinnere mich gut an diese furchtbare Zeit, als die Juden gejagt und getötet wurden.«

»Nun, Joel wird dir bestimmt sagen können, ob die Buchstabenfolge irgendetwas zu bedeuten hat.«

Egwin blickte nach draußen. Inzwischen war die Nacht hereingebrochen.

»Heute werde ich nicht mehr gehen ins Judenviertel, das kann ich morgen tun. Aber ich könnte der Familie de Ponte einen Besuch abstatten und mir näher betrachten Fionas Bruder und seine Freunde.« Er erhob sich.

»Vermutlich wirst du es nach den Vespergebeten tun wollen.«

Egwin lächelte: »Natürlich. Meine Gebetszeiten würde ich vergessen nie!«

Noch am selben Abend machte sich Egwin auf den Weg. Aber außer, dass er herzlich begrüßt wurde und erzählen musste – von Haestingas und was es Neues auf der Insel gab –, kam er mit seinen Untersuchungen nicht weiter. Walter, Fionas Bruder, war zwar von dem neuen Orden nicht angetan, aber seine Schwester bedeutete ihm sehr viel, auch wenn er es ihr gegenüber nicht immer zeigte. Seine Freunde wussten, wenn sie Walters Schwester schädigen würden, bekämen sie es mit dem Bruder zu tun. Aber ganz sicher war Egwin nicht, ob nicht doch von dieser Seite ein unbekannter Mörder seinem Handwerk nachging.

Auch der Besuch bei Joel, dem Sohn Rabbi Baruchs, der wie alle Juden im jüdischen Viertel lebte, brachte Egwin nicht weiter. Nur so viel: Die Buchstaben mussten von rechts nach links gelesen werden. Der Buchstabe Alef war ein offener Vokal, der, je nachdem mit welchem Buchstaben er verknüpft wurde, manchmal wie ein »A« klang oder wie ein »I« oder wie ein »E«. Folgte ein Waw, konnte man Alef auch wie ein »O« aussprechen.

Die meisten Wörter, so erklärte ihm Joel, bestanden zwar aus drei Grundbuchstaben, aber B B A ergab keinen richtigen Sinn. Es gab zwar ein Wort, das Babah hieß, aber der letzte Buchstabe war ein »H« und das Wort hieß so viel wie »aushöhlen«. Die drei Buchstaben, überlegte Joel, könnten natürlich auch eine magische Beschwörung sein. Ein geheimer Sinn, so ähnlich, wie man die vier Buchstaben des heiligen Gottesnamens auf ein Stück Pergament schrieb, um böse Geister abzuwehren. Joel wusste, dass eine Frau von ihren Kopfschmerzen geheilt worden war, als sie die heiligen Buchstaben auf ihre Stirn schreiben ließ.

Nachdenklich kehrte Egwin zu seinem Zimmer zurück. War er womöglich mit einem geheimen Zauber in Berührung gekommen, als er den Erhängten untersucht hatte? Für alle Fälle bat er Friedrich um Weihwasser, um seine Hände darin zu waschen.

Eine ganze Woche lang passierte nichts. Als hätte der Mörder durch die bloße Anwesenheit Egwins sein übles Handwerk eingestellt.

Oder war er selbst ermordet worden? War der Schrei in der ersten Nacht, die Egwin in Coln zugebracht hatte, der Schrei des Mörders gewesen, dessen Opfer sich gewehrt hatte? Aber dann hätte man davon erfahren müssen. Trotzdem blieb der Mönch von der großen Insel misstrauisch. Er glaubte dem plötzlichen Frieden nicht.

Immerhin kehrte nun fast so etwas wie ein normales Mönchsleben ein, außer dass Egwin seine Gebetszeiten allein abhielt und nicht, wie üblich, in der Gemeinschaft der Mönche. Er hätte sich auch in ein Benediktinerkloster einquartieren können, um den gewohnten Lebensrhythmus einzuhalten. Jenseits des Rhins gab es eine Anlage in Duizum, und auch in Coln selbst lebte ein Orden. Aber Egwin zögerte. Wenn er sich einem Abt unterstellte, dann könnte er nicht so frei hin und her gehen und seine Untersuchungen fortsetzen. Friedrich ließ ihm alle Freiheiten, und auch die bischöfliche Küche war nicht zu verachten.

Oft saß der angelische Mönch abends vor seinem Pergament und grübelte über die vier Morde nach. Welcher Zusammenhang mochte zwischen ihnen bestehen? Er versuchte, einen

Sinn in diese merkwürdigen hebräischen Buchstaben hineinzubringen.

Er hatte auch den Priester besucht, der die Abendandacht gehalten hatte, und war erschrocken gewesen über den Hass, der aus ihm herausbrach, als das Gespräch auf den neuen Frauenorden kam. Diesen Priester musste er im Blick behalten, falls ein weiterer Mord passierte.

Ratlos versuchte Egwin, die Anfangsbuchstaben der Morde zu einem neuen Wort zu verbinden: Öllampe, Schnee und Eis, Erde, Bilder. Aber es ergaben sich keine sinnvollen Worte. Er grübelte, welche Gemeinsamkeit hinter allen Symbolen stand, und fragte sich: Was haben eine Öllampe, Schnee und Eis, Erde und Zweige und Kreuze und Kreise gemeinsam? Sind es vielleicht Zeichen der Vergänglichkeit? Eine Lampe kann man löschen, Schnee und Eis schmelzen, Zweige kann man brechen und verbrennen und Kreise kann man ebenfalls brechen und zu Halbkreisen und zu Kreuzen machen, wenn man jeweils ein Viertel herausschneidet. Aber das erschien ihm dann doch zu weit hergeholt.

Oder hatten die Symbole etwas mit der Geschichte des Mose zu tun? Mit Licht? Mit Leuchten? Sicher, eine Lampe leuchtet, Schnee und Eis leuchten, wenn die Sonne darauffällt, Zweige leuchten, wenn man sie als Fackel verwendet und wenn die Kreise Sonne, Mond und Sterne darstellen sollten, wie er anfangs dachte, dann passten sie dazu. Aber – leuchtet nicht alles, wenn es angestrahlt oder verbrannt wird?

Fiona und ihre Frauen wären gern wieder in ihr Haus zurückgekehrt und baten Friedrich flehentlich um seine Erlaubnis. Aber er untersagte es ihnen. Er hatte sich geschworen, die Frauen erst dann zurückzusenden, wenn das Rätsel um die Morde endgültig gelöst war. Vielleicht wartete der Mörder nur ab, bis die Leute wieder unvorsichtig wurden, um dann erneut zuzuschlagen?

So setzte Fiona ihre Arbeit im bischöflichen »Gefängnis« fort. Es wurden Tuche gewebt, Unterricht in Lesen und Schreiben erteilt und neue Stickmuster ausprobiert. Daneben arbeitete sie an leicht fassbaren Texten für die Gebetszeiten ihrer Gemeinschaft.

Ab und zu dachte sie an Berward, der nach Basileia gereist war und irgendwann wieder zurückkehrte. Dann würde er sie erneut fragen. Was würde sie ihm antworten? Wahrscheinlich dasselbe wie gleich zu Anfang. Eine Ehe mit ihm konnte sie sich einfach nicht vorstellen.

Friedrich wirkte in diesen Tagen unruhig. Es machte ihm mehr zu schaffen, als er wahrhaben wollte, dass Fiona mit ihm unter einem Dach lebte. Immer wieder kreisten seine Gedanken um sie, besonders nachts, wenn er nicht schlafen konnte.

Das kalte Wetter hatte sich nicht lange gehalten. Der Schnee war überall geschmolzen und hatte die Wege außerhalb der Stadt in schmierige Pfade verwandelt. Die Flussauen waren vom Schmelzwasser überschwemmt worden, das sich nur ganz langsam zurückzog. Kinder schnitzten kleine Boote aus Eichenrinde, wenn sie nicht arbeiten mussten, und veranstalteten Wettrennen auf den breiten Pfützen, die wie große Diamanten in der Sonne funkelten.

Egwin überlegte sich schon, ob er nach Treveris zurückreisen sollte, um seinem Abt Bericht zu erstatten. Aber womöglich passierte gerade dann etwas, wenn er unterwegs war, und so verkürzte er sich die Zeit, indem er das Brauereiwesen studierte, sich Rezepte notierte und in der Bibliothek des Erzbischofs las, was es an Literatur zum Thema goldene Zeichen gab. Die Ausbeute war gering.

Acht Tage waren seit dem Tod des Mannes mit dem bemalten Hemd vergangen, als Egwin, der vom Mittagsgebet im Dom kam, laute und aufgeregte Stimmen hörte. Das war nichts Außergewöhnliches. Ein Bauarbeiter konnte verunglückt sein, denn die Stadtmauer wurde gerade mit großem Aufwand erweitert. Vielleicht war auch ein neuer Gaukler nach Coln gekommen, um seine Künste vorzuführen.

Egwin ging den Stimmen nach und folgte den Menschen, die alle in eine Richtung strömten. Die Luft war kühl, winterlich, aber in den windfreien Ecken schien die Sonne schon richtig warm. Ein blauer Himmel spannte sich wie ein großer Mantel über die Stadt.

Egwin ließ sich mit den anderen Neugierigen nach Norden treiben, jenseits der alten Stadtmauer zur Kirche des heiligen Andreas, die nur einen Steinwurf weit vom Dom entfernt lag. Auch dort standen Baugerüste und Egwin schloss daraus, dass sich wohl ein Unfall ereignet hatte. Aber warum waren dann so viele Leute unterwegs?

Als der Turm von St. Andreas zu sehen war, blieben die meisten Menschen stehen. Egwin zwängte sich an Schultern und Bäuchen vorbei – und dann sah er es: Auf dem Platz vor der Kirche lag eine Frau. Das Seltsame war nur, dass sie zwar tot zu sein schien, aber unter ihren weiten Gewändern bewegte sich etwas. Und man hörte ein Geräusch, das wie schrilles Piepsen klang.

Kapitel 9

Niemand getraute sich, näher heranzugehen. Die unbeweglich daliegende Frau mit dem merkwürdig bewegten Rock machte auf alle einen unheimlichen Eindruck. Was aber die Gemüter am stärksten bewegte, das waren die Buchstaben mit gelber Farbe, die auf ihrer Stirn standen: »Signum aurum«.

Egwin ließ sich davon nicht abhalten. Er bekreuzigte sich und näherte sich der stillen Gestalt. Das Murmeln der Menge schwoll an. Egwin kniete sich neben die Frau, darauf bedacht, das, was sich unter ihrem Kleid bewegte, nicht zu berühren. Er legte seine Hand auf ihre Stirn und lauschte auf den Atem. Als er den Eindruck hatte, dass sie tot war, zog er vorsichtig ihr Kleid ein Stück höher.

Jetzt konnten es die Umstehenden deutlich sehen: Unter dem Kleid der Frau lagen zwei graue Säcke, in denen sich etwas bewegte. Schnell packte Egwin danach, aber sie schienen unter dem Kleid befestigt zu sein. Er holte sein Messer, schnitt die Säcke los und schleuderte sie auf das Pflaster. Die Menge wich mit einem Aufschrei zurück. Die Säcke waren grau und abgewetzt und dienten normalerweise dem Transport von Holzkohle. Die Stimmen ringsumher schwollen an und die vordersten drängten sich nach hinten.

Rasch schlitzte Egwin die Säcke mit dem Messer auf. Aus dem einen Sack flogen Vögel heraus und suchten das Weite. Aus dem anderen Sack schüttete Egwin tote Fische auf den Boden.

Mit einem Ruck richtete er sich auf und schrie in den Tumult hinein: »Wer kennt diese Frau?«

Nachdem sich die Stimmen ein wenig beruhigt hatten, traten

zwei junge Frauen aus der Menge. Die eine sagte schüchtern: »Ich kenne sie. Wir ... wir haben oft zusammen die Kleider am Fluss gewaschen. Sie lebt am Südrand der Stadt und heißt Naomi. Sie ist eine Jüdin.«

»Wie lange liegt die Frau schon hier?«

»Ich weiß nicht.«

»Warum hat sich ihr niemand genähert?«

»Wir ... wir hatten alle Angst, dass uns der Fluch des goldenen Zeichens treffen könnte.«

»Vielleicht hätte die Frau noch gerettet werden können!«, sagte Egwin mit zorniger Stimme. Dann fuhr er fort: »Benachrichtigt die Familie und sagt dem Stadtvogt Bescheid. Ich werde den Bischof aufsuchen, nachdem ich die Frau untersucht habe.«

Die Stimmen der Leute wurden stärker, als Egwin sich hinkniete, die Frau auf den Bauch drehte, um nach einer Verletzung zu suchen.

Zwischen den Schulterblättern hatte sich das Gewand dunkelrot gefärbt. Egwin riss den feuchten Stoff auf und fühlte auf dem Rücken eine Stichwunde. Und daneben, vom Blut halb verwischt, die drei hebräischen Buchstaben.

»Also erstochen«, sagte er zu sich. »Der Mörder muss die Frau gezwungen haben, die beiden Säcke unter dem Kleid zu befestigen. Die Stirn mit dem goldenen Zeichen war vermutlich mit dem Kopftuch verhüllt. Dann hat er sie unauffällig von hinten erstochen, hat ihr das Kopftuch gelockert und ist weitergegangen. Alles andere hätte zu viel Aufsehen erregt. Und die Buchstaben muss er auch schon vorher angebracht haben. Ich muss mit Friedrich sprechen.«

Er stand auf, bahnte sich einen Weg durch die Menge und ging in Richtung Dom davon. Als er sich an einer Frau vorbeidrängen wollte, die einen Krug Wasser auf der Schulter trug, blieb sie stehen und sagte: »Seid Ihr nicht Egwin, der Mönch aus Haestingas?«

Egwin hielt inne und blickte auf. Er erstarrte. Das war Ida, die frühere Magd Fionas! Diese Frau hatte vor Jahren, bei seinem ersten Besuch in Coln, in ihm Gefühle wachgerufen, denen er jetzt lieber nicht nachgehen wollte. Er hatte sie einmal kurz geküsst, als er sie ohnmächtig glaubte. Später musste er erfahren, dass sie den Kuss doch gespürt hatte. Sie sah immer noch genauso verführerisch aus wie damals, nur dass ihr Gesicht ein paar Falten mehr hatte. Ihre Wangen waren von einem sanften Rot überhaucht.

Egwin atmete tief durch. Warum musste sie ihm ausgerechnet jetzt über den Weg laufen, wo er so in Eile war? Insgeheim hatte er sich ein Wiedersehen gewünscht und es sich gleichzeitig verboten.

»Ja … ja«, stammelte er. »Ich … bin Egwin, der Bene… Benediktiner. Und du … du musst Ida sein?«

Sie nickte wortlos und schaute zu Boden.

»Was ist mit deinen Händen?«, rief sie plötzlich. »Sie sind voller Blut!«

Egwin blickte auf seine Hände und erschrak. In der Eile hatte er nicht daran gedacht, sie zu reinigen. Es sah abstoßend aus.

»Ich komme gerade von einer toten Frau, die bei St. Andreas auf dem Boden liegt. Ermordet und das goldene Zeichen ist … ist ebenfalls da.«

»Oh!«, sagte Ida. »Dann bist du dabei, dem Bischof oder dem Stadtvogt zu helfen, den Mörder zu finden, der Coln in Angst und Schrecken versetzt?«

Egwin nickte. »Ja, so kann man es sagen. Und ich bin in Eile, um dem Bischof zu sagen, was passiert ist.«

Ida stellte den Krug ab und sagte mit strenger Stimme: »Aber mit diesen Händen kannst du unmöglich vor den Bischof treten! Lass mich dir helfen, das Blut abzuwaschen. Halte deine Hände unter den Krug!«

Egwin merkte, dass Ida keinen Widerspruch duldete. Es war

ja auch richtig, was sie sagte. Er hätte mit seinen Händen alles schmutzig gemacht. Ida kippte ihren Krug nach vorn, bis ein kräftiger Wasserstrahl über seine Hände lief. Er wusch sich, so gut es ging, dann trocknete er seine Hände an der Kutte ab.

Egwin bedankte sich und wollte schon weitergehen, da fragte Ida: »Wie geht es meiner früheren Herrin?«

Er blieb stehen. »Es geht ihr gut, obwohl sie mit ihren Frauen im bischöflichen Palast eingesperrt ist. Aber dort ist sie wenigstens in Sicherheit.«

Ida lachte. »In Sicherheit vor diesem seltsamen Mörder vielleicht, aber nicht vor den Augen eines Bischofs, der sie nicht vergessen kann. Richte ihr meine Grüße aus. Tust du das?«

»Ja, ich werde es tun. Und nun … muss ich weitergehen.«

»O ja, das verstehe ich.«

Sie hob den leicht gewordenen Krug wieder auf die linke Schulter.

»Möge dich Gott segnen, Egwin. Vielleicht sehen wir uns wieder!«

Lieber nicht, dachte Egwin im Weitergehen, denn er wusste schon jetzt, dass er die nächsten Tage immer wieder an sie denken würde.

»Ach Herr«, betete er leise, »warum schickst du mir Ida über den Weg? Es wird dadurch nicht einfacher.«

Er hatte den Haupteingang erreicht und klopfte laut gegen das Holz. Ein Mann öffnete. Offensichtlich der Pförtner.

»Ich muss dringend zum Erzbischof«, platzte Egwin heraus und ersparte sich umständlich Grüße.

»Das geht nicht.«

»Warum?«

»Er befindet sich in einem wichtigen Gespräch mit dem Stadtvogt.«

»Bi wigbil of mi faeder! – Beim Schwert meines Vaters!«, schimpfte Egwin auf Angelisch. »Ich komme zu spät!«

Er überlegte und sagte dann: »Melde mich trotzdem an. Es ist sehr wichtig. Es hängt mit dem neuen Mord an einer Frau zusammen.«

»Ich weiß«, sagte der Mann. »Deswegen ist der Stadtvogt ja bei ihm.«

»Sag ihm, es gibt zu erfahren Neues.«

»Der Bischof will bei dringenden Unterredungen nicht gestört werden.«

»Ja, ja. Schon gut. Aber das ist eine Ausnahme. Lass mich durch!« Mit diesen Worten drängte sich Egwin an dem Pförtner vorbei, der ihn aber geistesgegenwärtig an der Kapuze seiner Kutte packte.

Egwin riss sich los, eilte durch den Flur auf die Treppe zu. Hinter sich hörte er die Schritte des Mannes, der nach der ersten Verblüffung die Verfolgung aufnahm.

Mit keuchendem Atem erreichte Egwin den zweiten Stock und wollte gerade die Tür des Audienzzimmers aufreißen, als er von dem Mann, der seine Berufung als Pförtner sehr ernst nahm, wieder gepackt wurde. Mit letzter Anstrengung holte er aus und trat mit dem Fuß gegen die Tür. Es tat weh und nützte nicht viel. Die Tür blieb zu. Egwin versuchte verzweifelt, sich dem Griff des Pförtners zu entziehen und überlegte gerade, ob er aus seiner Kutte schlüpfen sollte, um in seinem Leinenhemd vor dem Erzbischof zu erscheinen, da öffnete sich die Tür und Friedrichs Diener blickte ärgerlich in den Flur.

»Was ist hier los? Wer hat gegen die Tür geschlagen?«

»Ich bin es, Mauritius! Ich muss sprechen den Bischof dringenderweise!«, schrie er.

Friedrich, der nun selber nachschauen wollte, was hier los war, näherte sich der offenen Tür.

»Ehrwürdiger Vater«, sagte der Pförtner, »ich … ich habe dem Mönch gesagt, dass Ihr eine wichtige Besprechung habt und nicht gestört werden wollt. Aber dieser Mensch ist einfach ohne Erlaubnis nach oben gerannt, ich habe …«

»Schon gut, Rudolfus. Bei diesem Mönch mache ich eine Ausnahme.«

Mit einem triumphierenden Blick ging Egwin an dem Pförtner vorbei, rückte seine Kutte wieder gerade und betrat den Raum, während die Tür hinter ihm zugezogen wurde. Ein Mann im Hintergrund, der auf einem Stuhl mit geschnitzter Lehne gesessen hatte, war aufgestanden.

Das muss der Stadtvogt sein, überlegte Egwin und warf einen kurzen Blick auf den Mann, der neben dem Bischof die weltliche Macht in Coln repräsentierte. Er trug einen Pelzmantel und darunter ein blaues Seidenhemd mit durchwirkten Silberfäden. An den Füßen sah Egwin Schuhe, die für jeden Fuß eigens geformt waren und sich eng anschmiegten. Die Haare des Stadtvogtes waren nach neuester Mode blond gefärbt und mit der Brennschere in Locken gelegt.

Für meinen Geschmack zu viel Aufwand. Obwohl ich mit meinen Haaren für einen Mönch auch zu viel anstelle.

»Das ist der Mönch, von dem ich Euch erzählt habe«, stellte Friedrich ihn vor. »Es ist Egwin aus der Benediktinerabtei in Haestingas.«

»Nun, für einen Mönch hat er eine ungewöhnliche Art anzuklopfen, indem er die Türe fast eintritt.« Der Stadtvogt war stehen geblieben. Offensichtlich war er im Begriff zu gehen. »Also, ich wiederhole es noch einmal«, meinte er an Friedrich gewandt, »und vielleicht ist es gut, einen Zeugen zu haben.« Die Stimme des Stadtvogtes klang kalt und unfreundlich, als er fortfuhr: »Nach dem neuesten Mord halte ich es für meine Pflicht, die Frauen des neuen Ordens, von denen diese ganze Unruhe kommt, in meinem Haus in Gewahrsam zu nehmen. Ich werde sie Tag und Nacht bewachen lassen, um sicherzugehen, dass sie keine Hexenkunststücke betreiben. Ich fürchte, sie haben hier zu viele Freiheiten genossen. Wenn trotz meiner Maßnahmen ein weiterer Mensch unter dem goldenen Zeichen getötet wird, werde ich die Frauen hinrichten lassen. Denn die

Verbindung der Morde mit dem neuen Frauenorden ist nur allzu klar. Und ich lasse es nicht zu, dass diese Stadt darunter leidet!«

Bischof Friedrich war ebenfalls stehen geblieben. Er konnte sich nur mühsam beherrschen. Mit versteinertem Gesicht blickte er den Stadtvogt an und sagte: »Ihr macht es Euch zu einfach, Herr Stadtvogt. Hier liegt ein böser Wille vor, diese Frauen in Verruf zu bringen. Ich wiederum werde es nicht zulassen, dass ihnen ein Leid geschieht.«

»Ich wiederhole«, sagte der weltliche Herrscher, »ich möchte die Frauen heute noch in meinem Gefängnis sehen. Das ist eine weltliche Angelegenheit.«

»Die Morde haben etwas mit der Abendandacht zu tun. Es ist also eine geistliche Angelegenheit. Ich werde Euch die Frauen morgen schicken.«

Die beiden Männer blickten sich stumm an.

Schließlich sagte der Stadtvogt. »Nun gut. Morgen.«

Er wandte sich um, übersah Egwin bewusst und wartete, bis der Diener des Bischofs gekommen war, um die Tür zu öffnen. Dann ging er mit eiligen Schritten davon.

Als die Tür geschlossen wurde, ließ sich Friedrich auf den Stuhl sinken und deutete stumm auf die Bank neben sich. Egwin ließ sich darauf nieder. Es wäre ihm nie in den Sinn gekommen, auf einem Stuhl mit Lehne Platz zu nehmen, der nur höhergestellten Persönlichkeiten zustand.

Mit wenigen Worten umriss der Mönch das, was er bei der Kirche St. Andreas gesehen und getan hatte.

»Der Stadtvogt hat mir nur von einer toten Frau erzählt, auf deren Stirn die verfluchten Worte standen. Von Fischen und den Vögeln wusste er noch nichts«, sagte Friedrich und murmelte: »Wieder ein neues Rätsel.«

»Ich ärgere mich«, sagte Egwin leise, »dass ich bin keinen Schritt weitergekommen. Ich habe alles Mögliche durchdacht, habe Bücher gelesen, die hebräischen Zeichen unter dem Schulterblatt entdeckt – übrigens auch bei der toten Frau – aber ich bin keinen Schritt weitergekommen. Und wenn ein weiterer Mord passiert, werden Fiona und ihre Frauen hingerichtet.«

»Oh, das werde ich nicht zulassen«, brauste Friedrich auf. »Schließlich verfüge auch ich über einen Trupp von Männern, die mit Schwert und Bogen umgehen können.«

»Willst du, dass sich die beiden Oberhäupter Colns gegenseitig zerfleischen?«

»Ich kann nicht tatenlos zusehen, wie Fiona umgebracht wird, wegen einer Angelegenheit, mit der sie nicht das Geringste zu tun hat.«

»Du liebst sie immer noch.« Das war keine Frage, sondern eine nüchterne Feststellung.

Friedrich schwieg. Dann seufzte er: »Das sage ich nur dir, weil wir befreundet sind und ich weiß, dass du schweigen kannst. Ja, ich liebe sie immer noch und je länger sie unter demselben Dach lebt wie ich, desto größer wird meine Sehnsucht nach ihr. Einerseits bin ich also froh, dass sie ab morgen in einem anderen Haus ist, aber«, seine Stimme wurde fester, »ich werde keine Hinrichtung erlauben! Wenn ich nicht …«

Friedrich wurde unterbrochen, weil sein Diener erschien: »Ein Besucher hat sich angemeldet.«

»Wer ist es?«

»Ein gewisser Berward von Trossingen. Er bittet um die Erlaubnis, mit Fiona de Ponte sprechen zu dürfen. Allein.«

Friedrich blickte Egwin erstaunt an.

»Gut. Führe ihn herein.«

Egwin wollte sich von der Bank erheben, aber Friedrich winkte ab und raunte ihm zu: »Bleib hier. Vier Ohren hören mehr als zwei. Ich bin gespannt, was er sagt. Ich weiß nur, dass er Fiona heiraten will. Er soll ein alter Freund von Audoin sein.«

Sie hörten Schritte, und in das Zimmer trat ein großer, schlanker Mann, der seine Leinenmütze abnahm und den

Bischof begrüßte. Für Egwin hatte er einen erstaunten Blick übrig.

Nach den einleitenden Worten, die sich um das Wohlbefinden der beiden Männer drehten, und nachdem sie Platz genommen hatten, sagte Berward: »Ich komme eben vom Hafen, weil ich eine Zeitlang in Basileia zu tun hatte. Als ich ausstieg, erfuhr ich von den grauenhaften Dingen, die sich in der Zeit meiner Anwesenheit zugetragen haben. Nicht nur, dass Menschen auf rätselhafte Weise getötet wurden, sondern, dass der Frauenorden von Fiona de Ponte, meiner zukünftigen Frau, in Verdacht steht, diese Morde ... wie soll ich sagen ... veranlasst zu haben. Die Frauen sollen hier unter Bewachung stehen. Deswegen bin ich sofort hierhergeeilt, um mich mit Fiona zu beraten. Bitte, lasst mich zu ihr!«

Friedrich blickte Berward gerade in die Augen, der diesem Blick gelassen standhielt. »Ich werde nach ihr schicken. Ihr könnt Euch mit ihr hier in diesem Raum beraten. Wir werden aber auch dabei sein.«

Auf Berwards Stirn bildete sich eine steile Falte. »Ich möchte doch bitten, mit ihr allein zu sein. Da ich ihr zukünftiger Mann bin, der ...«

Friedrich räusperte sich und unterbrach ihn: »Fiona de Ponte hat zwar davon geredet, dass es einen Bewerber um ihre Hand gibt, aber ich denke, dass Ihr ein wenig zu weit geht, Euch als zukünftigen Mann Fionas zu sehen.«

»Ich habe bereits vor Wochen mit ihrem Vater gesprochen, der ...«

»... der Fiona nicht zwingen wird, gegen ihren Willen zu heiraten«, vollendete Friedrich den Satz und redete ohne Pause weiter: »Außerdem ist die Lage nach dem heutigen Mord äußerst gefährlich für Fiona und ihre Frauen, ich kann daher nicht dulden, dass sie allein mit einem Fremden spricht.«

»Ich bin kein Fremder«, widersprach Berward, »und ich ...«

»Für mich seid Ihr ein Fremder. Ich kenne Euch nicht.«

Die Aussage war eindeutig. Berward schwieg und dachte nach. Man sah, wie es hinter seiner Stirn arbeitete. Dann entspannte sich sein Gesicht und er sagte: »Nun gut. Ich sehe das ein. Von eurem Standpunkt aus muss es seltsam erscheinen. Eine besondere Lage.«

Er sah kurz zu Egwin hinüber und fügte hinzu: »Aber was soll dieser Mönch hier? Ich glaube nicht, dass er bei diesem Gespräch dabei sein sollte.«

Friedrich räusperte sich: »Dieser Mönch ist einer meiner engsten Vertrauten und befasst sich mit den rätselhaften Todesfällen. Ich halte es für mehr als notwendig, dass er bleibt.«

Berward hob in gespielter Resignation die Arme und sagte: »Es ist Euer Haus. Tut, was Euch richtig erscheint.«

Friedrich rief seinen Diener und gab ihm den Befehl, Fiona zu holen.

Kapitel 10

Fiona schreckte auf, als der Schlüssel sich im Schloss drehte, die Tür aufging und Mauritius auf der Schwelle stand.

Sie hatte mit Ariana, Thekla und Angelika gerade ihre Abendmahlzeit beendet und das Geschirr auf ein Holzbrett gestellt.

Mauritius neigte seinen Kopf, begrüßte die Gefangenen und sagte: »Der Erzbischof bittet Fiona, in sein Audienzzimmer zu kommen. Es hat sich ein Besucher eingestellt.«

»Was für ein Besucher?«, fragte Fiona. Ihre Stimme klang misstrauisch.

»Ein gewisser Berward von Trossingen, der aus Basileia gekommen ist und Euch unter vier Augen sprechen möchte. Er ist entsetzt, was sich in seiner Abwesenheit hier ereignet hat.«

Fiona seufzte. »Berward! Aber ich möchte nicht allein mit ihm sein.«

Mauritius lächelte: »Das werdet Ihr auch nicht. Der ehrwürdige Vater hat es verboten, angesichts der neuen, bedrohlichen Lage.«

»Was für eine neue Lage?«, fragte Thekla.

»Ein weiterer Todesfall, der unter dem goldenen Zeichen geschehen ist. Die Frau lag tot auf dem Pflaster vor der Kirche von St. Andreas.«

Angelika flüsterte: »Dieser Mord wird uns sicher auch wieder zugeschrieben.«

Fiona, die sich ein Tuch über die Schulter gelegt hatte und ihre hochgesteckten Haare in ein Netz drapierte, wandte sich zum Gehen.

»Ich bringe es hinter mich. Dieser Berward lässt mir sonst keine Ruhe!« Sie folgte dem Diener des Erzbischofs nach oben.

Als Mauritius die Tür aufmachte und Fiona eintrat, erhob sich Berward sofort von seinem Stuhl und eilte auf Fiona zu.

»Fiona! Ich bin glücklich, Euch zu sehen. Es sind ja furchtbare Dinge in der Zwischenzeit passiert!«

Fiona zwang sich zu einem Lächeln. »Aber wie Ihr seht: Ich bin wohlbehalten vor allem bewahrt worden.«

Berward stand unschlüssig vor ihr und merkte wohl, dass er im Eifer die Begrüßung vergessen hatte.

»Entschuldigt meine raschen Worte und nehmt meinen Gruß entgegen. Ich denke, Ihr wisst, warum ich gekommen bin?«

Friedrich, der nun ebenfalls aufgestanden war, sagte in die Stille hinein: »Fiona, setz dich doch. Ich nehme an, dass Berward deswegen aufgestanden ist, um den Stuhl freizumachen. Er wird sicher nichts dagegen haben, auf der Bank Platz zu nehmen.«

Fiona konnte sich ein Lächeln nicht verkneifen. Sie spürte, wie unangenehm es für Friedrich sein musste, einen Mann, der um Fionas Hand bat, in diesem Zimmer zu haben.

Durch Friedrichs Bemerkung blieb Berward nichts anderes übrig, als neben Egwin auf der Bank Platz zu nehmen.

»Ich hatte gehofft, Fiona, dass wir uns unter vier Augen unterhalten könnten«, begann Berward, als Fiona sich gesetzt hatte, »aber es wurde mir von höchster Stelle verboten.« Er blickte vorwurfsvoll in Friedrichs Richtung.

»Nun, ich habe nichts zu verbergen«, entgegnete Fiona. »Ihr könnt ebenso gut vor anderen Euer Anliegen vorbringen. Es ist mir sogar angenehmer, wenn Zeugen da sind.«

Berward nickte und schluckte seinen Ärger hinunter. »Ich bin froh, dass Ihr Euch durch die Umstände nicht beeindrucken lasst.«

Er räusperte sich und fuhr fort: »Um es kurz zu machen, ich

möchte meinen Antrag wiederholen und Euch bitten, meine Frau zu werden. Mit Eurem Vater habe ich schon gesprochen. Er hat keine ernsthaften Bedenken geäußert.«

Er blickte kurz zu Boden, hob dann seinen Kopf, blickte Fiona ernst an und sagte: »Ihr müsst nicht gleich etwas sagen. Aber da die Dinge gefährlicher werden, wäre es auch ein guter Weg, Euch von Eurer misslichen Lage zu befreien. Ich würde Euch so schnell wie möglich von hier fortbringen, nach Basileia am besten. Als meine zukünftige Frau genießt ihr dann meinen Schutz. Außerdem reicht der Arm des Stadtvogtes von Coln nicht bis nach Basileia.«

Fiona runzelte die Stirn. »Warum werden die Dinge gefährlicher? Hängt es mit dem Tod dieser Frau zusammen? Oder gibt es noch etwas, das ich nicht weiß?«

»Der Stadtvogt war eben hier«, sagte Friedrich, »und verlangt, dass du und deine Frauen ab morgen unter seiner Aufsicht stehen. Sollte ein weiterer Mord passieren, werdet ihr verurteilt und hingerichtet, was ich allerdings verhindern werde!«

»Ihr seht!«, sagte Berward. »Die Lage ist ernst! Bitte, werdet meine Frau und kommt mit mir nach Basileia. Ihr würdet mich zum glücklichsten Mann der Welt machen, wenn Ihr Ja sagt.« Berward blickte Fiona so liebevoll an, dass ihr ganz warm ums Herz wurde.

Der eine Mann kann mich heiraten, aber ich liebe ihn nicht oder noch nicht. Und den anderen liebe ich, aber er kann mich nicht heiraten!

»Es berührt mich, dass Ihr Euch offensichtlich so stark um mich bemüht«, sagte Fiona und streifte mit einem Blick Friedrich, der vor Ärger seine Lippen zusammenpresste, soweit sie das bei diesem düsteren Licht erkennen konnte. Oder war es Eifersucht?

Ja! Sollte er nur eifersüchtig sein. Sie liebte ihn immer noch, und es tat gut, dass ihm Berwards Werbung so sehr zu schaffen machte.

»Ihr habt mein Herz ein wenig ins Wanken gebracht, Berward von Trossingen. Gebt mir noch ein paar Tage Bedenkzeit!«

»Aber ... ihr hattet viele Tage Bedenkzeit.«

»Ja, das stimmt, aber da wusste ich noch nicht, wie ernsthaft Ihr mich begehrt.«

Fiona hörte ein Rascheln von Stoff. Friedrich war aufgestanden, seine Stimme schwankte etwas, als er zu Berward sagte: »Ihr habt Euer Anliegen vorgebracht. Fiona kann sich offensichtlich heute nicht entscheiden. Ich muss Euch nun bitten zu gehen!«

»Verzeiht, ehrwürdiger Vater!«, sagte Berward. »Aber wenn Fiona und ihre Frauen morgen zum Stadtvogt gebracht werden, wird es keine Möglichkeit mehr geben, dass sie meine Frau wird. Der Stadtvogt wird sie mir nicht anvertrauen.«

»Wer weiß. Vielleicht doch. Es mag sein, dass er erleichtert sein wird, wenn ihr die Hauptschuldige mit euch nehmt. Das Hindernis ist nicht unbedingt der Stadtvogt, sondern die Zustimmung Fionas. Ich erkläre die Zusammenkunft für beendet.«

Fiona sah wohl, dass es Berward schwerfiel zu gehen, aber es blieb ihm keine andere Wahl. Fast tat er ihr ein wenig leid, und sie spürte eine Welle von Zuneigung für den Mann, der sich so sehr für sie einsetzte. Als er sich von ihr verabschiedete, blickte sie ihn freundlich an.

Kaum war die Tür geschlossen, ging Friedrich in seinem Zimmer auf und ab. »Dieser Berward hat uns gerade noch gefehlt«, sagte er mit einer Stimme, die nur mühsam seinen Zorn zurückhielt. »Es ist schwierig genug, auch ohne dieses ständige ... diese dauernden Heiratsabsichten!«

Fiona lächelte still vor sich hin.

Jetzt weiß ich es: Mein guter Friedrich ist tatsächlich eifersüchtig. Er liebt mich also immer noch.

»Nun, so schlimm finde ich es nicht«, sagte sie, »wenn sich ein ehrlicher Mann Sorgen um mich macht und sich für mich einsetzt.«

Friedrich fuhr herum. »Ach, du genießt die Gegenwart dieses Burschen auch noch! Ich bemühe mich, dir und deinen Frauen das Gefängnisleben so angenehm wie möglich zu machen, lade mir das Misstrauen des Stadtvogtes auf – und du findest es … geradezu angenehm, dass sich die Männer um dich streiten.«

»Ich finde, du übertreibst etwas!«, sagte Fiona und wandte sich zur Tür.

»Wir müssen also unsere Sachen zusammenpacken?«, fragte sie.

»Ja, das müsst ihr wohl. Ich wünsche dir eine gute Nacht!«

»Wirklich?«, fragte sie zurück.

Er seufzte und blickte Fiona mit einer Mischung von Hilflosigkeit und Schmerz an. »Ja, ich meine es wirklich, Fiona. Gott segne dich.«

Als Mauritius, der ohne gerufen zu werden, plötzlich aus einer Ecke auftauchte und Fiona auf ihr Zimmer begleitete, sagte Egwin, als er und Friedrich allein waren: »Mir kam es auch so vor, als ob du hast zu heftig geredet. Ein deutliches Zeichen, dass dir Fiona nicht gleichgültig ist.«

Friedrich schwieg und murmelte nach einer Weile. »Meinst du, dass sie das gemerkt hat? Ich meine nicht meinen Ärger, sondern, was dahintersteckt … du weißt schon.«

»Oh ja, sie hat gemerkt, dass du bist eifersüchtig, Fiona ist nicht dumm. Und du merkst nicht, dass Berward ist kein wirklicher Gegner. Sie hatte Mitleid mit ihm, aber eure Liebe reicht tiefer. Ist dir das nicht klar?«

Friedrich schlug mit der Faust auf den Tisch. »Ich will aber nicht, dass sie tiefer reicht. Ich will, dass diese unselige Verbindung endlich zu Ende geht und ich nachts wieder schlafen kann.«

Egwin hob die Hände. »Wenn es so einfach wäre, würde es aussehen in der Welt ein Bissen friedlicher.«

»Ein Bissen?«

»Oder heißt es ein bisschen?«

Friedrich antwortete nicht, sondern nahm seine Wanderung wieder auf. »Es ist nicht auszuhalten, dass wir bei diesen Morden nicht weiterkommen! Wenn wir dieses Ungeheuer ergreifen könnten, dann hätte dieses furchtbare Morden ein Ende und Fiona könnte mit ihren Frauen weiter in dem Haus wohnen und ihren Aufgaben nachgehen. Wir würden uns ab und zu sehen und uns freundliche Blicke zuwerfen.«

»Oder Berward würde sie heiraten und mit ihr nach Basileia ziehen. Das müsste dir doch recht sein. Dann siehst du sie nicht mehr und alles wird sich beruhigen.«

»Aber es ist mir nicht recht! Ich will sie nicht in den Händen dieses ... dieses ... Angebers sehen.«

Egwin schwieg und sagte nach einer Weile: »Meine Großmutter, deren Knochen im Grab vermodert sind, hatte ein gutes Rezept, wie man Diebe und andere Verbrecher fängt.«

»So? Wie lautet es?«

»Ich weiß nicht, ob es wirklich nützt, aber ...«

»Rede!«

»Also, du brauchst dazu reines Bienenwachs. Du formst es, bis es so groß wie eine Wachstafel ist. Dann gräbst du mit einem Stift die Worte ein: *Agios Crux + Agios Crux + Agios Crux Domini.*«

»Ein Kauderwelsch von griechischen und lateinischen Worten: Heiliges Kreuz des Herrn!« Friedrich schüttelte den Kopf.

»Wie gesagt, du ritzt diese Worte ein, dann nimmst du das Wachs in die linke Hand und hältst sie mit dem Wachs so lange über deinen Kopf, bis das Wachs anfängt, in deiner Hand zu schmelzen. Der Übeltäter wird dir dann im Traum erscheinen.«

»Ein heidnischer Zauber«, sagte Friedrich. »Du weißt, welche Strafen die erwarten, die so etwas tun!«

»Nein, es ist kein heidnischer Zauber. Bedenke, er ist mit christlichen Worten versehen. Es ist ein christlicher Zauber.

Denn wenn er wirkt, wird die Wirkung dem Kreuz Christi zugesprochen.«

»Nein, nein, das … kommt nicht in Frage. Ein Erzbischof, der zu so einem Mittel greift, verdient nicht, Erzbischof genannt zu werden.«

»Und doch kenne ich Bischöfe, die zu solchen Mitteln greifen und erstaunliche Resultate erzielt haben.«

»Das mag sein, aber das ist … ich lehne es ab, oder …« Er schloss die Augen und fügte leise hinzu: »Noch lehne ich es ab. Ich müsste schon sehr verzweifelt sein, um zu solchen Mitteln zu greifen.«

Die beiden Männer schwiegen eine Weile, bis Friedrich sich wieder zu Wort meldete. »Wenn Fiona ihre Gabe, Gedanken zu lesen, einsetzen würde, könnte sie vielleicht den Mörder finden. Ich habe sie neulich danach gefragt, aber sie sagte, sie hätte schon jahrelang das Kribbeln unter der Kopfhaut nicht mehr verspürt, das dieser Gabe stets vorausging.« Friedrich ließ sich auf seinem Stuhl nieder und sagte leise: »Es ist kalt hier, das Feuer ist heruntergebrannt. Ich werde Mauritius bitten, es neu anzufachen, und dann erzählst du mir ein paar Geschichten aus diesen walisischen Sagen. Wir müssen auf andere Gedanken kommen. Wie hießen sie doch gleich?«

»Die vier Zweige des Mabinogi.«

»Richtig. Ich müsste eigentlich noch ein paar Briefe diktieren und eine Rede vorbereiten, aber dieser Abend hat mich so mitgenommen, dass ich dazu nicht imstande bin.«

»Es wird mir eine Ehre sein, zu erzählen etwas«, sagte Egwin.

»Wer hat diese Erzählungen eigentlich aufgeschrieben?«

»Es waren christliche Mönche, die die heidnischen Geschichten gesammelt und niedergeschrieben haben. Ohne sie wären sie vermutlich verloren gegangen.«

»Richtig. Das … das hast du schon einmal gesagt.«

Mauritius gelang es in kurzer Zeit, das Feuer wieder anzufachen, und stellte einen Krug mit gewürztem Wein und zwei Becher auf den Tisch. Er brachte auch noch getrocknete Feigen und frisches Brot mit und ließ alles auf dem Tisch zurück. »Wünscht Ihr noch etwas, ehrwürdiger Vater?«

»Nein, es ist gut. Du kannst dich jetzt zur Ruhe begeben.«

Als Mauritius gegangen war, setzten die beiden Männer sich vor das Feuer, zwischen sich den Tisch mit den angenehmen Dingen des Lebens, starrten in die Flammen, während Egwin mit seiner Erzählung begann:

»Eines Tages gefiel es Pwyll, dem Fürsten von Dyfed, jagen zu gehen. Er kam mit seinen Gefährten bis nach Glen Cuch, ließ die Hunde los und folgte ihrem Gebell. Aber er merkte nicht, dass er sich von seinen Gefährten entfernte, denn es ging schnell durch den immer dichter werdenden Wald. Plötzlich hielt er inne, denn er hörte nicht nur seine Hunde, sondern das Gebell einer anderen Meute.

Er kam auf eine Lichtung und da sah er einen großen Hirsch, der von einer fremden Hundemeute verfolgt worden war und gerissen wurde. Wie er näher kam, staunte er, denn solche Hunde hatte er noch nie gesehen: Sie waren weiß wie Schnee und hatten rote Ohren.«

»Ah!«, unterbrach ihn Friedrich. »Magische Geschöpfe.«

Egwin nickte und fuhr fort: »Fürst Pwyll ging auf die Hunde zu, verjagte sie und überließ seinen eigenen Hunden den Hirsch.

Nicht lange dauerte es, da brach durch das Dickicht ein Reiter auf einem Apfelschimmel, ein Jagdhorn hing um seinen Hals. Er trug graubraune Kleidung.

Ich werde dich nicht grüßen, sagte der Fremde zu Pwyll.

Nun, sagte Pwyll, *womit habe ich das verdient? Ist mein Rang so niedrig?*

Mitnichten, sagte der Fremde. *Zwischen mir und Gott: Du hast eine Unverschämtheit begangen.*

Wie das?

Du hast meine Hunde verjagt und die Beute deinen Hunden zu fressen gegeben. Das nenne ich eine Dummheit sondersgleichen.

Mein Herr, sagte Pwyll. *Wie kann ich das Unrecht wiedergutmachen? Kann ich es mit Geld tun?*

Geld kann in diesem Fall nicht helfen.

Mein Herr, sprach Pwyll mit erschrockener Stimme. *Wie heißt du? Und wie kann ich deine Gunst erlangen?*

Ich bin Arawn, König von Annwn. Und so kannst du meine Gunst erlangen: Es gibt einen Mann, dessen Reich an meines grenzt und der mich ständig ärgert, König Hafgan aus Annwn. Wenn du mich von diesem Plagegeist befreist, wirst du meine Gunst erlangen, denn er macht mir mein Reich streitig.

Wie kann ich das zustande bringen?, fragte Pwyll. *Wenn er stärker ist als ich und magische Kräfte hat? Denn ich sehe an deinen Hunden, dass Euch Zauberkräfte zur Verfügung stehen.*

Es wird dir ein Leichtes sein, sagte der König von Annwn.

Wie soll ich es anstellen?

Folgendermaßen: Ich schließe mit dir Freundschaft und verleihe dir meine Gestalt und du wirst ein Jahr lang an meinem Hofe wohnen und mit meiner schönen Frau das Bett teilen. Niemand wird etwas merken. Nach Ablauf des Jahres habe ich eine Verabredung mit Hafgan getroffen. Du wirst gegen ihn kämpfen und ihn mit einem Schlag besiegen. Aber hüte dich, ein zweites Mal zuzuschlagen, sosehr er dich auch bittet. Jeden zusätzlichen Schlag wird er mir am nächsten Tag hundertfältig zurückgeben.

Was aber wird mit meinem Hof, wenn ich nicht zurückkehre?, fragte Pwyll.

Mach dir darüber keine Sorgen. Ich werde in deiner Gestalt alles versehen, was notwendig ist. Niemand wird dich vermissen. Und nun gebe ich dir das Geleit, damit du den Weg nach Annwn findest.

Egwin schwieg und blickte in die Flammen.

»Ein eigenartiges Abkommen«, sagte Friedrich mit belegter Stimme und nahm einen Schluck aus dem Becher.

»Ja, das ist wahr. Und immer, wenn ich diese Geschichte beginne, kommt es mir vor, als lebte ich in diesem seltsamen Land.«

»Wie geht es weiter?«, fragte Friedrich. »Lebt Pwyll tatsächlich als König von Annwn auf diesem Hof?«

»Ja«, nickte Egwin. »Es trifft alles genau so ein. Er traf die Königin und war überwältigt von ihrer Schönheit. Und es gab keine Frau, mit der er sich so gut unterhalten konnte wie mit ihr, aber als sie zu Bett gingen, wusste Pwyll was recht und unrecht war, drehte sich zur Wand und sprach die ganze Nacht kein Wort mit der Königin und rührte sie auch nicht an, bis zum nächsten Morgen. Danach, tagsüber, war er freundlich mit ihr wie zuvor.«

»Und das ging so ein ganzes Jahr? Hat sich die Königin nicht gewundert?«

»Schon, aber sie sprach ein Jahr lang nicht darüber und nahm es hin.«

»Und was wurde aus dem Zweikampf?«

Es war so, wie es der König von Annwn gesagt hatte. Pwyll streckte Hafgan mit einem Schlag nieder. Hafgan bat Pwyll ihm den Gnadenstoß zu geben, aber er weigerte sich und sagte: »*Zwischen mir und Gott: Ein anderer mag dich töten*. Und so vereinigte er beide Länder.«

»Zwischen mir und Gott. Eine seltsame Rede.«

Egwin nickte. »Ja, das ist die Schwurformel der alten heidnischen Könige.«

»Und dann«, sagte Friedrich, »kam ja der wirkliche König Annwn zurück.«

»So ist es«, nickte Egwin. »Sie trafen sich im Wald, Annwn bedankte sich und beide bekamen ihre wahre Gestalt zurück. Als Annwn dann abends mit seiner Frau zusammenlag, mit ihr scherzte und sie küsste, wunderte sie sich und fragte, warum er sich nun plötzlich geändert habe. Da merkte Annwn, dass Pwyll seine schöne Frau nicht ein einziges Mal angerührt hatte und bekam großen Respekt vor ihm und es entstand eine tiefe Freundschaft zwischen den Männern.«

»Hm!«, meinte Friedrich. »Er lag ein ganzes Jahr lang Seite an Seite mit der schönsten und klügsten Frau des Reiches zusammen und küsste sie nicht einmal?«

»Nein. Nicht ein einziges Mal. So sagt es jedenfalls der erste Zweig des Mabinogi. Diese Männer wussten sich noch zu beherrschen.«

»Willst du damit etwas Besonderes sagen?«, fragte Friedrich lauernd.

»Nein, nein. Gar nichts. Ich erzähle nur eine Geschichte.«

»Und wie geht es weiter?«

»Wie gesagt«, fing Egwin an, setzte sich zurecht und trank einen Schluck, »die Männer verband eine tiefe Freundschaft seitdem. Kurz danach war Pwylls Zeit gekommen, um sich eine Frau zu suchen. Und er traf auf seinem Weg eine schöne Reiterin, die an ihm vorüberritt, aber die er nicht einholen konnte. So schnell er auch sein Pferd antrieb, der Abstand zwischen ihnen wurde nicht kleiner. Irgendwann fasste er den Mut und sprach sie an. Er gewann ihre Zuneigung, musste vorher einen Konkurrenten aus dem Weg räumen, und zwar diesen Hafgan, und heiratete sie.«

»Wie hieß sie?«

»Rhiannon. Es wurde eine glückliche Verbindung. Aber …«

»Ah, jetzt kommt das Unheil?«

»Ja, sozusagen. Die beiden bekamen lange keine Kinder und als Rhiannon schließlich einen edlen Knaben gebar mit Namen Pryderi, wurde der von einem Ungeheuer geraubt. Man bezichtigte die Königin, dass sie ihren eigenen Sohn gefressen habe, und sie musste zur Strafe jedem, der an den Hof kam, vom Pferd helfen und erzählen, dass sie ihren Sohn gefressen habe.«

»Was für eine Demütigung!«

»Allerdings. Aber ein mutiger Mann aus Pwylls Gefolge spürte das Ungeheuer auf und brachte den Knaben zurück. Als Pwyll starb, wurde Pryderi König. Und so endete der erste Zweig des Mabinogi.«

Egwin schwieg und nahm eine der getrockneten Feigen.

»Hm. Ich habe noch nie Feigen gegessen. Sie schmecken süß. Ich denke, dass ich jetzt schlafen ... O nein!«

»Was ist?«, fragte Friedrich.

»Ich habe vergessen, die Komplet zu beten.«

Friedrich lachte. »Dann holst du die Gebetszeit nach.«

Egwin nickte und trank einen letzten Schluck aus dem Becher.

»Und wann gibt es die Fortsetzung? Wann wirst du den zweiten Zweig vortragen?«

»Ich denke, wenn es sein wird etwas ruhiger und wir den Mörder gefunden haben.«

»Aber du kannst ja schon mal den Anfang erzählen.«

»Gut. Aber nur den Anfang.«

Egwin nahm ein Stück Brot, kaute, dachte kurz nach und begann:

»Zur Zeit von König Pryderi, landete ein Schiff aus Irland an der Küste, wo König Llyr regierte. Es stellte sich heraus, dass der irische König, die Tochter Llyrs mit Namen Branwen zur Frau haben wollte. Man wurde schnell darüber einig und in derselben Nacht schlief der irische König mit Branwen.

Einer der Halbbrüder Branwens, der bei dieser Brautwerbung nicht gefragt und übergangen worden war, ein streitsüchtiger Bursche, regte sich so sehr darüber auf, dass er allen irischen Pferden die Lippen, Ohren und Augen verstümmelte, sodass sie unbrauchbar wurden. Es kam zum Streit und der irische König wollte im Zorn die Insel verlassen, um ein Heer aufzubieten, aber der Bruder Branwens, König Benigeidfran, erfuhr davon und fragte nach dem Grund seiner überstürzten Abreise.

Ein übler Bursche hat mir meine Pferde verstümmelt, sagte der Ire. *Das ist eine Schmach, die den Rest meines Lebens auf mir liegen wird.*

Die Schmach, erwiderte Benigeidfran, der Bruder Branwens, *liegt ganz auf meiner Seite. Zwischen mir und Gott: Ich werde den Übeltäter bestrafen!*

Selbst dann ist die Schmach nicht ganz abgewaschen, sagte der irische König. *Man wird über mich lachen, wenn man abends am Feuer Geschichten erzählt. Die Schmach kann nur mit Blut abgewaschen werden!*

Nun, fuhr Benigeidfran fort, *vielleicht aber auch mit Gold. Ich gebe dir eine Tafel aus reinem Gold. Sie soll das Zeichen sein, dass du deine Rache an uns zurückstellst und …*«

»Halt!«, rief Friedrich und hob die Hand.

Egwin blickte erschrocken auf. »Was ist geschehen?«

Friedrich war aufgestanden und blickte Egwin an. »Hast du nicht gemerkt, was du eben gesagt hast?«

»Was denn?«

»Eine Tafel aus Gold, als Zeichen, dass die Rache nicht ausgeübt wird. Das Zeichen aus Gold! *Signum aurum*!«

Egwin starrte den Erzbischof mit offenem Mund an. »Beim heiligen Stefanus! Du hast recht! Und jetzt fällt mir ein, dass ich am Tag, als ich hier ankam, drei Waliser in der Taverne gesehen habe, die erregt über etwas sprachen! Das Einzige, was ich verstand war das Wort *Vogel*.«

Egwin stand erregt auf und ging hin und her. »Lass mich kurz überlegen, ob es noch andere Übereinstimmungen gibt.«

Eine Weile war es still, während Egwin mit großen Schritten durch den Raum ging, in Gedanken die Zweige des Mabinogi prüfte und dabei seine Lippen lautlos bewegte. Dann sagte er tonlos: »Im zweiten Zweig der Geschichte überqueren die Waliser das Meer, um gegen Irland Krieg zu führen, weil ein zahmer Vogel einen Brief von Branwen überbringt. Es war ein Hilferuf, weil man ihr in Irland als Frau des Königs übel mitspielte. Also, hier haben wir die Fische und Vögel ... Später werden Männer, die sich in Säcken versteckt haben, ermordet ...« Egwin stockte und fuhr fort: »Die Frau, die heute starb, trug unter ihrem Rock Säcke mit Vögeln und Fischen ...«

»Das ist es, Egwin!«, rief Friedrich. »Diese Morde haben etwas mit den drei Walisern zu tun. Vielleicht geht es um einen persönlichen Rachefeldzug gegen Coln und ... und diese Abendandacht hatte nur zufällig dieses Thema und hat uns in eine vollkommen falsche Richtung geführt.«

»Das könnte sein. Ja, das könnte sein. Ich werde morgen früh, sofort nach Sonnenaufgang, mich machen auf die Suche nach den Walisern!«

Er kratzte sich am Kopf. »Da fällt mir noch etwas ein: Wie hießen die Ermordeten?«

Friedrich überlegte und sagte dann: »Das Mädchen hieß Magdalena, der Mann mit dem Schnee ... ach ja, es war ein Unbekannter. Dann die Frau mit den Zweigen am Fuß hieß Barbara und der Erhängte war Immo ...«

»Und die Frau heute«, rief Egwin, »hieß Naomi! Verstehst du?«

»Ich verstehe nichts!«

»Nimm die Anfangsbuchstaben der Toten: M ... B I N!«

»Und was soll das heißen?«

»Ich wette, dass der Unbekannte einen Namen hatte, der mit A anfing.«

»Mabin«, murmelte Friedrich. Dann stutzte er. »Meinst du, dass das Wort Mabinogi die Wahl der Toten erklärt?«

»Ja, das meine ich. Das kann kein Zufall sein.«

Egwin setzte sich und stand gleich wieder auf. »Wir sind ein gutes Stück weitergekommen. Und ich gehe jetzt schlafen, um morgen bei Kräften zu sein, wenn ich treffen werde die Waliser.«

Er verabschiedete sich schnell und eilte auf sein Zimmer. Diesmal war es kalt. Mauritius hatte wohl keine Holzkohlenschale für ihn übrig gehabt. Nach dem Gebet der Nokturnen kroch er auf seine klamme Matratze und hüllte sich in den Mantel. Aber der Schlaf wollte lange nicht kommen.

Mitten in der Nacht wachte er auf, weil er meinte, laute Geräusche im Haus gehört zu haben, aber als er lauschte, war alles still.

Kapitel 11

Der Wintermorgen dämmerte und hatte schon graue und orangefarbene Streifen über den Himmel gelegt. Wie dunkle Klumpen saßen die Raben auf den Dächern und stießen ihre heiseren Schreie aus. Lastkarren polterten über das Pflaster.

Mit einem Ruck fuhr Egwin aus dem Schlaf. Er eilte zum Fenster und stieß den Holzladen nach außen. Eiskalte Luft ließ ihn frösteln. Der Lärm auf der Gasse sagte ihm, dass es später war, als er dachte.

Schnell schloss er den Laden, rieb sich Arme und Bein warm und murmelte: »Die Kälte ist zurückgekehrt, und ich muss die Glocken zum Morgengebet überhört haben. Das war dieser Wein von gestern Abend. Ja, ja, der heilige Benedikt hatte wohl recht, dass er den Mönchen verbot, abends Wein zu trinken.«

Er fuhr sich mit den Fingern durch seine Haare, zog die helle Leinenmütze über beide Ohren, streifte die Strümpfe über, schnallte die Sandalen um und stellte sich aufrecht hin, nach Osten gerichtet. Mit einem Hauch von schlechtem Gewissen hielt er eine verkürzte Form seiner Morgengebete.

Plötzlich zuckte er zusammen, weil jemand mit der Faust mehrmals kräftig gegen seine Tür schlug. Er sagte schnell Amen, ging mit zwei Schritten zur Tür, schob den Riegel zurück und sah in das ernste Gesicht von Mauritius.

»Was ist geschehen, Mauritius? Du schlägst gegen meine Tür als ob du brauchst Brennholz, was ich bei der Kälte gut kann verstehen.«

»Bischof Friedrich schickt nach Euch. Es ist eilig.«

»Ein neuer Mord, etwa?«

Mauritius schüttelte den Kopf. »Kommt mit. Ich erkläre es Euch unterwegs.«

Egwin trat auf den Flur und verschloss seine Tür. Die schnellen Schritte der beiden Männer hallten von den kalten Wänden zurück.

»Fiona ist verschwunden und mit ihr – alle ihre Frauen«, sagte Mauritius.

»Nun, das war doch zu erwarten. Sie sollten heute gebracht werden zum Haus des Stadtvogtes.«

»Ihr habt mich falsch verstanden. Es ist jemand mit Gewalt in die Residenz eingebrochen und hat die Frauen mitgenommen!«

»Was?« Egwin blieb stehen. »Das ist nicht möglich! Das äußere Tor ist aufgebrochen worden?«

»Nein.« Mauritius, der ebenfalls stehen geblieben war, schüttelte den Kopf. »Der Dieb hat den Pförtner betrunken gemacht und ihm den Schlüssel abgenommen. Friedrich hat ihn sofort entlassen. Und die Türen der Frauen waren nachts von außen verriegelt. Man musste die Riegel nur zurückschieben.«

»Aber die Frauen haben doch sicher nachts den Innenriegel vorgeschoben?«

»Das stimmt«, nickte Mauritius. »Der ... Dieb muss die Frauen überredet haben, den Riegel zurückzuschieben.«

»Seltsam.« Er ging weiter und Egwin folgte ihm. »Ehrlich gesagt, ich konnte nicht leiden diesen Pförtner«, murmelte Egwin und fügte hinzu: »Also, das Schloss ist nicht beschädigt?«

»Nein, Ihr könnt Euch nachher selbst überzeugen.«

»Jetzt, wo du das sagst, fällt mir ein, dass ich nachts habe Geräusche gehört. Ich bin aufgewacht, aber danach war alles still.«

Sie waren an der Tür des Besucherzimmers angekommen. Mauritius öffnete und ließ Egwin eintreten.

Es war wohltuend, in ein geheiztes Zimmer zu kommen. In einer Ecke glühte eine Eisenschale. Zuerst sah der Mönch

Friedrich gar nicht. Erst auf den zweiten Blick entdeckte er ihn neben dem Fenster. Die Hände hinter dem Rücken zusammengelegt, stand er da und schien aus buntem Stein zu bestehen.

Als die Tür geschlossen wurde, drehte er sich um und sagte: »Die Dinge überstürzen sich, Egwin. Mein Diener wird dir alles berichtet haben, nehme ich an.«

»Ja«, nickte der. »Fiona mit ihren Frauen geraubt. Fast könnte man denken, dass Berward dahintersteckt.«

»Dieser Gedanke ist nicht von der Hand zu weisen.«

»Ich werde drei Dinge in Angriff nehmen«, sagte Egwin. »Erstens muss ich die Waliser finden und herausbekommen, was sie hier tun. Vielleicht sogar festnehmen.«

»Nein!« Friedrich schüttelte entschieden den Kopf. »Du solltest dich auf die Suche nach Berward begeben. Er hat sinnigerweise sein Quartier im Wohnturm von de Ponte bezogen, wie Mauritius mir mitteilte.«

Egwin nahm seine Mütze ab, kratzte sich am Kopf und strich die herabfallenden Schuppen von seiner Schulter. Dann stülpte er die Mütze wieder über. »Ich wundere mich über Mauritius. Er scheint alles im Voraus zu wissen, was wir wissen.«

»Ja, ein kluger Mann. Er lebt weit unter seinen Fähigkeiten und …«

»Entschuldige, wenn ich dich unterbreche«, sagte Egwin, »aber mir scheint, die Waliser sind im Augenblick wichtiger als Berward. Wenn wir sie haben, hören hoffentlich die Morde auf. Und wenn man so will: Fiona ist zwar entführt worden, aber vor dem Stadtvogt in Sicherheit.«

»Wenn nicht der Stadtvogt selbst dahintersteckt.«

»Diese Möglichkeit sollten wir nicht ganz ausschließen«, nickte Egwin. »Zweitens möchte ich die Räume sehen, in denen die Frauen gewohnt haben. Und dann erst mache ich mich auf die Suche nach Berward. Oder ich untersuche die Räume sofort. Das ist noch besser.«

Friedrich überlegte, dann sagte er: »Gut. Dass die Waliser vor Berward Vorrang haben, sehe ich ein. Ich werde dir ein Schriftstück geben, das dir die Vollmacht gibt, die Männer festzunehmen.«

»Übrigens«, fügte Egwin hinzu, »könnte auch Fionas Bruder stecken hinter diesem Einbruch ... Oder Berward und Walter zusammen.«

»Hm. Mag sein.«

Friedrich ging zu seinem Schreibtisch, setzte sich, entkorkte das Tintenfass und begann auf ein Stück Pergament einige Worte auf Latein zu schreiben.

»Es gibt noch einen weiteren Mann, der ein Interesse daran haben könnte, Fiona zu entführen«, sage Egwin, während Friedrichs Feder über das Pergament kratzte.

»So? Wie heißt er?«

»Er sitzt vor mir und schreibt gerade«, sagte Egwin.

Friedrich hielt in der Bewegung inne. »Machst du Scherze, Egwin?«

»Ich denke nur nach und möchte keine Möglichkeit auslassen«, entgegnete er. »Eine gespielte Entführung hätte für dich mehrere Vorteile.«

»Nun, da bin ich gespannt«, sagte der Erzbischof und schrieb weiter.

»Fiona wäre vor dem Stadtvogt in Sicherheit und vor dem unliebsamen Berward mit seinen Heiratsabsichten. So kann sich der Erzbischof die Frau, die ihm gefälllt, in einem Versteck halten und sie so oft besuchen wie er will. Und für Fiona sieht es so aus, als ob alles geschieht nur zu ihrer Sicherheit.«

Friedrich lachte, hielt das Siegelwachs und eine Kerze über das Schreiben und ließ Wachs auf das Pergament tropfen.

»Ein guter Gedanke, Egwin. Das wäre tatsächlich eine Lösung gewesen. Schade, dass ich nicht gestern darauf gekommen bin.« Er drückte den Siegelring in die rote Masse und legte das Schriftstück beiseite. »Nun muss ich dem Stadtvogt schonend beibringen, dass seine kostbaren, zukünftigen Gefangenen ausgeflogen sind.«

»Hm. Es scheint dir nicht viel auszumachen, ihm diese Botschaft zu überbringen.«

»Ja«, nickte Friedrich. »Es wird mir eine Freude sein, ihm diese traurige Neuigkeit zu überbringen.«

Egwin stand auf. »Ich möchte so schnell wie möglich meine Untersuchungen beginnen. Frühstücken werde ich unterwegs. Die kalte Luft wird verscheuchen meine Müdigkeit.«

»Viel Schlaf war mir in dieser Nacht auch nicht gegeben«, sagte Friedrich. »Ich konnte meine Gedanken nicht zur Ruhe bringen.«

»Aber hast du dann von diesem Raub nichts gehört? Die Frauen werden doch um Hilfe geschrien haben!«

Friedrich seufzte. »Wahrscheinlich sind sie bedroht worden, damit sie schweigen. Und dann muss ich wohl gegen Morgen doch eingeschlafen sein. Du weißt ja, wenn man ruhelos war und dann in einen Schlaf fällt, ist er besonders tief.« Er ging zu dem Tisch und reichte Egwin das versiegelte Schriftstück.

Als Egwin wenig später die kalten Räume betrat, die die Frauen bewohnt hatten, sah er viele Dinge gleichzeitig: zunächst die Unordnung. Stoffe und Kleider lagen verstreut auf dem Boden. Ein Hinweis darauf, dass die Frauen gedrängt worden waren, ihre Sachen schnell zusammenzupacken und nur das Notwendigste mitzunehmen. Er hob die Kleider auf und schloss eine der Kisten, die die Frauen zurückgelassen hatten.

Als er den Deckel zuklappte, sah er, dass jemand mit Farbe etwas darauf geschrieben hatte: »*Signum aurum.*« Wieder mit dem angedeuteten Strahlenglanz.

Stirnrunzelnd betrachete Egwin den Schriftzug. Er würde die Handschrift mit den anderen Handschriften vergleichen. Im Augenblick kam ihm das alles merkwürdig vor und passte nicht richtig zusammen.

»Und nun zu den Walisern«, murmelte er und eilte die Stufen hinunter, die zum Haupteingang führten.

Mittlerweile war es schon fast hell geworden. Auf der Straße, die parallel zum Fluss verlief, traf Egwin einige Benediktiner, die ihn erstaunt betrachteten, weil er allein unterwegs war. Aber sie sprachen ihn nicht an. Fast wäre er gegen ein Gerüst gerannt, das Dachdecker errichtet hatten. Zwei standen oben und zogen an einem Flaschenzug eine Kiste mit Holzschindeln hinauf, die Hände der Dachdecker waren mit Stoff umwickelt. Es sah aus, als hätten sie sich verletzt. Schafe und Ziegen kamen ihm entgegen, gefolgt von dem Hirten, der mit seinem Stock die Tiere zusammenhielt.

Egwin überlegte, dass er die Taverne aufsuchen wollte, in der er am ersten Tag in Coln die drei Waliser getroffen hatte. Der Wirt würde vielleicht wissen, wo die Männer wohnten. So etwas sprach sich bestimmt herum. Doch wo war das Lokal? Er fand es schwierig, sich in den kleinen Gassen zu orientieren. Nachdem er zwei enge Straßen durchlaufen hatte, ohne eine Taverne zu entdecken, sah er schließlich das Schild mit dem aufgemalten Bierkrug und dem Holzdach über der Eingangstür eines behäbigen Lehmhauses mit Fachwerk. Wie er vermutet hatte, waren Türen und Fensterläden um diese Zeit noch verschlossen. Die Gäste kamen erst später am Tag.

Egwin hämmerte mit beiden Fäusten gegen das Holz und wartete. Von drinnen meinte er ein Geräusch zu hören: Schlurfende Schritte, die näher kamen. Endlich zog jemand den Riegel zur Seite und stieß einen Türflügel nach draußen. Das blasse, runde Gesicht eines Mannes kam zum Vorschein. Sein gewaltiger Bauch wölbte sich unter einem Nachthemd.

»Was soll das? Um diese Zeit gibt es hier nichts! Wir machen spät zu und spät auf.« Der Wirt schüttelte sich. »Eine Eiseskälte ist das! Also, mach schnell oder komm rein.«

Egwin ließ sich das nicht zweimal sagen und trat über die

Schwelle. Der Wirt schloss die Tür. Sofort wurde es dunkler. Nur eine Fackel an der Wand warf trübes Licht und lange Schatten über Tische und Bänke, auf denen noch Knochen und Gemüseabfall vom gestrigen Abend lagen.

»Ja, ich weiß, dass die Taverne noch nicht hat geöffnet«, sagte Egwin. »Ich bin ein Benediktiner und komme mit Vollmachten vom Erzbischof und …«

»Habe ich dich nicht neulich bei mir gesehen? Ein Mann hat für dich bezahlt!«

»Ja, Ihr seid recht. Ich bin derselbe. Mir geht es nur um eine Auskunft. Könnt Ihr Euch an die drei Männer aus Walisien erinnern, die vor … acht oder neun Tagen hier gegessen haben?«

Der Wirt betrachtet Egwin misstrauisch und gähnte. »Warum willst du das wissen? Meine Gäste sollen nicht den Eindruck haben, dass ich hinter ihrem Rücken geheime Dinge verrate. Die Waliser sind ehrliche Leute, die stets ihre Zeche bezahlt haben. Sie waren nicht zum ersten Mal hier.«

»Nun, es ist so …«, begann Egwin und überlegte. »Also, ich habe in Angelland Verwandte aus Walisien und als ich neulich die keltische Sprache hörte, habe ich erst später daran gedacht, dass die Männer vielleicht wissen, wo sich meine Verwandten aufhalten, denn sie sollen hier in der Gegend sein.«

Der Dicke stemmte seine Hände in die Seite. »Und dafür kommst du um diese Zeit? Das hätte warten können!«

Egwin merkte, dass seine Begründung nicht überzeugend klang, und fuhr fort: »Ihr habt natürlich recht. Es ist nur so, dass ich sie dringend sprechen muss … wegen … wegen einer Erbangelegenheit.«

»Erbangelegenheit?« Der Wirt schüttelte den Kopf. »Höre, Mönch, wenn ich nicht wüsste, dass du wirklich einer von dem schwarzen Orden bist, hätte ich dir einen Fußtritt in deinen heiligen Arsch gegeben, aber ich rege mich nicht gern unnötig auf. Was willst du also?«

»Ich will nur wissen, wo sie wohnen. Das ist alles. Das ist doch kein großes Geheimnis, oder?«

»Nein, ist es nicht. Pass auf! Du gehst die Straße weiter nach Süden am Rhin entlang, bis du an die alte Stadtmauer stößt, die gerade erweitert wird. Du passierst das Tor und wendest dich dann nach rechts in die Richtung der Kirche von St. Georg. Dort steht ein Haus mit zwei Schloten, bei dem die Rotschöpfe meistens schlafen. Ob sie es diesmal tun, weiß ich nicht. Und nun, gehab dich wohl.«

Der Dicke drehte sich um und öffnete die Tür. Egwin begriff, dass er aus dem Wirt nichts mehr herausbringen würde, und schlüpfte hinaus, woraufhin das Tor von innen verriegelt wurde. Also, nach Süden, sagte er zu sich selbst und ging mit großen Schritten weiter. Fast wäre er ausgerutscht, denn die Kälte hatte die Pflastersteine inzwischen mit einer dünnen Schicht Eis überzogen.

Vom nahe gelegenen Hafen drangen Arbeitsrufe und Schläge von Holzhämmern herüber. Egwin war froh, dass er in Bewegung war und allmählich warm wurde. Die Socken, die Friedrich ihm geschenkt hatte, waren Gold wert. Sie schienen nicht dicker zu sein als andere, aber sie bewahrten wunderbar die Körperwärme. Er musste Friedrich unbedingt fragen, ob dies eine besondere Wolle war.

Während der Mönch einem vierrädrigen Fuhrwerk auswich, ließ er die Ereignisse von diesem Morgen an sich vorüberziehen und merkte sich alles, was ihm nicht ganz passend vorgekommen war.

Zunächst einmal: das fast lautlose Verschwinden der Frauen. Zwar Geräusche, aber keine Hilferufe. Entweder kannten sie den Entführer oder sie schöpften keinen schlimmen Verdacht, weil man ihnen etwas erzählt hatte, das sie beruhigen sollte.

Und dann der Pförtner: Wie konnte man den Mann an der Pforte betrunken machen, wenn man von außen kam? Man musste ihn erst aus dem Schlaf klopfen und ihm dann Wein eingießen. Jeder vernünftige Pförtner würde doch misstrauisch sein, wenn nachts jemand klopft und ihm Wein anbietet. Oder war das noch am Abend geschehen und der Betreffende hatte, ohne dass der Pförtner es gleich merkte, den richtigen Schlüssel gestohlen? War es vielleicht eine bekannte Persönlichkeit, die den Pförtner eingeschüchtert hatte?

Und zum Schluss die Schrift auf dem Deckel der Kiste. Sie sah so aus, als hätte man sie angebracht, um den Verdacht auf den Mörder zu lenken. Aber ein Mörder tötet – und diesmal waren die Frauen nur verschwunden. Da passte vieles nicht zusammen!

Ob sich vielleicht Berward und die Familie de Ponte zusammengetan hatten, um Fiona in Sicherheit zu bringen? Möglich war das …

Egwin hatte jetzt die alte Stadtmauer erreicht und passierte ungehindert das Tor. Die Wächter kannten ihn schon. Nun war er allein auf weiter Flur. Er blickte sich noch einmal um, ging dann ein paar Schritte an der Mauer entlang, hob seine Kutte und richtete den dampfenden Strahl gegen die Steine. Erleichtert schritt er weiter aus, wandte sich nach Westen in Richtung der Kirche St. Georg und betrachtete die Häuser jenseits der alten Mauer. Sie standen in einem größeren Abstand, als die verschachtelten Gebäude im inneren Ring der Stadt. Eines der Gebäude besaß tatsächlich zwei Schlote, die an jeder Schmalseite nach oben liefen.

Inzwischen war eine blasse Sonnenscheibe zu sehen, die immer heller wurde. Die Spatzen zwitscherten um die Wette und hinter den Hafenanlagen blitzten Sonnenstrahlen hervor, die das Eis auf den Straßen und Dächern zum Glitzern brachten.

Egwin rieb sich die Hände und klopfte gegen die Eingangstür. Etwas mulmig war ihm jetzt doch zumute. Zugleich meldete sich sein Magen, denn er hatte noch nichts gegessen und getrunken. Was würden wohl die Männer sagen, wenn er ihnen den Festnahmebefehl des Bischofs vor die Nase hielt? Mit

Schrecken fiel ihm ein, dass diese Männer sicher keine Skrupel kannten. Sie würden bestimmt nicht im Traum daran denken, mitzukommen. Plötzlich ärgerte er sich, dass er keine bischöflichen Soldaten mitgenommen hatte. Er war zwar schlau und konnte vieles überlegen – aber hier ging es um Macht und Gewalt. Und darin war er nicht geübt.

Er würde also nicht gleich den Befehl des Bischofs zücken, sondern sich zuerst einmal vortasten. Wenn er die Gewissheit hatte, dass die drei Männer verdächtig waren, würde er später mit einem Trupp Bewaffneter zurückkommen. Ja, das war viel besser …

Im oberen Teil der Eingangstür öffnete sich ein kleiner Holzladen. Ein Frauengesicht erschien, eingerahmt von einem weißen Gebinde. »Ja? Was wünscht Ihr?«

»Ich bin Egwin, ein Benediktiner, und da ich stamme von der großen Insel und Verwandte in Walisien habe, wollte ich fragen, ob die walisischen Männer noch da sind. Ich möchte sie gerne kennenlernen.«

»Drei von den fünfen sind bereits heute Morgen abgereist und die anderen beiden stehen demnächst auf. Kommt später wieder.«

Die Frau wollte eben das schmale Fenster schließen, aber Egwin hielt seine Hand dazwischen.

»Wartet. Es ist kalt draußen. Kann ich nicht im Haus warten, bis die Männer sind aufgestanden? Ich werde Euch nicht zur Last fallen.«

Die Frau überlegte einen Moment und blickte vorsichtig nach draußen, um zu sehen, ob noch andere Männer auf der Gasse standen. Aber da sie sonst niemanden entdeckte, schob sie den Riegel zurück und machte die Tür auf.

»Meinetwegen, kommt rein.«

Egwin trat über die Schwelle und sagte: »Chrisus benedicat mansionem.«

»Ja, ja, das hoffe ich auch«, murmelte die Frau und ging

voraus in die Küche, den einzigen beheizten Raum des Hauses.

Egwin dachte: *Ich liebe diese alten Lehmhäuser. Sie halten zwar nicht so lange wie die Steinhäuser der Vornehmen, aber sie sind wärmer.*

Die Frau öffnete die Tür zur Küche, in der zwei Mägde standen und am Herd etwas kochten, das nach Fenchel, Lauch und Fisch roch.

»Ihr könnt auf der Bank Platz nehmen. Gefrühstückt werdet Ihr ja schon haben.«

»Nun«, sagte Egwin und räusperte sich, während er der Bank zustrebte. »Wenn Ihr mich so direkt fragt, muss ich mit Nein antworten.«

»Dagena«, sagte die Frau zu der einen Magd am Herd. »Gib dem Mönch eine Schüssel mit warmer Milch und einen Bissen Brot.«

»Das wäre mir sehr viel willkommen. Möge Gott es euch vergelten.«

Egwin meinte auf dem Gesicht der Frau ein winziges Lächeln zu erkennen, als sie die Küche verließ. *Das scheint kein Haus von Mördern zu sein!*

Es tat gut, die klammen Hände um die warme Milchschale zu legen. Egwin brach das Brot und tunkte einen Teil davon in die Milch. Jetzt erst merkte er, wie hungrig er war.

»Kommst du vom Kloster aus Duizum?«, fragte die Magd, die mit Dagena angeredet worden war und trocknete ihre Hände ab.

»Nein, ich komme von der großen Insel und habe Verwandte aus Walisien. Deshalb bin ich hier. Ich habe gehört, dass ein paar Männer aus dem keltischen Teil hier wohnen sollen und möchte sie sprechen.«

»Du meinst die Rotschöpfe?«

»Richtig.«

»Sie werden wohl gleich herunterkommen, um sich aufzuwärmen und ihren Bauch zu füllen. Ich sage dir, sie essen zum Frühstück so viel wie an einem Abend. Aber sie bezahlen gut und bestehen darauf, schon morgens Lauchsuppe mit Fisch zu essen. Meine Sache ist es jedenfalls nicht.«

»Wie viele sind es denn?«

»Eigentlich sind es fünf, aber drei von ihnen sind mitten in der Nacht aufgebrochen, sagten, sie müssten etwas Dringendes erledigen und weiterreisen.«

Ohne zu fragen tauchte die Magd mit ihrer Schöpfkelle in den Topf mit warmer Milch und füllte Egwins Schale auf.

»Unsere Herrin meinte noch«, plapperte sie weiter, »sie sollten aufpassen, dass sie nicht mit einem Messer im Rücken weiterreisen, mit dem goldenen Zeichen versehen, und am Ende auf dem Friedhof landen.«

»Ja«, nickte Egwin, der dankbar war, dass Dagena von sich aus das Thema angeschnitten hatte. »Zurzeit ist es gefährlich zu wohnen in Coln. Ich weiß nicht, wie das alles enden soll.«

»Und stell dir vor, Mönch«, fing die andere Magd an. »Die beiden Waliser haben daraufhin nur auf den Boden gespuckt und gesagt: *Da könnten sie sicher sein. Das goldene Zeichen würde an ihnen vorbeigehen.*«

»Sie haben nicht hier auf den Boden gespuckt, Marga, sondern im Flur«, korrigierte Dagena mit einem Blick auf den Gast.

»Ja, ja«, nickte Egwin und tunkte sein Brot ein. »Mancher, der sich sicher wähnte, tat es später bereuen.«

»Wenn ihr mich fragt«, fing Dagena an, »dann halte ich es lieber mit den beiden Jüngeren hier. Sie sind viel lustiger und singen viel. Wir verstehen zwar nicht, was sie singen, aber es klingt schön.«

»Gehören die fünf denn zusammen?«, fragte Egwin.

»Nein. Sie haben sich erst hier getroffen. Es ist nämlich so, dass unser Herr gerne Gäste von der großen Insel beherbergt, weil er selber einmal dort gewesen ist. Und das hat sich wohl herumgesprochen. Und so haben wir oft Gäste aus Angelland hier.«

»Nun«, lachte Egwin, dem die Unterhaltung mit den beiden Frauen gefiel, »dann passe ich ja ganz gut in dieses Haus, da ich auch von der Insel komme.«

»Ich finde es seltsam, dass ein einzelner Mönch aus Angelland hier angereist kommt«, fing Marga an und blickte neugierig zu Egwin hinüber.

»Das wäre auch seltsam, wenn es so wäre«, nickte Egwin. »Aber ich bin gekommen mit einer ganzen Gruppe meines Klosters, um Treveris und die Sandale des heiligen Andreas zu besuchen und den Nagel vom Kreuz Christi zu verehren. Aber dann bin ich aufgebrochen nach Coln. Ich kenne nämlich den Erzbischof persönlich und wollte ihm einen Besuch abstatten.«

»Oh, du kennst Erzbischof Friedrich! Dann wirst du ja auch wissen, dass er im Augenblick viele Sorgen hat«, sagte Dagena.

»Du sagst es«, bestätigte Egwin. »Das ist wahr. Die ganze Stadt ist wie unter einem Fluch wegen dieser Morde und dem goldenen Zeichen. Was ist denn …«

Egwin wollte gerade nach der Meinung der Mägde fragen, da ging die Tür auf und zwei Männer, die sich in dicke Wollmäntel gehüllt hatten, betraten den Raum. Der eine war groß und hatte leuchtend rote Haare, der andere war eine Handbreit kleiner. Unter seiner Wollmütze ringelten sich braune Locken.

»Gott zum Gruß, ihr wunderbaren Frauen, die ihr unsere Mägen mit den Früchten des Meeres tut füllen«, sagte der Rothaarige und verbeugte sich.

Die Frauen kicherten und wandten sich verschämt ab.

Dann sah der mit den braunen Haaren Egwin und neigte seinen Kopf. »Ah, ein Benediktiner. Ich grüße Euch!«

»Gegretan in god heo nama«, sagte Egwin.

»Oh!«, rief der Rothaarige. »Du sprichst Angelisch?«

»Ich komme aus Haestingas.«

Die beiden setzten sich zu Egwin auf die Bank und fingen gleich eine Unterhaltung an, während Marga zwei Teller mit Fischsuppe vor die Männer hinstellte. Sie fingen sogleich mit großem Appetit an zu essen, doch als ihnen einfiel, dass ein Mönch neben ihnen saß, bekreuzigten sie sich rasch.

Nachdem sich Egwin ein wenig mit den beiden vertraut gemacht hatte, fragte er wie nebenbei: »Und die anderen drei sind also schon abgereist, wie ich hörte?«

Der Braunhaarige schüttelte den Kopf. »Das sind eigenartige Gesellen, sie sind *freorig* wie die Angeln sagen: abweisend, kühl. Wir sind nicht richtig mit ihnen warm geworden. Plötzlich waren sie verschwunden, ohne etwas zu sagen, dann tauchten sie wieder auf. Und wenn wir fragten, wo sie waren, haben sie irgendetwas Allgemeines gesagt.«

»Und dann heute Nacht«, begann der Rothaarige, »sie sagten, dass sie dringend verreisen müssten. Sie zahlten – und weg waren sie. Ich frage dich, Mönch: Wohin kann man nachts verreisen?«

Egwin stand auf. »Nun, es war gut, euch kennenzulernen. Ich wohne im Haus des Erzbischofs.« Zu den Mägden gewandt, sagte er: »Sagt Eurer Herrin meinen Dank für das Frühstück. Gott segne euch alle.«

Er verließ die Küche, überquerte den Flur und trat nach draußen in die sonnige Kälte.

Die beiden sind keine Mörder, das scheint mir klar zu sein. Aber bei den anderen dreien ist irgendetwas faul. Waren sie heute Nacht womöglich im Bischofspalast und haben die Frauen mitgenommen? Aber wozu? Und wohin? Ich werde zum Hafen gehen und fragen, welche Schiffe heute früh abgefahren sind. Ja, das werde ich tun.

Kapitel 12

Der Holzboden schwankte. Fiona musste sich an einer Leine festhalten, um nicht zu fallen. Die Planken fühlten sich glatt und rutschig an. Kein Wunder bei dieser Kälte, die nach den wärmeren Tagen wiedergekommen war.

Über ihr war der Himmel noch schwarz, aber sie wusste, dass die Morgendämmerung bald kommen würde, denn der Morgenstern war zu sehen und am Hafen hörte man schon die Rufe der Fischer und des Fährmanns, die ihre Boote zur Ausfahrt fertig machten. Weiter hinten auf dem Schiff glühte ein Holzkohlenfeuer in einer Eisenschale.

»Fiona! Wo bist du?« Das war die Stimme von Ariana, die gar nicht so fest und frech klang wie sonst, sondern zittrig und voller Angst.

»Ich bin hier!«

»Wir sollen nach unten gehen. Dort gibt es einen Raum mit Decken.«

»Ja, geht nach unten!« Das war die raue Stimme eines Seemanns. »Wartet, ich hole euch Licht.«

Etwas quietschte und schlug zu, wahrscheinlich eine Tür, dann schwebte eine Laterne über das Deck.

»Hier entlang, folgt meinem Licht.«

Fiona stolperte vorwärts, hielt sich an der Schulter von Ariana fest und folgte der schwankenden Laterne.

»Die Leiter!«

Das Licht bewegte sich zum Boden, und Fiona sah eine Leiter, die in den Bauch des Schiffes führte.

»Geht jetzt nach unten. Dort gibt es Bänke mit Decken. Die anderen Frauen sind auch schon da.«

Tatsächlich hörten sie von unten weibliche Stimmen, die

durcheinanderredeten. Fiona erkannte die weinerliche Stimme von Angelika, die tiefere von Thekla und von zwei anderen Frauen.

»Komm, Ariana«, sagte sie nach hinten gewandt. »Immerhin sind wir dann dort zusammen.«

Sie hob den Rock an und tastete sich an den Sprossen nach unten. Hilfreiche Hände streckten sich ihr entgegen. Eine Laterne hing in der Mitte des Raumes an einem Haken und schwankte leicht hin und her.

»Pass auf, Fiona, hier ist eine Pfütze!«

Gerade noch rechtzeitig wich Fiona aus, balancierte über ein trockenes Brett zu den anderen, die eng zusammengedrängt auf einer Bank saßen und sich in Decken und Felle gehüllt hatten. Sie quetschte sich zwischen eine der Schwestern und der Wand, griff nach einer Decke und legte sie um ihre Schultern. Als Ariana auch Platz gefunden hatte, sahen sie eine Bewegung an der Falltür.

»Hier ist ein Kessel mit heißer Milch und Honig«, rief der Seemann von oben. Thekla wühlte sich aus ihren Decken und griff nach dem Henkel. An einer Lederschlaufe hing ein Holzbecher. Sie stellte den heißen Kessel vor ihre Füße.

»Ah, das kommt gerade zur rechten Zeit«, murmelte eine der Frauen, löste den Becher, tauchte ihn ein und reichte ihn Fiona, die einen Schluck davon nahm und dann ihrer Nachbarin gab.

»War das eine Aufregung mitten in der Nacht«, sagte Thekla und schlürfte genüsslich die Milch. »Ich dachte schon, wir sollten in das Haus des Stadtvogtes gebracht werden. Stattdessen sitzen wir im Bauch eines Schiffes ohne irgendein wärmendes Feuer in der Nähe. Ich hoffe, die Fahrt dauert nicht allzu lange!«

»Ich hätte nicht gedacht, dass der Stadtvogt uns so früh abholen würde«, meinte Fiona, »und dann noch auf ein Schiff!«

»Wahrscheinlich will er uns weit fort haben.«

»Wenn es überhaupt der Stadtvogt ist, der uns holen ließ.«

»Was meinst du damit, Maria?«, fragte Fiona nach. »Zumindest zu uns hat Mauritius deutlich gesagt, dass der Stadtvogt uns früher als geplant zu sehen wünschte. Ich fand es nur seltsam, dass Fr ... dass der Erzbischof sich nicht von uns verabschiedet hat.«

»Es kann auch jemand anderes dahinterstecken. Mauritius ist ein schwacher Mensch und man kann ihn kaufen. Vielleicht hat dein zukünftiger Bräutigam den Umzug geplant?«

»Berward?«

»Ja.«

»Aber warum?«

»Er hat wahrscheinlich befürchtet, dass der Stadtvogt dich nicht so schnell freigeben wird. Und da er nun einmal so wild entschlossen ist, dich zu heiraten, hat er, vielleicht mit deinem Bruder zusammen, Mauritius bestochen und ... «

»Wenn das wahr wäre! Dieses Scheusal!«, knurrte Fiona.

»Also«, ließ sich jetzt Angelikas dünne Stimme hören. »Wenn ein Mann so viel unternimmt, um mich heiraten zu können, wäre ich aber schwer beeindruckt! Ich finde, Berward ist ein gut aussehender, starker Mann, mit dem ich ...«

»Mit dem du was?«, hakte Ariana nach.

»Mit dem ich mir ein gemeinsames Leben gut vorstellen könnte.«

»Ach so.«

»Meine Füße sind eiskalt«, beschwerte sich Fiona.

Einen Augenblick war es still, während der Becher mit der nur noch lauwarmen Milch von Hand zu Hand ging.

»Oder«, sagte Thekla, »vielleicht hat uns der Mörder mit dem goldenen Zeichen geraubt und bringt uns nach und nach um ...«

»Thekla! Ich bitte dich!«, rief Fiona entrüstet.

In dem viereckigen Einstieg machte sich über ihren Köpfen die Dämmerung bemerkbar. Die Sterne verblassten, nur der

Morgenstern schien unbeirrt weiter. Nebenan hörten die Frauen ein Poltern und laute Männerstimmen, die durcheinanderredeten.

»Wer ist das?«, fragte Angelika ängstlich.

»Wahrscheinlich die Ruderer, die uns aus dem Hafen rudern«, meinte Maria. Und tatsächlich knarrte es und die Ruder platschten ins Wasser. Das Schiff ächzte, als es langsam drehte und der Morgenstern aus ihrem Blickfeld verschwand.

»Wer immer es auch ist, der uns hierherbringen ließ«, sagte Fiona, »immerhin hat er uns Decken gegeben und heiße Honigmilch. Ein Mörder würde sich wahrscheinlich nicht diese Mühe machen.«

»Meinst du?«, fragte Angelika, die ihre Beine hochgezogen und die Füße in ihren Rocksaum eingewickelt hatte.

»Ja, das meine ich. Außerdem will doch der Mörder, dass der Verdacht auf uns und unseren Orden fällt, also wäre er dumm, wenn er uns töten würde.«

Darauf sagte niemand etwas. Alle spürten, wie das Schiff nicht mehr so stark schwankte, sondern gleichmäßiger fuhr. Trotzdem blieben die Ruderer bei der Arbeit.

»Wir fahren nach Süden«, sagte Fiona.

»Wie kommst du darauf?«

»Weil das Schiff gegen die Strömung fährt, sonst wären die Ruder doch schon längst eingezogen worden.«

Das Viereck über ihnen sah jetzt richtig hell aus und man konnte am Himmel von der aufgehenden Sonne angehauchte Wolken sehen, die langsam über ihre Köpfe zogen. Eine der Frauen löschte die Flamme in der Öllaterne.

»Fiona, erzähl uns eine von deinen Heiligengeschichten«, sagte Ariana nach einer Weile.

»Ja!«, riefen die anderen. »Dann kommen wir auf andere Gedanken!«

»Gut«, seufzte Fiona. »Also, passt auf:

Als die heilige Marina noch jung und ein Mädchen war,

brachte ihr Vater sie in ein Kloster. Da es aber weit und breit keine Nonnenklöster gab, verkleidete er sie als Mann und bat den Abt, seinen Sohn aufzunehmen. Der Abt war einverstanden.

Wie heißt denn dein Sohn?, fragte er.

Marinus.

Nun verabschiedete sich der Vater und beschwor seine Tochter, niemals zu verraten, dass sie ein Weib sei.«

»Eine merkwürdige Geschichte«, sagte Thekla. »Sie hätte zu uns kommen müssen.«

»Ja«, nickte Maria, »dann säße sie jetzt im Bauch eines kalten Schiffes mit Eisklumpen an den Füßen.«

»Ich fahre fort«, sagte Fiona. »Also, die heilige Marina wohnte nun bei den Brüdern und zu ihrer Aufgabe gehörte es, gelegentlich Holz auf einem Fuhrwerk ins Kloster zu bringen. Bei so einer Fahrt übernachtete sie dann immer bei einer Familie. Eines Tages stellte sich heraus, dass die Tochter schwanger war. Ein vorbeiziehender Soldat, der auch übernachtet hatte, war der Vater gewesen ...«

»Das soll gelegentlich vorkommen«, rief Ariana.

Fiona räusperte sich vernehmlich und fuhr fort: »... Aber da der Soldat nun verschwunden war und auch nicht wieder auftauchte, kam die Tochter auf die Idee und beschuldigte Marinus, den Mönch, er sei der Urheber der Schwangerschaft.«

»Ha! Das war wohl schlecht möglich«, meinte Thekla.

»Aber niemand wusste doch, dass Marinus Marina war«, sagte Ariana.

»Richtig«, nickte Fiona, »und Marina hatte ja ihrem Vater versprochen, es niemandem zu sagen. Nun, die Familie der Schwangeren beschwerte sich bei dem Kloster. Es gab einen Aufruhr und die Brüder befragten Marinus eingehend über die Schwangerschaft. Der aber schwieg still und sagte nach einer Weile: *Brüder, ich habe gesündigt!*

Der Abt schaute Marinus voller Entsetzen an. *O Marinus,*

was hast du getan! Du kannst nicht mehr in unserem Kloster leben!

Und so wurde er verstoßen. Aber was tat Marinus? Was meint ihr?«

Fiona machte eine Pause.

»Er oder sie«, antwortete Angelika, »lüftete nun endlich das Geheimnis. Denn es war ja eine Notlage. Und warum sollte man eine Lüge unterstützen?«

»Nein, nein!«, sagte Thekla. »Das passt nicht zu einer Heiligen. Sie verließ weinend das Kloster und starb vergessen in der Wüste, wo man ihre Knochen fand. Und als der Vater sagte, Marinus sei eine Frau gewesen, wurde sie später als Heilige verehrt.«

»Du redest Unsinn, Thekla«, lachte Maria. »Stand denn auf ihren Knochen der Name darauf? Nein, das kann nicht sein. Ich stelle mir vor, dass die Heilige zu Gott betete und ein Engel erklärte dem Abt, dass Marinus eine Frau war.«

Fiona räusperte sich. »Es geht ganz anders weiter. Hört zu! Als Marinus verstoßen wurde, setzte er sich vor das Tor des Klosters und lebte von den Brotkrumen, die für ihn abfielen.

Als nach ein paar Monaten das Kind geboren wurde, gab man es ihm und er sorgte auch noch für das Kind. So blieb er vor den Toren des Klosters drei Jahre lang. Marinus oder Marina nahm alles mit großer Geduld hin und dankte Gott, dass er sie für würdig hielt, Unrecht zu leiden.«

»O weh!«, stöhnte Thekla. »Das könnte ich nicht.«

»Du bist ja auch keine Heilige!«, rief Angelika.

»Aber das kann ja noch werden«, meinte Fiona und fuhr fort: »Als die Brüder die große Demut von Marinus sahen, nahmen sie ihn wieder auf, gaben ihm aber den untersten Platz und ließen ihn die niedersten Dienste tun.«

»Also die Latrinen putzen«, sagte Ariana.

»Ja, so wird es wohl gewesen sein«, nickte Fiona. »Aber die Geschichte geht noch weiter: Die Jahre verstrichen, Marinus wurde alt und eines Tages starb er. Man bereitete alles für die Bestattung zu. Und wie es üblich war, wurde der Tote gewaschen, bevor man ihm sein letztes Hemd anzog. Und da, bei der Totenwäsche, merkten die Brüder, dass Marinus eine Frau gewesen war. Sie erschraken und rannten zu ihrem Abt.

Bruder Abt! Kommt und seht. Marinus war eine Frau!

Der Abt wollte es nicht glauben, aber er überzeugte sich und bekreuzigte sich erschrocken.

Wir haben ihr all die Jahre Unrecht getan!, sagte er. *Lasst uns unsere Sünden bekennen!*

Sie bekannten ihre Schuld und bestatteten sie an einer vornehmen Stelle. Viele Menschen strömten zum Grab der Heiligen und wurden von zahlreichen Leiden befreit. Ihr Todestag ist der 18. Juni.«

Fiona schwieg, und man hörte jetzt, wie das Wasser an der Bordwand vorbeirauschte.

»Die arme Heilige!«, seufzte Angelika. »All die Jahre durfte sie nicht zugeben, dass sie eine Frau war. Da haben wir es in unserem neuen Orden schon besser.«

»O ja«, sagte Maria. »Alle wissen, dass wir Frauen sind. Wären wir Männer, hätten wir nicht bei Nacht und Kälte Coln verlassen müssen!«

»Wer auch immer das ist, der uns aus dem Bischofspalast geholt hat«, sagte Thekla, »ich hoffe, dass wir nicht den ganzen Tag unterwegs sind.«

»Wenn es nicht Winter wäre, könnten wir uns überlegen, nach und nach ins Wasser zu springen und an Land zu schwimmen«, meinte Fiona.

»Brrr!«, Angelika schüttelte sich, als sie sich das vorstellte. »Ich kann nicht schwimmen«, sagte sie.

Während Fiona mit Freuden bemerkte, dass sie nicht mehr ganz so stark fror, spürte sie ein Kribbeln unter der Kopfhaut, das sie zuerst nicht einordnen konnte. Dann aber begriff sie. Es war lange her, dass sie dieses Kribbeln gefühlt hatte. In der Vergangenheit hatte es sich immer gemeldet, wenn die Gedanken eines anderen Menschen in ihre eigenen Gedanken drangen.

Deutlich schossen ihr zwei Sätze durch den Kopf, die sie danach ständig wiederholte, um sie nicht zu vergessen. Es waren Sätze, die für sich genommen, gar keinen Sinn ergaben, trotzdem wollte sie sich daran erinnern. Vielleicht konnte man sie später verstehen.

Als Nächstes kommen die Katzen. Oder soll ich abwarten?

Was sollte das bedeuten? Welche Katzen waren gemeint? Worauf wollte der Unbekannte oder die Unbekannte warten? Es wäre gut, den Satz aufzuschreiben und ihn Friedrich oder Egwin zukommen zu lassen. Vielleicht konnten sie mehr damit anfangen.

Es war nicht mehr als ein halber Vormittag vergangen, da spürten die Frauen, wie das Schiff langsamer wurde, um anlegen zu können. Sie hörten laute Befehle, es gab einen kleinen Ruck und das Schiff wurde vertäut.

Die Silhouette eines Kopfes tauchte in dem hellen Quadrat auf und der Mann rief: »Wir sind da. Steigt aus!«

Über zwei Bretter balancierten die Frauen vorsichtig an Land.

»Wo sind wir hier?«

»In Bonna.«

»Und wo werden wir bleiben?«

»Wir gehen zum Stadttor. Man wird euch abholen. Ich habe schon einen Boten geschickt.«

»Fährst du wieder zurück nach Coln?«, fragte Fiona den Mann, der sie zum Tor begleitete.

»Ja. Heute nachmittag, wenn ich eine neue Ladung aufgenommen habe.«

»Eine neue Ladung Frauen?«

»Nein, nein«, lachte der Mann. »Das war heute eine Ausnahme. Behauene Steine.«

Fiona zog ein Stück Holz unter ihrem Mantel hervor.

»Auf diesem Holz habe ich eine Botschaft für den Bischof eingeritzt. Kannst du sie bei ihm abgeben?«

»Ich weiß nicht, ob das ... ob das zulässig ist.«

»Es sind keine Geheimnisse, ich lese dir den Satz vor: An erzb. fr. meine gabe: *Als nächstes kommen die katzen. oder soll ich abwarten?* Fiona aus Bonna.«

»Wahrscheinlich will mein Auftraggeber nicht, dass der Name des Ortes genannt wird, wo ihr seid.«

»Dann ritze ihn weg. Aber es wäre mir schon recht, wenn der Erzbischof Bescheid wüsste, wo ich bin.«

»Gut. Ich nehme das Holz mit und überlege es mir, was Bonna betrifft.«

»Ach, wie heißt du eigentlich?«

»Longard.«

»Sag, Longard. Durch welchen Umstand hast du uns hierhergebracht? Wie heißt dein Auftraggeber?«

Longard strich sich verlegen über die Haare. »Ich kann den Namen nicht sagen, weil ich ihn nicht kenne. Es ging alles über Dritte. Habe viel verdient dabei. Ich sollte einfach eine Gruppe Frauen nach Bonna bringen. Das ist alles.«

»Aber du weißt doch, wer wir sind, oder?«

»Nun ja, ich weiß, dass ihr die Frauen des neuen Ordens seid, von denen man behauptet, dass sie durch Hexerei die Morde verübt haben.«

»Hast du da keine Angst vor uns gehabt?«

»Ehrlich gesagt. Ich habe das nie geglaubt. Es erschien mir widersinnig, da es doch bekannt ist, dass ihr den Menschen helft. Das passt nicht zusammen. Jemand will eure Gemeinschaft zerstören. Das liegt auf der Hand. Und wenn mein Schiff dazu beiträgt, dass ihr in Sicherheit seid, umso besser.«

»Wie seid ihr in den Palast des Bischofs gekommen?«

»Ich selber war nicht dort. Habe euch nur in Empfang genommen.«

»Von Mauritius?«

»Ich kenne den Mann nicht. Außerdem war es dunkel.«

Longard kniff die Augen zusammen. »Ich glaube, da kommen sie. Gehabt euch wohl.«

Longard neigte seinen Kopf, nahm das Holz und ging den Leuten entgegen, die sich suchend umblickten.

Das Haus, in dem die Frauen untergebracht waren, lag außerhalb der Stadtmauern, eine kleine Strecke entfernt. Es schien ein bäuerliches Anwesen zu sein mit Ställen und Weideland. Ein großes Lehmhaus stand in der Mitte und war mit Holzschindeln gedeckt, umgeben von kleineren Häusern. Um das ganze Anwesen lief ein Holzzaun, das streunende Tiere abhalten sollte.

Die Frauen aus Coln wurden von zwei Mägden in einen großen Raum geführt mit Bänken und Tischen. Auf dem Holzboden lagen Strohmatratzen, Decken und Felle. Von nebenan hörten sie die Geräusche von Tieren: Kühe und Schafe, die unter demselben Dach wohnten, mit den Hufen stampften und das Stroh rascheln ließen. Ein Geruch von Heu und Dung hing im Raum. Eine Feuerstelle mit einem viereckigen Schlot war an der Schmalseite des Raumes angebracht und vertrieb die Kälte.

Als die Frauen sich mit ihren wenigen Habseligkeiten niedergelassen hatten, klopfte es. Eine Magd brachte einen versiegelten Brief, den sie Fiona gab. »Longard hat ihn uns gegeben, kurz bevor er wegging. Der Brief ist von dem Mann, der den Aufenthalt für euch bezahlt. In einer Kiste befinden sich auch eure Kleider.«

»Unsere Kleider?« Die Frauen blickten sich freudig überrascht um und sahen eine große helle Kiste neben den Bänken stehen. Während sie den Deckel öffneten und die Kleider unter Gelächter verteilten, blieb Fiona stehen, brach das Siegel und faltete das Blatt auseinander.

Stumm überflog sie die Zeilen, während ihre Lippen sich lautlos bewegten.

»Was steht in dem Brief?«, bedrängten sie die Frauen, als sie merkten, dass Fiona in dem Blatt las.

»Er ist auf Latein ohne Anrede. Ich übersetze ihn: Verzeiht die rasche, nächtliche Abreise, die ... die unbequemen Umstände und den Schrecken. Aber es geschah zu eurer Bewahrung ... nein, zu eurer Sicherheit. Ähm ... Betrachtet dieses Haus nicht als Gefängnis. Wenn ihr etwas nötig habt, sagt den Leuten Bescheid, ich werde alle Auslagen bezahlen.

Ich bitte euch inständig, zunächst hierzubleiben und nicht zu fliehen, was sicher ganz einfach wäre. Aber Coln ist zu gefährlich für euch.

Ein wohlmeinender Freund.«

Fiona ließ das Blatt sinken.

»Das ist sicher Berward!«, rief Angelika und ihre feine Stimme überschlug sich.

»Jedenfalls kann ich mir nicht vorstellen, dass der Stadtvogt so etwas schreibt«, meinte Thekla. »So freundlich, zuvorkommend ...«

»Warum nicht, wenn er uns dadurch loswerden kann?«, fragte Fiona. »Außerdem gehört mein Vater zum Rat der Stadt, ein angesehener Kaufmann. Er kann es mit ihm nicht ganz verderben. Und so lässt er uns entführen, und seine Sorgen werden vom Rhin weggetragen bis nach Bonna. Erinnert euch: Mauritius hat gesagt, dass es auf Befehl des Vogtes geschah. Und wie soll Berward nachts in die Bischofsresidenz gelangen? Unmöglich!«

»Nicht, wenn er Mauritius bestochen hat. Meiner Meinung nach könnten es auch der Erzbischof sein oder Fionas Bruder«, überlegte Ariana.

Fiona atmete tief durch. »Es könnte auch ein Fremder sein. Wer auch immer es ist. Es stimmt. Wir sind hier wahrscheinlich sicherer als in Coln. Und nun habe ich einen riesigen Hunger. Von Milch allein werde ich nämlich nicht satt.«

Kapitel 13

Egwin hielt die Hand über die Augen, um sich vor dem grellen Mittagslicht zu schützen, das über dem Wasser lag und mit tausend Sternen funkelte. Eine klare Nacht hatte neue Kälte und Eis gebracht, sodass er bei seinen Nachforschungen am Hafen nicht ohne Fäustlinge auskommen konnte.

Er fühlte sich unwohl. Immer, wenn er über seine Tonsur strich, merkte er, dass er dringend die kahle Stelle ausrasieren sollte. Eine halb zugewachsene Tonsur sah ungepflegt und hässlich aus. Außerdem brauchte er dringend Olivenöl, um seine trockene Haut zu behandeln. Und den Essig aus Trier, der so gut gegen Schuppen wirken sollte, müsste er auch endlich ausprobieren. Vielleicht hätte er am Nachmittag Zeit dafür, denn mehr würde er heute über die drei Waliser sowieso nicht herausbekommen. Immerhin wusste er, dass Fiona und ihre Frauen in Sicherheit waren.

Es ist doch immer wieder gut, wenn man Handschriften vergleicht!

Er hatte alle Leute am Hafen gefragt, ob ihnen drei Männer mit mehr oder weniger roten Haaren aufgefallen waren, die Coln verlassen wollten. Aber niemand hatte die Leute am Hafen gesehen. Auch die Torwächter, mit denen Egwin geredet hatte, konnten sich nicht an diese drei Männer erinnern. Vielleicht waren sie an einer niedrigen Stelle über die Mauer geklettert und waren zu Fuß weitergereist? Aber mitten in der Nacht? Was wollten sie? Wenn niemand sie beim Verlassen der Stadt gesehen hatte, dann waren sie wahrscheinlich noch da! Warum hatten sie ihr Quartier gewechselt?

Während Egwin sich durch die vollen Gassen drängte, um zu

seinem Zimmer zu gelangen, ging er in Gedanken die *Vier Zweige des Mabinogi* durch, um herauszufinden, ob es im Text Anklänge an die seltsamen Morde gab.

»Gut, die erste Tote war das Mädchen mit dem Licht«, murmelte er. Doch plötzlich blieb er abrupt stehen und konnte gerade noch einer Frau ausweichen, die in einer Tonschüssel auf der Schulter Fische trug.

»Entschuldige«, murmelte Egwin und ging langsamer weiter. »Natürlich! Wie konnte ich das nur übersehen! Licht – Lichtung. Das ist der Anfang des ersten Zweiges! Und dann? Wie geht es weiter?«

Egwin flüsterte im Gehen den Wortlaut der Erzählung, den er auswendig kannte:

»Er kam auf eine Lichtung und da sah er einen großen Hirsch, der von einer fremden Hundemeute verfolgt worden war und gerissen wurde.

Wie er näher kam, staunte er, denn solche Hunde hatte er noch nie gesehen: Sie waren weiß wie Schnee und hatten rote Ohren.«

Egwin fasste sich an die Stirn. »Beim heiligen Sebastian! Die Hunde sind weiß wie Schnee und haben rote Ohren. Der zweite Tote, der unter einer Schneelast lag! Weißer Schnee – rotes Blut!«

Egwin setzte sich auf eine Türschwelle aus Holz, während er halblaut weiterzitierte:

Nicht lange dauerte es, da brach durch das Dickicht ein Reiter auf einem Apfelschimmel, ein Jagdhorn hing um seinen Hals. Er trug graubraune Kleidung.

Egwins Mund wurde trocken, als er den Satz wiederholte: »*Da brach durch das Dickicht ein Reiter* ... Der dritte Mord: die Frau mit den Zweigen. Zweige an den Beinen, die auf ein Dickicht hindeuteten!«

Egwin schaute mit leeren Augen den Leuten zu, die an ihm vorbeigingen, aber er sah sie nicht wirklich. Stattdessen ließ er die Erzählung in seinem Inneren abspulen. Er sah Fürst Pwyll, wie er tagsüber sich mit Annwns Frau unterhielt und ihr nachts den Rücken zukehrte. Egwin sah die Sonne für den Tag, den Mond für die Nacht. Natürlich! Das waren die Kreise auf dem Hemd des Erhängten. Dann bedeuteten die Kreuze, dass die Frau für ihn durchkreuzt war. Er wollte sie nicht berühren. Mehrere Sonnen und mehrere Monde waren notwendig, weil es ja auch viele Tage und Nächte waren!

Egwin ließ seinen Kopf in die Hände sinken und schloss die Augen.

Das ist es!, dachte er. *Das ist es, das ist es! Aber wo finde ich diese Waliser? Ich brauche Männer, die mir beim Suchen helfen. Allein schaffe ich das nicht. Nur eines verstehe ich nicht: Was für einen Sinn hat es, sich zu rächen, wenn niemand weiß, worum es geht? Wenn alles rätselhaft ist? Ist es nur ein persönlicher Rachefeldzug, den niemand verstehen sollte? Das wäre ungewöhnlich. Normalerweise will der Rächer, dass die ganze Welt es erfährt, warum wer sich rächt. Nur das bringt Genugtuung. Es würde nur Sinn machen, wenn zum Schluss der Mörder das Rätsel löst, sich zu erkennen gibt und untertaucht.*

Es muss etwas in der Vergangenheit sein. Irgendwann wurde diesem Mann oder diesen Männern von der Stadt Coln Unrecht zugefügt und jetzt rächen sie sich an den Colnern. Wie sagte der König zu Pwyll, als der ihm Gold anbieten wollte? »Es ist ein Unrecht, das nicht mit Gold bezahlt werden kann, nur mit Blut …«

Plötzlich fühlte Egwin eine Hand auf der Schulter, und ein Mann fragte: »Geht es dir gut?« Egwin schreckte hoch und sah Walter, Fionas Bruder, neben sich stehen.

»Oh, Ihr seid es! Danke für Eure Frage. Aber ich denke nach.«

»Über das Verschwinden meiner Schwester und ihrer Frauen, vermute ich. Ich mache mir schon den ganzen Tag Sorgen.«

Egwin nickte: »Ich denke hauptsächlich über die rätselhaften Morde nach. Mit Fiona und ihren Frauen beschäftige ich mich im Augenblick nicht. Nach meiner Meinung sind sie in Sicherheit!«

»In Sicherheit?« Walter blickte den Mönch mit weit aufgerissenen Augen an. »Woher weißt du das?«

»Das kann ich dir noch nicht sagen.«

»Aber man hat das goldene Zeichen in ihrem Zimmer gefunden!«

»Ja, ich weiß, aber das sollte nur ablenken.« Egwin kratzte sich am Kopf. »Eigentlich wollte ich Euch besuchen, es gibt da ein paar Fragen …«

»Das trifft sich gut. Ich bin gerade auf dem Weg nach Hause. Und was du eben gesagt hast, macht meinen Schritt froher. Sei willkommen!«

Gemeinsam gingen die beiden Männer weiter, vorbei an Häuserfronten, deren Steine geschickt aufeinandergeschichtet waren, oder an lehmverputzten Mauern oder gefrorenen Gemüsebeeten, die die Colner an jedem freien Stück Land, wo kein Haus stand, bewirtschafteten.

Von Weitem konnte man schon den Wohnturm der Familie de Ponte sehen: ein Überbleibsel aus der Römerzeit, ein ehemaliger Wachturm, solide gebaut, in dem die reiche Kaufmannsfamilie Wohnungen eingerichtet hatte.

»Ich habe gehört, dass … Berward von Trossingen bei Euch wohnt«, begann Egwin nach einer Weile.

»Ja, du hast recht. Er hatte uns besucht, nachdem er von Basileia zurückkam, und es hat sich ergeben, dass er dann bei uns wohnte. Er gehört ja schon fast zur Familie. Ein prächtiger Kerl.«

»Hm«, meinte Egwin. »Ich kann mir vorstellen, dass Fiona das sieht auf andere Weise.«

»Ach, Fiona!« Walter machte eine ärgerliche Handbewegung. »Sie weiß nicht, was gut für sie ist. Da findet ein anständiger Mann Gefallen an ihr, obwohl sie nicht mehr die Jüngste ist und es überhaupt fraglich ist, ob sie jemals Kinder bekommt, aber die vornehme Schwester will lieber ihren neuen Orden weiterführen, der gar kein Orden ist, und versetzt dabei halb Coln in Angst und Schrecken.«

»Nun«, sagte Egwin, »ich glaube nicht, dass es ist Fionas Schuld, dass die Dinge sich entwickelt haben so blutig. Mir scheint auch, dass mehr dahintersteckt als dass nur der Orden soll in Verruf geraten.«

»So?«

»Ja, ich bin schon einen großen Schritt weiter und habe einen wohlbegründeten Verdacht.«

»Und der wäre?«

»Das ... das kann ich nicht sagen, bevor ich nicht bin absolut sicher.«

Der Mönch wandte seinen Kopf beim Gehen und blickte Walter von der Seite an, während er seine Frage stellte: »Sagt mir, Walter, habt Ihr Eure Schwester entführen lassen, um sie in Sicherheit zu bringen?«

»Was sagst du da?« Fionas Bruder blieb stehen und sah Egwin entsetzt an: »Ich soll ...? Nein, das meinst du nicht im Ernst!«

»War nur eine Frage«, lachte Egwin. »Wenn ich nachdenke über rätselhafte Dinge, halte ich alles für möglich, um mir nicht zu verbauen Lösungswege. Du verstehst?«

Sie gingen weiter. »Der Stadtvogt tobte«, sagte Walter, »als er erfuhr, dass Fiona mitsamt ihren Frauen verschwunden war. Jetzt beschuldigt er Friedrich. Nicht, dass er sie entführt hätte, sondern dass er viel zu nachlässig war mit seinen Gefangenen.«

»Ach, der Stadtvogt!« Egwin machte eine abwertende Geste mit der rechten Hand. »Er sollte sich um andere Dinge Sorgen machen, zum Beispiel, wer ein und aus geht in den Mauern seiner Stadt.«

Die beiden Männer blieben kurz stehen, weil ihnen ein Zug von Pilgern entgegenkam, angeführt von einem Priester, der eine Fahne mit dem Bild eines Heiligen trug. Dann setzten sie ihren Weg fort.

»Wenn das stimmt, was du sagst«, begann Walter, »dass nicht der Mörder meine Schwester entführt hat, dann beruhigt mich das. Ich habe mir den ganzen Tag Sorgen gemacht und mir überlegt, ob ich sie mit ein paar Männern suchen lasse.« Er blieb stehen. »Wir sind da.«

Vor ihnen ragte der imposante Steinkoloss des ehemaligen römischen Wehrturms auf. Als Walter klopfte, öffnete sich ein Fenster, so groß wie zwei Hände, und das Gesicht eines Mannes erschien, der kurz davor war, zu niesen, denn seine Nase war rot und seine Augen tränten.

»Oh, Herr Walter.«

Der Riegel wurde zur Seite geschoben und die schwere Eichentür öffnete sich nach draußen.

»Danke, Armin.«

Walter wandte sich zu Egwin um. »Übrigens«, sagte er, »du siehst ziemlich mitgenommen aus. Wahrscheinlich war die Nacht kurz. Deine Tonsur und dein Kinn verlangen nach einer Rasur. Und ein wenig Öl könnte auch nicht schaden. Was hältst du davon, wenn ich dir zu einem warmen Bad verhelfe? Nachher können wir bei einem leichten Essen alles Weitere besprechen.«

Egwin staunte. Das hätte er Walter, dem ungehobelten Kaufmannssohn, der meistens an sich oder gelegentlich an seine Schwester dachte, gar nicht zugetraut. Wollte er ihn in eine gute Stimmung versetzen, um ihn auszufragen? Auch das wäre vorstellbar. Aber wie dem auch sei, ein Bad wäre genau das, was er jetzt brauchte. Dabei konnte er sich in Ruhe einen Plan überlegen, wie er die Waliser finden konnte.

»Ihr habt getroffen das Kinn mit der rechten Faust«, sagte er. »Ich nehme Euer Angebot an.«

Walter lachte. »Gut. Das freut mich. Das heiße Wasser befindet sich weiter hinten auf dieser Ebene. Wir haben immer einen Vorrat für solche Fälle da. Armin!«

»Ja, Herr?« Er nieste zweimal hintereinander.

»Sorge doch dafür, dass unser Mönch aus Angelland ein heißes Bad bekommt, Seife, ein Rasiermesser, einen Bronzespiegel, einen Knochenkamm und Tücher.«

»Ich werde alles in die Wege leiten, Herr.«

Walter, der es gewohnt war, dass man seinen Befehlen gehorchte, nickte und wandte sich an den Mönch: »Dann sehen wir uns nachher im dritten Stock zu einem leichten Essen.«

»Ja, habt Dank.«

Egwin folgte Armin den kurzen, dunklen Flur entlang nach hinten, wo der Diener eine Tür öffnete. Dort brannte ein Feuer und die Luft war feuchter als im übrigen Haus. Mehrere Kessel hingen über zwei Feuerstellen. Eine Frau in grauen Kleidern war dabei, neues Holz aufzulegen. Von der Seite fiel goldenes Licht durch ein vergittertes Fenster, das mit geplätteten, durchsichtigen Hornschichten verschlossen war. Sie waren so dünn, dass sie an kostbares Glas erinnerten.

Die Frau drehte sich um, als sie die Schritte hörte. »Ah, Armin mit einem Benediktiner.«

Egwin staunte, wie rasch die Magd begriff, worum es ging. Nachdem Armin den Befehl seines Herrn weitergegeben hatte, umrahmt von zwei Niesanfällen, spannte sie eine Leine, hängte große Tücher auf und holte einen Holzzuber. Den schob sie mitten in den so entstandenen abgetrennten Raum aus Tüchern und legte ein weißes Laken hinein. »Damit sich in dein heiliges Hinterteil kein Holzsplitter bohrt«, erklärte sie und lachte. »Beim Wasserschleppen musst du mir allerdings helfen!«

Als der Zuber wenig später halb voll war und die Temperatur sich gut anfühlte, sagte die Frau: »Ich stelle alles, was du brauchst, auf einen Schemel neben den Zuber. Wenn du etwas vermisst, rufst du mich.«

Sie schien zu überlegen: »Soll ich dir vielleicht den Rücken seifen?«, lachte sie.

»Nein, nein, das … das wird nicht sein nötig.«

»Ah, du bist wohl nicht von hier?«

»Nein, von … von Angelland. Ich bin Gast bei Erzbischof Friedrich.«

»Ach!« Die Frau stemmte die Hände in die Hüfte und sagte: »Bist du vielleicht der Mönch, den Ida gekannt hat, als sie hier Fionas Magd war?«

»Ja, das … das kann sein. Ich erinnere mich dunkel an eine Magd. Wie hieß sie doch gleich?«

»Ida.«

»Richtig. So, dann werde ich jetzt wohl in das Wasser steigen. Hab vielen Dank für deine Mühe.«

Egwin wartete, bis die Frau verschwunden war, zog seine Kutte aus und das dicke Winterhemd darunter, streifte Fäustlinge und Sandalen ab mitsamt Friedrichs guten Socken und stieg in den Holzzuber.

»Ah, das tut gut!«, seufzte er. »Es geht doch nichts über ein heißes Bad im Winter!«

Er zog die Knie an und ließ sich bis zu den Schultern in das heiße Wasser hineingleiten.

»Ich glaube«, murmelte er, »dass ich habe mich zu sehr in diese Geschichte verbissen wie ein Jagdhund in seine Beute, der zum Schluss das Wild nicht mehr loslassen kann.«

Er griff mit der Hand nach dem Schemel und zog ihn näher heran. »Was haben wir denn da?« Er nahm die Dinge, die auf dem Handtuch lagen in die Hand. »Ah, ein Gefäß mit Öl.«

Er öffnete den Verschluss und roch daran. »Mmh. Leinsamenöl. Ein Spiegel aus polierter Bronze und ein Rasiermesser aus gehämmertem Eisen! Und eine Seife mit einem Hauch von Lavendel.«

Er legte alles wieder zurück und schloss vor Behagen die Augen. Dann ließ er den Tag an sich vorüberziehen.

Was habe ich heute erreicht? Erstens: Den Hintergrund für die Morde. Zweitens: Ich weiß sogar, wer die Mörder sind. Sie müssen nur noch gesucht werden. Drittens: die Aufdeckung einer Entführung. Er atmete die feuchtwarme Luft in tiefen Zügen ein. *Gut gemacht, Egwin.* Entschuldigend blickte er kurz nach oben: *Verzeih, Herr, dass ich den Ruhm für mich nehme. Ich danke, dir, Herr, dass du mich mit Verstand begabt hast.*

Er seufzte wohlig und lehnte sich zurück.

Wenn man die Augen zukneift und die Knie betrachtet, sieht es aus, als würden aus dem Wasser zwei weiße Inseln herausragen.

Er nahm die Seife, stand auf und seifte sich ein. Als er alles abgespült hatte, griff er zu Spiegel und Rasiermesser. Die Bartstoppeln waren schnell entfernt. Die Haare auf der Tonsur abzurasieren, dauerte etwas länger. Dann stieg er aus der Wanne, trocknete sich ab, nahm das Leinsamenöl und rieb sich die Kopfhaut, sein Gesicht und alles, was er an seinem Körper einölen konnte, damit ein.

Als er sein dickes Untergewand angezogen hatte, hörte er wieder die Magd: »Bist du fertig?«

»Ja, nur noch die Kutte.«

Er streifte die Kutte über, hörte, wie die Frau kam und sagte: »Das Wasser werde ich noch zum Einweichen der besonders schmutzigen Wäsche verwenden.«

Jetzt hatte Egwin die Kutte übergestreift und sah die Magd von hinten, wie sie einen großen Wäschesack auf den Boden stellte. War sie größer geworden? Es kam ihm fast so vor. Aber das war ja nicht möglich. Als sie sich umdrehte, wollte er etwas Höfliches sagen. Vor Überraschung blieben ihm die Worte im Hals stecken. Da stand nicht die Magd von vorhin, sondern eine andere Frau: Ida!

»Ida!«, rief er.

»Ja?«

»Ida, was machst du hier?«

»Hildrun hat mich gerufen. Weißt du, ich arbeite nämlich schräg gegenüber. Ida, sagt sie, komm doch mal rüber. Dein Mönch ist hier und sitzt in der Wanne.«

»Und dann bist du sofort gekommen …?«

»Ja, wie du siehst.«

»Ich bin aber nicht dein Mönch!«

»Doch. Ich kenne sonst keinen anderen Mönch näher, also bist du mein Mönch. Außerdem bist du ein Mönch, der mich seinerzeit gekü …«

»Schweig!«, sagte Egwin streng. »Es muss nicht jeder gleich wissen meine schwache Stelle.«

»Oh, so schwach fand ich den Kuss gar nicht.«

»Es war kein Kuss, sondern eine flüchtige Berührung der Lippen …«

»… die du einer armen ohnmächtigen Magd, die in deinen Armen lag, aufgedrückt hast.«

»Sie war gar nicht ohnmächtig, sonst hätte sie den Kuss nicht bemerkt.«

»Vielleicht ist sie ja durch den Kuss aus ihrer Ohnmacht erwacht?«

Egwin bückte sich, zog seine Socken an, band sie über der Wade fest und schlüpfte in die Sandalen. Dann ging er auf und ab, während Ida den Wäschesack öffnete und die Wäschestücke auf den Boden schüttete.

Egwin fühlte sich seltsam zerrissen. Einerseits war es ihm peinlich, dass Ida so frei über diese Dinge sprach, die im Leben eines Mönchs nichts zu suchen haben, andererseits freute er sich, dass Ida da war. Das bedeutete, dass sie ihn mochte. Wäre sie sonst so schnell gekommen?

Er blieb stehen und sagte, den Blick auf die gegenüberliegende Wand gerichtet: »Ida. Es ist gut, dass wir uns haben getroffen. Ich werde nun nach oben gehen. Walter erwartet mich.«

Er wollte an ihr vorbei, aber sie redete in einem fort weiter, während sie Hemden und Obergewänder in den Zuber warf und die Laken von der Leine nahm. Offenbar war sie nicht der Meinung, dass die Unterhaltung schon zu Ende war.

»Und bist du weitergekommen?«

Egwin blieb stehen und drehte sich nach ihr um. »Womit weitergekommen?«

»Mit den Morden und dem Verschwinden meiner ehemaligen Herrin.«

»Oh ja. Ein gutes Stück.«

»Ich mache mir Sorgen um sie. Was ist, wenn sie auch umgebracht wird?«

Egwin schüttelte den Kopf. »Sei ohne Sorge. Sie ist in Sicherheit.«

Ida drückte die Stoffe, die sich im Wasser aufbauschten, nach unten.

»Hast du heute Fiona gesehen und mit ihr gesprochen?«

»Nein, ich weiß, dass sie ist in Sicherheit, weil hier oben«, er deutete auf seine Stirn, »mein Verstand es mir bewiesen hat, dass sie ist in Sicherheit.«

»Du redest in Rätseln.«

»Mehr kann ich nicht sagen dazu.« Er wollte jetzt endgültig gehen, da fiel ihm etwas ein. »Ach … Ida, es ist gut, dass wir uns haben getroffen.«

»So?«

»Ja. Du kannst mir unter Umständen helfen. Hast du hier Männer aus Walisien gesehen, von denen manche rote Haare haben?«

»Nun, es gibt immer mal Fremde, die durch Coln gehen. Der Hafen und die Handelswege …«

»Ich meine drei Männer, die zusammen unterwegs sind?«

»Ja, jetzt, wo du es sagst … Vor zwei Tagen habe ich tatsächlich drei Männer mit Rotschöpfen gesehen, die sich in ihrer keltischen Sprache unterhalten haben.«

»Wunderbar! Diese Männer suche ich. Wenn du sie siehst irgendwo, sieh nach, wo sie wohnen und benachrichtige mich sofort oder auch Bischof Friedrich, falls ich nicht da sein sollte.«

»Sind sie es, hinter denen du her bist? Haben sie …?«

Egwin hob die Hand. »Pst! Nicht so laut. Ich kann nicht reden darüber. Und nun … sei gesegnet für diesen Tag.«

Er beugte leicht seinen Kopf und strebte der Treppe zu.

Als er im dritten Stock an einer Tür geklopft hatte und eine Stimme ihn hereinbat, sah er zunächst nur grünes und rotes Licht.

»Ah, Egwin! Nimm Platz.« Das war Walters Stimme.

»Du wunderst dich über das Licht. Aber wir haben wenigstens in diesem Esszimmer Buntglas aus Angelland mitgebracht und es hier einsetzen lassen. Schön, nicht?«

»Ja«, nickte Egwin und entdeckte Walter, der rechts an der Wand vor einer Tischplatte saß, die mit Schüsseln bedeckt war. Er setzte sich auf die Bank daneben. Vom Tisch duftete es verführerisch.

»Du siehst sauber und gepflegt aus«, bemerkte Walter und reichte dem Mönch eine Schale mit gebratenen Innereien vom Huhn: Leber, Nieren, Herzen. Egwin nahm reichlich und legte die Teile vor sich in die Esskuhle.

»Diese Gemüsesoße«, sagte Walter, »ist mit Pfeffer gewürzt, nimm nicht zu viel auf einmal. Ich vermute, dass man in eurem Kloster in Haestingas gewürzloser isst …«

Egwin nickte mit vollem Mund und hielt plötzlich inne, weil ihm die Tränen kamen.

Walter lachte. »Hab ich dich nicht gewarnt? Trink einen Schluck Bier, das wirkt wie Löschwasser, wenn es brennt.«

Begierig griff Egwin nach dem Becher und trank. Dann legte er die Hand auf die Brust und schluckte. »Ja, es war sehr … sehr würzig!« Er wischte sich über die Augen.

»Und du kannst mir nicht sagen, wo meine Schwester ist? Meinst du nicht, dass ich ein Recht hätte, das zu erfahren?«

Mit einem Mal war die Heiterkeit aus Walters Stimme verschwunden, und Egwin wusste plötzlich, warum Walter ihm ein heißes Bad und eine Mahlzeit angeboten hatte. Es war keine reine Nächstenliebe gewesen.

»Ich verstehe Eure Sorge, Walter, aber bis jetzt ist es ein Verdacht, ich muss ihn noch bestätigen und möchte ungern beschuldigen die falschen Leute.«

»Kannst du nicht die Richtung angeben?«

»Ihr meint, wo sie sich befindet? Das weiß ich erst, wenn sich mein Verdacht bestätigt hat.« Er kratzte sich am Kopf

Ich muss ihm etwas anbieten, das ihn einigermaßen zufriedenstellt!

»Ich werde auf jeden Fall«, begann Egwin, »sobald es geht, Euch eine Nachricht zukommen lassen, damit Ihr beruhigt seid. Vielleicht schon heute Abend. Und eine Sache ist auch klar: Es geht bei den Morden nicht in erster Linie um den neuen Frauenorden. Was ich herausgefunden habe, hängt mit noch ganz anderen Ursachen zusammen.«

Egwin sah an Walters Miene, dass dieser mit der Antwort nicht ganz zufrieden war, aber mehr wollte er nicht sagen. Hätte er seinen Verdacht ausgesprochen, dann wäre Walter sofort aufgestanden und hätte mit wütender Miene sein Haus verlassen. So wischte sich Egwin langsam den Mund am Ärmel seiner Kutte ab und erhob sich.

»Ihr entschuldigt mich, aber ich muss weitergehen, um einiges zu regeln. Und habt nochmals vielen Dank für das Bad und das würzige Essen. Möge Gott lohnen es Euch.«

Als der Mönch den Wohnturm verließ, blickte er sich vorsichtig um, ob nicht Ida irgendwo zu sehen war. Er wusste im Augenblick selbst nicht genau, ob er ihr nun begegnen wollte oder nicht.

Als er sie nicht sah, hatte er es plötzlich eilig. Es gab zwei Dinge, die heute begonnen werden mussten: ein ernstes Gespräch mit dem Erzbischof und die Suche nach den Walisern.

Die Sonne hatte das Eis überall da weggetaut, wo ihre Strahlen die Gasse oder die festgetrampelten Pfade erreichen konnten, und so schritt Egwin weit aus, um möglichst schnell die Bischofsresidenz zu erreichen. Beinahe wäre er an einer schattigen Stelle ausgerutscht.

Hoffentlich ist Friedrich da und nicht irgendwo unterwegs.

Als er mit dem neuen Pförtner sprach, atmete Egwin erleichtert auf. Der Erzbischof war im Hause. Mit klopfendem Herzen pochte er an die Tür. Mauritius öffnete und begrüßte ihn freundlich.

Ja, jetzt tust du so freundlich, aber das Wichtigste verschweigst du vor mir, du Heuchler!

»Egwin!«, rief Friedrich. »Gut, dass du kommst. Es gibt einiges zu besprechen.«

»Ja, das ist mir klar.«

Friedrich ging auf die Bemerkung nicht ein und sagte: »Setz dich.«

Als Egwin saß, griff Friedrich nach einem Stück Holz und hielt es Egwin hin. »Das hat ein Mann vorhin bei mir abgegeben. Er wollte weder sagen, wer ihn schickte, noch irgendwelche anderen Einzelheiten. Es stammt von Fiona. Eine Botschaft an mich oder uns.«

Egwin las: »An erzb. fr. meine gabe: *Als nächstes kommen die katzen. oder soll ich abwarten?* Fiona aus …«

»Was bedeutet das?«

»Das wollte ich von dir wissen.«

»Die Anrede ist klar und der Überbringer hat den Namen der Stadt unkenntlich gemacht, damit wir nicht wissen, wo sie sich befindet. Die Worte »meine Gabe« kann eigentlich nur eines bedeuten: Sie hat wahrscheinlich wieder einmal die Gedanken eines Menschen aufgefangen und sendet sie uns, als Hilfe. Aber ob diese Gedanken mit den Ereignissen in Coln zu tun haben, wissen wir nicht. Aber ich denke, wir werden sie im Gedächtnis behalten.«

Friedrich nickte lebhaft. »Genau. Das war auch mein Eindruck. Der Satz ist wirklich merkwürdig: *Als nächstes kommen die katzen. oder soll ich abwarten?*«

»In der Tat. Merkwürdig. Ich werde darüber nachdenken müssen, ob das Mabinogi hat etwas damit zu tun.« Er blickte auf. »Aber eigentlich bin ich noch aus einem anderen Grunde hier.«

»Aha?« Friedrichs Blick war abwartend.

»Ja, es hängt zusammen mit der Entführung von Fiona und ihren Frauen. Ich weiß jetzt, wer dahintersteckt, und deswegen möchte ich sprechen mit dir.«

Kapitel 14

Friedrich beugte sich gespannt nach vorn. »Ich höre.«

»Es ist gut«, begann Egwin, »wenn man Handschriften miteinander vergleicht.«

»Ach. Was du nicht sagst!«

»Ja. Sehr aufschlussreich. Nehmen wir ein Beispiel: Jemand bricht irgendwo ein und verliert einen Brief, den er stecken hatte im Mantel. Anhand dieses Briefes könnte man herausfinden, wer ist der Dieb.«

»Nicht ganz, Egwin«, sagte Friedrich. »Der Dieb könnte einen Brief mit sich herumtragen, den er gar nicht geschrieben hat.«

»Du hast recht. Nehmen wir also an, der Dieb hat eine Wachstafel vergessen, auf der er etwas hat notiert. Mit dieser Schrift könnte man vergleichen andere Schriftstücke, so lange, bis man entdeckt hat zwei identische Schreibarten. Und somit hat man den Dieb gefunden.«

»Ja, das ist einsehbar. Willst du damit sagen, dass du eine Wachstafel des Entführers im Zimmer von Fiona gefunden hast?«

»So ungefähr. Im Zimmer, wo die Frauen wohnten, hat unser Mörder sehr deutlich hinterlassen sein goldenes Zeichen, auf einer der Truhen.«

»Ja«, nickte Friedrich. »Ich habe es gesehen.«

»Nun, ich habe mir heute morgen noch schnell gemacht eine Kopie, jeden Buchstaben genau abgezeichnet, jede Rundung, jedes Häkchen. Manchmal kommt es auf Kleinigkeiten an. Selbst unser Herr sprach im Evangelium davon, dass der kleinste Strich eines Jota ist von Bedeutung.«

»Ja, das tat er. Ich glaube, der Satz steht im Evangelium des Matthäus.«

»Sehr gut. Ich habe nun verglichen diese Schrift mit der Schrift, die auf dem Hemd des Erhängten stand. Natürlich habe ich das Kleidungsstück nicht verbrannt.«

»Natürlich nicht.«

»Und so habe ich festgestellt, dass die Schrift in Fionas Zimmer nicht dieselbe Schrift ist, die auf dem Hemd des Toten stand.«

»Der Mörder könnte seine Handschrift verfälscht haben.«

»Unwahrscheinlich, aber – immerhin möglich«, bestätigte Egwin.

»Aber, was ist«, fuhr er fort, »wenn ich besitze Schriftstücke von Menschen, die ich kenne, und sie vergleiche mit der Schrift in Fionas Zimmer?«

»Gut.«

»Und da ich habe herausgefunden, wer diesen Satz auf die Truhe gemalt hat.«

»Das ist ja ... großartig.«

»Das ist es. In der Tat. Ich konnte nicht glauben es. Bis ich länger darüber nachgedacht habe. Und je länger ich darüber nachdachte, desto mehr Sinn machte es. Mit einem Wort: Du selbst hast gemalt diesen Satz auf die Truhe. Und du selbst hast Fiona und ihre Frauen an einen versteckten Ort bringen lassen!«

Einen Augenblick war es still. Friedrich senkte kurz den Kopf, blickte auf das Muster der Steine und sah Egwin dann gerade in die Augen.

»Du hast es also herausgefunden. Ich ... Ich hätte es mit dir besprechen sollen, aber ... dann bin ich unsicher geworden, ob du es nicht missbilligen würdest. Ich hatte nur den einen Gedanken, Fiona vor dem Stadtvogt in Sicherheit zu bringen. Und wenn der Stadtvogt dich gefragt hätte, dann hättest du mit gutem Gewissen sagen können ...«

»… Ich weiß, verehrter Stadtvogt, wo die Frauen sind. Fragt den Erzbischof«, unterbrach ihn Egwin.

»War es denn wirklich so einfach, Egwin?«

»Für mich schon. Es musste jemand innerhalb deiner Residenz sein. Zuerst dachte ich an Mauritius. Dass er bestochen wurde von dem Stadtvogt oder von jemand anderem, aber als ich die Schrift verglich mit einem Stück Pergament, das du mir heute gegeben hast, war es deutlich: Du hast eine bestimmte Art, das *S* zu schreiben und den unteren Bogen bei dem Buchstaben *g*.

Aber das war nicht das Einzige. Man muss schon blind sein, um zu übersehen deine Blicke, die du auf Fiona wirfst in unbeobachteten Momenten. Es liegt so viel Liebe darin, dass man damit anzünden könnte eine Fackel. Und von daher war es klar, dass du alles unternehmen würdest, um sie zu schützen.«

Friedrich schwieg. Dann stand er auf und ging im Zimmer hin und her.

»Fällt es … fällt es wirklich so auf … mit Fiona und mir?«, fragte er und blieb vor Egwin stehen.

»Wer Augen hat zu sehen, der sieht es, aber nicht jeder achtet darauf.«

Friedrich nickte und setzte sich. »Entschuldige, dass ich dich nicht eingeweiht hatte …«

»Ich war zunächst etwas verstimmt, Friedrich. Das muss ich schon sagen, aber … nun, wen die Liebe trifft … äh … ich habe heute übrigens Ida getroffen.« Er erzählte von seinem Bad und dem Mägdetausch.

Friedrich lachte und Egwin hob in gespielter Verzweiflung die Arme und sagte: »Und dabei musste ich Walter versprechen, dass ich es ihm mitteilen würde, wenn ich weiß, wo Fiona ist. Er macht sich große Sorgen um sie. Kannst du ihm das nicht sagen?«

»Das werde ich wohl tun müssen.«

»Wo ist sie eigentlich? Wo hast du sie hinbringen lassen?«

»In der Nähe von Bonna, auf einem Gut von Freunden, die mir einiges schuldig sind. Aber das werde ich Walter nicht sagen. Er ist sehr hitzig und aufbrausend und würde wahrscheinlich gleich dorthin reisen wollen. Ich kenne ihn. Fiona selbst weiß noch nicht, dass ich hinter der Entführung stecke. Sie denkt, dass es im Auftrag des Stadtvogtes geschah.«

Egwin schwieg, doch nach einer Weile fing er an zu reden und erzählte Friedrich, wie sich der Verdacht auf die drei Waliser immer mehr bestätigt hatte.

»Ich weiß noch nicht, warum sie es getan haben, aber es passt alles zusammen. Und das bedeutet, dass wir dringend müssen finden diese Männer. Ich rechne fest damit, dass sie noch in der Stadt sind. Aber so eine Suche kann ich nicht allein durchführen. Wir brauchen deine Soldaten, damit sie nachforschen in allen Häusern.«

»Hm«, brummte Friedrich. »Das wird viel Unruhe schaffen und die kann ich im Augenblick nicht gebrauchen, weil sich hoher Besuch angemeldet hat.«

»Darf man fragen, wer kommt?«

»Heinrich. Der Sohn des Kaisers.«

»Aber sind die Colner nicht eher für den Vater, Heinrich den IV.? Noch lebt er.«

»Ja, ja, das ist es eben. Der Sohn bereist die Städte am Rhin, um die Städter für sich einzunehmen. Er will die Colner für sich gewinnen. Wenn ich jetzt die Stadt durchsuchen lasse, und der Sohn des Kaisers, vielleicht der zukünftige Heinrich V., kommt zur gleichen Zeit an, wird man diese Durchsuchung mit ihm in Verbindung bringen. Und die Colner werden von dem Sohn, dem zukünftigen Kaiser, immer ein schlechtes Bild haben. Und Heinrich der Jüngere wird die feindselige Haltung spüren.«

Egwin seufzte. »Das bedeutet, dass wir unauffällig nach den Walisern suchen müssen?«

»Ich fürchte, ja.«

Es klopfte.

»Entrate!«, rief Friedrich.

Mauritius trat ein und sagte: »Joel, der Jude, ist da und will den Erzbischof und Egwin, den Mönch, sprechen.«

»Lass ihn herein und … Mauritius?«

»Ja, Herr?«

»Egwin weiß Bescheid über unsere nächtliche Aktion. Er hat es selbst herausgefunden.«

Mauritius warf einen Blick zu Egwin herüber. Der Mönch meinte, die winzige Andeutung eines Lächelns auf seinen Lippen zu sehen.

»Heuchler!«, sagte Egwin mit einem Lachen in der Stimme.

»Ich bin der Diener des Erzbischofs«, erwiderte Mauritius, »und ihm bin ich vor allen anderen verpflichtet.«

»Ja, ja, natürlich.«

Mauritius verschwand und kurze Zeit später trat Joel ein. Er war groß gewachsen, trug einen Vollbart, sein Kopf war mit einer runden Ledermütze bedeckt und an den Seiten hingen dunkle Schläfenlocken herunter. Er verbeugte sich.

Friedrich kam auf ihn zu. »Sei gegrüßt, Joel. Was für eine Neuigkeit hast du für uns? Nimm Platz.«

»Ich grüße Euch im Namen des Allmächtigen.«

Er nahm auf dem Stuhl mit der Lehne Platz, als sei es selbstverständlich. Man unterhielt sich eine Weile über die Familie, bis Joel mit seinem Anliegen herausrückte.

»Vor über einer Woche war Egwin der Mönch bei mir, um Rat zu suchen wegen der hebräischen Buchstaben, die man den Opfern eingeritzt hatte. Es handelte sich um Beth, Beth, Alef.«

»Ja, das stimmt«, nickte Egwin.

»Ich habe nun nach langem Nachdenken herausgefunden, was sie bedeuten könnten. Ich kann es nicht mit Sicherheit sagen, aber es ergibt durchaus einen Sinn.«

Die Männer warteten.

»Beth, Beth, Alef könnten die Anfangsbuchstaben der drei ersten Worte aus der Thora sein. Sie beginnt mit: *bereschit barah Elohim*. Was auf fränkisch heißt: *Im Anfang schuf Gott.*«

Joel schwieg.

»Hm«, meinte Egwin. An diese drei Buchstaben habe ich gar nicht mehr gedacht. Aber vielen Dank, dass Ihr Eure Meinung dazu sagt. Wir werden das im Gedächtnis behalten.«

Joel nickte und fügte hinzu: »Gibt es denn inzwischen einen begründeten Verdacht, wer für die Morde verantwortlich ist? Der neue Orden, den Fiona begonnen hat, kommt für uns Juden als Grund für die Morde nicht in Frage. Unsere Familie kennt Fiona und weiß, dass sie niemals dieses grauenhaften Töten anstiften würde.«

»Ja, wir sind derselben Meinung«, sagte Egwin. »Der Erzbischof kennt ja Fiona seit ihren Kindertagen. Gleichzeitig haben wir etwas entdeckt, das uns helfen wird, den Mörder zu finden. Dabei fällt mir ein, vielleicht könntet Ihr uns ...« Egwin blickte Friedrich an, der leicht mit dem Kopf nickte.

»Um es kurz zu machen: Wir suchen drei Männer, die rote Haare tragen und aus Walisien kommen. Vielleicht haben nicht alle drei rote Haare, aber zwei auf jeden Fall. Falls sie sich geflüchtet haben in das jüdische Viertel, könntet Ihr uns Bescheid geben? Oder falls Ihr sie findet an anderen Orten?«

Joel nickte. »Das werden wir tun. Wir werden überhaupt alles tun, um Fiona zu helfen. Wir haben nicht vergessen, was sie zur Zeit der unseligen Kreuzzüge für uns Juden getan hat. Sie war eine der Wenigen, die uns die Treue hielt.« Er zögerte. »Ihr natürlich auch.«

Egwin ging zu dem Kamin, holte sich ein verkohltes Stück Holz vom Rand, das nicht mehr heiß war und fragte: »Wie lauteten die hebräischen Worte?«

»Bereschit barah Elohim«, wiederholte Joel.

Egwin kritzelte die Worte auf den Steinboden.

»Bereschit barah Elohim«, murmelte er. »*Am Anfang schuf*

Gott ... Aber was soll das bedeuten? Warum wurden diese Buchstaben in die Haut geritzt?«

»Vielleicht sollte ich noch dazu sagen«, erklärte Joel, »dass das Wort *barah* nur für Gottes Schaffen verwendet wird und nicht, wenn ein Mensch etwas tut.« Er blieb noch einige Augenblicke sitzen, dann stand er auf. »Und nun ... Der Allmächtige segne Euch.«

Joel nickte dem Erzbischof und Egwin zu und ging zur Tür, die, sobald sich die Klinke bewegte, vom Flur aus geöffnet wurde. Der allgegenwärtige Mauritius schien immer bereit zu sein, das Notwendige zu tun.

Als sich die Tür hinter Joel schloss, schwiegen die Männer. Egwin ging schließlich zur Feuerstelle und legte von dem Holzvorrat noch zwei Scheite auf die Glut.

»Nun, jetzt haben wir schon zwei Stellen, die sich an der Suche beteiligen«, meinte er.

»Zwei?«

»Ja. Joels Leute und ... Ida. Ich habe sie gefragt, dass sie sollte offen halten ihre Augen.«

»Nicht gerade viele Stellen«, seufzte Friedrich.

»Ich werde natürlich auch unterwegs sein«, sagte Egwin. Er blickte zu dem einzigen Fenster im Raum aus grünem Glas. »Noch ist es hell. Ich werde mich machen auf den Weg.«

Der Abend kündigte sich schon an und färbte den Schnee hellgrau. Es wurde empfindlich kalt, daher war Egwin froh, dass er seine Schafswollmütze unter der Kapuze trug. Wo sollte er in dieser riesigen Stadt suchen? Es war fast aussichtslos.

Die Straßen waren voller Leute, die alle noch das wenige Licht ausnutzten, bevor es ganz dunkel wurde und kostbares Holz oder Öl oder Schweinefettkerzen angezündet wurden.

Wo würden die Männer hingehen, die er suchte? In eine Taverne? Das wäre immerhin ein Ort, wo es warm war. Egwin suchte drei Tavernen auf, erntete misstrauische Blicke, Verwunderung und Spott bei den Wirten. Aber niemand schien die Waliser in den letzten Tagen gesehen zu haben.

Während er sich nach erfolgloser Suche mit zugehaltener Nase an einem Wagen vorbeidrückte, der Fässer mit menschlichem Abfall geladen hatte und zum Fluss hinunterfuhr, spürte er plötzlich eine Bewegung hinter sich. Er drehte sich um und sah im Schein einer Fackel etwas aufblitzen. Unvermittelt duckte er sich, warf sich zur Seite und rempelte eine Frau an, die aufschrie. Er meinte eine Hand zu sehen, die ein Messer hielt, das ins Leere gestoßen hatte und sich blitzschnell zurückzog.

Ein Mann drängte sich durch die aufgeschreckten Leute. Egwin versuchte, ihn zu verfolgen, und sah, wie er in eine Seitengasse abbog. Er streifte die Fäustlinge ab, griff unter seinen Mantel, um das Messer zu ziehen. Vor ihm hallten die Schritte des Mannes, der ihn erstechen wollte. Er durfte ihn jetzt nicht aus den Augen verlieren. Im Laufen raffte er den hinderlichen Saum der Kutte nach oben und steckte ihn in den Gürtel. Jetzt konnte er größere Schritte machen.

Immer noch sah er eine schattenhafte Gestalt vor sich. Voller Genugtuung bemerkte er, dass der Abstand zwischen ihnen sich verringerte. Lange konnte er diesen schnellen Lauf allerdings nicht durchhalten. Seine Lungen fingen schon an zu schmerzen.

Wer war das nur? Wer wollte ihn umbringen? Einer von diesen Walisern, die sich beobachtet fühlten? Seine Suche nach ihnen schien nicht unbemerkt geblieben zu sein.

Egwin überlegte fieberhaft, wie er den Läufer vor sich aufhalten konnte. Sollte er sein Messer zwischen dessen Beine werfen? Vielleicht würde er dann stolpern und hinfallen. Dann wäre er zwar selbst wehrlos, aber es war einen Versuch wert. Er stoppte kurz seinen Lauf, zielte und warf das Messer in Richtung der Beine. Das Messer traf, der Mann geriet ins Stolpern, verlangsamte seinen Lauf, ruderte verzweifelt mit den Armen und fiel der Länge nach auf das Pflaster.

Egwin holte die letzten Kräfte aus seinem Körper und erreichte den Mann, als der sich gerade wieder aufrichtete.

Aber statt dass dieser nun weiterlief, drehte er sich um und kam auf seinen Verfolger zu. Bevor Egwin die neue Lage einschätzen konnte, spürte er plötzlich einen wuchtigen Schlag in seinen Magen. Er schrie auf und japste nach Luft, krümmte sich und sah, wie der Mann sein Messer packte und zum zweiten Mal ausholte.

Das ist das Ende!

Plötzlich Stimmen! Mehrere Männer kamen die Gasse entlang.

Der Mann erschrak, näherte sich Egwin, der dessen strengen Atem roch und den Satz hörte: »Das nächste Mal wirst du sterben!«

Dann war er verschwunden.

»Was ist los, Mönch?«, fragten die Männer. »Wer war das?«

»Ich ... ich weiß es nicht«, keuchte Egwin, der sich noch immer nicht von dem Schlag erholt hatte.

»Was wollte er von dir?«

»Erstechen.«

»Dann bist noch mal davongekommen. Gott sei Dank gesagt.«

»Ja, ihr habt recht. Wenn es euch ... nichts ... ausmacht, werde ich euch ein Stück begleiten. Ich ... bin ... unterwegs zum Bischof.«

Die Männer hatten nichts dagegen und nahmen den Mönch in ihre Mitte.

Niedergeschlagen und schwach klopfte Egwin wenig später an die Außentür der Residenz. Friedrich war nicht da und würde erst viel später kommen, erfuhr er vom Pförtner.

Enttäuscht schleppte er sich die Stufen hoch. Zum ersten Mal seit Wochen sehnte sich Egwin nach der Gemeinschaft seines Klosters.

Er sehnte sich nach der regelmäßigen Arbeit in der Bibliothek und im Garten. Er sehnte sich nach den Gebetszeiten, die er zusammen mit den Brüdern hielt. Er sehnte sich nach seinem Abt, der ihm sagte, was er tun sollte und was nicht, er sehnte sich nach dem Haus der Kranken, in das man kam, wenn man verletzt war. Einmal war er dort gewesen, als er sich den Arm gebrochen hatte.

Bruder Daniel, ein begnadeter Mönch, der sich mit Kräutern, Essenzen, Salben und Verbänden auskannte, der wunderbare Kräuteraufgüsse herstellte, würde ihn in Haestingas ein paar Tage pflegen, bis er wieder arbeiten konnte. Es tat gut, von jemand umsorgt zu werden, der zwar vor sich hin brummelte, aber ein Herz aus Gold besaß. Heute bedauerte es Egwin, dass er ein Zimmer für sich ganz alleine hatte.

Die Stille und die Kälte, die ihn dort empfing, drängten ihn schließlich wieder auf den Flur. Der einzige Mensch, mit dem er sich unterhalten konnte, war Mauritius. Er fand ihn im Gewühl der Küche und klagte ihm sein Leid.

Mauritius sagte nicht viel. Er legte glühende Kohlen in die Eisenschale, die in Egwins Zimmer stand, brachte dem Mönch heißen, gesüßten Wein und frisches Brot und sorgte dafür, dass ein paar heiße Steine in Egwins Bett lagen.

Als er Egwins Zimmer verließ, sagte er mit einem winzigen Lächeln in der Stimme: »Wer einen Mordanschlag hinter sich hat, ist von den täglichen Gebetszeiten befreit. Ich bin sicher, dass der Erzbischof das sagen würde. Ich glaube, schlafen ist das Beste, was Ihr tun könnt.«

Egwin nickte müde: »Ich weiß, dass du alles schon weißt im Voraus, was die Leute sagen und tun werden. Danke für alles.«

Nun lag er warm eingepackt in seinem Bett. An der Decke sah er den Widerschein der roten Glut und draußen rumpelten unverdrossen, trotz Kälte und Dunkelheit, irgendwelche Wagen und Karren über das Pflaster.

Wie ein Tuch, das vom Himmel fiel, so schwebte die Müdigkeit langsam auf Egwin herab, bis er die Augen schloss und leise anfing zu schnarchen.

Kapitel 15

Friedrich kam spät nach Hause. Die Sitzung der Diakone hatte sich in die Länge gezogen, weil die Hilfesuchenden in Coln immer zahlreicher wurden und das, was die Kirche an zusätzlichen Mahlzeiten für die Armen anbot, nicht mit der Not Schritt hielt. Die Kleiderkammern waren fast leer, die Kirchen viel zu voll.

Und dann war das unangenehme Gespräch mit Walter, Fionas Bruder, gewesen. Friedrich hatte die Entführung als notwendig dargestellt und Walter verpflichtet, dem Stadtvogt nicht zu sagen, dass der Erzbischof hinter dem Frauenraub stand.

Zum Schluss musste er sich noch mit dem Stadtvogt zusammensetzen, um für den Besuch des Kaisersohnes gerüstet zu sein. Er spürte, dass der Stadtvogt keineswegs begeistert war über die selbstgemachte Einladung von Heinrich, dem Jüngeren. Die Willkommensfeier musste geplant, der Umfang des Essens bedacht werden. Wer bekam eine Einladung? Wer nicht?

Jetzt war Friedrich zwar müde, aber doch nicht so müde, dass er gleich zu Bett gegangen wäre. Er nahm eine leichte Abendmahlzeit ein, hörte von Mauritius, was Egwin zugestoßen war, und beschloss, ihn ruhen zu lassen und erst am nächsten Morgen nach ihm zu sehen.

Als Mauritius gegangen war, nahm Friedrich seinen Schlüsselbund sowie eine tragbare Öllampe und ging in die Bibliothek hinüber. Er wollte sich einen Codex holen, den er vor Wochen von einem Kaufmann erstanden hatte: Lieder und Verse, die von arabischen Dichtern gesammelt worden waren, sollten darin stehen, und auch Verse aus Hispania, die im lateinischen Dialekt der Westfranken verfasst waren.

Kälte schlug Friedrich entgegen, als er die Bibliothek betrat, und im Schein der Öllampe sah er seinen Atem als kleine Wölkchen vor dem Gesicht aufsteigen. Schnell holte er sich den schweren, in Rindsleder gebundenen Band, verschloss die Tür und begab sich in sein persönliches Arbeitszimmer, das von Mauritius geheizt worden war und die Wärme gespeichert hatte. Auf dem Tisch stand ein Becher Würzwein, aus dem Friedrich dankbar einen Schluck nahm.

Er öffnete den Codex, überflog die ornamentalen arabischen Zeichen und las die lateinische Übersetzung, die er in Gedanken ins Fränkische übertrug:

Die Liebe, mein Freund, ist eine
unheilbare Krankheit,
deren Besserung von der Behandlung abhängt.
Sie ist ein angenehm empfundenes Leiden
und eine ersehnte Qual.
Jedoch, wie mag es einem ergehen,
der im Herzen diese Liebe geborgen hat,
die heißer war als Tamariskenkohle, und seine Seele
gegen ihren Willen von dem abgekehrt hat,
was sie ersehnte, weil das, was sie wünschte,
verboten war?
Wahrlich, er verdient am Tage der Auferstehung
Freude zu erleben!

Friedrich blickte bestürzt auf und wiederholte flüsternd: »... eine ersehnte Qual ... heißer als Tamariskenkohle ... die Seele gegen ihren Willen von dem abgekehrt hat, was sie ersehnte ... Wie mag es dem ergehen?«

Es ergeht ihm schlecht und er wünscht sich die Liebe zu Fiona zurück.

Er hielt inne, fast erschrocken über diese Gedanken. War es denn nicht seine Berufung gewesen, Priester zu werden? Hatte er nicht auch das Glück gefunden, ganz für Gott da zu sein und den Menschen zu dienen? Was für eine Machtfülle besaß dieses Amt!

Ja, ich darf dafür sorgen, dass der verwöhnte Spross des Kaisers genügend zu essen bekommt und sich in Coln wohlfühlt. Ich darf mir Gedanken machen, wie man die Armen in Coln besser unterstützt, ich darf über liturgische Formeln in der Messe nachdenken, Diakone und Priester einsetzen und absetzen … Wirklich, wundervolle Aufgaben, die das Leben für mich bereithält!

Nein, das war ungerecht. So konnte man nicht denken. Er durfte die Menschen in der Messe mit Gott in Verbindung bringen, er durfte die Lossagungsformel sprechen und im Namen Christi Sünden vergeben. Wenn Leute ihn um Rat fragten, konnte er helfen. Nein, seine Arbeit war nicht nur eine Last! Aber manchmal hatte er seine Zweifel, ob er zu diesem Amt wirklich taugte, denn er hatte es nicht angestrebt. Er war meistens zu milde und zu nachgiebig. Vieles war ihm lästig.

Aber wie lange halte ich das noch aus, wenn die Liebe nicht aufhört? Sie ist wie ein Bach, der jahrelang unter der Oberfläche fließt und irgendwann die Erde durchbricht und das Land überflutet …

Ärgerlich schlug er die Stelle zu, blätterte weiter und vertiefte sich in den seltsamen westfränkischen Dialekt. Es machte Freude, die ungewohnten Laute zu sprechen, ohne ihre Bedeutung zu kennen:

… maix jai de ceste prixon d'Amor
n'istrai per guilleir
ains veul endureir
lou mal ki me tient
ki d'Amor me vient
li mals est si tresjolis
et de ci douce nature

c'est uns petis paradis
ki de loiaul cuer l'endure.

Er sah sich die lateinische Übersetzung an und las stockend:

»Aber nie werde ich durch Betrug aus dieser
Gefangenschaft der Liebe entkommen, sondern …
ich will das Leid ertragen, das mich ergreift und
das mir von der Liebe kommt.
Dies Leid ist so sehr angenehm und von so süßer Art.
Es ist ein kleines Paradies für den, der es mit treuem
Herzen erträgt.«

»Aha!«, sagte er laut und mit fast sarkastischem Ton. »Das ist also die Lösung: Das Ertragen dieser heimlichen Liebe soll anscheinend ein kleines Paradies sein. Süßer Schmerz! Großartig! Bin ich also dazu verdammt, mein Leben lang in diesem schmerzlichen Paradies zu leben? Da gefällt mir das Wort Liebesgefängnis schon besser. Das scheint mir näher an der Wahrheit zu sein. Und wie endet das Ganze? In einem lustvollen Liebesschmerz?«

Er las weiter:

»maix celle est si dure
ke m'ait en prixon,
k'elle m'ocist sens raixon
et por bien ameir
se fait agreveir
lou mal ki me tient
ki d' Amor me vient.

Aber diejenige,
die mich gefangen hält,
ist so hart, dass sie mich ohne Grund tötet

und durch treue Liebe
wird das Leid schwer,
das mich ergreift
und das mir von der Liebe kommt.«

Friedrich schlug mit der Faust auf den Tisch, sodass ein paar rote Spritzer aus dem Weinbecher auf das Holz fielen.

»Ja, der Mann hat recht. Bei Gott, er hat recht. Diejenige, die mich gefangen hält, tötet mich. Nicht auf einmal, aber nach und nach saugt sie mir das Leben aus. Jeder freundliche Blick von ihr, jedes Wort, das sie spricht, allein der Klang ihrer Stimme ist wie ein Messer, das in meinem Herzen bohrt, und das Leid wird größer, je mehr ich mich mit Fiona beschäftige. Aber was soll ich machen? Gleichzeitig wünsche ich nichts so sehr, wie in ihrer Nähe zu sein!«

Er schlug das Buch zu und legte seinen Kopf darauf.

Was soll ich machen, mein Gott? Es kann doch nicht ewig so weitergehen! Hilf mir, Fiona zu vergessen!

Mit letzter Anstrengung stand er nach einer Weile auf, leerte den Becher und zog sich in sein Schlafgemach zurück. Mehr aus Gewohnheit als aus Überzeugung sprach er einen Psalm zur Nacht:

»Si dixero forte tenebrae operient me nox
quoque lux erit circa me
nec tenebrae habent tenebras aput te
et nox quasi dies lucet …
Und spräche ich:
Tiefe Finsternis möge mich verbergen
und Nacht sei das Licht um mich her,
so würde Finsternis vor dir nicht verfinstern
und die Nacht würde leuchten wie der Tag …«

Er war zwar müde gewesen, aber so bald konnte er doch nicht einschlafen. Sein Gebet setzte sich fort, denn die Nacht war tatsächlich nicht dunkel für ihn, obwohl alle Lichter verlöscht waren. In seinem Kopf war es hell und sein Herz schlug schneller als sonst.

Die Worte der Dichter aus seinem Buch rumorten in seinem Inneren und kamen nicht zur Ruhe. Worte, die erzählten, dass es einen Schmerz geben sollte, der besser sei als Gesundheit und Wohlbefinden, weil man aus der Gefangenschaft der Liebe so schnell nicht entkommen kann.

»Wenn ich nur wüsste, ob sie immer noch an mich denkt, so wie ich an sie? Ob sie mich noch liebt?«, murmelte er. »Oder bin ich für sie nur noch ein Stück Vergangenheit? Man sagt ja, dass Frauen länger lieben als Männer. Aber will ich das hoffen? Soll sie sich so quälen wie ich? Und doch – es würde mich beruhigen, wenn ich es wüsste …«

*

Am nächsten Morgen gab es ein sehr ernstes Frühstück. Egwin bat Friedrich, dass Mauritius ebenfalls daran teilnehmen sollte.

»Er bekommt ja doch alles mit! Und er ist schlau und weiß im Voraus, was andere denken!«

Die drei Männer saßen im Speisezimmer zusammen, durch dessen Glasfenster eine helle Wintersonne grüne Kreise auf den Tisch malte. Ab und zu stand Mauritius auf und bediente, aber er getraute sich nicht, in Gegenwart der geistlichen Herren etwas zu essen. Friedrich musste es ihm befehlen.

»Dieser Ziegenkäse ist köstlich«, sagte Egwin und steckte sich ein Stück in den Mund.

»Es freut mich, dass du Hunger hast, Egwin, nach deinem abendlichen Erlebnis. Ich hätte nämlich keine Lust gehabt, eine Grabrede auf dich zu halten.«

»Ich frage mich, aus welcher Richtung dieser Mordanschlag kam«, überlegte Egwin laut. »Kam er von den Walisern, die mitbekommen haben, dass ich nach ihnen suche? Kam er von einem Unbekannten? Der kurze Satz, den der Kerl ausgestoßen hat, hatte allerdings keinen fremden Klang, aber ... an einem einzigen Satz kann man noch nichts erkennen ...«

»Wenn ich Euch bitten darf, diesen Satz zu wiederholen?«, fragte Mauritius.

Egwin überlegte kurz und sagte: »Das nächste Mal wirst du sterben.«

»Hm«, meinte Mauritius. »Das bedeutet, dass der Mann auf jeden Fall noch einen weiteren Mordversuch planen wird. Vermutlich schon bald.«

»Du solltest also besser in Begleitung nach draußen gehen, Egwin«, mahnte Friedrich.

»Wie soll ich das machen? Ich kann nicht jeden Tag bitten Mauritius, mich zu begleiten. Außerdem, wenn ich weiß, dass ich werde bedroht, sehe ich mich vor, vermeide dunkle Gassen, habe mein Messer griffbereit, bewege mich in der Menge ...«

»Ich werde Euch eine Pfeife schnitzen«, sagte Mauritius.

»Eine Pfeife?«

»Ja, aus einem runden, hohlen Ast kann man eine Art Flöte machen, die klein ist und hohe, schrille Töne von sich gibt. Werdet Ihr angegriffen, dann blast hinein, das wird den Mann so verwirren, dass er abgelenkt ist.«

»Guter Einfall«, nickte Egwin und fuhr fort: »Ich werde also auf jeden Fall weitersuchen. Es gibt ein paar Tavernen, die ich noch nicht gesehen habe.«

»Aber bitte, sieh dich vor, ich will nicht ...«

»Ich weiß, du willst keine Grabrede halten!« Egwin trank einen Schluck Honigmilch und wandte sich an Friedrich: »Was wirst du heute machen?«

»Ich werde mich mit dem Stadtvogt treffen, ein paar Rechtsfälle müssen geklärt werden und ich werde einen Besuch mit dem Schiff machen und hoffentlich nicht zu spät zurückkommen.«

»Eine Reise mit dem Schiff?«

»Ja. Es … gibt einige Leute, die mich in einer dringenden Angelegenheit sprechen wollen …«

Mauritius stand auf, entschuldigte sich und sagte: »Wartet auf mich.«

Friedrich und Egwin blickten ihm nach.

»Ein ungewöhnlicher Mann«, murmelte der Mönch.

»Ja, zweifellos«, nickte Friedrich. »Ich habe bisher keinen Menschen gekannt, der so vorauseilend denken kann.«

Egwin lachte. »Was ist?«

»Zwischendurch hatte ich Mauritius in Verdacht, dieser geheimnisvolle Mörder zu sein. Manchmal ist er fast unheimlich.«

Er nahm die Schale mit den Nüssen und getrockneten Trauben und griff sich eine Handvoll.

»Übrigens«, fing Friedrich an. »Wie ging es eigentlich weiter mit der Mabinogigeschichte?«

»Wo waren wir stehen geblieben?«, fragte Egwin mit vollem Mund und spülte den Nussbrei mit der Milch hinunter.

»Du hast erzählt, dass der König von Irland gekommen war, eine walisische Frau heiraten wollte und dass irgendein Verwandter, der sich übergangen fühlte, aus Wut die irischen Pferde verstümmelt hatte.

Die Ehre des Königs aus Irland war danach so verletzt, dass kein Geld oder Gold das ausgleichen konnte. Und da sind wir ja dann auf das *signum aurum* gestoßen.«

»Richtig. Ja, wie ging es weiter? Ich habe, glaube ich, etwas vorgegriffen, um die Vögel und Fische zu erklären, aber es macht mehr Freude, wenn man die Einzelheiten erzählt …

Gut. Also der irische König war immer noch sehr verstimmt wegen dieser Pferdegeschichte und wollte Walisien verlassen, aber König Benigeidfran tat es leid, dass der König in Unmut von ihm wich, er sandte Boten zum Hafen und lud ihn zum Essen ein. Es wurde sehr einsilbig und ohne rechte Lust abgehalten.

Was kann ich für Euch noch tun?, fragte Benigeidfran Matholwch …«

»Wer?«, unterbrach Friedrich die Erzählung.

»Matholwch ist der Name des irischen Königs.«

»Ah! Diese Namen könnte ich mir nie merken.«

»Also, der Waliser bot dem Iren an, dass selbstverständlich alle Pferde ersetzt würden und er obendrein von ihm einen magischen Kessel bekäme.

Was hat es mit dem Kessel auf sich?, fragte Matholwch.

Wenn du diesen Kessel hast, bist du in Kriegszeiten gut versorgt. Wird nämlich ein Krieger getötet und du wirfst ihn in diesen Kessel, dann wird er wieder lebendig mit dem Unterschied, dass er nicht mehr sprechen kann.

Nun, dieses Geschenk gefiel dem irischen König gut, obendrein bekam er ja noch die Königstochter zur Frau, und seine Laune bei dem Gastmahl besserte sich zusehends, sodass sie noch lange zusammensaßen und tranken.

Wie bist du an diesen Zauberkessel geraten?, fragte der Ire.

Ich habe ihn von einem Riesen, der von deiner Insel geflüchtet war.

Wie heißt er?

Llasar Gyvnewid.

Ich kenne ihn. Eines Tages stieg er aus der See mit einem großen Kessel über der Schulter und hinter ihm kam seine schwangere Frau, die fast doppelt so groß war wie er. Wir nahmen ihn auf, aber er wurde immer unerträglicher, verwüstete große Ländereien, sodass wir beschlossen, ihn loszuwerden. Wir bauten ein Haus aus Eisen, luden ihn zum Essen ein, verriegelten es und machten Feuer, bis es glühte. Aber er brach durch das Eisen und verschwand.

Ja, sagte Benigeidfran, *und dann kam er zu uns.*

Was hast du mit ihm und seinen Nachkommen gemacht?, fragte der irische König interessiert.

Ich habe alle seine Verwandten in meinem Reich an den

Grenzen verteilt und ihnen die Aufgabe angewiesen, alle Eindringlinge abzuweisen.

Ah, sehr klug. Und jetzt kommt der Kessel wieder zu mir!

So ist es. Nimm ihn und gebrauche ihn.

So saßen sie, redeten und tranken. Und als sie dann merkten, dass es nützlicher für sie sei, zu schlafen, als noch länger aufzubleiben, gingen sie schlafen ...«

Friedrich lachte. »Ich wünschte, diese weise Erkenntnis würden gewisse Colner auch besitzen.«

»Ja, dieser Satz kommt bei den Zweigen des Mabinogi häufiger vor, er scheint eine Art Volksgut zu sein.«

»Also geht alles doch gut aus?«

Egwin schüttelte den Kopf. »Leider nicht. Aber zunächst schon. Der irische König kommt in Irland an, alle freuen sich, die Hochzeit mit Branwen wird gefeiert, sie wird bald schwanger und bekommt ein Kind, sogar einen Sohn, den der Vater Gwern nennt.

Alles schien vollkommen zu sein. Aber nach und nach sickerte die Geschichte mit der Pferdeverstümmelung durch und den Iren gefiel es nicht, wie man ihren König behandelt hatte. Nach zwei Jahren Schimpfen und Murren darüber, entstanden Unruhen und Aufstände deswegen, und der König sah sich gezwungen, irgendetwas dagegen zu unternehmen.

Er hielt Rat mit seinen weisen Männern und einer sagte schließlich: *O König, die Beleidigung muss durch eine andere Beleidigung ausgeglichen werden. Dann wird sich dein Volk beruhigen.*

Aber wen soll ich beleidigen? Soll ich nachts nach Walisien fahren und die Pferde dort ebenfalls verstümmeln?

Nein, das ist nicht nötig, oh König. Du hast ja hier eine Frau aus Walisien, deine eigene. Wenn sie beleidigt wird, ist ein Ausgleich hergestellt.

Nun wurde Folgendes festgelegt: Die walisische Königin Branwen durfte nicht mehr in ihr königliches Schlafgemach, sondern musste sich in der Küche aufhalten. Jedes Mal, wenn der Koch das Fleisch zerlegt hatte, musste er ihr eine Ohrfeige geben. Gleichzeitig sollte der Schiffsverkehr zwischen Irland und Walisien unterbrochen werden, damit die Waliser nicht erfuhren, wie man die Königin beleidigte.

»Aus der Sünde eines dummen Mannes, wachsen andere Sünden auf«, sagte Friedrich und ärgerte sich. »Nur weil dieser dumme Halbbruder sich übergangen fühlte und aus lauter Bosheit die Pferde verstümmelte, mussten andere leiden!«

»So ist es. Aber Branwen war nicht dumm. Sie ließ sich die seltsame Behandlung ein paar Monate gefallen, aber dann hatte sie genug. Sie fing sich einen Star, brachte ihm den Namen ihres Vaters bei, befestigte einen Brief an seinem Fuß in dem all das drinstand, was man ihr zufügte und schickte ihn los. Und so erfuhren die Waliser von der großen Schmach, die Branwen getroffen hatte. Und was taten sie? Was meinst du?« Egwin sah Friedrich an.

»Sie rüsteten sich zum Krieg.«

»Du sagst es. Schiffe, die von Riesen gezogen wurden, den Kindern von Llasar Gyvnewid, dem Kesselschmied, landeten, und es kam zu einem furchtbaren, blutigen Kampf, in dem dann auch der Wunderkessel eine Rolle spielte, der ...«

Die Tür öffnete sich. Mauritius erschien und hielt eine kleine Holzflöte in der Hand. »Für Euch«, sagte er und reichte sie Egwin.

Egwin nahm sie in die Hand und blies kräftig hinein. Ein schriller Ton erfüllte den Raum, sodass Friedrich sich unwillkürlich die Ohren zuhielt.

Danach stand er auf. »Lasst uns gehen. Und das erledigen, was wir tun müssen.«

Kurze Zeit später verließ Friedrich seine Wohnung. Mit eiligen Schritten ging er zum Hafen hinunter. Er war in einen unauffälligen, groben Mantel aus Wolle gekleidet und hatte sich eine runde Ledermütze aufgesetzt, unter der sich seine dunklen Haare ringelten.

Fast gleichzeitig löste sich aus dem Schatten eine Gestalt, die in der Nähe des Bischofssitzes gewartet hatte, und folgte dem Erzbischof.

Als Friedrich ein Schiff bestieg, ging auch der Mann nach einer angemessenen Zeit an Bord. Er hielt sich abseits, aber doch so, dass er sehen konnte, wann der Erzbischof das Schiff verlassen würde.

Kapitel 16

Es sieht so einfach aus, aber bei mir klappt das nicht!«, rief Fiona und stand von dem schmalen Schemel auf.

Thekla lachte: »Ich habe das Melken auch nicht an einem Tag gelernt, Fiona, und eine Kaufmannstochter wie du war nie in der Verlegenheit, Kühe oder Ziegen zu melken.«

»Da hast du recht!«

Die beiden standen im Teil des Hauses, der den Tieren als Stall diente, und betrachteten die Kuh, die sich ein Büschel Heu aus dem Haufen herausgerissen hatte und nun langsam mahlend kaute. Es war noch früh und die Sonne war eben aufgegangen. Ein matter Schimmer fiel durch die schmale Luke in den Stall, in dem es warm war und nach Kuhdung roch. Staub wirbelte in einem Lichtband.

Die Frauen des neuen Ordens hatten in Bonna keine Langeweile aufkommen lassen. Statt nur herumzusitzen und zu reden, wollten sie sich nützlich machen. Und so fingen einige an, Körbe zu flechten, während Fiona sich in den Kopf gesetzt hatte, unbedingt melken zu lernen.

»Fangen wir am besten von ganz vorne an«, sagte Thekla. »Also, pass genau auf.«

Sie klopfte der Kuh auf den Bauch, redete ein paar Worte mit ihr und hielt die kalten Hände an das warme Fell.

»Kühe hassen kalte Hände an ihrem Euter«, erklärte Thekla und fügte hinzu: »Dir würde es wahrscheinlich auch nicht gefallen, wenn jemand mit kalten Händen deine Brust berührt, oder?«

Fiona schüttelte den Kopf. »Nein, sicher nicht. Allerdings gibt es noch ein paar mehr Unterschiede zwischen einer Kuh und mir.«

Thekla ging nicht auf die Bemerkung ein und fuhr fort: »Wichtig ist, dass du nicht zu fest und nicht zu locker greifst. Wenn du bequem sitzt und deine Hände warm sind, dann klemmst du dir den Eimer leicht schräg zwischen die Beine, so …«

Thekla setzte sich zurecht, und der Eimer hing direkt unter dem Euter. »Dann greifst du dir zwei Zitzen und drückst sie oben mit Daumen und Zeigefinger zu.«

»Warum das?«

»Wenn du das nicht machst, schießt die Milch wieder zurück in das Euter.«

»Ach so.«

»Und jetzt musst du von oben nach unten die Finger nacheinander drücken, und dabei presst du die Milch heraus. So!«

Tatsächlich spritzten nach ein paar Fingerbewegungen zwei Milchstrahlen in den Eimer.

Thekla stand auf. »Jetzt du noch einmal.«

Fiona holte ihre Hände unter den Achseln hervor, wo sie sie gewärmt hatte, setzte sich auf den Schemel, klemmte ihn zwischen die Beine und versuchte es Thekla nachzumachen. Oben abklemmen und die restlichen Finger abrollen. Aber kein Milchstrahl spritzte in den Eimer. Stattdessen wurde die Kuh unruhig und fing an zu muhen.

Thekla trat heran und streichelte sie behutsam. »Ruhig, meine Alte.« Und zu Fiona gewandt meinte sie: »Vielleicht drückst du oben zu viel ab? Dann kommt nämlich auch nichts.«

Fiona ließ beim Daumen und Zeigefinger etwas Druck nach und probierte das Abrollen erneut. Tatsächlich kam jetzt ein dünner Strahl Milch heraus.

»Es geht!«, rief Fiona begeistert und drückte weiter, aber danach kamen nur noch ein paar Tropfen.

Thekla lachte: »Das war jetzt wahrscheinlich zu locker. Mit der Zeit bekommst du ein Gefühl für den richtigen Druck.«

»Was heißt mit der Zeit?«, fragte Fiona.

»Eine Woche dauert es schon, bis du Übung hast. Und deine Unterarme werden dir wehtun.«

»Eine Woche?«, rief Fiona entsetzt.

»Gut, es kommt darauf an, wie oft man übt. Ich gehe schon mal zu einer der Ziegen. Das ist anstrengender, weil sie kleiner sind.«

Fiona war das ganz recht. Es gefiel ihr nicht, wenn sie etwas nicht konnte und jemand danebenstand und gute Ratschläge gab. Nach einer halben Stunde war der Eimer etwas voller, und Fiona musste aufhören, weil ihr die Unterarme schmerzten. Aber sie würde morgen weiterüben. Wie lange sie hier wohl noch aushalten mussten? Nach einer kurzen Pause ging sie in die andere Hälfte des Hauses zu den Frauen, die Lesen und Schreiben lernen wollten. Das war wie eine Erholung: wenigstens etwas, das sie beherrschte.

Und auch das tägliche Holzsuchen machte ihr Spaß. Man war mit den anderen zusammen, konnte sich unterhalten und wenn man die Hände mit Fäustlingen geschützt hatte, war es erträglich.

Kurz vor der Mittagszeit schlenderte sie über den Platz zwischen den Häusern, um beim Kochen zu helfen. Das Winterwetter hatte sich durch die kräftige Sonne und den blauen Himmel zu seinem Vorteil verändert. Misthaufen und Abfälle sahen im Licht sogar reizvoll aus. Rauch kräuselte sich aus den Schornsteinen, die aus den Grasdächern ragten, und stieg fast senkrecht in den Himmel.

Am Rande eines Feldes, das halb verschneit war und seine graugelben Stoppeln durch die Schneedecke sehen ließ, bemerkte Fiona einen Menschen, der auf sie zukam. Sie legte die Hand über die Augen und merkte am Gang und an der Art, sich zu bewegen, dass es ein Mann sein musste. Es kam ihr so vor, als ob weiter hinten eine weitere Gestalt zu sehen war, aber das konnte auch eine Täuschung sein. Eine Krähe vielleicht, die auf dem harten Boden nach etwas Essbarem pickte.

Der Mann kam mit raschen Schritten näher. Als er das Gehöft erreichte, verschwand Fiona rasch im Inneren des Hauses und beschäftigte sich mit den Leseübungen ihrer Schülerinnen. Ihr Herz klopfte. Sie hatte ihn erkannt: Es war Friedrich, daran bestand kein Zweifel. Was wollte er hier? Hatte nicht der Vogt sie hierherbringen lassen? War wieder ein Mord passiert? Hatte ihre Botschaft mit diesem seltsamen Satz Friedrich erreicht?

Warum war es ihr nicht recht, dass Friedrich kam? Wünschte sie sich denn nicht ein Zusammentreffen mit ihm? Sie setzte sich vor das niedergebrannte Feuer, mit dem Rücken zur Tür, legte ein paar trockene Äste darauf und blies so lange in die Glut, bis ihr schwarz vor Augen wurde und eine kleine Flamme das Holz umzüngelte. Im Hintergrund murmelten die Leserinnen. Da hörte sie, wie jemand an die Tür klopfte.

»Entrate!«, rief sie.

Und wie sie es vermutet hatte, stand Friedrich im Türrahmen. Ein kurzer Blick aus den Augenwinkeln hatte genügt. Jetzt wandte sie sich wieder dem Feuer zu. Nur nicht zeigen, dass sie ihn erkannt hatte.

Alle Übrigen blickten auf und starrten Friedrich an.

»Ich grüße euch!«, sagte er mit seiner tiefen vertrauten Stimme. »Ist Fiona de Ponte da?«

Sie drehte sich um, stand auf und tat erstaunt.

»Oh, der Erzbischof persönlich! Was für eine Überraschung!«

Sie murmelte einen Gruß, verbeugte sich höflich und versuchte ihre Verlegenheit im Zaum zu halten. »Ist etwas Neues in Coln passiert?«

Er überlegte und sagte dann: »Lasst uns nach draußen gehen, ich möchte einige Dinge mit Euch besprechen.«

Fiona hüllte sich in einen wollenen Mantel und zog die Tür hinter sich zu. Friedrich war schon vorausgegangen, in Richtung des verschneiten Feldes, an dessen Rand ein Trampelpfad sichtbar wurde, der zu einem nahe gelegen Wäldchen führte. Sie hob Mantel und Kleid ein wenig an und holte ihn mit weit ausholenden Schritten ein.

»Ich bin wirklich überrascht, dich hier zu sehen«, sagte sie. »Hat nicht der Stadtvogt uns hierherbringen lassen?«

»Das war nicht der Stadtvogt. Ich selbst habe es in die Wege geleitet.«

»Du? Aber …«

»Um dich und alle anderen in Sicherheit zu bringen. Wir haben es so dargestellt, dass es nach einem Raub aussah.«

»Du traust dem Vogt nicht?«

»Nein. Keinesfalls. Er will irgendwelche Schuldigen haben und sie bestrafen, auch wenn sie unschuldig sind.«

»Also … reine Fürsorge für die Frauen meines Ordens …?«

»Nicht nur.«

Der Trampelpfad hörte auf und mündete in einen Teppich aus Schnee und altem Laub. Aber dahinter sah man im Wald, wie der Weg weiterging. Fiona kannte ihn vom Holzsammeln.

»Nicht nur?«, bohrte Fiona weiter.

Friedrich blieb stehen. »Natürlich ging es mir nicht nur um deine Frauen, Fiona. Das weißt du ganz genau!« Seine Stimme bekam einen gereizten Unterton.

»Sondern?«

»Sondern, sondern … Ich machte mir Sorgen um dich. Tu nicht so unschuldig, schließlich … bist du mir nicht gleichgültig!« Sein Ärger in der Stimme war nicht zu überhören.

»Das hast du jetzt aber sehr freundlich gesagt«, lachte sie. »Übrigens lerne ich hier Melken.«

Der Weg wurde schmaler und die Zweige streiften ihre Arme und Schultern, sodass sie näher zusammengehen mussten und sich an den Händen ab und zu berührten.

»Ja, lach nur«, sagte Friedrich und hielt einen Zweig fest, bis Fiona vorbeigegangen war. »Meinst du, es ist leicht für mich, dich dauernd in Gedanken mit mir herumzuschleppen?«

Wieso bin ich so schwer?, dachte Fiona. Laut sagte sie: »Leicht?«

Sie schüttelte den Kopf. »Warum sollte es leicht für dich sein, wenn es für mich auch schwer ist, dich zu mögen und dich nicht haben zu können. Eigentlich dich nie haben zu können?«

Sie schwiegen. Schließlich begann Fiona. »Ist irgendetwas Neues in Coln passiert?«

»Nicht wirklich«, sagte er. »Egwin hat Ida getroffen, als er nackt in einer Wanne saß ... Und er ist überzeugt, dass die Morde gar nichts mit dir und eurem Orden zu tun haben. Ein zufälliges Zusammentreffen von Umständen, behauptet er. Die Morde folgen nämlich einem Muster, das nach einer walisischen Erzählung abläuft. Er sucht jetzt nach drei Männern aus Walisien, die sich möglicherweise an den Colnern rächen wollen. Das goldene Zeichen ist ein Begriff, der nicht nur in der Bibel vorkommt, sondern in einer Erzählung, die den merkwürdigen Namen *Die vier Zweige des Mabinogi* trägt.«

»Nun, das sind wirklich gute Neuigkeiten. Die Geschichte mit dem nackten Egwin, der Wanne und Ida musst du uns nachher ausführlicher erzählen. Aber wenn das mit den Walisern stimmt, dann ... dann könnten wir ja wieder nach Coln zurückgehen.«

Friedrich schüttelte den Kopf. »Das geht nur, wenn Egwin diese Männer findet. Und wenn er ihnen die Verbrechen nachweisen kann. Solange das noch nicht geklärt ist, bleibt ihr besser hier und ...«

»... und lernt melken.«

»Ja, meinetwegen. Melken ist besser, als getötet zu werden.«

»Und du bist jetzt den ganzen Weg hierhergekommen, um mir zu sagen, dass wir besser noch hierbleiben sollen?«

Friedrich schwieg und blieb stehen. Sie waren ungefähr in der Mitte des Waldes angekommen. Die glatten Buchenstämme hoben sich mit ihrer dunkelgrauen Rinde scharf von dem braunweißen Boden ab; nur die Äste hatten sich mit Schnee verziert.

»Warum siehst du mich so merkwürdig an?«, fragte sie. Ihre Stimme zitterte ein wenig.

»Ich bin natürlich nicht hierhergekommen, nur um dir zu sagen, dass du noch bleiben sollst. Gestern Abend habe ich in einem neuen Buch die Lieder eines Arabers gelesen und eines Westfranken, dessen lateinischer Dialekt dem Hispanischen ähnelt. Es gab Übersetzungen dazu.«

Fionas Herz schlug schneller, weil sie spürte, dass Friedrich etwas Wichtiges sagen wollte. Sie hüllte sich enger in ihren Wollmantel und sah einem Eichhörnchen zu, das auf einem Ast saß und neugierig zu ihnen herunterblickte.

»Diese Dichter behaupten, dass nicht die erfüllte Liebe die höchste Wonne sei, sondern die unerfüllte Liebe. Der Schmerz, die Geliebte oder den Geliebten nicht bekommen zu können, sondern sich nur nach dem anderen zu sehnen, bedeutet eine größere Lust, als das Erwünschte zu besitzen. Die nie erreichte Sehnsucht ist ein süßer Schmerz.«

Fiona runzelte die Stirn.

Was will er mir damit sagen?

»Ich habe mir einige Verse gemerkt und sie ins Fränkische übertragen. Aber auch das Original klingt gut. Ich weiß natürlich nicht, ob ich es richtig ausspreche. Er überlegte kurz und zitierte das Gedicht:

j'ains veul endureir
lou mal ki me tient
ki d'Amor me vient
Ich will gerne aushalten
den Schmerz, der mich ergreift
und der mir durch die Liebe kommt.

li mals est si tresjolis
et de ci douce nature
c'est uns petis paradis
ki de loiaul cuer l'endure.
Dies Leid ist so sehr angenehm
und von so süßer Natur.
Es ist ein kleines Paradies
für den, der es mit treuem Herzen erträgt.«

Er schwieg und sah Fiona an. »Was hältst du davon?«

»Hm«, machte sie. »Ich hätte nie gedacht, dass man das auch so sehen kann. Obwohl es mir etwas widernatürlich erscheint. Ist nicht die Liebe dazu da, erfüllt zu werden?«

»Normalerweise schon, aber wenn es nun mal nicht geht – wie bei uns?«

Fiona lächelte und fragte: »Mit anderen Worten: Du sagst damit, dass du mich immer noch liebst?«

»Ja, genau das sage ich damit.«

»Das hätte man auch einfacher sagen können.« Als Friedrich schwieg, fuhr sie fort: »Und deshalb bist du den weiten Weg von Coln nach Bonna gekommen, um mir das zu sagen?«

Friedrich nickte. »Ja. Und auch, um anzudeuten, dass es für uns einen Weg gibt, der zwar schmal und gefährlich ist, aber vielleicht doch begehbar.«

Er sah Fiona an, die so tat, als ob sie das Eichhörnchen genau beobachtete. »Und du?«, fragte er. »Was ist mit dir?«

»Was soll mit mir sein?«

»Ist deine Liebe für mich noch da … oder ist sie erfroren?«

»O Friedrich«, sagte sie und nahm seine kalte Hand. »Hast du das nicht gemerkt? Wie hätte ich vorhin von den Schmerzen der Liebe erzählen können, wenn sie erfroren wäre?«

Er nahm sie in den Arm und spürte, wie sie zitterte. »Wenn das so ist, dann sollten wir einen Weg finden, der …« Er stockte und fuhr herum. Hinter ihm hatte ein Zweig geknackt.

»Jemand ist in unserer Nähe. Ich habe ein Geräusch gehört. Lass uns weitergehen.« Er nahm ihre Hand.

Sie gingen mit großen Schritten dem Waldrand zu und folgten einem anderen Pfad, der das Anwesen mit einem weiten Bogen umrundete. Eine Zeitlang sagten sie nichts, bis Fiona anfing: »Du hast vorhin von einem ... einem begehbaren Weg gesprochen ...«

»Ja«, nickte Friedrich. »Wenn es nun so ist, dass wir nie ein gemeinsames Leben führen werden, dann sollten wir uns überlegen, ob es nicht kleine Seitenwege gibt, wie wir uns wenigstens von Zeit zu Zeit unsere Zuneigung zeigen können, ohne dass andere es erfahren.«

»Und wie stellst du dir das vor?«

»Ich weiß noch nicht. Vielleicht ein geheimer Platz, den nur wir kennen, an dem wir uns treffen. Oder wir schreiben uns Briefe, die ...«

»Nein, keine Briefe. Irgendjemand findet sie. Und was ist dann?«

Sie ließ seine Hand los und redete weiter: »Und wie ist das mit deinem Gelübde, das du abgelegt hast?«

»Das Gelübde bezieht sich auf eine Ehe oder das Zusammenleben mit einer Frau. Und es verbietet Unzucht. Aber all das trifft auf uns nicht zu. Wir führen keine Ehe, wir leben nicht zusammen ... und Unzucht können wir nicht ausüben.«

»Warum nicht?«

»Bei zwei Menschen, die sich aufrichtig lieben, kann es keine Unzucht geben, ganz gleich, was sie machen.«

»Das verstehe ich nicht.«

»Unzucht entsteht dann, wenn es dir nur um den Körper eines anderen geht und nur darum, deine Lust zu haben. Bei Unzucht ist der Körper austauschbar.«

»Austauschbar. Ein seltsames Wort. Du scheinst darüber viel nachgedacht zu haben.«

»O ja, manchmal zu viel.«

Sie bogen ganz in Gedanken an einer Weggabelung ab.

»Ach, Friedrich«, sagte Fiona nach einer Weile. »Ich muss in Ruhe darüber nachdenken, weißt du. Ich werde versuchen herauszufinden, was besser ist: dich heimlich zu lieben und in meinem Herzen zu tragen – oder eine Art heimliche Liebe zu leben mit Treffen und mit allem, was dazugehört. Ob es nicht besser ist, sich zu trennen und sich dann zu freuen, wenn man sich zufällig trifft? Und was ist, wenn ich vielleicht doch noch heiraten will?«

»Doch nicht diesen ... diesen Berward?«

»Er machte auf mich einen sehr ernsthaften Eindruck.«

»Zu ernsthaft, wenn du mich fragst. Etwa wie ... wie ein Hund, der seine Beute wittert.« Er trat nach einem Stein, der im Weg lag.

Fiona lachte. »Höre ich da Eifersucht heraus? Er ist sehr zuvorkommend und liebt mich.«

Friedrich sagte mürrisch: »Lass uns nicht über Berward sprechen.«

Sie blieb stehen und schaute sich um.

»Da hinten ist der Hof. Ich glaube, wir sollten umkehren. Sicher wundern sich die anderen schon, wo wir bleiben.«

Sie drehten um und gingen mit raschen Schritten zurück durch Laub und Schnee. Fiona merkte, dass ihre Füße eiskalt waren.

»Wenn du mit uns isst ... dann musst du unbedingt die Geschichte mit Egwin und Ida erzählen«, sagte Fiona noch ganz außer Atem, als sie beim Haupthaus anlangten.

Das Mittagessen war normalerweise nur eine Zwischenmahlzeit. Aber da der Erzbischof zu Gast war, legte man ihm zu Ehren ein Tischtuch auf die Tafel und bot eine größere Auswahl an Gemüsen und Fleisch an. Am Kopfende saß der Ehrengast, neben ihm Fiona und ihre Frauen. In der Mitte die Gastgeber und ganz am Ende Bedienstete und Kinder.

Da der Erzbischof Geld zur Versorgung der zusätzlichen Gäste in Aussicht gestellt hatte, war ein Schwein, das gestern geschlachtet worden war, das Hauptgericht. Es gab Brühwürste, knusprig gebratene Schweineohren, gekochten Bauchspeck und saftige Stücke aus der Brust.

Die Stimmung war gut, das Dünnbier wurde reichlich ausgeschenkt und die Hunde schlugen sich um die Knochen. Fiona genoss dieses zwanglose Essen mit Friedrich, dessen Schultern und Hände sie manchmal wie unbeabsichtigt berührten.

Friedrich kostete von der Mangoldsuppe mit Schinkenstreifen und gab, wie es üblich war, seinen halbvollen Teller weiter, sodass für die Kinder auch noch ein paar Reste blieben. Sie leckten die Platte sauber und schickten sie wieder leer zu Friedrich zurück. Ebenso machte er es mit dem Fleisch, das zwischen Möhren, Lauch und Sellerie garniert war. Je mehr er sich auftat, desto mehr bekamen die Kinder zum Schluss von den Portionen ab und die Mägde mussten die Begeisterung der Kleinen dämpfen, die sich nicht jeden Tag satt essen konnten.

»Und nun erzählt, wie es kam, dass Ida Egwin getroffen hat!«, sagte Fiona und nagte an einem Knochen.

»Also«, begann Friedrich im allgemeinen Essenslärm und wandte sich an die Frauen. »Das kam so: Ihr kennt doch Egwin?«

Sie nickten mit vollem Mund und wischten sich die fettigen Finger am Tischtuch oder am Ärmel ab.

»Also: Egwin, der völlig durchgefroren war und wenig Zeit gehabt hatte, sich zu pflegen, trifft Walter, Fionas Bruder, der ihn einlädt, ein warmes Bad in seinem Haus zu nehmen …«

»Sicher mit einer kleinen Nebenabsicht, vermute ich …« warf Fiona ein.

»Ja, Ihr kennt Euren Bruder. Er wollte von Egwin mehr über Euch und Eure Frauen erfahren. Wie groß die Bedrohung wirklich ist. Denn Egwin schien einiges zu wissen. Nun, eine Magd bereitet ein Bad für ihn, man kommt ins Gespräch, sie merkt, dass er aus Angelland kommt ... und da fällt ihr ein, dass Ida auch einen Mönch von der Insel gekannt hatte. Es stellt sich heraus, dass es ebenderselbe ist.«

Friedrich nahm einen Schluck Bier und fuhr fort: »Die Magd hat nun nichts Besseres zu tun, als das Haus zu verlassen und Ida Bescheid zu sagen, die in der Nähe arbeitet. Ida geht anstelle der Magd in den Wasserraum und Egwin, nichtsahnend, steigt aus der Wanne, trocknet sich ab und sieht Ida vor sich!«

Fiona, die gerade ein Stück Fleisch mit der Hand in den Mund steckte, musste lachen, als sie sich das vorstellte und verschluckte sich. Ariana klopfte ihr auf den Rücken, bis ein Schluck Bier den Hustenreiz gedämpft hatte.

Während Fiona Friedrichs Erzählung lauschte, dachte sie: *Warum kann es nicht immer so sein, dass wir zusammen reden und essen und ausgelassen sind? Nachher wird er wieder abreisen, wir bleiben auf ungewisse Zeit zurück, aber was passiert in Coln? Können wir jemals dorthin zurück, wenn Egwin nicht den Mörder findet?*

Sie nahm den Löffel und füllte ihre Schüssel mit Sauermilch, über die sie ein wenig Honig träufelte. Sie sah die bewundernden Blicke, die ihre Frauen Friedrich zuwarfen, und wurde fast ein bisschen eifersüchtig, bis ihr klar wurde, wie dumm das war. Friedrich würde nie eine andere Frau als sie verehren.

Nach dem Essen verabschiedete Friedrich sich schnell. Er sollte heute noch den Stadtvogt treffen, um festzulegen, wie der Aufenthalt des Kaisersohnes zu gestalten war. Fiona hoffte noch auf einen kurzen Augenblick allein mit ihm, aber er flüsterte ihr nur kurz zu: »Wir werden uns bald wiedersehen und uns entscheiden, wie wir weiter vorgehen.«

Als er gegangen war, wärmte sich Fiona ihre kalten Füße am Feuer und ging in den Stall, in dem es schon dämmrig wurde. Sie musste irgendetwas tun. Zu viele Gedanken stürmten durch ihren Kopf.

Wie Thekla es ihr gezeigt hatte, setzte sie sich auf den Schemel, klemmte den Eimer zwischen die Oberschenkel und übte: Druck mit dem Daumen und Zeigefinger und dann die Finger abrollen lassen. Nein! Erst die Hände wärmen. Sie legte ihre Hände an das warme Kuhfell und ihren Kopf gleich dazu und war erstaunt wie es im Bauch der Kuh rumorte und blubberte. Ob man in ihrem eigenen Bauch auch so viele Geräusche hören würde? Immerhin hatte Thekla sie heute Morgen mit einer Kuh verglichen. Ja, wenn sie eine Mutter wäre, die stillte, aber so …?

Nach einer Weile probierte sie noch einmal das Melken. Es kam ein dünner Strahl, genug für einen Becher Milch. Dann musste sie schon wieder aufhören, weil ihre Unterarme schmerzten.

Kapitel 17

Egwin fühlte sich hin und her gerissen. Eigentlich war es für einen Benediktiner verboten, allein eine Taverne aufzusuchen. Die Leute schauten immer erstaunt in seine Richtung, wenn er hereinkam. Manche steckten ihre Köpfe zusammen und tuschelten, andere lachten.

Aber was sollte er machen? Wenn es um Menschen ging, die getötet wurden, dann musste das eben einmal so sein. Hatte König David nicht auch die strengen Gebote übertreten und aus dem heiligen Raum die Brote geholt, die nur für liturgische Zwecke gebacken worden waren, weil seine Soldaten hungerten? Stand also nicht die menschliche Not über den religiösen Geboten?

Dies war jetzt schon die dritte Taverne gewesen, und er hatte nichts herausgefunden. Der Wirt hatte einsilbig geantwortet. Wahrscheinlich wollte er nicht den Eindruck erwecken, er würde seine Gäste verraten.

Allmählich zog gegen Abend die Kälte wieder durch die Straßen, nachdem die Sonne tagsüber für ein bisschen Wärme gesorgt hatte. Wie gut, dass er Friedrichs warme Socken trug.

Eine letzte Taverne hatte er sich noch vorgenommen, dann würde er eine Pause machen. Wie jeden Abend hatten es die Leute eilig, noch dringende Arbeiten bei Tageslicht zu erledigen, um Öl oder Kerzentalg zu sparen. Er war jetzt in der Gegend von St. Colomba, weil es da auch eine versteckte Stube geben sollte, in der man Bier und Wein ausgeschenkt bekam. Das hatte jedenfalls Mauritius, der Alleswisser, behauptet.

Menschen kamen ihm entgegen. Einer trug schon eine Laterne, die aber noch nicht leuchtete. Rechts sah er den Kirchturm von St. Colomba und ging darauf zu. Da hörte er rasche

Schritte hinter sich. Er drehte sich um und sah, wie ein Mann in einer Seitengasse verschwand. Siedend heiß fielen ihm Mauritius' Worte ein: Dieser Mann, der ihn erstechen wollte, wartete auf eine zweite Gelegenheit …

Egwin griff beim Gehen unter seine Kutte, zog das Messer aus der Lederscheide und bekreuzigte sich. Das hatte er bisher noch nie gemacht: sich mit einem Messer bekreuzigt! Und die neue Pfeife? Er hatte sie in seinem Zimmer liegen gelassen. Wie dumm von ihm.

Wieder hörte er Schritte hinter sich, die näher kamen.

Er überlegte, was er tun sollte: Den Mann näher herankommen lassen und sich dann blitzschnell umdrehen und das Messer zeigen? Dann könnte er vielleicht sein Gesicht sehen. Nein, bei diesem Licht ging das nicht, vor allem wenn der Mann eine Kapuze über dem Kopf trug. Er müsste ihn verletzen, dann könnte er ihn festhalten. Eigentlich wollte er ja nicht zustechen, aber wenn es keine andere Möglichkeit gab?

Jetzt!

Blitzschnell drehte er sich um. Etwas blitzte auf, Egwin duckte sich und stieß das Messer in die Richtung seines Verfolgers. Aber der hatte wahrscheinlich damit gerechnet, wich der Bewegung aus und stieß selber zu. Egwin fühlte einen jähen Schmerz am Oberarm und etwas Warmes, das an der Haut herunterlief.

Der andere, der sah, dass er den Mönch getroffen hatte, nützte die Verwirrung aus und floh. Einen schrecklichen Augenblick lang blieb Egwin stehen, dann drang nur noch ein Gedanke in sein Bewusstsein: Verfolgen! Der Stich war nebensächlich. Den konnte er nachher verbinden. Was er brauchte, war das Gesicht dieses Mannes. Wenn er ihn erwischte, dann hatte dieser Albtraum in Coln ein Ende. Denn nur der Mörder hatte ein Interesse daran, seinen Gegner tot zu sehen. Und so lief Egwin los.

Im Laufen schürzte er seine Kutte hoch, steckte den Saum in

den Gürtel, presste zugleich die rechte Hand gegen die Wunde und lief hinter der Gestalt her, die in eine Seitengasse bog. Es waren viele Menschen unterwegs und der Geräuschpegel war entsprechend hoch, sodass der unbekannte Angreifer nicht hören konnte, dass jemand hinter ihm herkam. Er hatte sich Zeit gelassen, weil er wohl nicht damit rechnete, verfolgt zu werden. So hatte Egwin ihn fast eingeholt. Da drehte er sich noch einmal um, erkannte den Mönch und lief los.

Egwin rannte hinterher, doch beim Laufen merkte er, dass seine Kräfte nachließen. Ob es die Wunde war, der Blutverlust – oder ob seine Lunge nicht an solche Unternehmungen gewöhnt war? Er bekam Seitenstechen, biss die Zähne aufeinander und näherte sich der fliehenden Gestalt. Er musste ihn einfach zu fassen kriegen! Vor ihm lief der Mann, der Coln in Atem hielt, der fünf Menschen ermordet hatte und den neuen Frauenorden bedrohte. Ausruhen konnte Egwin sich hinterher!

Mit letzter Kraft rief er: »Haltet den Mann! Er ist ein Mörder!« Aber seine Rufe drangen nicht richtig durch die Straßen. Jetzt bog sogar ein Fuhrwerk ein, dessen schlecht geölte Räder, Egwins Rufe übertönten. Er musste ausweichen, kam ins Rutschen und fiel der Länge nach hin. Noch während er fiel, gab er in Gedanken die Verfolgung auf. Es hatte keinen Zweck. Der Abstand wurde zu groß.

Mühsam rappelte er sich auf, bedankte sich, als ein Soldat ihm aufhalf und humpelte zum Dom und der angrenzenden Residenz. Er klopfte, aber der Pförtner sagte, der Erzbischof sei nicht da.

»Ist Mauritius hier?«

»Ja.«

»Dann schicke nach ihm. Ich brauche Hilfe, weil ich verletzt bin.«

Kurze Zeit später saß Egwin in dem bescheidenen Zimmer des allgegenwärtigen Mauritius, hatte seinen beschmutzten

Mantel ausgezogen und ließ sich von ihm seine Stichwunde behandeln.

Auch hier, wie in Egwins eigenem Raum war geheizt worden. Die Eisenschale für die Kohlen war zwar verbeult und an manchen Stellen verrostet, aber das änderte nichts daran, dass sie Wärme spendete.

Mauritius' Zimmer sah ärmlich aus: Neben einer Truhe entdeckte Egwin kleine Holzmehlhäufchen, die auf Holzwürmer schließen ließen, und die Dielen bogen sich an einer Stelle etwas auf, aber Maurititus hatte alles zur Hand, was er brauchte. Von einem Regal nahm er einen Holzkasten herunter, in dem verschiedene Beutel lagen.

»Hier habe ich getrocknete Rosenblätter, die für eine milde Heilung sorgen, durchmischt mit Kamillenblüten.«

Er warf die Kräuter in eine Schale, träufelte aus einem Ziegenschlauch ein paar Tropfen Wein dazu und verrührte das Ganze zu einer gelben Paste.

»Dieser Schnitt am Oberarm ist zwar nicht tief, aber er klafft auseinander. Das gefällt mir nicht«, murmelte er, »man müsste die Wunde so lange zusammenhalten, bis sie verheilt ist, aber das geht ja nicht.«

Er stand auf, holte ein anderes Gefäß herunter und stellte es auf den wackligen Tisch. »Bei einem griechischen Heiler habe ich einmal gesehen, wie er eine Wunde zugenäht hat.«

»Wie bitte?« Egwin blickte irritiert auf. »Genäht? Meine Haut ist doch kein Mantel!«

»Aber sie hat Ähnlichkeiten damit. Schützt sie nicht Fleisch und Knochen vor der Kälte?«

»Ja, aber ...« Egwin sah stirnrunzelnd zu, wie Mauritius einen gewachsten Faden durch ein kleines Bronzenadelöhr steckte.

»Du willst also ernsthaft durchstechen meine Haut und mir neue Wunden zufügen?«

Mauritius nagte an seiner Unterlippe. »Ich weiß, es muss für

Euch seltsam aussehen. Aber wenn ich es nicht mache, dauert es vielleicht Monate, bis der Schnitt allmählich kleiner wird. Außerdem könnte er dann rot werden und zum Schluss schwarz sein und anfangen zu stinken. Dann ist es wirklich übel. Aber glaubt mir, durch diese einfache Naht wächst alles schneller zu.«

Er näherte sich mit dem Instrument Egwins Wunde.

»Halt!«, rief Egwin. »Lass uns vorher noch zerstoßen ein Vaterunser und in die Salbe rühren, die du auflegst. Für alle Fälle.«

»Wie Ihr meint. Hier habe ich ein großes, getrocknetes Eichenblatt.«

Er griff zum Fenster, über dem an einer Schnur verschiedene getrocknete Pflanzen aufgereiht waren, und löste ein Eichenblatt heraus.

»Ich glaube, es reicht, wenn Ihr das Vaterunser einritzt«, meinte er. »Wir brauchen keine Tinte dazu.«

»Ja, ich denke, einritzen reicht.«

Egwin nahm die Nadel mit dem Faden und ritzte sorgfältig ein winziges, lateinisches Vaterunser in das Eichenblatt. Dann gab er es feierlich Mauritius, der es fein zerbröselte und in die Salbe einrührte.

»So, jetzt bin ich bereit«, sagte Egwin, lehnte sich auf dem Hocker zurück und machte die Augen zu.

Er spürte den Stich, spürte, wie der Faden durch die Haut ging und biss die Zähne zusammen. Mit dem Handrücken wischte er sich die Schweißperlen von der Stirn und sah, wie Mauritus die Wundränder zusammenzog, einen Knoten machte, die Vaterunsersalbe auftrug und die Leinenstreifen holte.

»Und … und wenn die Wunde ist geschlossen, was wird dann mit dem Faden?«

»Wir ziehen ihn nach zwei Wochen wieder heraus. Das wird aber nur kitzeln.«

»Aha.«

Mauritius band die Streifen ein paarmal um die Wunde und verknotete das Ende.

»So. Das ist geschafft. Zu schade, dass Ihr den Mann nicht gesehen habt, der Euch erstechen wollte.«

»Ja«, nickte Egwin. »Dann wären wir weiter ein großes Stück und ich könnte endlich …«

An Mauritius Tür wurde geklopft.

»Entrate!«

Der Pförtner steckte den Kopf herein.

»Eine Magd steht draußen und möchte unbedingt den Mönch sprechen.«

»Eine Magd?«, fragte Mauritius ungläubig.

»Ja, sie sagt, sie heiße Ida und hätte eine wichtige Nachricht für den Mönch.«

Egwin stand auf. »Ja, lass sie herein. Das könnte für uns wichtig werden.« Er zuckte zusammen, als er seinen verbundenen Arm bewegte.

»Wer ist sie und woher kennt Ihr sie?«

»Ida ist die ehemalige Magd Fionas aus der Zeit, als Fiona noch mit Erzbischof Friedrich verlobt war. Ich kannte sie von daher. Als ich sie neulich sah, habe ich sie gebeten, die Augen nach den Männern aus Walisien offenzuhalten.«

Ein paar Augenblicke später klopfte es erneut und Ida betrat den Raum. Die Anwesenheit der beiden Männer machte sie etwas verlegen und sie wusste nicht, wohin sie schauen sollte. Als sie merkte, dass Egwin ohne Kutte, nur im weißen Leinenhemd dasaß, lächelte sie.

Egwin merkte es und fing gleich an zu reden: »Sei gegrüßt Ida. Was hast du uns zu sagen?«

Sie blickte auf den Boden, dann hob sie den Kopf, fixierte aber das mit Pergament bespannte Fenster.

»Ihr habt mich neulich gebeten, mich umzuhören, ob ich nicht ein paar Fremde mit roten Haaren sehe, die möglicherweise von der großen Insel stammen …«

»Ja, das stimmt«, nickte Egwin. »Und hast du etwas gefunden?«

»Etwas? Nein. Ich habe sie gefunden. Allerdings nicht drei, sondern nur zwei von ihnen. Als ich mich vorsichtig erkundigte, fand ich heraus, dass sie erst kürzlich von einem Haus in ein anderes umgezogen waren.«

»Das sind sie!« Egwin drehte sich zu Mauritius um. »Jetzt brauchen wir nur ein paar von den bischöflichen Soldaten und nehmen sie fest.«

Der Diener schüttelte bedauernd den Kopf. »Das geht nicht!«

»Warum nicht?«

»Sie unterstehen direkt dem Bischof und handeln nur auf seinen persönlichen Befehl.«

»Vielleicht ist Friedrich in der Zwischenzeit gekommen?«

»Nein, er ist noch nicht zurück.«

»Woher weißt du das? Er hätte kommen können, während wir hier waren und du mich genäht hast.«

»Er ist noch nicht zurück, glaube mir, ich weiß es. Und heute Abend wird er nicht mehr kommen.«

»Ah, ja, ich hatte vergessen ganz, dass du bist allwissend.«

»Man hat ... dich ... Euch ... genäht?«, unterbrach Ida die beiden Männer.

»Ja. Genauer gesagt: Mauritius, der Diener des Erzbischofs, hat es getan. Ich bin worden verletzt und die Schnittwunde klaffte auseinander und so ...«

»Wie? Richtig mit Nadel und Faden?«

»Ja.«

»Das möchte ich sehen.«

Egwin, der sich freute, Ida einen Gefallen zu tun, schob den Ärmel seines Hemdes zurück. Er bat Mauritius, den Verband noch einmal zu öffnen, was dieser nicht gerne tat. Als Ida die Naht unter der Salbenschicht sah, schlug sie die Hände vor Verwunderung zusammen.

»Unglaublich!«, rief sie und sandte einen bewundernden Blick zu Mauritius hinüber, der Egwin nicht ganz recht wahr.

»Ja, also«, räusperte sich Egwin, um die Bewunderung für Mauritius nicht allzu sehr in die Länge zu dehnen, »wir brauchen bischöfliche Soldaten!«

»Glaubt mir, es hat keinen Zweck. Sie gehorchen nur dem Erzbischof.«

»Und was schlägst du vor?«

Mauritius überlegte. »Wir gehen dorthin, wo die Waliser sind, halten ihnen ein Schriftstück vor, das wir leicht herstellen können. Es gibt Siegelwachs hier und irgendeinen unbedeutenden Abdruck werden wir schon finden. Es muss so aussehen, als ob wir die persönlichen Gesandten des Erzbischofs sind.«

Mauritius stockte und lächelte danach leicht, als er fortfuhr: »Ich werde mich als der Stellvertreter des Erzbischofs ausgeben: Bischof Mauritius von Megunze. Das macht Eindruck, wenn ein Bischof persönlich erscheint.«

»Wie willst du das anstellen?«, fragte Egwin ungläubig.

»Ich habe Zutritt zu der Kleidertruhe, dort gibt es die dafür notwendigen Gewänder. Ich werde Stricke und Lederriemen einstecken. Und Ihr werdet die Aufgabe haben, die Gefangenen zu fesseln. Wir sehen uns gleich.«

Mit diesen Worten verließ Mauritius den Raum, um sich umzuziehen.

»Aha«, sagte Egwin spöttisch und stand auf. »Nun bin ich innerhalb kurzer Zeit zum Diener des Dieners ernannt worden, aber was macht man nicht alles, um der Gerechtigkeit zum Sieg zu verhelfen!«

Ida hatte sich inzwischen auf einen Hocker gesetzt und meinte: »Ein erstaunlicher Mann, dieser Mauritius! Er näht Wunden und tritt als Bischof auf!«

»Nun, so erstaunlich ist er auch wieder nicht«, gab Egwin schärfer zurück, als er es beabsichtigt hatte. Er wanderte nervös im Zimmer auf und ab. »Dass wir suchen nach diesen Walisern, war schließlich meine Idee, weil ich festgestellt habe eine Übereinstimmung der Morde mit einem walisischen Geschichtenzyklus.« Schließlich blieb er vor Ida stehen. »Würdest du so freundlich sein und mir den Verband noch einmal straffer binden, er scheint zu rutschen.«

Ida stand auf, Egwin setzte sich auf den Hocker und ließ sich von Ida neu verbinden. Dabei war es unumgänglich, dass sie beide sich berührten, wodurch Egwin ihren Geruch wahrnahm: ein wenig Schweiß vom schnellen Laufen und ein Hauch Haaröl, das leicht nach Haselnuss roch.

Als Ida fertig war, öffnete sich wieder die Tür und Mauritius erschien – vollkommen verwandelt. Eine knöchellange Albe, das weiße liturgische Gewand, war von einem breiten, violetten Zingulum gegürtet. Auf dem Kopf trug Mauritius ein Barett in gleicher Farbe und in der rechten Hand hielt er den bischöflichen Krummstab. Egwin verstummte, und auch Ida verschlug es die Sprache.

»Wie gefalle ich euch?«, fragte Mauritius mit leiser Stimme. Plötzlich kam es ihm nicht mehr so ganz geheuer vor, als falscher Bischof zu erscheinen.

»Sehr beeindruckend«, nickte Egwin. »Ich hoffe nur, dass wir nicht unterwegs jemandem begegnen, der persönlich kennt den Bischof von Megunze.«

»Ich werde draußen ein Pluviale überziehen«, meinte Mauritius.

»Ein was?«

»Ein Mantel, der das Wetter abhält, falls es schneit oder regnet. Dann fällt die weiße Farbe der Albe nicht so auf.«

»Gut, dann sollten wir vorbereiten das Schriftstück«, drängte Egwin und stutzte im nächsten Moment. »Aber nein, der Erzbischof hat mir doch so ein Pergament schon gegeben, in dem die Vollmacht ausgedrückt war, gewisse Leute aus Walisien gefangen zu nehmen.«

»Umso besser«, meinte Mauritius. »Dann steht einer Festnahme der Waliser nun nichts mehr im Weg.«

Ein paar Augenblicke später standen Egwin in seiner getrockneten Kutte und der falsche Bischof, in einen festen, dunklen Leinenmantel gehüllt, auf der Gasse. Sie folgten Ida, die zielstrebig nach Westen ging.

Mauritius hatte geistesgegenwärtig eine Öllaterne angezündet, die er großzügig Egwin zum Tragen gab.

Sie waren gut eine Meile gegangen und schon bis hinter St. Aposteln gekommen. Unterwegs hatten sie schwankende Lichter durch die Gassen auf sich zukommen sehen, manche Laternenträger hatten sich vor dem falschen Bischof verneigt und einen Gruß gemurmelt. Schließlich blieb Ida vor einer Reihe schiefer Lehmhäuser mit Fachwerk stehen. In den unteren Stockwerken brannte noch Licht und man hörte laute Stimmen. Als sie vor einer Tür standen, kläffte laut ein Hund.

Mauritius, der ganz in die Rolle eines Bischofs geschlüpft war, die Biegung des Krummstabes nach außen gedreht hatte, wie es erwartet wurde, wenn ein Bischof fremdes Gebiet betrat, gab Egwin ein Zeichen, er möge klopfen. Er schien es zu genießen, andere für sich arbeiten zu lassen.

Egwin schüttelte verwundert den Kopf, als er merkte, dass er heute wohl die Rolle des Dieners zu spielen hatte. Aber er klopfte dann doch laut gegen die Tür.

Die Stimmen im Inneren verstummten, während der Hund dafür umso heftiger kläffte. Man sah an den Fensterhäuten wie das Licht sich zum Eingang hin bewegte. Ein Fensterladen in der Tür wurde geöffnet.

»Du musst die Laterne hochhalten, damit man den Bischof von Megunze sieht«, flüsterte Mauritius Egwin zu. Der gehorchte widerwillig.

Ein Gesicht mit grauem Bart erschien in der Luke. Die Augen des Mannes erfassten stumm die beiden Männer, dann sagte er: »Was wünschen die Herren so spät noch in der Nacht?«

Mauritius stieß Egwin an. Denn es wäre unwürdig gewesen, hätte der Bischof selbst geantwortet.

»Seid gegrüßt«, begann Egwin. »Möge diesem Hause Heil widerfahren. Vor Euch steht der Bischof von Megunze und bittet, eintreten zu dürfen.«

»Ein ... ein Bischof? Jetzt, mitten in der Nacht?«

»So ist es«, bestätigte Egwin. »Dringende Geschäfte haben uns veranlasst, Euch aufzusuchen. Und nun öffnet die Tür. Oder soll der Bischof nach seinen Soldaten schicken?«

»N... nein, nein. Natürlich nicht.«

Sie sahen, wie das Gesicht verschwand und der Riegel zurückgezogen wurde.

»Bischof«, Maurititus drehte sich zu Ida um: »Ich danke dir, dass du uns den Weg gezeigt hast. Ich denke aber, dass du jetzt besser nach Hause gehst. Normalerweise ist ein Bischof nicht mit einer Frau unterwegs.«

»O nein!«, flüsterte Egwin zurück, dem Mauritius' angeberisches Gehabe auf die Nerven ging. »Wir können sie mitten in der Nacht nicht allein zurückschicken. Sie ... sie könnte meine Schwester sein, die mich gerade besucht.«

»Ich glaube nicht ...«, begann Mauritius, aber er konnte den Satz nicht zu Ende sprechen, weil die Tür nach außen schwang.

»Bitte, tretet ein«, sagte der Mann und machte erstaunte Augen, als Ida auftauchte, die er vorhin nicht gesehen hatte.

»Meine Schwester, die mich gerade besucht«, erklärte Egwin.

»Folgt mir!«

Der Mann mit der Laterne ging auf dem festgetrampelten Erdflur voraus und öffnete eine Tür, die in ein geräumiges Zimmer führte, das wie ein Lagerraum aussah. In einer Ecke standen Holzfässer und Säcke. Der Wohnbereich lag, wie bei Stadthäusern üblich, im ersten Stock.

Als die vier eintraten, wandten die Anwesenden die Köpfe: Zwei von ihnen hatten leuchtend rote Haare, der dritte war blond und sein Haar nach der neuesten Mode gelockt.

»Der Bischof von …«

»Megunze«, ergänzte Egwin.

»Der Bischof von Megunze erweist uns die Ehre seines Besuches«, sagte der Mann, der sie in dieses Zimmer geführt hatte.

Die drei Fremden verbeugten sich, murmelten einen Gruß und blieben abwartend stehen. Egwin setzte die Laterne auf den Boden.

»Ich bin gekommen«, sagte der falsche Bischof, »um euch ein unangenehmes Schreiben zu überbringen.« Er holte unter seinem Mantel die Pergamentrolle hervor und reichte sie einem der Männer, der sie wortlos weitergab, weil er wahrscheinlich nicht lesen konnte.

»Ich bin von Friedrich, dem Colner Erzbischof, beauftragt, euch aufzusuchen«, fügte er hinzu.

Der Mann, der das Schreiben erhalten hatte, las halblaut die lateinischen Sätze und blickte dann auf, mit einer steilen Falte auf der Stirn.

»Wenn ich es verstehe recht«, sagte er langsam, »werden wir hier aufgefordert, euch zu begleiten in die Bischofsresidenz, um dort zu werden gefangen gehalten.«

»Ja«, nickte Mauritius würdevoll. »Ihr seid angeklagt, die Morde, die in der Stadt in letzter Zeit begangen wurden, unter dem Zeichen des *signum aurum* durchgeführt zu haben.«

»Was?«, schrie der andere auf. »Höre ich recht? Wir sollen sein gemeine Mörder?«

»So ist es«, nickte Mauritius und zu Egwin gewandt, sagte er: »Binde sie, damit wir sie gleich mitnehmen können.«

Egwin holte Lederriemen unter seiner Kutte hervor und näherte sich den drei Männern. Die zwei Rothaarigen fingen an, in einer fremden, kehligen Sprache erregt miteinander zu reden.

Plötzlich kam Leben in die Gruppe. Der Blonde stieß Egwin zur Seite, rannte zur Tür und verschwand im Flur. Das alles ging so schnell, dass keiner ihn daran hatte hindern können. Vorsichtshalber stellte Mauritius sich vor den Eingang.

Der, der den Brief gelesen hatte, fing an zu lachen: »Lasst Claudius ziehen, er ist nur zufällig heute hier. Das alles ist sicher ein Missverständnis, das sich bald aufklären wird. Ich vertraue auf den Gerechtigkeitssinn des Erzbischofs, der uns beide kennt. Bitte, bindet uns, ich werde mich nicht wehren. Und auch Luircc wird sicher einverstanden sein, wenn …«

Aber Luircc hatte wohl kein besonders sanftmütiges Wesen, denn er redete auf seinen Freund ein und unterstrich seine Worte mit dramatischen Gesten. Der andere legte beruhigend seine Hand auf Luirccs Schulter und Egwin hörte ein paarmal den Namen Friedrich.

»Binde ihnen die Hände!«, befahl Mauritius mit strenger Stimme.

Egwin nahm die Hände des Ruhigen, bog sie nach hinten und band sie fest zusammen. Der andere brummte zwar noch unwillig, ließ sich aber dann doch fesseln.

Erst jetzt bemerkten Mauritius, Egwin und Ida, dass der Mann, der sie hereingelassen hatte, verschwunden war. Es war ihm offensichtlich nicht ganz geheuer gewesen und so hatte er sich vorsichtshalber entfernt.

Alle fünf verließen den Raum. Egwin griff nach der Laterne, die Tür wurde geschlossen und dann machten sie sich auf den Weg zur Bischofsresidenz. Mauritius vorneweg mit seinem Bischofsstab, die beiden Gefangenen in der Mitte, Egwin zusammen mit Ida bildeten den Schluss. Inzwischen war die Nacht ganz hereingebrochen und niemand war auf der Gasse zu sehen. In einigen Häusern brannte aber noch Licht.

»Ich wundere mich immer noch«, flüsterte Egwin, »wie leicht sie sich ließen festnehmen. Ich hatte gerechnet mit mehr Widerstand.«

»Mauritius hat seine Rolle mit sehr viel Würde gespielt«, flüsterte Ida zurück.

»Aber ich habe sie schließlich gefesselt!«, brummte Egwin missmutig, dem es zunehmend missfiel, dass Ida Mauritius' Rolle offensichtlich überbewertete.

Entweder haben sie ein reines Gewissen und gehen davon aus, dass sich alles aufklären wird. Oder sie sind kaltblütig genug, um die Unschuldigen zu spielen.

Der Rückweg zur Residenz des Bischofs war schnell geschafft. Der Pförtner öffnete ihnen, und gemeinsam brachten sie die Gefangenen in eines der unteren Verließe, die ein vergittertes Fenster besaßen und deren Tür aus besonders dicker Eiche gemacht worden war.

»Wann werden wir den Erzbischof sprechen können?«, fragte Luircc drängend.

»Morgen, gegen Mittag, wird er da sein und sich eurer Sache annehmen«, sagte Mauritius würdevoll. »Ich lasse euch durch meinen Diener Egwin zwei Strohmatratzen bringen und ein paar Decken. Und nun möge Gott euch bewahren und euer Gewissen aufwecken, damit der Gerechtigkeit zum Sieg verholfen werde.«

Mit diesen Worten drehte sich der falsche Bischof um und verriegelte die Tür. Die drei kehrten wieder nach oben zurück, betraten Mauritius' Zimmer und sahen sich an.

»So einfach war das also«, stellte Egwin fest. »Fast zu einfach.«

Ida ließ sich auf den Hocker nieder.

»Wieso zu einfach?«, fragte Mauritius, der den grauen Mantel abnahm und die bischöfliche Mütze auf ein Regal legte.

»Dass die beiden so ohne Weiteres mitkamen. Wenn sie sich auf einen Kampf eingelassen hätten, wären wir im Nachteil gewesen. Sie hätten leicht fliehen können.«

»Aber wohin? Die Stadttore sind um diese Zeit geschlossen.«

»Irgendwie vertrauen sie darauf, dass Friedrich sie herausholt. Der eine scheint ihn ja zu kennen«, überlegte Egwin laut.

»Das wird ihm nicht viel nützen. Was mir zu schaffen macht, ist der Erzbischof.«

»Wieso?«

»Er wird wütend sein, wenn er erfährt, dass ich mich als Bischof verkleidet habe.«

Egwin grinste und konnte nicht verhindern, dass eine kleine Spur von Schadenfreude mit dabei war. Sollte Mauritius nach dieser Vorstellung ruhig ein bisschen leiden, damit klar war, wer hier das Sagen hatte. Schließlich war er, Egwin, Friedrichs Freund. Und Mauritius war nur der Diener ...

Stoff raschelte. Ida war aufgestanden und sagte: »Ich werde mich jetzt zu meinen Leuten aufmachen.«

»Ja«, bestätigte Mauritius, »das wäre das beste.«

»Ich werde dich begleiten«, rief Egwin eifrig. »Um diese Zeit sollte eine Frau nicht allein laufen durch Colns Gassen.«

»Aber vorher solltet ... äh ... Ihr die Strohmatratzen bei den Fremden vorbeibringen.«

»Oh!«, sagte Egwin überrascht. »Ich denke, die Vorstellung ist jetzt zu Ende. Erstens weiß ich gar nicht, wo die Matratzen und Decken sind, und du kannst sie sicher besser vorbeibringen.«

»Das geht nicht!«, widersprach Mauritius mit scharfer Stimme. »Ich bin ein Bischof. Es wäre unter meiner Würde, so etwas zu tun.«

»Nun, verkleide dich wieder als Diener, und wenn du trägst eine Kapuze, werden sie dich nicht erkennen. Komm, Ida. Lass uns gehen. Du wohnst doch gegenüber dem Wohnturm von den de Pontes, oder?«

»Ja«, sagte Ida kurz und warf im Vorbeigehen noch einen Blick auf Mauritius, der mit verschlossenem Gesicht einen Schlüssel von der Wand nahm.

Kapitel 18

Egwin schlief unruhig in dieser Nacht. Ob es damit zusammenhing, dass er die Nokturnen zu einem verstümmelten Nachtgebet abgekürzt hatte? Oder waren es Geräusche, die ihn in der Nacht weckten?

Jedenfalls musste Friedrich in den frühen Morgenstunden angekommen sein. Der Mönch hatte noch im Halbschlaf lautes Klopfen und Stimmen gehört, die darauf deuteten, dass jemand eingetroffen war. Und wer sollte es sonst sein außer Friedrich?

Seltsamerweise war Egwin schlechter Laune, obwohl doch gestern alles erfolgreich abgelaufen war. Eine wirkliche Erleichterung hatte sich bei ihm noch nicht bemerkbar gemacht. Schwer wie Blei lag die Müdigkeit auf ihm. Mit einer ungeheuren Anstrengung streckte er sich und gähnte.

Wie üblich, war es morgens eiskalt in seinem Zimmer und er musste zuerst Arme und Beine warm reiben, um richtig wach zu werden. Aber auch nachdem er seine Kutte übergeworfen hatte und sich ein bisschen wärmer fühlte, besserte sich seine Laune keineswegs. Missmutig goss er sein neues Schuppenmittel aus Treveris auf die Haare: Essig mit Kräutern. Das Gemisch brannte auf der Kopfhaut, besonders an der Tonsur, die frisch rasiert war.

Warum freute er sich nicht an diesem neuen Morgen? Er hätte doch eigentlich erleichtert sein müssen. Schließlich war es ihm und Mauritius gelungen, ohne die bischöflichen Soldaten die Verdächtigen gefangen zu nehmen. Der Fluch, der auf Coln gelastet hatte, war zu Ende. Die Schuldigen waren gefunden worden, es passte alles zusammen. Man musste es ihnen nur noch genau nachweisen. Und genau das würde er heute tun. Aber wenn sie nun auf die Logik des Mabinogi nicht eingingen und so taten, als kennten sie es nicht? Gab es noch andere Wege?

Immer noch brannte der Essig auf Egwins Kopf und er befeuchtete die Stelle mit Wasser. Plötzlich hielt er inne. Ja, genau, das wäre eine Möglichkeit. Er musste den gebildeten Waliser zum Schreiben bringen! Das Brennen auf der Kopfhaut ließ allmählich nach, Egwin nahm seinen Knochenkamm und kämmte die schwarzen Haare durch. Manchmal ziepte es, wenn sie zusammengeklebt waren. Allmählich wich die dunkle Wolke, die über seiner Seele gehangen hatte.

Egwin lächelte, als er daran dachte, wie er Mauritius gestern gezwungen hatte, die Matratzen selbst zu den Gefangenen zu bringen. Es war mit ihm gestern unerträglich geworden. Er hatte sich als Befehlshaber aufgespielt und kaum den Weg zu einem bescheidenen Diener zurückgefunden. Und dann waren da noch Idas bewundernde Blicke gewesen. Zum Glück hatte er, Egwin, auf dem Rückweg zu Idas Wohnung, seine eigenen Verdienste ganz nebenbei herausstreichen können, sodass Ida sich sehr freundlich, ja fast überschwänglich bei ihm bedankt hatte.

Ach, was soll das? Ich tue gerade so, als würde ich mich um eine Frau bemühen. Egwin, wac up, thu bist munuclice! – wach auf, Egwin, du bist für das mönchische Leben bestimmt!

Als Egwin an seiner Kutte hinunterblickte, entdeckte er jetzt bei Tageslicht noch ein paar Schlammflecken von gestern.

Mit einer Handvoll Wasser aus seiner Waschschüssel und einer Fingerspitze weicher Seife versuchte er, so gut es ging, die Flecken zu entfernen. Dann stellte er sich mit dem Gesicht nach Osten und begann seine Morgengebete zu sprechen.

Das beruhigte ihn zwar ein wenig, aber danach stürmten doch wieder beunruhigende Gedanken auf ihn ein: Die Untersuchung könnte glatt danebengehen – und dann würden sie wieder wie am Anfang dastehen, mit nichts in Händen. Mit einem seltsamen dumpfen Gefühl im Bauch ging er zum Speisesaal, an dem einige der bischöflichen Bediensteten saßen und ihren lauwarmen Brei löffelten. Man nickte ihm wohlwollend zu.

Wenig später stand Egwin vor Friedrichs Zimmer und klopfte an.

»Entrate!«, hörte er die bekannte Stimme, und er meinte, einen ärgerlichen Unterton zu hören.

»Ah, der zweite Schauspieler kommt!«, rief Friedrich schon beim Öffnen der Tür, als er Egwins Gesicht erblickt hatte. Mauritius war ebenfalls anwesend, stand im Hintergrund und versuchte vergeblich, sich unsichtbar zu machen.

»Ja«, sagte Egwin und probierte einen leichten Ton. »Ich war in unserer Komödie der Diener des Dieners, und ich muss sagen, Mauritius hatte es genossen, mir Befehle zu erteilen.«

Friedrich schüttelte den Kopf. »Man kann euch nicht allein lassen. Stellt euch vor, wenn der wirkliche Bischof von Megunze davon erfährt. Nicht auszudenken!«

Friedrich, der einen Codex in der Hand hielt, klappte ihn zu und stellte ihn an seinen Platz.

»Ich möchte mich entschuldigen bei Euch, ehrwürdiger Vater«, sagte Egwin, der in Gegenwart anderer den Erzbischof immer als Untergebenen anredete, »aber Ihr wart nicht da und wir ... wir konnten einfach nicht die Zeit verstreichen lassen, ohne etwas zu tun ... Mauritius hat mir wirklich nur geholfen.«

»Nun gut«, sagte Friedrich. »Es ist passiert. Ihr habt zwei Gefangene, zwei Verdächtige, ohne großes Aufsehen festgenommen und hierhergebracht. Und – was willst du nun tun, Egwin? Wie willst du es ihnen nachweisen?«

Egwin legte die Hände hinter seinen Rücken und betrachtete das helle Quadrat des Fensters, das von der Morgensonne gestreift wurde.

»Ich muss den einen der beiden zum Schreiben bringen, um seine Handschrift zu vergleichen. Das ist das Einzige, was mir einfällt. Vorher aber möchte ich ihm die vier Zweige des Mabinogi vorhalten und ihn damit überraschen ...«

Friedrich brummte unbestimmt. Schließlich sagte er: »Nun gut. Lassen wir die beiden kommen! Mauritius, bringe sie her.«

Mauritius blickte mit zerknirschtem Gesicht auf.

»Ehrwürdiger Vater, ich ... weiche sonst nicht Euren Befehlen aus, aber in diesem Fall, bitte ich Euch ... Ihr wisst, dass die beiden denken, ich sei der Bischof von Megunze und ...«

»Richtig. Ich hätte nicht übel Lust, dich vor den anderen zu blamieren, aber ...«

»Ich werde sie holen«, bot sich Egwin an. »Bei mir werden sie sich nicht wundern.«

Egwin spürte Mauritius' dankbaren Blick auf sich, unterdrückte ein Lächeln und ging.

»Ich muss dringend noch verschiedene Besorgungen machen«, hörte er Mauritius sagen, »Besorgungen die ich gestern aus bekannten Gründen vernachlässigt habe ...«

»Ja, ja, sehr schön ausgedrückt: aus bekannten Gründen«, lachte Friedrich. »Du kannst gehen, und falls du den Bischof von Megunze unterwegs triffst, grüße ihn von mir!«

Egwin war währenddessen ein Stockwerk tiefer gestiegen und näherte sich der Tür, hinter der die Gefangenen saßen. Er schob den schweren Riegel zurück und öffnete die Tür.

Die beiden Gefangenen lagen auf ihren Strohmatratzen und hoben überrascht die Köpfe. Ihre roten Haare standen kreuz und quer vom Kopf ab und in ihren Gesichtern entdeckte Egwin Verwirrung und Ärger. Nicht die Spur eines schlechten Gewissens.

»God marne! Cyme mid me – Guten Morgen! Kommt mit mir!«, sagte er auf angelisch.

»Du sprichst unsere Sprache«, wunderte sich der Mann, der gestern mit Luircc angeredet worden war und langsam aufstand.

»Nun ja, ich komme aus Haestingas, aber da ihr Waliser seid, sprecht ihr sicher noch eure Muttersprache.«

»Ja, allerdings.«

»Der Erzbischof erwartet euch.«

»Hörst du, Dylan? Jetzt wird sich alles zurechtrücken! Woher sollten wir wissen, dass es bei den Frauen so schwierig werden sollte.«

Dylan, der Mann, der lesen und schreiben konnte, lachte bitter auf. »Von Bischöfen erwarte ich heute nicht viel.«

Egwin sah auf dem Boden die Lederriemen liegen, mit denen die beiden Männer gestern gefesselt waren. Offensichtlich hatten sie sich gegenseitig davon befreit. Einen kurzen Augenblick überlegte der Mönch, ob er die beiden wieder fesseln sollte. Aber er verwarf den Gedanken. Sie hätten hier sowieso nicht fliehen können und es wäre unsicher gewesen, ob sie sich von ihm hätten fesseln lassen.

»Folgt mir!«, sagte Egwin. »Wir werden in Ruhe über alles sprechen können.«

Als sie das bischöfliche Besucherzimmer betraten, sah Egwin, dass Friedrich eine Holzbank freigemacht hatte. Auf einem Tisch standen ein Tonkrug und zwei Becher.

»Hier sind die beiden Gefangenen, die, wie ich festgestellt habe Luircc und ...«

»Dylan heißen«, ergänzte Friedrich, der auf die beiden zukam und sie herzlich begrüßte.

»Du ... Ihr ... kennt sie?«

»O ja. Sie sind oft in Coln gewesen. Sie handeln mit Stoffen und Fellen.

Dylan ist mit einem Diakon bekannt, den ich von meinem Studium her kenne.«

Egwin erinnerte sich, dass die beiden gestern erwähnt hatten, Friedrich zu kennen, aber er hatte es nicht ernst genommen, sondern als Ablenkung ausgelegt.

»Ich verstehe das nicht, Erzbischof«, begann Dylan. »Gestern kam der Bischof von Megunze in Begleitung dieses Mönchs aus Haestingas mit einem Schreiben von Euch, in dem wir aufgefordert wurden, unverzüglich zu kommen hierher, weil vorliegt schwerwiegende Anklage gegen uns. Wir sollen sein Mörder im Zeichen des *signum aurum*. Wir kamen gutwillig mit, weil wir Euch kennen und annehmen, dass alles bedeutet ein Missverständnis.«

»Nun, ich denke, dass wir in Ruhe über alles sprechen sollten. Egwin, der Benediktiner, wird einige Fragen an euch stellen, die ihr bitte genau beantwortet. Nehmt Platz.« Er wies auf die Bank. »Und schenkt euch Wein von den Reben aus Coln ein.«

Sie nahmen Platz, unterhielten sich flüsternd in ihrer Muttersprache und füllten sich die Becher mit Rotwein.

Friedrich blickte Egwin an und hob die Hand zum Zeichen, dass er mit der Untersuchung beginnen sollte.

Egwin schluckte. Es kam ihm schwer vor, diese Männer, die Friedrich offensichtlich kannte, allzu hart anzufassen.

»Nun, ihr habt sicher gehört von den furchtbaren Mordtaten, die in Coln begangen wurden ...«

»Ja, natürlich. Jeder redet davon.«

»Viele verstehen nicht, warum sie geschahen. Ob es irgendeinen geheimen Zusammenhang gibt zwischen diesen Morden, oder ob die Umstände zufällig gewählt wurden.«

Luircc und Dylan schwiegen und tranken einen Schluck aus ihren Bechern.

»Wir meinen, dass die Morde nicht zufällig geschahen«, fuhr Egwin fort, »sondern folgten einem geheimen Plan, der mit den vier Zweigen des Mabinogi zu tun hat.«

»Des Mabinogi?« Dylan runzelte die Stirn.

»Ja. Ich werde es euch beweisen. Erster Mord: Ein Licht neben der Toten. Der erste Schauplatz des Mabinogi beginnt auf einer Waldlichtung. Der zweite Mord hat etwas mit den Farben weiß und rot zu tun: ein mit Blut beschmierter Toter im Schnee.

Die magischen Hunde von Arawn, König von Annwn sind weiß wie Schnee und ihre Augen sind rot wie Blut.«

Luircc und Dylan sahen sich an.

Egwin fuhr fort: »Beim dritten Mord hatte die Tote Zweige an den Beinen. Durch die Zweige eines Dickichts brach Arawn hervor. Der vierte Mord stand im Zeichen von vielen Monden und Sternen, die auf dem Gewand des Toten zu sehen waren. Der Fürst Pwyll schlief viele Monde und Nächte bei der Königin, ohne sie zu berühren. Der fünfte und bisher letzte Mord geschah, und unter dem Kleid der Toten waren Fische und Vögel versteckt. Es war ein Vogel, der die Nachricht brachte, dass die walisische Königstocher gedemütigt wurde, und als der Krieg zwischen Irland und Walisien begann, überquerten die Boote das fischreiche Meer. Aber noch erstaunlicher ist es, wenn man die Anfangsbuchstaben der Ermordeten nimmt. Sie ergeben: M-B-I-N, also fast das Wort Mabinogi. Das macht nachdenklich. Und es gibt wenige, die diese Sagen kennen, eigentlich nur Leute aus Walisien und Irland.«

Egwins Stimme war zunehmend schärfer geworden. Er beendete seine Anklage, indem er ausrief: »Das alles kann kein Zufall sein! Zumindest zwei kennen die Zweige des Mabinogi: Zwei Waliser, die in Coln wohnen und vor ein paar Tagen haben fluchtartig verlassen ihr Quartier und sind umgezogen.«

Egwin deutete auf Luircc und Dylan und rief: »Ihr seid die Mörder! Ihr habt im Zeichen des *signum aurum* Menschen ermordet. Denn die Goldplatte, die Benigeidfran dem irischen König gegeben hatte, sollte den Krieg verhindern, das Zeichen aus Gold! Warum wolltet ihr euch rächen an unschuldigen Menschen? Was hat euch Coln getan, dass ihr gewählt habt so eine blutige Rache?«

Luircc und Dylan sprangen auf, Dylan stieß bei der Bewegung seinen Becher um und ein rotes Rinnsal tropfte auf den Holzboden.

»Das ist eine Verleumdung, eine starke!«, rief Dylan empört.

»Wir haben niemanden umgebracht. Dazu wären wir gar nicht in der Lage!«

Egwin fixierte sie mit seinen Augen: »Nun, dann erklärt mir, warum ihr so schnell euer Quartier verlassen habt!«

Luircc sah Dylan an, der leicht mit dem Kopf nickte. Die beiden setzen sich wieder und Dylan wischte mit seinem Hemdsärmel über den Rotweinfleck.

»Es ist so«, begann Luircc. »Ich ... ich hatte geliebt eine Frau und ... aber ... nun, wie ihr alle wisst: die Liebe dauert nicht ewig!«

»Bei ihr aber schon«, half Dylan.

»Richtig, sie hatte eine andere Vorstellung«, fuhr Luircc etwas gewandter fort. »Jedenfalls wurde ich sie nicht mehr los. Sie verfolgte mich, und so beschlossen wir, so schnell wie möglich zu wechseln in der Nacht unser Quartier.

Weil wir noch ein paar Geschäfte erledigen müssen, konnten wir Coln nicht verlassen und darum ...«, Luircc ließ den Satz im Raum stehen und hob in einer verzweifelt komischen Geste seine Arme nach oben. »Das ist alles!«

Aber Egwin war damit nicht zufrieden. Woher sollte er wissen, ob die beiden ihm nicht eine Lüge auftischten?

»Eine rührende Geschichte«, sagte er trocken. »Mir kommen gleich die Tränen. Ein armer Waliser, der sich vor Frauen nicht retten kann, wechselt das Quartier.« Er kratzte sich am Kopf und tat so, als ob er nachdenken müsste. »Gibt es jemanden, der das bestätigen kann?«

»Oh ja«, nickte Dylan. »Der Mann, bei dem wir wohnen und den ihr kurz kennengelernt habt, wird das bestätigen. Denn er kennt die Frau und hat uns genommen in sein Haus. Wenn ihr uns begleitet, werde ich ...«

»Das ist nicht nötig«, winkte Egwin ab. »Es reicht mir, wenn du auf dieses Pergament schreibst ein paar Sätze auf Fränkisch und erklärst alles, dann werde ich persönlich zu dem Mann gehen und alles nachprüfen.«

Mit ein paar Schritten war er an einem Regal angelangt und fragte Friedrich, ob er ein Stück Pergament benutzen könnte.

»Aber«, wandte Dylan ein, »es ist gar nicht nötig, dass ich schreibe, Ihr könnt alles dem Mann erklären mit ein paar Worten, dann …«

»Nein, nein, schreiben ist sicherer. Er weiß dann, dass es kommt von dir und ist eher bereit, einige Aussagen zu machen.«

Inzwischen hatte Egwin Tinte und Feder besorgt und legte alles auf das kleine Stehpult, an dem sonst Mauritius stand, wenn Friedrich ihm etwas diktierte.

Dylan zuckte mit den Schultern. »Nun gut, wenn es muss sein, es muss wohl sein.« Er tauchte die Feder in die Tintendose aus Eisen und kritzelte ein paar Sätze aufs Pergament.

»Es muss nicht aussehen besonders schön!«, schlug Egwin vor. *Seine Schrift soll so natürlich wie möglich sein. Je natürlicher, desto besser!*

Als Dylan zu Ende geschrieben hatte, riss Ewgin ihm das Schreiben fast aus der Hand, streute Löschsand darüber, rollte das Blatt sorgfältig zusammen und rief, als er schon fast zur Tür hinaus war: »Ich bin gleich zurück!«

»Oh, der hatte es aber eilig!«, hörte Egwin noch beim Hinausgehen Luircc sagen.

»Ja«, murmelte er zu sich selbst, während er die Treppe hinunterlief, »ich habe es eilig, mein Freund, weil ich gleich die *signum aurum* Buchstaben mit denen von Dylan vergleichen werde. Man kann seine Schrift nicht vollkommen verstellen!«

Sein Zimmer war wieder mit glühenden Holzkohlestückchen beheizt worden. »Man kann gegen Mauritius sagen, was man will, aber er weiß was man braucht, wenn es draußen kalt ist«, dachte Egwin dankbar.

Unter der Matratze hatte er ein Blatt versteckt, wo er die Schriften des Mörders gesammelt hatte – akribisch kopiert. Jedes Häkchen, jeden Auf- und Abstrich hatte er nachgemalt. Er legte die Schriften dort auf den Boden, wo es besonders hell war, und kniete sich davor. Rechts die gelben Buchstaben des Mörders, links lag der Brief Dylans. Das »A« schien ähnlich zu sein, wich aber doch so stark ab, dass die Ähnlichkeit eher ein Zufall war.

Egwin verglich jedes Detail. Dann stand er plötzlich auf, verließ sein Zimmer und begab sich zu dem Haus, in dem er gestern Abend mit Mauritius die beiden Männer festgenommen hatte. Der Hausbesitzer war da und sogar bereit, alles zu sagen, was ihm in dem Zusammenhang einfiel.

Nachdenklich kehrte Egwin zurück, klopfte an die Bischofsresidenz und betrat das Zimmer im zweiten Stock. Alle blickten auf, als Egwin eintrat. Mauritius war immer noch nicht da.

»Nun, Egwin, was hast du herausgefunden?«, fragte Friedrich.

Kapitel 19

Fiona sass auf einer Bank im Wohnraum und sah Ariana beim Brotbacken zu. Sie selbst drehte Stroh zu dicken Seilen, um daraus später einen Bienenkorb zu fertigen. Die trockenen Strohbüschel knisterten leise, während die Geräusche bei Arianas Arbeit allmählich lauter wurden. Gerade hatte sie den Vorteig unter das Mehl gemischt und fing an, den Teigballen tüchtig zu kneten. Sie presste ihre Handballen hinein und warf die Kugel immer wieder auf die Tischplatte, die mit einer hauchdünnen Mehlschicht bestäubt war.

»Woran denkst du, Ariana«, fragte Fiona. Sie wunderte sich, mit welcher Kraft und Ausdauer die junge Frau den Teig bearbeitete.

»Ich denke an den Mann, der diese vielen Morde begangen und uns aus Coln vertrieben hat: Der läuft immer noch ungestraft herum! Unglaublich! Wenn ich ihn zu fassen kriegte, dann hätte er nichts zu lachen!« Sie boxte mit der rechten Faust in den Hefekloß.

»Wer weiß, vielleicht hat Egwin, unser Mönch, den Mann schon gefunden. Dann dauert es nicht mehr lange, bis wir zurückgehen können.«

»Gebe Gott, dass es so ist. Ich muss dringend nach Hause, denn da warten eine Menge unfertiger Arbeiten auf mich.«

»Welche unfertigen Arbeiten?«

»Zum Beispiel: ein ganzer Haufen zerrissener Kleider, deren Stoffe durchaus noch gut sind und die unsere Armen mit Vergnügen tragen können.«

»Tja, ich könnte mir auch etwas Sinnvolleres vorstellen, als Strohseile für Bienenkörbe herzustellen. Unser Orden fing gerade richtig gut an. Jede hatte ihren Bereich gefunden und das

Zusammenspiel machte Freude – und dann das!« Sie legte den halbfertigen Strang zur Seite, stand auf und warf von dem Vorrat noch etwas Holz auf das Feuer, das am Erlöschen war.

»Morgen früh müssen wir neues Holz holen. Wenn der Winter so streng bleibt, weiß ich nicht, ob das Brennholz reicht.«

Es blieb eine Weile still. Man hörte das Aufprasseln der Flammen und das Ächzen der Holzplatte unter Arianas Knetarbeit.

»Und? Hast du dich schon entschieden?«, fragte Ariana, ohne Fiona anzusehen.

»Wofür entschieden?«

»Du weißt schon. Ob du mit Berward nach Basileia gehst und ihn heiratest.«

»Bisher hatte ich nicht die Absicht.«

Ariana seufzte. »Also, ich könnte es schon verstehen, wenn du ihn heiratest. Er ist ein ... ein ...«

»Nun?«

»Ein liebenswerter und starker Mann. Mir würde er gefallen und ich glaube nicht, dass er ein Mann ist, der seiner Ehefrau allzu viel Gewalt antut. Sicher, wenn es passt, würde er sie vielleicht einmal schlagen, wie es die meisten Männer tun. Aber in Grenzen.«

»Friedrich würde mich niemals schlagen, wenn wir verheiratet wären«, rutschte es Fiona heraus.

Ariana blickte überrascht von ihrem Teig auf, sagte nicht gleich etwas dazu, aber als Fiona schwieg, fragte sie: »Wie lange kennt ihr euch eigentlich?«

»Wir kannten uns schon als Kinder«, sagte Fiona leise. »Und es war beschlossene Sache, dass wir eines Tages heiraten würden. Als ich ... als ich ungefähr zehn war, habe ich mir einmal ein Haus aus Lehm geformt mit vielen Zimmern und mir genau ausgemalt, wie wir dieses Haus bewohnen würden, wie die einzelnen Zimmer aussehen würden, wie viele Kinder wir haben würden ... aber das ist nun nicht mehr möglich.«

»Hm«, machte Ariana nur und fuhr fort: »Meinst du nicht, dass du eines Tages Friedrich vergessen könntest? Wenn du Berwards Frau bist, vielleicht Kinder von ihm bekommst …?«

»Meine Heimat ist zurzeit der Orden. Es macht mir Freude, mit euch zusammen zu sein und … und …«

»Und was?«

»Nun, ein Leben zu führen, das sinnvoll ist, indem man anderen hilft, Freude verbreitet und Gott dient. Außerdem ist es nicht einmal sicher, ob ich überhaupt Kinder bekommen kann. Immerhin war ich ein paar Jahre mit Audoin verheiratet und er hat nicht gerade seine Lust gezügelt.«

»Also, ich würde bei Berward schwach werden«, fing Ariana ohne Übergang wieder bei dem alten Thema an. »Wenn er mich fragen würde, ob ich seine Frau werden wollte, würde ich den Orden verlassen, obwohl es mir bei euch gefällt. Aber es ist doch etwas anderes, eine eigene Familie zu gründen.«

»Du warst noch nie verheiratet Ariana«, sagte Fiona. »Glaub mir, es ist nicht immer einfach, einem Mann ausgeliefert zu sein.«

»Ach, ich würde ihn mir mit der Zeit schon zurechtbiegen.«

Fiona lachte bitter auf: »Das glauben die meisten Frauen am Anfang. Ich könnte dir manches darüber erzählen, wenn …« Die Tür ging auf und die Frau des Bauern betrat den Raum.

»Könnte eine von euch in die Stadt gehen, solange es noch hell ist, und eine neue Bestellung Holzkohle aufgeben? Die Vorräte gehen zu Ende. Wir überlegen, ob wir uns nicht selbst einen Meiler am Waldrand bauen, aber bis dahin brauchen wir noch ein paar Säcke.«

Fiona stand auf. »Ich werde gehen. Ich glaube, die Strohseile für die Bienenkörbe sind im Augenblick nicht so dringend.«

»Gut. Sag dem Köhler, er solle uns fünf Säcke so bald wie möglich vorbeibringen.«

Fiona zog ihren dicken Mantel über das Leinenkleid und

schlüpfte in ihre alten Stiefel, die schon bessere Zeiten erlebt hatten. Über den Kopf legte sie sich ein gewebtes Tuch und knotete es unter dem Kinn fest. Als sie an einer Hauswand entlangkam, sah sie zwei Bienenkörbe in einer Höhlung stehen. Vorsichtig ging sie näher und beugte ihren Kopf. Im Inneren war ein leises Summen zu hören.

»Hörst du den Bienen zu?«

Fiona drehte sich um und sah eine der Mägde. »Ich hab mich gefragt, was die Bienen eigentlich im Winter machen.«

»Jedenfalls halten sie keinen Winterschlaf, wie du hörst. Sie hocken zusammen, bewegen ihre Flügel und halten sich warm. Den anderen Bienenvölkern, denen wir den Honig und das Wachs weggenommen haben, geht es nicht so gut. Sie kommen wahrscheinlich nicht über den Winter.«

»Aber wie bekommt ihr so einen Schwarm in einen neuen Korb? Ich bin nämlich gerade dabei, die Strohseile dafür zu drehen.«

»Oh, das ist ganz einfach. Wir drehen den alten, brüchigen Korb mitsamt den Bienen um, stellen ihn auf die Spitze, lassen ein wenig Rauch in den alten Korb steigen und stülpen den neuen darüber. Mit der Zeit ziehen sie in den neuen um.«

Fiona ging weiter in Richtung der Stadt. Sie blickte nach oben in den Himmel, um abzuschätzen, ob das Wetter sich halten würde. Der Himmel war jetzt, am Nachmittag, bewölkt und hielt die Sonnenwärme vom Mittag noch fest. Es sah nicht nach Schnee aus, eher nach einem kalten Regen.

»Seltsam, dass sich Ariana Gedanken über meine Zukunft macht«, überlegte sie halblaut. »Und wenn *sie* das tut, dann machen es auch die anderen. Berward scheint auf meine Frauen einen guten Eindruck gemacht zu haben. Und wie ist es bei mir? Bin ich wirklich so fest davon überzeugt, dass ich hierbleiben soll? Wäre es nicht sogar besser, endgültig aus Coln wegzuziehen, Friedrich nicht mehr zu sehen und mit Berward neu anzufangen? Ich bin zwar nicht mehr jung, aber es könnte durchaus sein, dass ich mit ihm noch Kinder bekommen kann. Wie sagte Ariana? Meinst du nicht, dass du eines Tages Friedrich vergessen kannst, wenn du Berwards Frau bist oder so ähnlich ... Ich könnte auch in Basileia einen neuen Orden aufbauen, der unserem gleicht. Wer weiß, ob die Frauen mich wirklich brauchen, ob sie inzwischen nicht auch allein zurechtkommen ...«

Der Weg stieg leicht an und führte an einem Weinberg vorbei, dessen Reben braun und trocken dastanden, als ob alles Leben erloschen sei. Unten am Fluss konnte Fiona schon die ersten Hausdächer sehen. Am Rande der Stadt die mit Gras bedeckten und näher zum Zentrum hin braunrote Ziegeldächer oder auch solche, die mit dunklen Holzschindeln gedeckt waren.

Fiona stellte sich in Gedanken Berwards Gesicht vor und wie er ihr zum ersten Mal begegnet war, als er sie in ihrem Ordenshaus aufgesucht hatte ... mit dem Herzen ihres Mannes im Gepäck. Er hatte auf sie einen guten Eindruck gemacht, das stand nun einmal fest. Er wirkte nicht unsympathisch. Dann aber drängte sich, ohne dass sie es beabsichtigt hatte, Friedrichs Gestalt in ihre Gedanken. Seine Stimme, die Art, wie er sich bewegte, sein Lachen. Und sie spürte, wie eine Welle der Zuneigung zu Friedrich über sie hinwegrollte. Jetzt seine Hände zu spüren, seine Wangen an ihren Wangen ...

Vielleicht nimmt das ab, wenn ich Friedrich nicht mehr so häufig sehe? Am Anfang wird es schwierig sein, aber Basileia ist eine große Stadt, ich werde neue Freunde kennenlernen und die Erinnerungen an Friedrich werden mit der Zeit verblassen. Fionas rechter Fuß rutschte über einen glatten Stein, und sie ruderte mit den Armen, um nicht das Gleichgewicht zu verlieren. *Das hätte mir noch gefehlt, dass ich mir hier einen Fuß breche.*

Der Weg schlängelte sich an Wiesen vorbei und mündete schließlich in eine breitere Straße, die zum Westtor von Bonna führte. Als Fiona an das Tor kam, verstellte ein Mann ihr den Weg.

»Wohin des Weges, junge Frau?«

»Seid gegrüßt. Ich möchte zu einem Köhler.«

Der Torwächter lachte. »Der Köhler wohnt nicht in der Stadt. Er hat seine Hütte über dem Fluss in der Nähe des Waldes.«

»Oh!«, sagte Fiona, die damit nicht gerechnet hatte und blickte zum Himmel.

»Du kannst es schaffen. Die Fähre fährt bei Tageslicht dauernd hin und her. Wo wohnst du?«

Fiona nannte den Namen des Anwesens, wo sie untergebracht war.

»Aha, dann gehörst du wohl zu den Frauen aus Coln, die der Erzbischof hierherbringen ließ.«

»Ist das … allgemein bekannt?«

Der Wächter zuckte mit den Schultern. »Wenn man den ganzen Tag hier steht, hat man viel Zeit zu reden und die Leute auszufragen. Man hört ja so allerlei über euch.«

»So? Was denn?«

»Die einen sagen, ihr seid fromme Frauen, die zu Unrecht beschuldigt werden. Die andern behaupten, ihr seid Hexen, die Leute umbringen.« Er lachte und fuhr fort: »Aber wenn ihr unter dem Schutz des Erzbischofs steht, dann werdet ihr wohl kaum Hexen sein.«

»Ja«, nickte Fiona. »Ihr habt vollkommen richtig überlegt. Ich sehe, Ihr seid ein kluger Mann, der seine eigene Meinung hat.«

»Hör zu«, sagte der Wächter. »Geh geradewegs durch die Stadt, dann kommst du zum Hafen. Dort findest du leicht die Fähre. Zum Köhler gehst du einfach in Richtung des Waldes weiter. Immer dem Rauchgeruch nach!«

»Habt Dank«, sagte Fiona. »Und den Leuten, die nach uns fragen, sagt, dass wir Frauen sind, die keinem etwas zuleide tun. Wir sind übel verleumdet worden.«

Sie passierte das Tor, nickte dem anderen Wächter zu und

ging mit schnellen Schritten die Gasse entlang, die geradewegs durch die Stadt führte. Es dauerte nicht lange, bis es nach Fisch roch. Fischhändler priesen lautstark ihre Ware an. Sie wollten ihren Fang noch an diesem Abend loswerden und gingen schon mit den Preisen herunter.

Wie der Torwächter gesagt hatte, sah sie auch die Fähre, auf die eben ein paar Leute stiegen. Sie raffte ihren Mantel mitsamt dem Kleid hoch und rannte los. Gerade noch rechtzeitig, bevor das Brett eingezogen wurde, hastete sie auf das kleine Boot. Heftig atmend hielt sie sich am Geländer fest.

Ich bin nichts mehr gewohnt, dachte sie. *Diese kurze Strecke bringt mich schon außer Atem.*

Wie in Coln standen auch hier noch einige steinerne Fundamente der alten Römerbrücke. Nur die Brücke selbst fehlte. Am mittleren Steinpfeiler, um den herum das Wasser schäumte, hatte man eine Kette befestigt, an der die Fähre wie in einem Halbkreis über den Strom fuhr. Erneut sah Fiona zum Himmel, um die Helligkeit abzuschätzen. Sie konnte nur hoffen, dass sie es rechtzeitig schaffen würde, um vor der Dunkelheit zurück zu sein.

Neben ihr standen zwei Marktfrauen mit ihren Bündeln, die sie abgesetzt hatten. Die beiden unterhielten sich leise, aber so eifrig, dass Fiona fast jedes Wort mitbekam.

»Also hat es Katharina doch geschafft, sich diesen Mann zu holen«, sagte gerade die Ältere der beiden, die schon einen krummen Rücken hatte.

»Ja. Sie hat endlich den Mann, den sie liebt.«

Die Alte kicherte leise in sich hinein und wiederholte verächtlich den letzten Satz: »Den Mann, den sie liebt!«

»Was regst du dich darüber auf? Gönnst du Katharina nicht das bisschen Glück?«

»Ach!« Die Alte wischte den Einwand mit einer Handbewegung weg. »Darum geht es doch gar nicht.«

»Worum geht es dann?«

»Die Liebe wird nachlassen und dann hat sie einen Mann, der sie nicht einmal gut ernähren kann. Und was dann? Was hat sie davon? Wenn du einmal heiratest, achte darauf, dass du dir nicht so viele Sorgen zu machen brauchst. Sorgen zerfressen deine Seele, glaub mir.«

»Ach, Elengard, du mit deiner mürrischen Seele. Die Liebe wird dem Mann helfen, mehr Geld zu verdienen. Die Liebe ist eine starke Macht. Neulich, auf dem Markt war ein Sänger da aus Hispania, der auch in unserer Zunge reden und singen kann. Und er hat ein Lied vorgetragen, dass bei vielen von uns die Tränen geflossen sind. Sieben Jahre haben zwei Liebende aufeinander gewartet, ohne dass sie in der Zwischenzeit miteinander reden konnten ...«

»Was für eine unnütze Qual«, knurrte die Alte.

»Aber dann haben sie sich doch getroffen ... und nach einem Monat ist die Frau gestorben. Es war ein so trauriges Lied.«

»Siehst du. Hätte sie sich einen Mann genommen, der ihr ein gutes Leben gewährt hätte, dann hätte sie noch ein paar Kinder bekommen können, aber so ... Du musst es als Frau so einrichten, dass du ein wenig Freiheit für dich hast. Dann kannst du es lange an der Seite eines harten Mannes aushalten! Diese ganzen unfruchtbaren Sehnsüchte, von denen die Leute seit Neuestem dichten und singen! Das ist nur vertane Zeit.«

Die Alte schwieg, dann fing die Junge wieder an. »Aber sag mal, Elengard, hast du nicht auch einmal einen Liebsten gehabt, nach dem du dir die Augen ausgeweint hast?«

»Kann schon sein«, murmelte sie. »Aber was hat es mir geholfen? Nichts!

Ich sag dir was: Diese bunt bekleideten Sänger verdienen mit solchen rührseligen Liedern ihr Geld. Aber man darf ihnen nicht glauben. Und wenn doch ...«

Fiona bekam nicht mehr mit, welche Drohung Elengard noch anzubieten hatte, weil der Fährmann rief, man solle sich fertig machen. Bewegung kam in die Passagiere. Bündel wurden wieder auf den Rücken gehoben, Kinder auf den Arm und Karren mit Rädern in die richtige Stellung gebracht.

Fiona stand neben einer Familie mit zwei Kindern und überlegte, ob sie schon hier nach dem Köhler fragen könnte.

»Ach, entschuldigt«, begann sie. »Könnt Ihr mir sagen, wo ich den Köhler finde?«

Die Frau lachte und deutete mit dem Finger an das Ufer: »Siehst du den Mann mit dem braunen Umhang und dem riesigen Schlapphut?«

»Ja.«

»Das ist er. Er will mit der Fähre wieder zurück.«

»Oh!«, rief Fiona erfreut. »Dann bleibe ich gleich darauf und fahre mit ihm zurück.«

Sie schob sich an den Rand und lehnte sich gegen die Reling, um die Leute, die aussteigen wollten, vorbeizulassen. Vom Fluss her wehte ein kalter Wind, sodass sie sich tiefer in ihren Mantel verkroch. Das Gespräch der beiden Frauen beschäftigte sie weiter.

Vielleicht vertue ich nur meine Zeit mit dieser dummen Liebe zu Friedrich, die so unsinnig ist wie ein Fisch auf dem Ufergras. Wäre es nicht viel besser, Berward zu heiraten? Dann wären meine Eltern beruhigt, mein Bruder würde sich freuen und ich könnte Friedrich nach und nach vergessen. Wer weiß, vielleicht wünscht es sich Friedrich auch so. Dann hätte er eine Last weniger zu tragen. Er wüsste, es ginge mir in Basileia gut. Ich hätte ein Haus, Knechte und Mägde, könnte Neues beginnen …

Ihre Gedanken wurden unterbrochen, als die Fähre auf den Kiesstrand stieß. Bereitwillige Helfer machten die Taue fest und die Fahrgäste drängten zum Steg, um das Schiff zu verlassen.

Kapitel 20

Egwin betrat ohne Gruss den Raum, in dem der Erzbischof mit den beiden Walisern saß. Er wandte sich an Friedrich: »Kann ich Euch zunächst allein sprechen, ehrwürdiger Vater?«

»Wenn es sein muss, ja.«

Er nahm seinen Schlüsselbund, suchte den richtigen Schlüssel heraus und schloss die Tür hinter ihnen ab. Sie gingen über den Flur in eine Kammer, in der gewöhnlich Bücher gesäubert und ausgebessert wurden. Es roch nach Mehlleim und altem Papier.

»Nun, Egwin, du wirkst nicht gerade erfreut.«

»Um es kurz zu machen, Friedrich«, sagte Egwin mit müder Stimme. »Ich habe verglichen die Buchstaben, habe gesprochen mit den Leuten im Haus und muss dir sagen, dass ... dass wir nichts beweisen können. Anscheinend entspricht die Geschichte mit der Frau der Wahrheit und Dylans Schrift stimmt überhaupt nicht mit den Buchstaben des *signum aurum* überein. Ich fürchte, dass wir haben gefangen genommen die Falschen.«

Egwin schwieg und Friedrich sagte nach einer Weile: »Das ist nicht das, was wir erwartet haben.« Egwin nickte stumm. »Einerseits bitter für dich, Egwin«, fuhr Friedrich fort, »aber, ehrlich gesagt, ist es für mich eine gewisse Beruhigung, weil ich mir nicht vorstellen konnte, dass diese beiden Männer Mörder sein sollten. Aber wenn das stimmt, was du herausgefunden hast, dann ... ja dann ...«

»Dann stimmt wahrscheinlich auch die Sache mit dem Mabinogi nicht und wir sind in eine völlig falsche Richtung gegangen.« Egwins Stimme klang dumpf. Er konnte seine Enttäuschung nicht verbergen. »Alles beginnt von vorne. Und während wir überlegen, wird vielleicht umgebracht der Nächste!«

Egwin stand mit hängendem Kopf da und Friedrich sah, wie sich seine Fäuste ballten. Plötzlich drehte er sich um und schlug mit der Faust auf den Tisch, dass eines der Bücher vom Stapel fiel.

»Aber so schnell gebe ich nicht auf! Ich werde weiter suchen und weiter nachdenken, so lange, bis ich habe gefunden dieses Ungeheuer! Und dann gnade ihm Gott!«

Friedrich konnte sich ein leises Lächeln nicht verkneifen. Er klopfte dem Mönch mit der Hand auf die Schulter. »So gefällst du mir besser. Den Kopf hängenzulassen, das passt nicht zu dir.« Er ging ein paar Schritte auf und ab und sagte dann: »Zunächst werde ich mich bei unseren Gästen entschuldigen müssen und ihnen ein Geschenk überbringen lassen. Dann setzen wir uns zu dritt heute Nachmittag zusammen. Ich werde dafür eine Sitzung verschieben. Wir werden ein gutes Essen zu uns nehmen, einen Wein dazu trinken und alles noch einmal der Reihe nach durchgehen.«

Egwin sah Friedrich an. »Ja, das hört sich gut an. Das ist ein Wort!«

Friedrich wandte sich zur Tür. »Aber die Sache mit den vier Zweigen des Mabinogi klang wirklich überzeugend. Ich habe ja selbst den Anstoß dazu gegeben. Nicht nur du warst auf einer falschen Fährte. Ich selbst war auch davon überzeugt.«

Nach einer langen Debatte mit den Walisern und der Zusicherung von Geschenken begleitete Egwin die beiden Männer zurück zu ihrem Haus.

Friedrich verschob seine Sitzung auf einen anderen Termin, und am Nachmittag, als die Sonne den restlichen Schnee auf den Gassen geschmolzen hatte, trafen sich der Erzbischof, Egwin und Mauritius in Friedrichs geheiztem Zimmer. Die Männer setzten sich an einen Tisch, der mit Tellern und Schüsseln gedeckt war, aus denen es verführerisch duftete: frisches Brot, gedünstetes Gemüse, gebratene Hirschbrust. Daneben stand ein Krug mit einem Wein vom letzten Jahr aus der Gegend von Wormez und als süße Beilage geröstete Mandeln, Haselnüsse in einer Sauermilchsoße mit Zimt und Honig.

Egwin hatte seine große Enttäuschung, einer falschen Fährte gefolgt zu sein, halbwegs überwunden. Umso deutlicher spürte er nun seinen Hunger. Und so verfiel er nach dem Tischsegen erst einmal in eine gefräßige Schweigsamkeit. Als die drei Männer ihren größten Hunger gestillt hatten, kam allmählich ein lebhaftes Gespräch in Gang.

»Lasst uns alles noch einmal zusammentragen«, sagte Egwin und wischte sich mit dem Handrücken über den Mund. »Vielleicht haben wir etwas übersehen.«

»Da haben wir also das Licht, Schnee und Blut, die Zweige, die Kreise und die Fische und Vögel …«

»Wobei ich das Blut bei dem zweiten Toten nicht besonders herausstreichen würde«, meinte Mauritius und rülpste.

»Warum? Waren nicht Schnee und Blut das Auffällige daran?«

»Blut war doch auch bei den anderen zu sehen. Vielleicht ging es mehr um Schnee und Wasser. Der Mann lag mit dem Brett im Wasser und war mit Schnee zugedeckt.«

»Hm«, brummte Friedrich und nahm einen Schluck Wein. »Das würde bedeuten: Wasser von oben und Wasser von unten …«

»So habe ich das noch nie gesehen«, meinte Egwin, »aber ihr habt recht. Wasser von unten und Wasser von oben. Es hätte aber auch Regen sein können.«

»Ja, das stimmt«, nickte Mauritius, »aber Schnee kann man besser sehen und er hält sich eine Zeit lang.«

»Vielleicht können wir den restlichen Zeichen auch eine andere Bedeutung geben? Haben wir uns womöglich zu schnell auf eine bestimmte Sicht der Dinge eingelassen?«

Die Männer schwiegen und hingen ihren Gedanken nach. Egwin nahm von der süßen Nachspeise und kaute an den Nüssen.

»Was wir auf jeden Fall neu bedenken müssen«, sagte Friedrich, »sind diese merkwürdigen hebräischen Buchstaben, die den Toten jeweils unterhalb des Schulterblatts eingeritzt worden waren.«

»Beth, Beth, Alef«, murmelte Egwin.

»Bereschit, barah Elohim ...«

Wieder schwiegen sie. Plötzlich fuhr Egwin in die Höhe. Es hätte nicht viel gefehlt, und er hätte die Tischplatte gleich mit sich hochgerissen. »Natürlich! Warum sind wir nicht schon viel früher darauf gekommen? Es ist doch sonnenklar!« Egwin fing an zu lachen, verschluckte sich dabei und hustete.

»Ganz ruhig, Egwin«, sagte Friedrich. »Setz dich, atme tief durch und lass uns an deiner tiefen Erkenntnis teilhaben.«

»Bereschit barah Elohim«, rief Egwin, von einem weiteren Husten unterbrochen. »Das sind ja, wie wir von Joel wissen, die ersten drei Wörter der hebräischen Bibel. *Am Anfang schuf Gott* ... Und der Text geht weiter: *Am Anfang schuf Gott Himmel und Erde*. Ist es nicht so?«

»Ganz genau«, sagte Mauritius. »Und weiter?«

»Aber versteht ihr nicht? Wir könnten es bei den Morden mit der Reihenfolge der Schöpfungstage zu tun haben! Passt auf: Am ersten Tag erschuf Gott das Licht. Und, soweit ich mich erinnere, am zweiten Tag die Feste, das Firmament, welches das Wasser unterhalb und oberhalb trennte. Das ist unsere zweite Leiche. Sie lag zwischen dem Wasser unterhalb der Feste und dem Wasser oberhalb der Feste, nämlich dem Schnee ...«

»Egwin! Du könntest tatsächlich recht haben«, rief Friedrich und stand auf. »Ich hole aus der Bibliothek den lateinischen Codex des Buches Genesis. Dann haben wir den genauen Wortlaut.« Er war schon aus der Tür und kam nach kurzer Zeit mit einem dicken, in Schweinsleder gebundenen Band zurück. Mit einer Handbewegung schob er Bretter und Speisen zur Seite, legte das Buch daneben und schlug die erste Seite auf.

»Ah ja, hier haben wir es: »In principio Deus creavit … Was haben wir gehabt?«

Erster Tag Licht, zweiter Tag, Trennung der Wasser«, half Mauritius.

»Richtig. So, nun kommen wir zum dritten Tag«, sagte der Erzbischof, »das war die Frau mit den Zweigen … Also: Congregentur aquae …« Friedrich blickte auf: »Am dritten Tag wurden Wasser und Land getrennt.«

»Genau, das passt!«, sagte Egwin mit heiserer Stimme. »Die Frau lag halb im Wasser und die Beine waren mit Erde bedeckt. Die … die Zweige sollten wahrscheinlich nur das Land betonen und …«

»Nicht nur!«, unterbrach ihn Friedrich. »Am dritten Tag wuchs auch das erste Grün auf!«

»Fiant luminaria in firmamento …«, las Friedrich weiter. »Lichter am Firmament!«

Mauritius lachte: »Mond und Sterne wurden also am vierten Tag geschaffen. Das ist der Erhängte, der sinnigerweise höher hing und dessen Gewand mit Sonne und Mond beschmiert war.«

»Richtig! Alles stimmt!« Egwins Stimme hatte einen krächzenden Ton. »Und der fünfte Tag?«

»Producant aquae reptile animae … Wassertiere wurden erschaffen und hier: volatile super terram, Vögel über der Erde!«

»Unglaublich! Das war die Frau, unter deren Rock Vögel und Fische gefangen waren! Alles ergibt jetzt einen Sinn.«

»So viel Sinn sehe ich aber noch nicht«, mischte sich Mauritius ein. »Gut, wir haben jetzt erkannt, warum diese seltsamen Zeichen bei den Toten auftauchten. Wir haben die Schrift des Mörders entziffert, aber wir wissen immer noch nicht, *warum* er alle diese Menschen umgebracht hat! Es kann ja keine persönliche Rache gewesen sein. Das Kind konnte ihm nicht geschadet haben.«

Friedrich nickte. »Mauritius hat recht. Wir sind zwar einen Schritt weiter, aber es ist immer noch nicht klar, was einen Menschen dazu getrieben hat, diese grausamen Morde zu begehen und gleichzeitig mit dem Wort Gottes zu spielen …«

»So rätselhaft ist das gar nicht«, sagte Egwin. »Damit wären wir wieder bei unserer ersten Behauptung: nämlich dass der neue Frauenorden sollte in Verruf gebracht werden. Erinnert euch an die Andacht mit dem goldenen Zeichen. Wir haben das nur aus dem Blick verloren wegen dieser Waliser.«

»Wenn das stimmt«, murmelte Friedrich, »dann müsste dieser Mann jemand sein, der die Schöpfungsgeschichte kennt und sich den Text besorgen konnte. Es müsste jemand sein, der …«

»Pater Conrad!«, rief Egwin. »Der Priester, der diese Andacht gehalten hat. Wer weiß, vielleicht war es vorbereitet von langer Hand, und er hatte einen Helfer sitzen unter den Zuhörern, der die Worte *Das goldene Zeichen* in Umlauf gebracht hat. Der Pater setzte alles daran, um es so aussehen zu lassen, dass diese Worte kamen aus der Reihe der Frauen. Und dann konnte beginnen das mörderische Spiel. Vielleicht hatte sich der Helfer in die Nähe der Frauen gesetzt. Sie hatten in dieser Kirche schon Stammplätze, wie mir Fiona einmal hat versichert. Ein perfekter Plan. Der Verdacht musste fallen auf die Frauen.«

»Den Priester«, sagte Friedrich zu Egwin, »hast du ja schon einmal besucht, aber …«

»Ja, da hatte ich nichts Fassbares. Ich wusste nicht, wonach ich sollte suchen. Jetzt ist das anders!«

Einen Augenblick war es still und die Männer ließen die Worte in sich nachklingen.

»Wenn das stimmt«, begann Friedrich langsam, »und es passt für mich alles irgendwie zusammen, dann sollten wir …«

»… jetzt sofort aufbrechen«, nahm Egwin den Faden auf, »und Pater Conrad einen überraschenden Besuch abstatten und durchsuchen seine Zimmer.«

»Ich hatte zwar einen ähnlichen Gedanken, aber an sofort dachte ich nicht …«

»Aber, verzeiht, ehrwürdiger Vater«, sagte Mauritius. »Der Mönch Egwin hat recht. Wir dürfen jetzt tatsächlich keine Zeit verlieren. Womöglich bereitet er schon den nächsten Mord vor und wir kommen zu spät.«

»Ihr habt beide recht. Brechen wir auf. Soldaten brauchen wir dafür nicht. Der Priester wird nicht wagen, gegen den Erzbischof zu kämpfen, und wir sind zu dritt.«

Egwin schüttelte den Kopf: »Aber merkwürdig ist es schon, dass sogar die Anfangsbuchstaben der Toten ergaben das Wort Mabinogi …« Er konnte sich nicht so rasch von seiner geliebten Theorie trennen.

»Nicht ganz«, gab Friedrich zu bedenken. »Von acht Buchstaben hatten nur vier etwas mit dem gesamten Wort zu tun. Lasst uns gehen!«

Hastig standen sie auf, überließen die Reste der Mahlzeit den Bediensteten des Bischofs und holten ihre Mäntel. Kurze Zeit später trafen sie sich draußen vor der Tür der Residenz und blinzelten in die helle Spätnachmittagssonne.

Ohne dass sie sich abgesprochen hatten, übernahm Friedrich die Führung und achtete darauf, dass sie nicht zu sehr im Schmelzwasser wateten, das durch die Abfälle, die auf der Gasse lagen, nicht überall abfließen konnte. Zwischendurch wurden sie aufgehalten durch einen Ochsenkarren, der Holz und Holzkohlesäcke mit sich führte. Ein paar Kinder rannten nebenher und versuchten ein paar Holzscheite zu ergattern, die über den Rand hingen. Endlich erreichten sie die Kirche St. Georg, die an der Nord-Süd-Achse der Stadt lag.

»Die Wohnung des Priesters befindet sich auf der Rückseite der Kirche«, sagte Egwin und ging voraus.

Als sie um die Ecke bogen, sahen sie eine Gestalt in einem dunklen Mantel, die gerade mit der Axt ausholte und das Eisen auf etwas niederfallen ließ, das laut knackte. Wie erstarrt blieben die Männer stehen, aber dann sahen sie, dass der Priester nur dabei war, ein paar Brennholzäste zu zerkleinern. Die drei kamen langsam näher. Pater Conrad, der die Schritte hörte, drehte sich um.

»Oh«, sagte er überrascht. »Der Erzbischof persönlich.«

»Ja«, nickte Friedrich, der mit besorgter Miene auf die Axt blickte. »Ich grüße dich, Pater. Dürfen wir ein paar Worte mit dir reden?«

»Ich habe nichts dagegen«, sagte er und ging zur Tür. Die Axt behielt er in der Hand.

»Anna!«, rief er in das offene Haus hinein. »Wir haben hohen Besuch! Der Erzbischof ist da. Bring uns ein paar Becher Wein und Wasser.« Während dieser Worte trat Pater Conrad in ein Zimmer, stellte die Axt in einer Ecke ab und verschloss die Tür. Dann ging er ihnen voraus in den letzten Raum des Hauses. Von oben hörte man Schritte, die hin und her gingen.

»Ist Anna deine Magd?«, wollte Egwin wissen.

»Meine Magd?«, wiederholte der Pater verständnislos. »Anna? Nein, nein, das ist meine Tochter. Ja, ich bin einer der wenigen Priester vom alten Schlag in Coln, die noch verheiratet waren. Das wird sich ja nun ändern, seitdem der Papst beschlossen hat, dass der Zölibat auch für die Priester gelten soll und nicht nur für die Bischöfe.«

Er öffnete die Tür und wies mit der Hand nach innen. »Nehmt Platz. Der Erzbischof natürlich auf dem einzigen Stuhl mit Lehne.«

Egwin und Mauritius suchten sich einen Hocker.

»Ja, ja, der Zölibat«, redete Conrad weiter. »Manchmal denke ich, es hat auch sein Gutes, nicht verheiratet zu sein. Man erspart sich eine Menge Ärger, aber was für eine Wohltat, eine Tochter zu haben, auf meine alten Tage.«

So alt bist du gar nicht wie du tust, dachte Egwin. *Dein Körper ist noch nicht allzu sehr von der Last der Jahre gebeugt. Und wer so kräftig Holz spalten kann, kann auch mit dem Messer kräftig zustoßen …*

Die Tür öffnete sich und ein Mädchen ohne Kopftuch, mit hochgesteckten Haaren trat zur Tür herein, stellte das Tablett auf dem Tisch ab, ergriff Friedrichs Hand und küsste den Finger mit dem Ring. Dann zog sie sich zurück.

Conrad ging zu dem Tablett, goss die Becher zur Hälfte mit Wein voll und füllte den Rest mit Wasser auf. Dann reichte er jedem der Männer seinen Teil.

»Christus benedicat mansionem«, sagte Friedrich und hob seinen Becher in die Höhe. Einen Augenblick war es still, als die Männer tranken, dann setzte Friedrich seinen Becher ab, räusperte sich und sagte: »Pater Conrad, du wirst dich sicher wundern warum wir hier sind.«

»Das tue ich allerdings«, brummte er. »Aber da unsere Stadt seit Neuestem von einem Mörder heimgesucht wird, hat Euer hoher Besuch wahrscheinlich mit dieser Sache zu tun, da ich ja die Frauen dieses namenlosen Ordens ein wenig kenne.«

»Du hast ganz richtig vermutet«, nickte Friedrich. »Mein Besuch hängt damit zusammen. Allerdings geht es nicht um eine Auskunft, sondern um einen schwerwiegenden Verdacht gegen dich selbst.«

Conrad zog seine Augenbrauen zusammen. »Ein Verdacht gegen mich? Habe ich den Frauenorden nicht ernst genug genommen?« Egwin meinte einen ironischen Unterton zu hören.

Warte nur, deine Überheblichkeit wird bald zu Ende sein!

»Deswegen würde ich mich nicht auf den Weg zu dir machen. Wir haben den starken Verdacht, dass du selbst bei diesem sinnlosen Morden eine Rolle spielst. Und deswegen werde ich Egwin, den Benediktiner, bitten, deine Räume jetzt zu durchsuchen.«

Conrad sprang auf. »Was? Höre ich richtig? Ich soll etwas

mit diesen Morden zu tun haben? Das ist eine böswillige Beschuldigung!«

Pater Conrad steigerte sich in eine Schimpftirade und sagte der Kirche in Coln eine düstere Zukunft voraus, einer Kirche, die ihre eigenen Priester des Mordes beschuldige.

Die drei Männer warteten den Wutausbruch des Priesters ab, dann nickte Friedrich stumm in Egwins Richtung, der daraufhin aufstand und den Raum verließ. Beim Hinausgehen hörte er noch, wie Pater Conrad von Mauritius beschwichtigt wurde.

Wo fange ich am besten an? Vielleicht von oben nach unten ...

Egwin ging die ausgetretenen Holzstufen in den ersten Stock und traf dort auf Anna, die erschrocken stehen blieb und ihn fragend anstarrte.

»Keine Angst«, sagte Egwin mit ruhiger Stimme. »Wir suchen im Haus deines Vaters nach etwas. Dir wird nichts passieren.«

»W... was sucht ihr denn?«

Egwin schätzte das Mädchen auf siebzehn oder achtzehn Jahre. Sie sah hübsch aus und machte einen ehrlichen Eindruck auf ihn.

Seltsam, dass von diesem Mann so eine reine, unschuldige Tochter stammt. Sie wird mit der ganzen Geschichte nichts zu tun haben.

»Wo ist denn das Zimmer, in dem dein Vater aufbewahrt das eine oder andere Buch oder eine Pergamentrolle?«

Sie deutete auf eine Tür. »Hier«, flüsterte sie mit bleichem Gesicht. »Aber er hält sich nicht oft darin auf. Was ist denn passiert? Hat mein Vater etwas Böses getan?«

»Nun«, sagte Egwin mit gewichtiger Stimme. »Um das zu untersuchen, sind wir hier.«

»Das ... das kann nicht sein«, stotterte sie. »Ich weiß, dass es manchmal so aussieht, als ob er missmutig ist, aber in ... in

Wahrheit ist er ein … ein guter Mensch. Er würde nie etwas Böses tun.«

Ja, ja, das hat schon manche Tochter von ihrem Vater gedacht.

Egwin öffnete die Tür, auf die Anna gezeigt hatte, und betrat den Raum. Viele Bücher erwartete er hier nicht, denn sie waren sehr teuer. Ein gewöhnlicher Priester war weder reich noch besonders gebildet. Es genügte, wenn er lesen und schreiben konnte, wenn er fähig war, die Amtshandlungen durchzuführen, die Beichte abzunehmen und ein paar Sätze über einen biblischen Text von sich zu geben.

Er ließ seinen Blick schweifen. Auf einem Regal neben dem einzigen schmalen Fenster standen, wie erwartet, keine Bücher, aber dort lag ein Stapel mit ein paar beschrifteten Pergamentblättern, die mit einem Stein beschwert waren.

Egwin griff nach dem Stein, legte ihn zur Seite und sah sich die Blätter an. Es waren lateinische Kommentare zu einzelnen biblischen Büchern. Für einen einfachen Priester ein wahrer Reichtum. Das Messbuch und andere liturgische Unterlagen waren vermutlich in der Kirche eingeschlossen.

Egwin sah, dass Anna ebenfalls ins Zimmer getreten war und verängstigt beobachtete, was er tat.

»Ist deine Mutter auch hier?«, fragte Egwin, nur um etwas zu sagen.

»Nein, sie … sie ist schon tot. Ich habe noch einen jüngeren Bruder, den ich versorge. Mutter ist … sie ist nach seiner Geburt gestorben.«

»Oh. Das tut mir leid zu hören.«

Er sah sich weiter in dem Zimmer um, blickte in die Ecken und wollte schon den Raum verlassen, da sah er auf dem Boden unter dem Tisch ein Blatt, das so aussah, als sei es erst vor Kurzem von dem Stapel heruntergefallen. Er bückte sich, griff danach und trat ans Fenster, um die Schrift zu entziffern, und stockte.

Dass er so schnell fündig werden würde, hätte er nicht gedacht! Er las staunend: »In principio creavit Deus caelum et terram – Am Anfang schuf Gott Himmel und Erde.« Und als sei es noch nicht genug, hatte jemand mit der Hand hebräische Worte mit lateinischen Buchstaben daneben geschrieben: »Bereschit barah Elohim.«

Egwin lief es kalt den Rücken herunter, als er genauer hinsah und entdeckte, dass jeweils die ersten Buchstaben unterstrichen waren: B B E. Daneben standen die hebräischen Buchstaben: **ב ב א**.

Er seufzte tief auf und nahm jetzt erst wieder wahr, dass Anna neben ihm stand. *Das arme Mädchen!* Er rollte das Blatt zusammen und sagte: »Du musst jetzt mutig sein und deinen Bruder allein versorgen eine Zeit lang. Wir müssen deinen Vater mitnehmen. Hast du Verwandte?«

Anna nickte stumm und flüsterte: »Meine Tante. Die Schwester meiner Mutter.«

»Dann geh mit deinem Bruder zu ihr für eine Weile.«

Egwin drängte sich an ihr vorbei, weil sie bewegungslos stehen blieb, und ging mit raschen Schritten den oberen Flur entlang und die Stufen nach unten.

Als er den Raum betrat, blickten alle auf. Wortlos reichte Egwin dem Erzbischof das Pergamentblatt und sagte: »Das habe ich oben gefunden!«

Friedrich nahm es entgegen, las leise die Sätze, dann ließ er das Blatt sinken, blickte Pater Conrad an und sagte: »Wir haben hier ein Pergamentblatt gefunden …«

»Das wundert mich nicht«, knurrte der Pater. »Ich habe oben eine kleine Sammlung, die ich mir im Laufe meines Lebens zugelegt habe.«

»Dieses Blatt enthält Worte, die in unmittelbarem Zusammenhang mit den Morden stehen.«

»Was? Auf einem Blatt mit biblischen Texten?« Der Priester verzog seinen Mund zu einem spöttischen Grinsen.

»Ja, ganz recht«, fuhr Friedrich fort. »Wir haben festgestellt, dass die Morde, die in Coln begangen wurden, genau der Reihenfolge der Schöpfungstage folgen …«

»Das versteh ich nicht.«

Friedrich sah Pater Conrad scharf an und meinte in seinem Gesicht ehrliche Verwirrung zu sehen. Oder war das alles Täuschung?

»Jeder Mord ist mit bestimmten Zeichen verbunden worden«, fuhr Friedrich langsam fort. »Der erste Mord hat mit Licht zu tun, der zweite mit Wasser und Schnee, also das Wasser unter und über der Feste, der dritte mit Land und grünen Zweigen und so weiter. Genau wie bei den Schöpfungstagen.«

»Und was hat das mit mir zu tun?«

»Dieses Blatt ist eine Abschrift von Genesis 1, dem Schöpfungsbericht.«

Conrad runzelte die Stirn. »Darf ich es mir ansehen?«

Friedrich hielt ihm das Blatt hin, gab es aber nicht aus der Hand.

»Ich kenne es nicht. Das gehört mir nicht.«

Friedrich lächelte über diesen plumpen Versuch, den Kopf aus der Schlinge zu ziehen.

»Es lag oben bei deiner Sammlung«, mischte sich nun Egwin in das Gespräch, »und war gerutscht unter den Tisch. Also musst du es in der Hand gehabt haben in letzter Zeit.«

»Dann hat es der Mönch eben dort hingetan«, sagte der Priester mit fester Stimme, als ob er einen klaren Sachverhalt feststellen würde. »Und außerdem: Ihr könnt nicht alle Priester festnehmen, die sich eine Abschrift der Schöpfungsgeschichte zugelegt haben.«

»Nun«, sagte Friedrich, »darin hast du recht. Aber auf diesem Blatt steht noch mehr. Es enthält nicht nur eine Abschrift des Schöpfungsberichts, sondern auch die Anfangsbuchstaben der ersten drei Worte auf Hebräisch daneben. Und wir haben festgestellt, dass auf den Leichen die gleichen drei Anfangsbuchstaben unterhalb des Schulterblatts eingeritzt worden waren.«

»Ich kann kein Hebräisch. Weder lesen noch schreiben.«

»Es genügt, wenn man diese drei Worte kennt.«

Pater Conrad verschränkte die Arme vor seiner Brust. »Was soll das für einen Sinn haben? Wie dem auch sei: Dieses Blatt gehört mir nicht.«

»Eine Behauptung.«

»Was Ihr sagt, ist auch eine Behauptung.«

Friedrich richtete sich auf. »Pater Conrad, werde nicht frech. Dieses Schriftstück ist bei dir gefunden worden. Und wer dieses Blatt besitzt, mit diesen hebräischen Zeichen, der steht unter dem Verdacht, mit den Morden in Coln etwas zu tun zu haben.«

Er wandte sich an Mauritius und Egwin: »Fesselt ihn!«

Mauritius, der auf diesen Befehl nur gewartet hatte, stand sofort auf, bevor der Priester etwas tun konnte und hielt ihm beide Hände auf dem Rücken fest, während Egwin mit den mitgebrachten Lederriemen die Handgelenke fesselte.

Jetzt erst schien der Pater zu begreifen, was mit ihm geschah.

»Lasst mich los!«, schrie er. »Anna! Anna! Hol Hilfe!« Er drehte sich unter Mauritius' festem Griff, aber der hielt eisern Conrads Arme nach hinten.

»Lasst uns gehen, bevor die Leute zusammenlaufen«, sagte Friedrich, stand auf und ging zur Tür.

Gerade, als sie das Haus verlassen wollten, hörten sie, wie jemand rasch die Treppe herunterkam. Es war Anna.

»Vater!«, rief sie erschrocken. »Was ist los? Was hast du getan?«

»Es handelt sich um einen Irrtum, der sich bald auflösen wird«, beruhigte sie der Priester. »Geh zu deiner Tante und bleib bei ihr eine Zeit lang. Du wirst sehen, ich werde bald wieder bei euch sein.«

Erstaunlich, dachte Egwin, *wie sicher dieses Ungeheuer auftritt, als ob es sich um einen kleinen Fehler handelt. Das muss man fast schon bewundern!*

Als die vier Männer vor die Tür traten, merkten sie, dass das Licht seine Kraft eingebüßt hatte und die Dämmerung hereinbrach. Aber nicht nur das Licht war schwächer geworden, sondern auch die Wärme hatte abgenommen. Man spürte die feuchte Kälte, die mit dem Wind vom Hafen her unter die Gewänder kroch. Über der Stadt hing der feine Rauch von vielen Abendfeuern. Aber noch konnte man sicher durch die Gassen gehen. Eine Fackel war nicht notwendig.

Der Erzbischof ging voraus. Hinter ihm kamen Mauritius und Egwin, die den gefesselten Priester in die Mitte genommen hatten. Sorgsam achteten sie darauf, dass er nicht weglaufen konnte. Aber der Mann schien ziemlich kaltblütig zu sein. Er tat so, als ob er vollkommen von seiner Unschuld überzeugt wäre und aus reiner Gefälligkeit mitkäme.

Die meisten Menschen, die ihnen auf dem Weg begegneten, erkannten Friedrich am Gesicht oder wenigstens an seinem Mantel, der mit einem gelben Saum verziert war. Einige blieben stehen, schauten der Gruppe hinterher, stießen die anderen an und raunten ihnen etwas zu. Egwin war überzeugt, dass die Festnahme des Priesters sich wie ein Lauffeuer herumsprach.

Auch mit ihm werde ich den Schrifttest machen müssen, überlegte der Mönch im Stillen während er den Gefangenen ständig im Auge behielt. *Dieser Mann scheint ein harter Brocken zu sein. Vielleicht lassen wir ihn auch einen Tag hungern und in seinem Kerker schmoren. Dann wird er von selber geständig. Jedenfalls ist die Gefahr eines neuen Mordes vorerst gebannt.*

An diesem Abend ging Egwin zufrieden in seine Kammer. Eine große Last war von ihm abgefallen. In einigen Tagen würde sein Abt vorbeikommen und ihn mit nach Haestingas nehmen.

Dann würde wieder der normale Mönchsalltag für ihn beginnen. In der Geborgenheit seines Ordens zu leben, die Brüder wiederzusehen – er freute sich schon darauf. Und zugleich wusste er, dass er dabei geholfen hatte, ein Verbrechen aufzudecken.

Mauritius hatte ein paar glühende Kohlen in die Schale gelegt, die dafür sorgten, dass es in seinem Zimmer nicht allzu kalt war. Aber irgendwie störte ihn der Rauch. Er musste noch etwas frische Luft hereinlassen.

Egwin ging zu dem einzigen Fenster, öffnete den Holzladen und blickte hinunter auf die Gasse, auf der jetzt nicht viele Leute unterwegs waren. Ab und zu tanzten Fackeln vorbei, Männerstimmen drangen herauf oder der Hufschlag eines Pferdes hallte in den Gassen wider. Er dachte an Pater Conrad, der jetzt auch allein in seinem Kerker saß oder lag. Ohne Heizung.

Geschieht ihm ganz recht, diesem Mörder, der es gewagt hat, die heiligen Worte für Verbrechen zu missbrauchen. Ich kann nur hoffen, dass Gottes Gnade ihn nicht mehr erreicht und er in der tiefsten Hölle schmort … Morgen werde ich ihn etwas schreiben lassen, um einen endgültigen Beweis zu haben. Dann wird er zum Tode verurteilt werden und alle Colner werden sich auf dem Marktplatz versammeln und dem Schauspiel zusehen …

Egwin zog die Schultern hoch. Ihn fröstelte und er schloss den Holzladen. Dann stellte er sich Richtung Osten und rezitierte nach dem Introitus den Abendpsalm für diese Woche: »Nisi Dominus aedificaverit domum in vanum laboraverunt qui aedificant eum – Wenn nicht der Herr das Haus baut, so arbeiten umsonst, die daran bauen. Wenn nicht der Herr die Stadt bewacht, wacht der Wächter umsonst …«

Als er sich schließlich in seine Decken gehüllt hatte, wurde er plötzlich von einer schweren Müdigkeit überfallen, wie sie immer dann auftritt, wenn eine große Aufgabe endlich erfüllt ist.

Kapitel 21

Es war noch dunkel, als heftige Schläge gegen die Tür ihn aus dem Tiefschlaf rissen. Egwin hatte die Glocken zum Matutingebet wieder einmal überhört und wäre gern noch länger liegen geblieben. Aber hinter der Tür hörte er Mauritius' Stimme, die seinen Namen rief.

Er fuhr sich über das Gesicht und dachte: *Beim heiligen Sebastian! Kümmert sich Mauritius jetzt um das Einhalten meiner Gebetszeiten? Das geht mir nun doch zu weit!*

Als das Hämmern nicht aufhörte, rief Egwin ärgerlich: »Ja, ich bin wach. Ich komme gleich!«

Mühsam rappelte er sich hoch, schlug die Decke zur Seite und erhob sich. Die Kälte ließ ihn zittern. Er warf seine Kutte über, wankte zur Tür und schob den Riegel zurück.

»Was ist los? Musst du dich auch noch um meine Gebetszeiten kümmern?«, fuhr er Mauritius an.

»Was kümmern mich deine Gebetszeiten?«, gab der Diener des Bischofs zurück. »Der Erzbischof schickt mich. Es gibt einen weiteren Mord! Ein Mann liegt vor dem Dom auf der Gasse mitten zwischen toten Katzen! Komm, so schnell du kannst, in das Zimmer des Erzbischofs.«

Ein kurzes Nicken mit dem Kopf und Mauritius verschwand. Egwin schloss die Tür und fasste sich an den Kopf. *Hört denn dieser Wahnsinn niemals auf? Ein weiterer Toter, obwohl wir den Mörder gefasst haben?* Er setzte sich auf einen Schemel und zog die Sandalen über die Socken.

»Tote Katzen?«, brummte er, »aber das ist doch genau das, was Fiona in ihren Gedanken aufgefangen hatte. Wie hieß das noch?« Er überlegte, kam aber nicht auf den genauen Wortlaut. Aber es war ein Satz, in dem tote Katzen vorkamen.

»Tote Katzen! Tote Katzen! Was soll das?«

Plötzlich hielt Egwin in der Bewegung inne. »Aber, wenn ich es recht bedenke, hatten wir den fünften Schöpfungstag, an dem die Vögel und Fisch erschaffen wurden und am sechsten Tag bleiben eigentlich nur noch die Landtiere übrig. Katzen sind Landtiere!«

Er richtete sich auf, fuhr sich mit den Händen durch die Haare, murmelte im Eiltempo ein Vaterunser, während er schon die Tür aufmachte, und eilte den Gang entlang zu Friedrichs Zimmer. Ein müdes »Entrate« folgte, als Egwin ein paar Augenblicke später an der Tür klopfte.

Friedrich saß auf seinem Stuhl, einen Becher Milch vor sich auf dem Tisch und eine Schale mit Getreidebrei. Ein benutzter Silberlöffel lag daneben. Er trug ein leinenes Untergewand, seine Haare hingen ungeordnet herunter. Wortlos wies er auf die Bank. Als Egwin sich gesetzt hatte, schüttelte Friedrich den Kopf.

»Es ist nicht zu fassen«, sagte er. »Ich dachte, dass wir endlich alles aufgelöst hätten – und nun das. Ich habe gerade überlegt, ob es nicht jemand sein könnte, der diese Morde ausnutzt und einen unbequemen Menschen auf diese Art umbringen will?«

Egwin nickte. »Das habe ich zuerst auch gedacht, aber die toten Katzen passen genau in die Reihenfolge der Schöpfungstage: Am sechsten Tag wurden erschaffen die Landtiere und der Mensch. Wenn es jemand anderes ist, der diesen Mord will dem Priester unterschieben, dann muss er gewusst haben von der Reihenfolge.«

»Vielleicht hatte der Priester einen Helfer, der eingeweiht war und nun ohne ihn weitermacht?«, überlegte Friedrich laut.

»Das könnte sein. Oder jemand anderes war wie wir gekommen auf die Schöpfungstage. Wir sind nicht die Einzigen in Coln, die Gott hat ausgestattet mit einem scharfen Verstand«, meinte Egwin.

»Das wäre richtig, wenn bei dem Toten irgendwelche anderen Landtiere liegen würden: Hunde, Mäuse, Schweine ... Aber ausgerechnet Katzen! Genau das, was in Fionas Botschaft vorgekommen war und ...«

»Ah, du hast dich also auch erinnert daran!«

»Natürlich. Jetzt wissen wir es: Sie hatte die Gedanken des Mörders aufgeschnappt.«

»Dann«, sagte Egwin mit Nachdruck, »gibt es nur zwei Möglichkeiten: Unser mordender Priester hatte tatsächlich einen Helfer, der genau Bescheid wusste und weiter mordet ohne ihn oder ...«

»Oder ...«, fuhr Friedrich fort und trank einen Schluck aus dem Becher, »der Mörder läuft immer noch frei herum.«

Egwin lachte bitter auf. »Dann hätten wir festgenommen schon wieder den Falschen!«

»Genau das, mein Lieber. Damit wären wir wieder am Anfang.«

»Es gibt eine Sache, die wir noch müssen nachprüfen.«

»Und die wäre?«

»Ich werde nachschauen, ob die drei hebräischen Buchstaben sind eingeritzt. Nur um sicherzugehen. Darauf würde ein neuer Mörder auf keinen Fall kommen. Denn davon wissen bisher nur wir und der echte Mörder. Es könnte ja sein, dass die Katzen sind ein Zufallstreffer.«

»Aber das Pergamentblatt mit den drei hebräischen Buchstaben im Haus des Priesters!«

Egwin zuckte mit den Schultern. »Das könnte der wahre Mörder bei Pater Conrad versteckt haben, ohne dass der davon wusste, um die Schuld in die Schuhe zu schieben dem Pater, um von sich abzulenken!«

Friedrich seufzte. »Dann hätte Conrad gestern recht gehabt. Außerdem fällt mir ein, dass ich leicht verwirrt war, wie selbstsicher Pater Conrad von seiner Unschuld überzeugt war.«

»Ja, das ging mir auch so. Und ich dachte gestern bei mir: ein kaltblütiger Bursche.«

»Ich hatte mir auch kurz die Möglichkeit vorgestellt«, sagte Friedrich, »dass das Blatt tatsächlich gar nicht ihm gehört. Aber diesen Gedanken habe ich zur Seite geschoben. Ich war so froh, dass wir endlich den Schuldigen gefunden hatten.«

Allmählich wurde es draußen hell. Vögel sangen gegen den grauen Himmel an, und das Quietschen der Karren und der Handmühlen war zu hören. Ab und zu fielen ein paar Regentropfen gegen das kostbare Fensterglas. Auf den Straßen und Gassen schmolzen die letzten Schneereste und verwandelten sich in Matsch.

»Was sollen wir tun?« Friedrichs Stimme klang ratlos und entmutigt.

»Ich werde als Erstes den Toten untersuchen«, sagte Egwin, »und ihn wegschaffen lassen, wenn du mir ein paar Männer mitgibst.«

Friedrich nickte und überlegte: »Wenn nicht der Stadtvogt schon irgendwelche Maßnahmen ergriffen hat. In drei Tagen erwarten wir den Sohn des Kaisers bei uns – und es gibt noch viel vorzubereiten. Ich werde mich heute wieder mit dem Vogt treffen. Es wird ein unerquickliches Gespräch sein. Er wird mir schwere Vorwürfe machen; ich weiß nicht, wie lange ich den Aufenthaltsort von Fiona und ihren Frauen vor ihm geheim halten kann.«

Egwin erhob sich. »Ich werde sofort losgehen und mir anschauen die Sache. Dann werde ich mich melden bei dir.«

Mit einem kurzen Gruß war er schon bei der Tür und beeilte sich, in seine Kammer zu kommen. Vorhin hatte er sich nur die Kutte übergestreift, um schnell bei Friedrich zu sein. Aber wenn er nun nach draußen gehen wollte, zog er besser die weiße Mütze unter die Kapuze. Und sein Messer brauchte er auch. Er blickte auf seine Sandalen und entschloss sich, die Socken wieder auszuziehen – trotz der Kälte. Sie würden auf jeden Fall nass werden, das Gehen erschweren und in kurzer Zeit die Füße noch kälter machen. *Warum tragen Benediktiner keine geschlossenen Schuhe im Winter!*

Noch schnell den dreiundsechzigsten Psalm gebetet und den Mund ausgespült, um den schlechten Geschmack von der Nacht loszuwerden, dann war er bereit zu gehen.

Als er wenig später mit zwei Männern des Bischofs aus dem Gebäude trat, huschten eingehüllte Gestalten an ihm vorbei, die sich vor dem Regen zu schützen versuchten. Egwin zog seine weite Kapuze über die Wollmütze und ging los, sorgsam bedacht, die tiefen Pfützen zu meiden.

Die drei Männer mussten nicht weit gehen, denn der Tote lag in der Nähe des Doms mitten auf dem Platz vor dem Haupteingang. Wie immer stand eine Gruppe Schaulustiger herum. Die meisten kamen, guckten und gingen rasch weiter, um nicht vom Regen völlig durchnässt zu werden. Ein paar Männer waren gerade dabei, den Mann auf einen Karren zu laden.

Schnell war Egwin bei der Gruppe und sagte: »Halt! Was macht ihr da?«

»Wir laden den Toten auf und bringen ihn zum Stadtvogt. Auf seinen Befehl.«

»Wartet einen Augenblick!«

»Warum?«

»Ich bin der Beauftragte des Erzbischofs«, sagte Egwin.

»Nun, dies ist keine kirchliche Angelegenheit, sondern ...«

Aber Egwin unterbrach die Männer: »Es ist sehr wohl eine kirchliche Angelegenheit. Der Mann wurde ermordet vor dem Dom und der Verdacht ist gefallen auf den neuen Frauenorden, der gegründet wurde mit Genehmigung des Bischofs. Aber ich will mich mit euch nicht streiten, ihr könnt gerne mitnehmen den Toten. Ich möchte bei ihm nur kurz etwas untersuchen.«

»Dann tu deine Pflicht!«, sagte der eine Mann, der der Anführer zu sein schien. »Aber mach schnell. Wir haben keine Lust, uns vollregnen zu lassen!«

Egwin antwortete nicht, sondern drehte die Leiche, die schon auf dem Karren lag, um. »Kennt ihr ihn?«, fragte er die Männer, die mit ihm gekommen waren.

»Ja«, sagte einer. »Das ist Bruno, einer der Silberschmiede in der Stadt.«

»Gut.« Egwin schob das Gewand des Toten hoch, bis er die Schulterblätter sah. »Da ist es wieder«, murmelte er, als er die drei hebräischen Schriftzeichen entdeckte.

Dann schob er das Hemd zurück und sagte zu den Männern des Stadtvogtes: »Ich habe gesehen genug. Also, ihr könnt ihn mitnehmen.«

»Oh, vielen Dank, dass ihr es erlaubt«, antwortete der Anführer mit einem spöttischen Unterton. »Aber wir hätte ihn so oder so mitgenommen.«

Egwin hatte keine Lust, sich auf einen längeren Streit einzulassen. Er nickte den Männern zu und sagte zu seinen Begleitern. »Das ist alles. Ihr könnt gehen. Ich brauche euch nicht mehr!«

Als Egwin mit durchnässten Gewändern wieder in Friedrichs Zimmer trat, war der Erzbischof inzwischen ganz angekleidet. Er trug ein wadenlanges, wollenes Gewand, das er gern anzog, wenn er sich hier ohne offizielle Besucher aufhielt. An der gegenüberliegenden Wand brannte ein Feuer im Kamin. Außerdem war Fionas Bruder Walter anwesend, um mit dem Erzbischof über die aktuellen Ereignisse zu reden.

Rund um Egwins Füße bildeten sich kleine Pfützen. Er begrüßte Walter, der amüsiert die tropfnasse Gestalt anblickte, und sagte zu Friedrich: »Es ist so, wie wir es vermutet hatten. Die drei hebräischen Buchstaben sind vorhanden. Also, der Mord muss von dem echten Mörder oder von einem seiner Helfer ausgeführt worden sein.«

»Was bedeutet das?«, fragte Walter. »Drei hebräische Zeichen? Der echte Mörder?«

Friedrich und Egwin blickten sich an. Schließlich sagte Friedrich. »Es ist wohl an der Zeit, dir mehr über diese Dinge zu erzählen. Erstens: Wir haben gestern einen Priester festgenommen, der unter dem Verdacht stand, der geheimnisvolle Mörder zu sein. Wir haben herausgefunden, warum diese seltsamen Zeichen die Toten begleiteten. Und – im Haus des Priesters lag ein Pergamentblatt, das ihn stark belastete. Außerdem waren unter den Schulterblättern der Toten immer drei hebräische Buchstaben eingeritzt.«

»Hm«, überlegte Walter, »dann würden die Morde möglicherweise auf die Juden hindeuten?«

»Auf die Juden?« Friedrich dachte nach. »Diese Möglichkeit haben wir überhaupt noch nicht in Betracht gezogen.«

»Aber … ich meine, es liegt doch nahe …«, sagte Walter.

»Wenn es wirklich Juden wären«, mischte sich Egwin ein, »dann wären sie sicher nicht so dumm gewesen, zu hinterlassen so deutliche Spuren. Ich glaube eher, dass der Mörder wollte, dass wir an Juden denken, wenn man sieht die Zeichen.«

»Du hast eben gesagt«, begann Walter und sah Friedrich an, »dass der Mann, den ihr gestern als Verdächtigen festgenommen habt, heute nicht mehr in Verdacht steht.«

Egwin nickte anerkennend: »Du hörst gut zu, Walter. Ja, gestern waren wir noch überzeugt, dass wir haben gefunden den Schuldigen. Aber nachdem nun wieder ein neuer Mord geschehen ist, obwohl der Verdächtige sitzt hinter Schloss und Riegel … wir sind nun unsicher geworden …«

Egwin zog seine nasse Kutte aus, sodass er nur noch im langen Hemd dastand, und ging zum Feuer hinüber, wo er den schweren Mantel zum Trocknen über ein Gitter legte. Er blieb gleich dort stehen und wärmte sich den Rücken.

»Was macht dein Gast Berward?«, fragte Friedrich, um etwas zu sagen.

»Oh, Berward!« Walter lachte. »Er redet den halben Tag nur von Fiona. Wie gut sie zu ihm passen würde und ob er mit meiner Hilfe rechnen kann und so weiter. Er scheint wirklich von tiefer Liebe zu ihr ergriffen zu sein. Heute Morgen ist er allerdings aufgebrochen. Irgendeine geschäftliche Angelegenheit, die ihn stromabwärts führt.«

»Aha«, brummte Friedrich. »Was für Geschäfte betreibt er eigentlich?«

»Er sagte, dass er mit Öl handelt. Alle möglichen Sorten: Leinsamenöl, Welschnussöl, Olivenöl.«

»Welschnussöl? Was macht man denn damit?«, fragte Egwin interessiert.

»Das habe ich Berward auch gefragt. Das Öl soll einen Mann besonders klug machen, weil das Innere der Nuss den Kopfgedärmen gleicht. Es ist sehr schmackhaft und soll auch ein Heilmittel für kranke Haut sein.«

»Oh«, sagte Egwin, der an seine Schuppen dachte.

»Und …«, fuhr Walter fort, »die Nüsse eignen sich als Liebesorakel.«

»Wie das?«, fragte Friedrich.

»Zwei, die heiraten wollen, legen zwei Nüsse ins Herdfeuer. Platzen sie, steht eine schwierige Ehe bevor. Bleiben sie jedoch im Feuer nebeneinander liegen, so ist das ein Zeichen für eine lange, gute Ehe.«

Egwin drehte sich mit dem Bauch zum Feuer und rieb seine Hände warm.

»Übrigens«, sagte er, »hat der Stadtvogt abholen lassen die Leiche. Ich kam gerade noch rechtzeitig, um die Schulterblätter zu untersuchen. Und der Tote heißt Bruno. Auch das hätte nicht gepasst zu Mabinogi.«

»Hm«, murmelte Friedrich, stand auf und ging hin und her. »Ich frage mich, was wir mit Pater Conrad nun anstellen sollen …«

»Ich würde ihn lassen noch etwas schmoren in seinem Kerker«, meinte Egwin. »Seine Unschuld ist nicht bewiesen.«

»Ach, Egwin, bevor ich es vergesse«, sagte Walter und stand

ebenfalls auf. »Ein Benediktiner, den ich getroffen habe, und der sich gerade bei mir aufhält, schien dich zu kennen. Wir kamen ins Gespräch, ich erwähnte deinen Namen und dass du in Coln bist. Er würde dich gerne treffen. Wie wäre es mit einem Mittagessen bei mir?«

Egwin runzelte die Stirn. »Ein Benediktiner aus Franken, der mich kennt?«

»Ja. Er redete davon, dass er einmal in Haestingas war, sehr krank, und dass du ihn gepflegt hättest. Jetzt ist er Mönch in einem Kloster ziemlich weit südlich von uns und kam nach Coln, um die Benediktiner in Duizum zu besuchen und Bücher auszuleihen.«

»Richtig. Ich erinnere mich. Das kann nur Bruder Florian sein. Tatsächlich würde ich ihn sehen sehr gerne. Vielleicht lieber gleich. Ich weiß nicht, was heute noch alles auf uns zukommt. Wenn Friedrich es erlaubt, werde ich ...« Er ließ den Satz unvollendet und blickte in Friedrichs Richtung, der mit einem abwesenden Blick das Fenster betrachtet hatte.

Er wandte sich um und fragte: »Was ist?«

»Ich sagte, dass ich gerne möchte treffen einen Bruder, den ich kenne von früher und der sich bei Walter aufhält. Kann ich gehen oder brauchst du mich?«

»Du kannst den Besuch machen, aber vorher möchte ich noch etwas mit dir besprechen.«

»Dann werde ich mich jetzt auf den Weg machen«, sagte Walter, grüßte und verließ das Zimmer.

Einen Augenblick war es still und man hörte nur das leise Knistern des Feuers. Dann sagte Friedrich, während er unruhig hin und her ging. »Ich hatte vorhin so ein seltsames Gefühl, als Walter von Berward sprach, der heute Morgen aufgebrochen sei, um angeblich nach Norden zu reisen ...«

»Um zu kaufen Nüsse für ein Liebesorakel«, lachte Egwin.

»Ich weiß nicht, warum, aber ich denke, dass er eher nach Süden reist, um Fiona in Bonna zu treffen!«

»Was? Wie kommst du darauf?«

»Als ich das letzte Mal Fiona besucht habe, wurde ich von jemandem verfolgt, der sich aber im Hintergrund hielt. Wenn Berward so dringend Fiona heiraten will, wird er alles unternommen haben, um ihren Aufenthaltsort herauszufinden. Er brauchte mir nur zu folgen, um das Haus zu finden, wo Fiona und ihre Frauen untergebracht sind.

Ich habe den Eindruck, dass er eben jetzt unterwegs ist zu Fiona, um sie zu überreden, mit ihm nach Basileia zu kommen und ihn zu heiraten. Der neue Mord heute wird seinen Worten noch mehr Gewicht verleihen. Er könnte sie unter Druck setzen, diese Gegend zu verlassen ...« Friedrich atmete tief durch.

»O weh!«, sagte Egwin nur. »Deine Liebe zieht weite Kreise, Friedrich. Du liebst Fiona immer noch und willst nicht, dass sie gehört einem anderen Mann. Stimmt das?«

»Wenn du es so direkt ausdrückst ... ja.«

»Was soll ich dazu sagen? Manchmal denke ich, ob es nicht tatsächlich wäre das Beste für alle, wenn Fiona weit weg zieht. Du kämst endlich zur Ruhe, Fiona wäre geholfen. Sie könnte auch in Basileia gründen einen neuen Frauenorden. Und vielleicht käme auch sie zur Ruhe, denn vermutlich hängt sie immer noch an dir.«

Friedrich ging weiterhin mit großen Schritten auf und ab. »Ja, ja, das sagst du so einfach und es klingt sinnvoll. Trotzdem ... Ich will nicht, dass Berward sie zwingt oder sie zu sehr bedrängt, ihn zu heiraten. Wir kennen den Mann nicht richtig.«

Egwin lachte: »Meinst du nicht, dass Fiona ihn ablehnen kann, wenn sie nicht will? Sie lässt sich von Männern nicht mehr schieben hin und her wie eine Figur auf dem Schachbrett. Aber vielleicht ahnt sie ja, dass es wäre das Klügste für sie, mit ihm zu gehen. Und ich denke, es wäre auch das Klügste für dich, wenn du Fiona allmählich vergisst!«

»Das kann ich nicht!«, brauste Friedrich auf. »Ich habe es so oft probiert. Es ist, als ob unsere Seelen zusammenkleben. Ich … ich bin unruhig, wegen Berward, verstehst du? Ich … ich kann nicht einfach tatenlos zusehen, wie er sie nach Basileia mitnimmt, um sie zu heiraten. Ich will mit eigenen Augen und Ohren sehen und hören, dass sie freiwillig Berward folgt, sonst komme ich nicht zur Ruhe. Ich will dabei sein, wenn sie einwilligt. Oder ich möchte sie am liebsten direkt fragen, wenn Berward nicht dabei ist, ob es wirklich ihr freiwilliger Entschluss ist. Dann kann ich ihr unter Umständen meinen Segen geben und sie ziehen lassen. Und dann wäre diese Geschichte endlich abgeschlossen.«

Er blieb stehen. »Ich werde heute Mittag also auf jeden Fall ein Schiff nehmen, um nach Bonna zu reisen, auch wenn ich eigentlich andere Dinge zu erledigen habe.«

Egwin überlegte. »Gut, ich komme auch mit nach Bonna. Ich werde nur vorher Florian aufsuchen, bevor er weiterzieht. Wir treffen uns gegen Mittag am Hafen.«

Friedrich nickte. »Danke, dass du mitkommst.«

Als Egwin den nur noch halbfeuchten, vom Feuer gewärmten Mantel überzog und das Haus verließ, um Bruder Florian zu treffen, hatte es zum Glück aufgehört zu regnen. Die Sonne traute sich sogar ein bisschen hinter den Wolken hervor.

Ich hoffe nur, es gibt auch ein warmes Feuer bei Walter und etwas zu essen. Mir knurrt der Magen. Bisher war an ein Frühstück nicht zu denken. Er ging weiter und wich einem Lastesel aus, der an beiden Seiten prall gefüllte Säcke trug. *Armer Friedrich! Er kommt einfach nicht zur Ruhe mit seiner Liebe zu Fiona. Es ist doch verrückt, auf bloßen Verdacht nach Bonna zu reisen. Es kann genauso gut sein, dass Berward tatsächlich flussabwärts gefahren ist. Warum sollte er lügen? Nun, wir werden sehen. Jedenfalls – die Liebe treibt seltsame Zweige.*

*

Als Egwin den Wohnturm der Familie de Ponte verließ, war er so in Gedanken versunken, dass er mit einem Kesselschmied zusammenstieß, der – über und über mit Kupferkesseln bepackt – den Mönch nicht gesehen hatte. Normalerweise wäre Egwin dem Mann schon von Weitem ausgewichen, aber diesmal schien sein Kopf mit Gedanken so voll zu sein, dass die Augen mehr nach innen gerichtet waren und die Umgebung kaum sahen.

Mit großem Gepolter löste sich der oberste Kessel und fiel auf die Gasse, zum Glück auf einen Haufen Abfall, den der Regen vom Schnee befreit und zum Beschauen frei gegeben hatte.

»Entschuldige«, murmelte Egwin und ging mit raschen Schritten weiter.

»Diese Mönche heutzutage wissen sich auch nicht mehr zu benehmen«, schimpfte der Mann, bückte sich ächzend nach dem heruntergefallenen Kessel und bog in eine Seitengasse ein.

Egwin versuchte jetzt besser auf den Weg zu achten und dennoch strömten die Gedanken durch seinen Kopf, als wollten alle Gedanken Colns bei ihm einen Besuch abstatten.

Welch ein Glück, dass ich Bruder Florian gesprochen habe. Er hatte ja keine Ahnung wie sehr er mir geholfen hat. Und zum Glück weiß Walter nichts von unserem Gespräch. Aber – hätte das etwas daran geändert? Warum bin ich nicht schon früher darauf gekommen?

Er blickte nach oben in den Himmel, der sich allmählich aufklarte, obwohl die Sonne sich immer noch hinter einer Wolkenschicht versteckte

Hab Dank, o Herr, der du die Decke von den Augen deines müden Knechtes gezogen hast. Hättest du es nicht ein wenig früher tun können?

Je länger Egwin über diese neue Sicht der Dinge nachdachte, desto verständlicher wurden die Morde in Coln für ihn. Sie bekamen nun ein anderes Gesicht. Und alles passte zusammen.

Wie man sich nur so täuschen kann! Egwin schüttelte den Kopf über seine eigene Beschränktheit. *Es fehlt nur noch der letzte Stein in dem Gebäude meiner Beweise. Und den will ich mir jetzt genauer anschauen!*

Inzwischen war er bei dem verlassenen Hof von Fiona und ihren Frauen angelangt und klopfte an das Holztor. Zuerst rührte sich nichts, dann vernahm er Schritte. Jemand öffnete das Guckloch. Das Gesicht eines alten Mannes wurde sichtbar, in dessen Mund die Hälfte der Zähne fehlte.

»Seid gegrüßt. Was wünscht ihr? Die Frauen des neuen Ordens wohnen hier nicht mehr. Wir verwalten nur die Gebäude und sehen nach dem Rechten.«

»Ja«, nickte Egwin, »das weiß ich. Ich bin ein Benediktiner und der besondere Beauftragte des allergnädigsten Erzbischofs von Coln. In seinem Namen bitte ich dich, mich hereinzulassen. Ich soll hier erledigen eine dringende Sache.«

»Nun«, meinte der Alte misstrauisch. »Ich kenne Euch nicht. Jeder kann behaupten, dass er im Auftrag des Bischofs kommt.«

»Du hast vollkommen recht. Und ich finde es gut, dass ihr nicht jeden hereinlasst.«

Egwin griff unter seine Kutte und zog ein Pergament heraus, dessen Siegel zwar schon aufgebrochen war, denn es handelte sich um einen alten, belanglosen Kaufvertrag, den ihm Mauritius in der Eile aus dem Archiv geholt hatte. Aber das bischöfliche Siegel war deutlich zu erkennen und darauf kam es Egwin an. *Der Alte wird hoffentlich nicht lesen können ...* Egwin hielt ihm das Schriftstsück vor und deutete auf das Siegel.

»Hier! Siehst du das Siegel? Das ist der Abdruck des erzbischöflichen Siegelrings. Und wenn du mir nicht glaubst, dann begleite ich dich zu der Residenz, und der Erzbischof kann dir erklären alles selbst. Er wird natürlich ärgerlich sein, über diese unnötige Störung!«

Da der Alte sich keine Blöße geben wollte, tat er so, als

würde er lesen und bewegte stumm die Lippen. Dann sagte er: »Es ist gut, Ihr könnt eintreten. Wie lange bleibt Ihr?«

»Oh, nicht lange. Sobald ich das gefunden habe, was ich suche, bin ich draußen wiederum.« Der Riegel fuhr zur Seite und ein Torflügel schwang auf. »Hab Dank!«

Egwin eilte durch sämtliche Räume, überquerte den Innenhof und blickte in sämtliche Ecken. Dann blieb er wie angewurzelt stehen. »Das muss es sein!«, rief er. Schon nach kurzer Zeit kam er wieder heraus, bedankte sich überschwänglich für die tatkräftige Hilfe und schlug eine Gasse in Richtung Osten ein.

Und jetzt zum Hafen! Friedrich wird staunen, mit welchen Neuigkeiten ich ihn überraschen werde. Alles Weitere können wir auf dem Schiff bereden. Der Mörder wird uns nicht weglaufen. Noch ahnt er nichts. Und morgen werden wir ihn dem Stadtvogt übergeben und diese ganze Geschichte endlich abschließen!

Kapitel 22

Fiona sass mit ihren Frauen in Bonna am Tisch. Aus einem Tonkrug goss sie sich Milch in einen Becher ein, die sie heute Morgen noch vor Sonnenaufgang selbst gemolken hatte. Es klappte zunehmend besser mit dem Melken. Sie hatte keine Schmerzen mehr im Unterarm, und auch die Kühe schienen sich an sie gewöhnt zu haben.

Auf dem Tisch lagen kleine Stücke aus Lindenholz und Messer in verschiedenen Größen, dazu in Öl getränkte Lappen. Schalen mit Sand und eine Flasche standen daneben. Die Holzstücke, so lange wie eine Männerhand, waren grob zurechtgehauen: vorn mit einem ovalen Stück, an das sich ein längeres Teil anschloss.

»Ich werde aus diesen groben Klötzen einen Holzlöffel nie so gut schnitzen können wie Angelika«, brummte Thekla und besah ihren unförmigen Löffel von allen Seiten.

»Hauptsache, man kann damit eine Suppe löffeln«, meinte Angelika, schüttete etwas feinen Sand in den Hohlraum und rieb mit einem Lappen den Sand immer wieder über die noch raue Holzoberfläche. Am Stiel hatte sie sogar eine feine Verzierung angebracht.

Fiona hatte gerade ihren ersten Löffel fertiggestellt, ihn mit Sand und Tüchern glatt gerieben und polierte nun die Oberfläche mit einem Lappen, der in Öl getränkt war.

Währenddessen musste sie an Berward denken. Er war heute Mittag angekommen und hatte darauf bestanden, dringend mit ihr sprechen zu müssen. Sie hatte Arbeit vorgeschoben und ihn auf den Nachmittag vertröstet. Ihr war klar, warum er kam. Er würde sie wieder fragen, ob sie seine Frau werden wollte. Woher wusste er überhaupt, dass sie sich in Bonna aufhielt?

Fiona legte ihren fertigen Löffel beiseite und griff ein neues Stück Holz, in dem man nur die grobe Form eines Löffels erkennen konnte. Vor ihr lag ein gebogenes Messer, das gut geeignet war, einen Hohlraum aus dem Holz herauszuschnitzen. »Arbeitet immer mit dem Messer von euch weg«, hatte ihnen die Hausherrin erklärt, »sonst haben wir heute Abend blutende Hände.«

Fiona blickte zu dem schmalen Fenster aus Pergamenthaut hinüber und bemerkte, dass das Lichtquadrat blasser wurde. Sie seufzte. Länger konnte sie das Gespräch mit Berward wohl nicht mehr hinausschieben. Das Verrückte daran war, dass sie inzwischen nicht mehr so sicher war, was sie ihm sagen sollte.

Wäre es nicht wirklich gut, endlich von Coln wegzukommen ... weit weg? Denn dadurch, dass sie Friedrich ab und zu sah, wurden ihre Gefühle für ihn immer wieder neu aufgewühlt. Aber würde ihr eine größere Distanz tatsächlich dabei helfen, Friedrich zu vergessen? So richtig glaubte sie es nicht. Sie hatte ihn früher schon einmal ein ganzes Jahr lang nicht gesehen, Was hatte sich dadurch geändert? Nichts. Es war so, als ob der verhängnisvolle Kuss vor vielen, vielen Jahren ihre Seelen zusammengeklebt hätte. So ähnlich wie in der alten Geschichte von Tristan und Isolde.

Nein, es lag nicht an Räumen und Zeiten. Hatte sie nicht irgendwo schon einmal den Satz gedacht: Für eine Seele gibt es weder Raum noch Zeit, sie altert nicht und bleibt ewig jung? Wenn das wahr wäre!

Aber wenn sie sich auf Berward einließe, wenn sie ihr eigenes Haus hätte, womöglich doch noch schwanger würde und eine neue Aufgabe anfinge – dann könnte es doch sein, dass Friedrichs Gesicht vor ihrem inneren Auge allmählich verblasste.

War Berward etwa abstoßend? Nein, im Gegenteil! Er war freundlich, hatte eine zuvorkommende Art, ließ sich etwas sagen. Seine Gestalt wirkte männlich und fest ... Sie könnte sich an so einen Mann gewöhnen. Und was er alles auf sich genommen hatte! Er wartete, er lernte ihre Familie kennen. Und obgleich Vater und Bruder mit dem zukünftigen Schwiegersohn und Schwager einverstanden waren, hatte er auf die üblichen Machtmittel verzichtet. Er hatte nicht ihren Vater bedrängt, doch diese Ehe zu schließen. Nein, er wollte ihre Liebe gewinnen, wollte, dass sie freiwillig ja sagte. Was konnte man eigentlich mehr von einem Mann erwarten? Warum zögerte sie überhaupt?

Friedrich könnte niemals ihr rechtmäßiger Mann werden. Es war dumm und töricht, an dieser inneren Beziehung festzuhalten! Fiona fühlte eine Welle der Zuneigung zu Berward in sich aufsteigen und schloss für einen kurzen Moment die Augen.

Ich glaube, inzwischen bin ich so mürbe wie ein Stück Fleisch, das eine Woche lang im Keller gelegen hat.

Sie hörte draußen Schritte auf dem Sandweg und kurz danach, wie jemand an die Tür klopfte. Die Frauen hoben die Köpfe. Fiona sagte halblaut: »Entrate!«

Aber das war wohl zu leise gewesen, denn es klopfte wieder und Ariana rief laut: »Entrate! Herein! Tür auf!« Die Tür öffnete sich, und wie Fiona es vermutet hatte, stand Berward im Türrahmen.

Er neigte seinen Kopf, sagte eine freundliche Begrüßung und fügte hinzu, mit einem Blick auf die Frauen: »Ich bitte Euch, Eure äußerst wichtige Arbeit an den Löffeln zu unterbrechen, da ich mit Fiona de Ponte sprechen muss ... und zwar allein.«

Es klang ein wenig nach Spott, dieses »äußerst wichtige Arbeit an den Löffeln«.

Die Bänke wurden zur Seite gerückt, die Frauen erhoben sich und warfen Fiona aufmunternde Blicke zu. Thekla sagte im Hinausgehen sogar noch: »Nimm auf uns keine Rücksicht, Fiona.«

»Alles Gute«, hauchte Angelika und wagte nicht den Blick zu heben, als sie an Berward vorbei nach draußen huschte und die Tür schloss.

Einen Augenblick war es still. Berward ging zum Kamin, kniete sich davor und legte vorsichtig zwei neue Buchenscheite in das kleiner werdende Feuer. Fiona sah ihn von hinten und es berührte sie, wie er da vor dem Feuer kniete.

Dann richtete Berward sich wieder auf, trat zu Fiona und setzte sich ihr gegenüber an den Tisch.

Fiona sah aus den Augenwinkeln, wie draußen schattenhafte Umrisse an dem Fensterloch aus Pergament stehen blieben. Sie wusste, dass ihre Schwestern viel zu neugierig waren und lauschten. Durch die dünne Haut konnte man jedes Wort hören. Aber es störte sie nicht. Sollten sie ruhig alles hören, sie hatte keine Geheimnisse vor den Schwestern. Berward konnte die Schatten nicht sehen, er saß mit dem Rücken zu ihnen.

»Nun, Fiona, es ist gut, dass wir uns nun endlich in Ruhe allein unterhalten können.«

Allein ist gut, dachte Fiona. *Es gibt ein paar neugierige Frauen hinter dir, die auf jedes Wort lauern, dass du sprichst.* Unwillkürlich musste sie lächeln, so grotesk kam ihr diese Situation vor.

»Ihr lächelt! Das ermutigt mich, mein Anliegen erneut vorzutragen, das Ihr sicher schon erraten habt.«

»Ja«, nickte Fiona. »Ich kann mir denken, warum Ihr gekommen seid.«

»Ihr seht«, fuhr Berward fort, »dass ich nicht zu den Männern gehöre, die mal so und dann wieder anders sprechen und fühlen. Schon bevor ich Euch sah, allein durch die Beschreibungen Audoins, fühlte ich eine starke Liebe zu Euch, und als ich Euch dann das erste Mal mit meinen Augen sah, war es um mich geschehen.«

Ich wünschte, Friedrich wäre es damals auch so ergangen. Dann säße ich jetzt nicht hier, sondern auf seinem Schoß. Mein Gott, was denke ich bloß!

»Und seitdem«, fuhr Berward fort, »hat sich an meiner Liebe

zu Euch nichts geändert. Auch als ich zwischendurch in Basileia weilte, waren meine Gedanken stets bei Euch. Bis jetzt. Wochenlang!«

Wochenlang ist doch gar nichts. Ich habe jahrelang an keinen anderen gedacht als an Friedrich. Und ihm ging es vermutlich ebenso. Ach nein! Ich tue Berward unrecht!

»Verehrte Fiona. Meine Gefühle haben sich zwar nicht geändert, aber in Coln hat sich wieder einiges ereignet.«

»So? Was denn?«

»Heute Morgen oder in der Nacht ist ein weiterer Mord passiert, der mit dem *signum aurum* in Verbindung gebracht wird.«

»Oh!«, entfuhr es Fiona. »Wer ist das Opfer? Jemand, den ich kenne?«

»Es soll ein Gold- oder Silberschmied sein«, sagte Berward und holte Atem, um weiterzureden.

Die Schatten vor dem Pergament bewegten sich wieder. Und es schien Fiona, als ob noch andere dazugekommen wären. *Inzwischen hört wohl bald das halbe Dorf zu, wie Berward um meine Hand anhält!* Das ging ihr nun doch zu weit, und sie wollte schon aufstehen und nach draußen gehen, als Berward mit Nachdruck sagte: »Die Lage wird immer gefährlicher für Euch, Fiona.«

Fiona blickte ihn fragend an: »Gefährlicher? Wieso? Wenn ein Mord begangen wurde, während wir in Bonna sind, ist es doch klar, dass wir nicht die Mörder sein konnten.«

»Die Leute in Coln wissen ja nicht, dass Ihr in Bonna seid. Sie wissen nur, dass Ihr auf geheimnisvolle Weise verschwunden seid. Vielleicht denken sie: Ihr könnt Euch unsichtbar machen und nun immer weiter morden …«

Fiona wollte etwas sagen, aber Berward hob die Hand. »Lasst mich zuerst zu Ende reden! Der Stadtvogt weiß inzwischen, dass Ihr hier seid und er hat jetzt, in diesem Augenblick, Soldaten geschickt, die Euch gefangen nehmen werden. Und

Euch und allen Schwestern droht der Tod. Aber noch ist nicht alles aus!«

Berward nahm Fionas Hand, sah sie an und sagte: »Flieht mit mir nach Basileia und heiratet mich, dann könnt Ihr all dem entkommen. Wenn Ihr in Basileia lebt, dann werden sich die Dinge hier beruhigen und alles wird gut werden!«

Fiona wurde es nacheinander heiß und kalt. Was sollte sie tun? Jetzt sofort fliehen, ohne Friedrich Bescheid zu sagen? Ihre Frauen zurücklassen?

»Aber ... ich verstehe nicht ...«, fing sie an und zog ihre Hand vorsichtig zurück. »Wieso werden sich die Dinge beruhigen, wenn ich weg bin? Da weder ich noch meine Schwestern die Mörder sind, wird der Mörder dennoch weitermachen!«

»Seid Ihr da so sicher?«, fragte Berward scharf zurück. »Woher wisst Ihr, dass Eure Schwestern nichts mit den Morden zu tun haben?«

»Meine Schwestern ...? Aber ... aber das kann nicht sein ... Ich verstehe nicht.«

»Fiona!«, fing Berward wieder an. »Es ist nur ein Verdacht, der in mir aufgestiegen ist. Ihr müsst vor all dem fliehen! Fliehen mit mir! Jetzt!«

Fiona sah, wie sich Berward von der Bank erhob und sich vor ihr auf die Knie fallen ließ. Das Bodenbrett knarrte.

Er kniet vor mir, dachte sie. *Es ist alles so seltsam.* Sie wusste nicht, wohin sie blicken sollte.

»Ich bitte Euch, Fiona«, hörte sie die dumpfe Stimme von Berward. »Werdet meine Frau! Sagt Ja und Ihr macht mich zum glücklichsten Mann der Erde!«

Fiona schluckte. Vor ihr kniete ein Mann, der ihr sein Leben zu Füßen legte und bereit war, alles zu tun, um sie zu retten. Wenn sie nur ein Sandkorn Verstand hatte, müsste sie jetzt einwilligen und ...

In diesem Augenblick wurde die Tür aufgerissen. Zwei Männer traten herein. Fiona erschrak und blickte mit weit aufgerissenen Augen zur Tür, durch die ein scharfer Luftzug wehte und die Flammen im Kamin aufflackern ließ. Auch Berward drehte sich um, erhob sich sofort von den Knien und stellte sich schützend vor Fiona. Sein Gesicht verdüsterte sich.

»Was wollt Ihr? Ihr seht doch, dass Ihr stört.« Er näherte sich den beiden Männern.

»Wir haben zufällig Eure ... bewegte Unterhaltung von draußen gehört«, sagte Friedrich. »Das dünne Fenster hält kein Geheimnis fest. Aber bevor Fiona auf diese wichtige Frage eine Antwort gibt«, sagte Friedrich, »sollten wir noch einiges klären.«

»Ich weiß nicht, was es da zu klären gibt!« Berwards Stimme zitterte vor unterdrückter Wut.

Nun trat Egwin hinter Friedrich hervor. »Ich denke, es wird eine längere Geschichte. Nehmt solange Platz. Ich habe zu machen eine Erklärung!«

»Ihr habt mir eine Erklärung zu machen?«

»So ist es!«

»Ich denke nicht daran, mir die Erklärung eines armseligen Benediktiners anzuhören!«, brauste Berward auf. »Ich werde nach draußen gehen, bis sich alles beruhigt hat.«

Jetzt kam Bewegung in Friedrich. Er griff mit der rechten Hand unter seinen Mantel und zog ein Schwert.

»Ihr bleibt hier, bis wir alle die Erklärung dieses *armseligen* Mönchs gehört haben, wie Ihr ihn nennt!«

Berward lachte etwas zu laut, setzte sich auf die Bank und sagte spöttisch: »Ihr macht Euch lächerlich, Herr Erzbischof. Immer noch eifersüchtig, dass man Euch die ehemalige Braut wegnimmt? Aber ich höre Euch zu. Bitte!«

Friedrich biss sich auf die Lippen. Der Hieb saß, aber er beherrschte sich. Jetzt war Egwins Stunde gekommen. Er holte tief Luft, sah Friedrich an, der ihm ernst zunickte, und begann: »Ich möchte euch allen erzählen eine kleine Geschichte. Doch zuvor, um uns zu beruhigen: Es kommen keine Soldaten aus

Coln, die vom Stadtvogt geschickt wurden, wie wir vorhin von Berward gehört haben. Das war eine bloße Erfindung von ihm, um Euch unter Druck zu setzen, Fiona.«

»Da irrst du dich gewaltig, Mönch!« sagte Berward mit Nachdruck. »Ich habe meine Quellen!«

Aber Egwin ging auf die Bemerkung gar nicht ein und fuhr unbeirrt fort: »Nun zu meiner kleinen Geschichte: In Basileia lebte, wie wir alle wissen Audoin. In den letzten Jahren vor seinem Tod hatte er viel Glück gehabt. Die Ländereien, die er erworben hatte, stiegen an Wert, sein Handel mit Öl und Wein brachte ihm sehr viel Geld ein, sodass er erwarb noch mehr Land. Er wurde einer der reichsten Männer Basileias.

Fiona hob den Kopf und blickte Egwin fragend an.

»Und er hatte unter seinen Bekannten«, fuhr Egwin fort, »einen Mann namens Berward. Was Audoin nicht wusste, war, dass Berward, obwohl er so edel auftrat, in Wirklichkeit bitter arm war und viele Schulden hatte, die ständig wuchsen.

Zum Glück habe ich heute Morgen getroffen einen Mitbruder, der lange Zeit in Basileia gelebt hat und wusste, dass Audoin gewesen war ein reicher Mann. Berward hatte nun von Audoin gehört, dass seine Frau, von der er sich getrennt hatte, in Coln lebte. Und er wusste auch, oder er hat es herausbekommen nach und nach, dass Audoin hatte keine männlichen Erben. Also im Falle seines Todes würde Fiona erben seinen Reichtum. Eines Tages starb Audoin. Vielleicht hatte Berward etwas nachgeholfen? Möglich. Aber das wir wissen nicht.«

Berward beugte sich nach vorn, um aufzuspringen, aber Friedrich hielt ihn mit dem Schwert zurück.

»Auf jeden Fall«, sagte Egwin, »entstand bei Berward ein wunderbarer Plan: Wenn er es schaffte, Fiona zu heiraten, könnte er begleichen seine sämtlichen Schulden und wäre ein reicher, unabhängiger Mann. Und wenn er erst wäre mit Fiona verheiratet, könnte er es so einrichten, dass die frisch vermählte

Ehefrau sterben geworden sein an einem tragischen Unglücksfall ein Jahr später.«

Berward lachte hart auf und rief: »Fahr nur fort mit deiner Lügengeschichte, Mönch! Du sprichst nicht einmal richtiges Fränkisch. Das alles ist eine lustige Unterhaltung für mich.«

Egwin nickte. »Lustig finde ich sie allerdings überhaupt nicht. Doch machen wir weiter. Audoin war also tot und Berward erklärte sich bereit, zu reisen nach Coln und zu benachrichtigen die Witwe. Dazu musste er allerdings treffen ein paar Vorbereitungen: Gefälschte Papiere mussten beschafft werden, zum Beispiel, die Audoin darstellten als armen Mann, dessen Schulden sein gesamtes Erbe aufgezehrt hatten. Und dann hatte Berward noch eine zusätzliche schöne Idee. Er besorgte sich ein Schweineherz, balsamierte es mit Weihrauch und Myrrhe, um dem Ganzen aufzusetzen eine Krone! Ich habe das stinkende Herz heute Morgen ausgegraben und es mir angesehen. Zum Glück beten wir Benediktiner nicht nur, sondern wir arbeiten auch. In der Küche habe ich zubereitet schon manches Schweineherz und weiß darum, wie es aussieht. Wie ein menschliches Herz aussieht, das habe ich auch schon beobachtet bei Leichen, die schwer verwundet waren. Nun gut.

Jetzt konnte also Berward umsetzen seinen Plan: Er schlich sich mit guten Manieren bei Fiona ein und bei ihrer Familie und machte ihr einen Heiratsantrag. Es hätte alles wunderbar geklappt, wenn Fiona auch begeistert gewesen wäre von den Hochzeitsplänen. Leider ging Fiona nicht darauf ein. Und weil Berward nicht dumm ist, hatte er gleich eine neue Idee. Er gab an, zu verschwinden nach Basileia, blieb aber verkleidet in Coln zurück, beobachtete Fiona und überlegte sich, wie er sie könnte setzen unter Druck. Und so saß er unerkannt in der Abendandacht. Da entwickelte sich nun die Sache mit dem goldenen Zeichen und Berward merkte, dass dies wäre eine gute Gelegenheit, mehr daraus zu machen.

Er bekam mit, dass der neue Orden nicht bei allen beliebt

war, und so reifte ein Plan in seinem schwarzen Herzen. Nach und nach fing er an zu töten Menschen unter dem Zeichen des *signum aurum*. Dadurch wollte er schaden dem Orden und besonders Fiona in eine schwierige Lage bringen.

Damit das Ganze geheimnisvoll und nach Hexenart aussah, fügte er noch hinzu ein paar seltsame Einzelheiten: Er verknüpfte die Morde mit den Tagen der Schöpfung, ließ ein Pergamentblatt mit der Schöpfungsgeschichte bei Pater Conrad zurück und ritzte in die Rücken der Opfer nach ihrem Tod hebräische Schriftzeichen ein. Die Leute wussten ja, dass Fiona ist bekannt mit den Juden. Und so konnte man sicher sein, dass Fiona und der Orden mit jedem neuen Mord immer mehr unter Verdacht gerieten. Es müsste also geradezu eine Erlösung sein für Fiona, wenn sie Coln verließ und Berward heiratete.«

»Du hast eines nicht bedacht!«, meldete sich Berward plötzlich mit leiser, heiserer Stimme. »Ich hätte diese Morde nicht gebraucht, denn über den Vater Fionas hätte ich Fiona zwingen können, mich zu heiraten.«

»Gewiss«, nickte Egwin. »Aber du hast auch gemerkt, dass Fiona hat ihren eigenen Willen. Ihr Vater hätte sie niemals gezwungen. Also musstest du greifen zu diesem schmutzigen Mittel.«

Berward schüttelte den Kopf und sagte eisig: »Diese ungeheuerliche Anklage ist völlig aus der Luft gegriffen. Kein Wort davon stimmt. Und es gibt keine Beweise. Eine Geschichte, die der wirren Fantasie eines sabbernden Mönchs entsprungen ist!«

»Nun!«, fuhr Egwin fort. »Ganz so wirr ist es nicht, denke ich, denn du bist beobachtet worden, Berward. Letzte Nacht, als du durchgeführt hast deinen letzten Mord mit den Katzen. Walter ist dir nachgeschlichen und hat dich gesehen. Und er ist bereit, gegen dich auszusagen. Also: Gibst du es zu, dass du begangen hast diese Morde, um Fiona zu nötigen, dass sie dich heiratet, damit du konntest auftreten als ihr Erlöser?«

Einen Augenblick war es still. Dann schien in Berward eine Verwandlung vorzugehen oder eine neue Kraft machte sich in ihm bemerkbar. Plötzlich lachte er auf, aber sein Lachen klang nicht mehr höflich oder spöttisch, sondern wild und hasserfüllt, wie ein loderndes Feuer.

»Ja, ja, ich gebe es zu, du Teufel in Mönchsgestalt! Und es hat mir sogar Spaß gemacht, einen nach dem anderen umzubringen. Die ganze Stadt hat darüber geredet. Ich verfluche dich und deinen ganzen Orden!«

Plötzlich, ohne Vorwarnung, war Berward bei der Tür, riss sie auf und rannte nach draußen.

Kapitel 23

Friedrich und Egwin waren einen Augenblick lang wie gelähmt. Dann stürzten sie ebenfalls zur Tür und hörten schon ein wildes Geschrei von vielen weiblichen Stimmen auf dem Vorplatz. Draußen sahen sie, wie Fionas Frauen sich auf Berward geworfen hatten und ihn festhielten.

»Wir haben deinen Schwestern geraten«, sagte Friedrich zu Fiona, »ein Seil in Fußhöhe vor die Tür zu spannen. Wir ahnten schon, dass Berward fliehen würde. Und das hat ihn jetzt zu Fall gebracht.« Und an Egwin gewandt, fuhr er fort: »Ich habe gar nicht gewusst, Egwin, dass Walter ihn beobachtet hatte.«

»Ich auch nicht«, lachte Egwin und kniete sich neben den Gefangenen, um ihm Arme und Beine zu binden. »Es war ein Trick.« Er schmunzelte: »Manchmal helfen kleine Lügen, um die Wahrheit herauszufinden.«

Als Fiona zögernd näher trat, drehte sich Berward um und spuckte vor ihr aus.

»Du dummes, überhebliches Schwein!«, kreischte er. »Hättest du nicht so lange gezögert, dann würden wir in Ruhe und Frieden in Basileia wohnen und niemand hätte in Coln sterben müssen. Du hast diese Toten auf deinem Gewissen!«

»Komm, Fiona«, sagte Friedrich, packte sie am Arm und zog sie fort. »Dies ist nicht der Ort, wo du dich aufhalten solltest.«

Sie ließ sich mitziehen, sagte nichts, aber Friedrich spürte, wie sie mit einem Mal schwerer wurde und in sich zusammensackte. Er hielt sie fest, nahm sie auf die Arme und trug sie zu dem Hauptgebäude des Anwesens.

In dem Moment traten einige Leute aus der Tür, die das Geschrei ebenfalls gehört hatten. »Was ist da los?«, fragte einer.

»Wir haben eben einen Mörder gefasst«, keuchte Friedrich.

»Ist Fiona tot?«

»Nein, nein, sie ist nur ohnmächtig. Es war alles zu viel. Gibt es eine Kammer, wo ich sie hinlegen kann, um ein paar Minuten allein mit ihr zu sein?«

»Ja, ja, geht nur die Treppe hoch, dort findet Ihr eine Schlafkammer.«

»Habt Dank!«

Friedrich wankte durch die halb offene Tür, ging in dem Dämmerlicht die Stufen nach oben und trat in den ersten besten Raum ein. In dem halbdunklen, kalten Zimmer lagen Strohmatratzen auf dem Boden. Vorsichtig legte er Fiona nieder, breitete eine Decke über sie und ging dann wieder hinunter, um einen Krug Wein zu suchen. In der leeren Küche fand er einen halbvollen Krug und nahm ihn mit nach oben.

Er kniete sich neben Fiona, tunkte ein Stück seines Mantels in den Krug und tupfte mit dem feuchten Stoff ihre Stirn ab.

»Fiona!«, sagte er drängend. »Fiona! Wach auf! Es ist alles vorbei!«

Er spürte eine Bewegung unter der Decke, und im Dämmerlicht meinte er das Glitzern ihrer offenen Augen zu sehen.

»Was ist? Wo bin ich?«

»Fiona! Wie schön, dass du wieder da bist«, flüsterte Friedrich und nahm ihre Hand. »Es ist alles überstanden. Berward ist gefesselt und wird nach Coln gebracht, wo er verurteilt wird.«

Er hörte, wie Fiona scharf ausatmete.

»Es ist alles meine Schuld«, kam es stoßweise aus ihrem Mund. »Hätte ich Berward erhört, dann … dann hätten diese Leute nicht sterben müssen.«

»Aber Fiona. Das stimmt doch nicht. Das sind Berwards verdrehte Gedanken. Er hätte dich getötet, wenn du ihn geheiratet hättest. Genauso gut könnte ich sagen, dass ich schuldig bin, weil ich dich nicht geheiratet habe. Berward hat mit kalter

Überlegung diese Menschen umgebracht, weil er das Geld einer reichen Witwe brauchte!«

»Meinst du?«

»Ja, das meine ich.«

»Friedrich, ich bin plötzlich so müde. Ist jetzt wirklich alles vorbei?«

»Ja, Fiona, es ist vorbei. Schlaf ein bisschen. Morgen reisen wir zurück nach Coln.«

»Bleibst du ein Weilchen bei mir?«

»Ja.«

Friedrich setzte sich neben sie und hielt weiter ihre Hand. Es hätte ihm nichts ausgemacht, die ganze Nacht neben ihr sitzen zu bleiben.

Und zum hundertsten Mal überlegte er, wie es mit ihnen weitergehen sollte.

Er könnte seine geistliche Berufung aufgeben und wieder zum Landadel wechseln, das Gut, das sein Vater noch bewirtschaftete, übernehmen, Fiona heiraten, vielleicht Kinder bekommen ...

Aber er war zum Diakon und Priester geweiht worden und hatte vor Gott versprochen, zölibatär zu leben.

Wie würde es ihm ergehen, wenn er morgens seine Knechte und Mägde in ihre Arbeiten einwies, seine Bauern beaufsichtigte, sich mit immer denselben Leuten seines Standes traf auf den immer gleichen Festen?

War es nicht gerade dieses Leben gewesen, das er nicht mehr haben wollte? Und hatte er nicht eine Berufung gespürt und deshalb den geistlichen Stand gewählt?

Er wusste genau, dass man nicht einfach in der Zeit zurückspringen konnte. Er hatte sich damals entschieden und er ahnte, dass er auf Dauer als einfacher Landadliger unglücklich sein würde. Das würde auch auf seine zukünftige Familie abfärben.

Gut, er hatte damals nicht gewusst, wie stark die Liebe zu

einer Frau sein konnte, dass sie so tief saß und einfach nicht aufhörte. Er hatte das schlichtweg unterschätzt. Warum hatte ihm das niemand gesagt?

Er blickte lange auf Fionas schlafendes Gesicht, hörte ihre regelmäßigen Atemzüge und flüsterte die Worte, die er inzwischen auswendig kannte:

»… maix jai de ceste prixon d'Amor
n'istrai per guilleir
ains veul endureir
lou mal ki me tient
ki d'Amor me vient …

Aber nie werde ich durch Betrug
aus dieser Gefangenschaft der Liebe entkommen,
sondern ich will das Leid ertragen,
das mich ergreift
und das mir von der Liebe kommt.«

Allmählich spürte er seine Knochen. Vorsichtig zog er seine Hand zurück, richtete sich auf und ging mit dem Krug nach unten. Es war wichtig, dass er sich jetzt sehen ließ. Die Leute warteten auf seine Befehle. Es gab noch andere Dinge als seine Gefühle für Fiona. Aber sie würde ihren Platz in seinem Herzen für immer behalten.

*

Am nächsten Morgen packten Fiona und die Frauen des neuen Ordens ihre Habseligkeiten zusammen. Gegen Mittag bestiegen sie das Schiff – mit ihren Kisten sowie mit Friedrich, Egwin und dem gefangenen Berward. Dieser hatte sich seit gestern in einen finsteren, hasserfüllten Mann verwandelt, der auf seine Enthauptung wartete.

Als das Schiff in Coln anlegte, war schon beim Aussteigen eine besondere Geschäftigkeit zu spüren: Der Hafen wurde herausgeputzt für die Ankunft des Kaisersohns, den manche schon Heinrich V. nannten.

Egwin ging allein zur Bischofsresidenz zurück, während Friedrich den Stadtvogt aufsuchte, um ihm den Mörder zu übergeben. Fiona war mit ihren Frauen zusammen, die es nicht erwarten konnten, wieder die Räume des Anwesens mit Leben zu füllen.

Immer noch hielt sich die Kälte von gestern unter einem blauen Himmel, und man sah mit Tüchern vermummte Colner, die ihren Geschäften nachgingen. Bettler versuchten, einen guten Platz zu bekommen, weil sie wussten, dass ein Königssohn gerne Geldmünzen unter die Leute warf, um seine Großzügigkeit zu betonen.

Unter seinem Mantel spürte Egwin das Päckchen, das ihm Friedrich zugesteckt hatte. »Als Zeichen meiner Dankbarkeit«, hatte er gesagt. Es fühlte sich für seine Größe schwer an. Was mochte darinnen sein? Ein besonderes Öl? Friedrich wusste, dass Egwin sich wegen seiner Schuppen oft Sorgen machte.

Wenn es etwas Wertvolles ist, darf ich es sowieso nicht behalten. Es gehört dem Kloster ... Nun gut, ich werde meine Sachen zusammenpacken und auf den Abt warten, der mich mit den Brüdern hier abholen wollte, und vielleicht werde ich anfangen, die Ereignisse aufzuschreiben. Abt Aedelwald will wissen wollen, was ich in der ganzen Zeit gemacht habe.

Mauritius wartete schon am Eingang der Bischofsresidenz auf Egwin und begrüßte ihn so herzlich, wie er konnte: »Gut, dass Ihr gekommen seid!«

Mit ein paar Sätzen erklärte Egwin, wie die Geschichte ihren Abschluss gefunden hatte. Mauritius nickte und seufzte erleichtert auf, dann gingen sie ins Haus. Mauritius lud den angelischen Mönch ein, ein paar Augenblicke in sein Zimmer zu kommen. Er habe noch einen Becher heißes Bier anzubieten und schließlich wolle er noch einmal nach der Wunde sehen.

Es war angenehm warm. In einer Schale brannte Feuer und auf dem Tisch stand ein Krug, aus dem es herausdampfte. Mauritius schenkte das heiße Getränk ein und hielt Egwin den Becher hin. Dankbar schlürfte er das Dünnbier. Da fiel ihm etwas ein. Er griff unter seinen Mantel und holte das Päckchen heraus, das Friedrich ihm gegeben hatte. Es war in dünnes Leder eingepackt, das er bestimmt noch einmal verwenden konnte. Vorsichtig packte er es aus, steckte das Leder in seine Innentasche und legte das Geschenk auf den Tisch.

Als Mauritius fragend schaute, sagte er: »Ein Geschenk von Friedrich.«

Es war eine goldene Münze, auf der ein Satz auf Fränkisch eingraviert war: »Dem unermüdlichen und scharfsinnigen Mönch Egwin.«

Egwin lächelte und drehte die Münze in der Hand. Sie gefiel ihm. Auch wenn er sie nicht behalten durfte, war es doch eine Anerkennung seiner Verdienste, die man nicht ignorieren konnte.

Dann griff Egwin noch einmal in die Tasche und holte zwei Welschnüsse heraus. Er hatte sie sich gestern aus einem Impuls heraus besorgt. Langsam stand er auf und legte sie feierlich in die Feuerschale.

»Was bedeutet das?«, fragte Mauritius.

Egwin überlegte kurz und schmunzelte. »Das, mein lieber Freund, wird mein Geheimnis bleiben. Selbst du brauchst nicht alles zu wissen.«

Plötzlich bewegte sich eine der Nüsse im Feuer und platzte auf.

»Das hätte ich mir eigentlich denken können«, murmelte er.

Währenddessen hatte Mauritus die Goldmünze in die Hand genommen. Er betrachtete sie von allen Seiten, dann fing er an zu lachen, was sich seltsam anhörte, denn Egwin hatte ihn während der ganzen Zeit nie laut lachen hören. »Ausgerechnet eine Goldmünze!«, sagte Mauritius.

»Warum nicht?«

»Aber verstehst du nicht? Eine Goldmünze ist ein Zeichen.«

»Du meinst ... ein goldenes Zeichen!?«

»Mauritius nickte, nahm einen Schluck und fügte hinzu: »Signum aurum.«

Historische Nachbemerkung

Seit Ende des 12. und Anfang des 13. Jahrhunderts gibt es viele schriftliche Zeugnisse einer Ordensbewegung unter Frauen, die von Belgien und Flandern ausging, sich nach allen Seiten verbreitete und auch in Köln gegründet wurde. Die Frauen lebten und arbeiteten in ähnlicher Weise wie der Orden Fionas. Sie wurden später Beginen oder Beguinen genannt.

Es ist nicht auszuschließen, dass es aber auch schon ein paar Jahrzehnte vorher unbekannte Gruppen von Frauen gab, die versucht hatten, diese Idee eines weltlichen Ordens unspektakulär zu leben. Bevor etwas Neues aufbricht, sind oft Anfänge und Versuche da, die später, wenn eine Bewegung erst Fuß gefasst hat, wieder in Vergessenheit geraten. Etwas Neues fällt meistens nicht fertig vom Himmel, sondern baut auf älteren Vorbildern auf.

Die ersten schriftlichen Aufzeichnungen von Beginen in Köln stammen aus dem Jahr 1209. 1216 wurden sie vom Papst als christliche Laienwohngemeinschaft anerkannt; 1299 gab es in Köln bereits 88 Beginenkonvente. Die Frauen stammten aus allen sozialen Schichten und hatten das Ideal, durch eigene Arbeit ihren Lebensunterhalt zu verdienen, sozial tätig zu sein und eine schlichte Tagesliturgie zu pflegen.

So wurde für Frauen der Stand der Beginen zur Alternative gegenüber dem entweder sehr strengen Klosterleben oder dem Eingebundensein in eine Familie.

Die Beginenbewegung erfuhr eine rasche Verbreitung, zum Teil stellte sie eine ernsthafte Bedrohung für den Machterhalt der katholischen Kirche dar. Es gab Predigerinnen und Theologinnen darunter. Bekannte Beginen waren zum Beispiel Mechthild von Magdeburg und Anna von Köln.

Im 14. Jahrhundert wurden Beginen als Ketzer abgestempelt. Papst Clemens V. entzog ihnen 1311 die Anerkennung des laienreligiösen Standes. Diese Aberkennung machte auf die Beginen aber keinen Eindruck. Sie existierten weiter und wurden Mitte des 15. Jahrhunderts wieder als Orden anerkannt. Im Zuge der Reformation verloren sie später an Bedeutung. Viele Orden lösten sich auf.

Heute knüpfen Frauen an diese alte Tradition an. In Deutschland sind in einigen Städten wieder Beginenhöfe entstanden. Eine neu gegründete Beginenschwesternschaft findet man in Köln in der Markmannstraße 7 (www.beginen.de).

Literatur

Die altfranzösischen Minnelieder in diesem Roman stammen von einem unbekannten Dichter des 12. Jahrhunderts, aus dem Buch: Romanisch beeinflusste Lieder des Minnegesangs, Hrsg. Olive Sayce, Kümmerle Verlag, Göppingen 1999, Seiten: 56–57, 250/251.

Das arabische Liebeslied wurde aus dem Buch »Das Halsband der Taube« von Ibn Hazm Alandalusi zitiert, der im 11. Jahrhundert in Cordoba und Almeri, Südspanien, lebte. Aus dem arabischen Urtext übertragen von Max Weisweiler, Insel Verlag 1961.

Die vier Zweige des Mabinogi, das Sagenbuch der walisischen Kelten, niedergeschrieben von einem unbekannten Verfasser im 11. oder 12. Jahrhundert, aus dem Kymrischen übersetzt von Bernhard Maier, DTV, 2. Auflage 2004.

Jakobus de Voragine: Legenda aurea, Heiligenlegenden aus dem Mittelalter, lateinisch deutsch, Hrsg. Rainer Nickel, Reclam, Stuttgart 2005.

Die lateinischen Zitate aus: Biblia Sacra Vulgata, 4. Auflage 1994, DBG Stuttgart.

Günter Krieger

Das Haupt der Anna

Historischer Roman

192 Seiten, Gebunden
ISBN 978-3-7655-1719-8

Mainz und Düren im Jahr 1500. Der junge Steinmetz Leonhard und Klara, die Tochter seines Meisters, sind heimlich ineinander verliebt. Aber noch bevor Leonhard um Klaras Hand anhalten kann, wird er von einem Nebenbuhler übel diffamiert. Als der Baumeister davon erfährt, verliert Leonhard nicht nur seine Arbeit, sondern wird sogar der Stadt verwiesen. Verzweifelt sinnt der zu Unrecht Beschuldigte darüber nach, wie er Klara zurückgewinnen kann.

Im selben Jahr ereignet sich in der Mainzer St. Stephanskirche ein ungeheuerlicher Diebstahl. Offenbar wurde bei Umbauarbeiten aus dem Kirchenschatz das Haupt der Anna entwendet.

Ein rätselhafter Diebstahl, der in die deutsche Geschichte des Mittelalters einging, und eine große Liebe mit ihren abenteuerlichen Verstrickungen stehen im Mittelpunkt dieses historischen Romans.

BRUNNEN VERLAG GIESSEN
www.brunnen-verlag.de

Christoph Born

Die Lutherverschwörung

Historischer Roman

320 Seiten, Gebunden
ISBN 978-3-7655-1703-7

Wittenberg, im Frühjahr 1521. Wer ist der unbekannte Pilger, der immer wieder unter fadenscheinigen Gründen in Cranachs Malerwerkstatt auftaucht? Jost, ein Söldner, beobachtet ihn genau und kommt dabei einer Verschwörung gegen Martin Luther auf die Schliche.

Der Roman verarbeitet die historischen Ereignisse rund um den Reichstag zu Worms zu einer spannenden Handlung.

BRUNNEN VERLAG GIESSEN
www.brunnen-verlag.de

Christoph Born

Das Gutenbergkomplott

Historischer Roman

320 Seiten, Taschenbuch

ISBN 978-3-7655-4048-6

Mainz im Jahr 1453. Der Patriziersohn Johannes Gutenberg perfektioniert seine Erfindung, die die Welt verändern wird: Mit Hilfe beweglicher Lettern druckt er die Bibel, wodurch die Heilige Schrift eine weite Verbreitung im Volk finden kann. In dieser Zeit kommt der Jurist Thomas Berger nach Mainz, um ein Richteramt anzutreten. Kurz darauf ereignen sich zwei Verbrechen in der Stadt, die offenbar in Zusammenhang mit Gutenbergs Erfindung stehen. Der Richter leitet die Ermittlungen ein und gerät dabei selbst in Lebensgefahr.

Der Autor versteht es, historische Fakten und technische Details mit einer spannenden Handlung zu einer Einheit zu verbinden. Vor den Augen des Lesers entsteht ein farbenprächtiger historischer Roman aus dem Alltagsleben der ehrwürdigen Handels- und Bischofsstadt Mainz.